TORBJÖRN FLYGT

OUTSIDER

NORSTEDTS

TORBJÖRN FLYGT

Längsta ögonblicket 1995
Män vid kusten 1997
Underdog 2001
Verkan 2004
Himmel 2008
Fiskplåt och bajsdrakar (barnbok) 2009
Fruktolösa tokobertar (barnbok) 2011

ISBN 978-91-1-303823-0

Norstedts, Stockholm
Omslag: Sara R. Acedo
Tryckt hos ScandBook AB, Falun 2011
Tredje tryckningen
www.norstedts.se

Norstedts ingår i Norstedts Förlagsgrupp AB, grundad 1823

Till Margareta

I

EN PISKSNÄRT FÅR RUTAN att dirra.

Fågeln är försvunnen snabbare än vi hinner vända oss mot fönstret. Men så vänder den tillbaka, gör en tur ut över hustaken i skymningen och upprepar manövern, flyger med full kraft in i glaset en andra gång, med samma förbluffande ljudeffekt när näbben slår emot, svart fjäderdräkt, vilt flaxande vingar, blankskrämda ögon, innan den omtöcknad försvinner upp i hösthimlen.

Vad var det?

Helena har vänt sig mot ljudet där hon sitter vid det vitrosa sminkbordet.

Ja, egentligen hade jag tänkt inleda med att säga att det är nåt visst med att ha flickvän, så jag gör det väl nu i stället för att komma rätt i den här berättelsen från början. Det är som att alltid vara två fastän man är ensam, eller som att alltid vara ensam fastän man är två. En i två, eller två i en, det är ett flytande övergångsstadium, för man drömmer om att bli en i tre, fyra eller fem, ja, i de bästa stunderna av tvåsamhet tycks världen gränslös.

Och Helena är den typen av flickvän som man gärna är två med och tänker förbli så. Med henne tänker man framtid, framgång, framåtanda.

Det är mycket fram med Helena. Hon har bestämt sig för att hon ska komma nånstans. Själv är jag rätt mycket bakis och har ingen önskan om att ta mig upp ur sängen, en resårmadrass på golvet under ett inramat svartvitt foto från Paris, Le Baiser de l'Hôtel de Ville, och är lika mycket en kliché över mitt eget tillstånd som fågelns fruktlösa försök mot fönstret.

Det är en sen lördag eftermiddag som jag ska försöka ta mig igenom någorlunda hedervärt. Denna höst då våra läppar är fnasiga av kyssar och kyla.

Ska du inte stiga upp? upprepar Helena, vänd mot spegeln igen.

Strax. Vad är klockan?

Vi hinner, men du får skynda dej.

Då kan jag ligga ett tag till.

Helena har varit uppe sen tidigt i morse, duschat, med säkerhet spetsat extratentan hon varit uppe på och därefter handlat på hemvägen, lunchat, joggat Stadsparken runt, duschat igen, pratat bort ett par timmar i köket tillsammans med Ann-Charlotte och börjat göra sig redo, från första stund tagit dan i besittning, gjort den till sin, fyllt den med väsentligheter, och dessutom funnit utrymme i den att komma med mat på bricka till rummet där vi ätit tillsammans i sängen, och jag har därefter kunnat återgå till Coq Rouge, som visat sig vara svårsläppt. Det hör till de många nyheter i mitt liv sen Helena och jag träffades, att jag börjat gilla att läsa.

Kom och lägg dej igen, vill jag säga, men samtidigt så har bokens hjälte hamnat i trubbel och jag vill veta hur det går och för övrigt kan ju Helena komma och lägga sig här när som helst annars, det är det som är en del av meningen med att vara två, så jag läser tryggt vidare.

Men läsandet är också ett svepskäl, för lika mycket sneglar jag över bokens kant, följer i smyg Helenas förehavanden, manikyren, hårborstandet, sminkningen, följer den med begeistring. Jag fastnar med blicken vid henne, ännu en gång, alltid lika fascinerad och förälskad. Det är som när jag frågade henne:

Varför älskar du mej?

Och hon svarade:

Jag vet inte.

Och jag var glad att hon svarade först, för jag skulle själv inte kunna svara bättre, det är en storslagen känsla bortom förnuft och förklaringar.

Liggande, det är min ställning i detta förhållande, i detta liv, och har varit så sen första morronen jag vaknade upp här, stirrade länge ut i rummet för att orientera mig och återskapa natten i minnet, innan jag vände mig om för att sova vidare, eller för att bara blunda, sluta ögonen och önska kunna vakna upp i en annan säng (min egen, på nationskorridoren där jag bor), en annan tid (min, känd, senare) och ett annat, bättre tillstånd (mitt eget, skulle det visa sig, tämligen oförändrat), men utan smärtorna i magen och den eländiga huvudvärken, och just som jag mödosamt fullföljt vändningen, relativt framgångsrikt givet mina förutsättningar – tittar jag rakt in i ett par ljusblåa, osannolikt klara ögon, vakna, vidöppna.

Vad vacker du är, sa hon.

Ett av de uppvaknanden, en av de kvinnor som format mitt vuxna jag.

Jag är tio år och ligger i min säng medan *hon*, morsan, tar tempen på mig. I sängen nedanför läser min syster Monika en bok, ljuset silas in från gatubelysningen genom akvariet på fönsterbrädan som blir till ett prisma att stråla världen genom, ett guppiefärgat ljus som slår in över väggen och morsans bekymrade ansikte, ängslig för att hon förlorar ackord på att stanna hemma från symaskinen på Strumpan p g a sjuk son, en sval hand på min panna. Jag är fyrtisju år och ser från sängen hur *hon*, Helena, står vid den strama, enkla spegeln som utgör enda möbleringen i vårt minimalistiskt inredda sovrum, rättar till klänningen, vi är desamma som för tjugofyra år sen, men hon minus sitt fram, jag minus mitt bakis, båda med för mycket att handskas med, förberedelser inför dagen och jag famlar redan innan jag stiger upp efter de allt oftare behövda glasögonen, med korta fraser avhandlar vi vad som ska hinnas med denna morron, denna dag, barnens scheman och aktiviteter innan de försvinner ut på stan i kväll i sin värld av ostrukturerat fredagsmys som gissningsvis är av ett slag som vi inte vill känna till detaljerna i – Agnes och Hannes som är i övre tonåren och är på väg att erövra ett eget liv, där vi inte längre är centralfigurer utan snarare sänken, replipunkter till hur de ska leva, för att så småningom åldras de också och då, förhoppningsvis, inse att vi med vår livsåskådning inte var så snett ute i alla fall, när andra varianter provats och förkastats, och de kommer att närma sig igen och vi kan äntligen tala med varann som vuxna, det värmer ett fadershjärta att veta sig ha den tiden framför sig, när så mycket annat ligger bakom en – och våra egna planer med frukostseminarium och delägarluncher, innan vi kan fälla våra av trötthet mörbultade medelålderskroppar framför teven, en trötthet som inte går att sova sig fri från men att vänja sig att leva med. Mitt emellan dessa olika uppvaknanden ligger jag i en främmande säng med kroppen full av skam och förnedring inför mig själv och ser in i ögonen på en kvinna som inte är *hon* medan jag förtvivlat letar i minnet efter hur jag kan ha hamnat där och söker lösningar på hur jag ska ta mig ut ur detta förtvivlade stickspår till historia.

Men allt detta är tempusövningar och i detta nu har jag således inte kommit upp ur Helenas säng i kollektivet på Winstrupsgatan, trots att kvällsmörkret lagt sig över centrala Lund, i ett rum som är en ocean av breda, snedgådda golvbrädor tillyxade nån gång samtidigt med att pesten drog fram över norra Europa, med autentiskt drag genom springorna och fukt som tränger in genom de spröjsade fönstren. Ett decennium tidigare hade alla dessa attribut varit en dröm för gröna vågen-studenter, men nu är det andra tider och det är enbart tack vare de dubbla spegeldörrarna med skimrande mässingsvred och den (otjänliga) kakelugnen i hörnet som våningen lever upp till tidsandan. Ett boende ändå så mycket rymligare och bekvämare än mitt eget på Malmö Nation.

Om det inte vore för de tre kursarna som Helena delar det med, kollektivkompisar som är ansträngande kollektiva dagarna i ända. Jag kan redan föreställa mig hur det kommer att bli när jag strax reser mig, klär mig och går ut till dem medan Helena gör slutfinishen på sin makeup. Sminkbordet är hemsläpat från en garageloppis, en tung möbel med lådor som svällt fast och som Helena ägnat en helg åt att slipa ner och måla om, med tillhörande spegel och en pall vars sits hon klätt med ett meximönstrat tyg.

Det hörs slammer från grytor och klirr från glas i köket där de tres gäng förbereder middan, med pavor och pastavatten, fnittriga av första glaset vin och ettriga som myror en varm sommardag, små kryp som är harmlösa var och en men tillsammans blir vedervärdiga.

Men jag kommer att ge mig ut till dem i ett nytt försök att skapa en överbryggande sämja, alldeles strax, låt mig bara få dra mig i en minut till, se ännu ett ögonblick på Helena, ta ett sinneslugnande andetag till, så, nu är kapitlet utläst också. De kommer att ha slagit sig ner i de ålderstigna, djupa chesterfieldsofforna vars bruna läder slitits och torkat så att de flagar som fjäll från fjärilsvingar och missfärgar kläder. De har därför draperats i tjocka klanrutiga plädar och filtar och fyllts med så många kuddar att man tvingas sitta med halva rumpan utanför och spjärna emot med fötterna för att inte falla ur. Klädseln får dem att påminna om två hästar med täcken på vinterbete.

Där kommer de att sitta, tre trallande hårdsprayade hår, operettfrisyrer som har nåt kosmiskt över sig i sin strävan efter att upphäva tyngdlagen. De tres gäng sitter iförda träningskläder och med benen uppdragna under sig (Lisa, Katarina) eller med benen utkavlade och fotbladen vilande mot bordskanten (Ann-Charlotte) och med varsin tallrik grönsakspasta i famnen, och bastanta vinglas på det rustika bordet, framför teven.

För en sekund kommer associationer till amerikanska collegefilmer att flimra genom mina tankar, väninnorna som förenas i joggingmode, hälsomat och come together-stämning innan vilddjuren på nån av campusets fraternity sätter hjärtan i brand och sliter itu systerligheten med ett drogdränkt party – tills det slår mig att det i så fall skulle vara jag som är det drogade vilddjuret i den här församlingen och det är inte en beskrivning jag känner igen mig i.

Ska ni ut? kommer Lisa, som är den som jag har svårast att få kontakt med (och som därför gärna ser att jag inte stör dem), att fråga. Smuttande på vinet. De små bubblorna i godset som får vinet att likna champagne.

Ska inte ni på slabbet? Ni har ju tentat.

Orkar inte.

De är alla tre kursare till Helena, går året före mig på juristlinjen, och har i likhet med henne tillbringat lördagsförmiddan i en tentasal, men har därefter inte samma kapacitet att skaka den av sig och ställa om tillvaron till en eftertentaperiod, eller om det är just vad de gör, på sitt sätt, laddar inför nästa kursperiod.

Och jag:

Det är just därför det är slabb, efter tentan.

Det är en film i kväll som jag vill se, kommer Ann-Charlotte att invända. Det finns middag kvar i köket om du vill ha.

Kan jag ta ett glas vin?

Om du öppnar en ny flaska. Kommer inte Helena?

Hon ska bara klä sej.

Okej. Lisa fnittrig i samförstånd med Katarina. Vi förstår.

Nej, det gör ni inte, vill jag svara, men kommunikation är inte min främsta egenskap i det här sällskapet. Jag är för övrigt på väg att genomgå en transformation, bort från den jag var för några månader sen, nån termin sen, innan jag hamnade här för första gången, under ett läsår då jag trodde mig samla mer poäng vid bardisken än vid tentabordet.

En sen kväll på Malmö Nation, och nu talar vi om en tid då nationslivet stöpts om med Café Opera som förebild, fast i en grimaserande variant som betyder smoking och klänning, långbord, toastmaster och värdinnor och trerätters middag med levande ljus på bordet, absurditeterna vet inga gränser inför vilka skenliv studenterna vill leva, och det är efter en sån sittning som jag sliter mig fram till baren, får ögonkontakt med den polerade bartendern som hänger mun vid öra på nationens sexmästare.

Hallå där! viftar jag, lättad över att få komma ifrån min sövande tråkiga bordsdam och lufta benen, som fått skavsår och klåda av secondhandsmokingens ofodrade ullbyxor.

Bartendern, en landsortssprätt som läser internationell ekonomi, lösgör sig från sexmästarens rödbrusiga ansikte där hånflinet hänger fastklibbat.

Vad önskas?

Ja, vad önskar jag, egentligen? Att den här farsen skulle vara över, att vi alla kunde prata begripligt med varann, att vi slapp spöka ut oss som hörde vi hemma i en brittisk mellankrigstillställning där allt är jolly good. Jag svarar:

En trippel zomba.

Bartendern stelnar, söker i arkivet. Där finns tre sorters öl och vitt och rött vin registrerat jämte en begriplig uppsättning spritsorter, men inga drinkar med okända namn. Han sneglar på sexmästaren efter stöd, finner inget, sexmästaren har vänt sitt rödblossande ansikte mot en kemist i kort gul klänning, förlorat sig i en flirtig diskussion på molekylnivå, vilket tvingar bartendern till alla ekonomers svagaste nummer, improvisation. Men nej, han ger upp, erkänner sin okunskap.

Vet du inte vad en trippel zomba är? Det är så mycket whisky man kan få för en tia.

Jag daskar ner sedeln på disken.

Lättad över ett besked som skänker klarhet greppar han en Ballantine's och av ren tacksamhet fyller han upp ett plastglas till hälften.

Jag skjuter tillbaka glaset över disken.

Försök inte. Det där är inte en trippel zomba.

Bartendern sväljer en invändning men häller på en åtta till.

Där satt den, säger jag och räcker honom tian.

Det skvalpar ut whisky när jag för glaset till munnen och skyndar mig att säkra halva innehållet, innan bartendern inser sitt misstag. Det är då jag får syn på henne, bokstavligen genom spriten, ett gulbrunt filter som ringar in henne i den annars svartgråa lokalen, det blänker till i hennes bruna hår, eller om det är tandraden det gnistrar om. Jag vill leda henne ut på dansgolvet, dansa med henne till I wanna dance with somebody eller Be my baby, säkra kort så här dags. Hon ler, och jag ler tillbaka, och hon säger:

Kan du flytta dej?

Vadå?

Jag ska beställa. Flytta dej.

Jaug? Så roligt du pratar. Var är du ifrån? Säj vad du vill ha. Jag bjuder.

Hon synar mig och den trippla zomban, som jag för stunden gjort det till min livsuppgift att hålla fast vid, den är min trygghet i en stökig och föränderlig värld.

Nä tack.

Hon gör en manöver, sidsteppar mig oroväckande enkelt, är förbi, framme vid disken där hon bekymmersfritt får kontakt med bartendern, lutar sig fram för att göra sig hörd. Men det gör hon inte. Hon överröstas.

Hon ska ha en trippel zomba!

Jag lyfter illustrativt mitt glas med sån emfas att en rejäl skvätt daskar ner över hennes rygg, som den gräddfärgade klänningen lämnar bar.

Jag betalar!

Ur kavajfickan rycker jag upp en tia, en skrynklig kung att patetiskt vifta med i luften som en sista överlevare med sin vita näsduk, en förtvivlans gest som besvaras med en avmätt blick från bartendern. Modfälld sänker jag armen.

Långt senare vänder hon sig om, har naturligtvis inte kalkylerat med min uthållighet och avsaknad av finess. Jag har kämpat mig igenom en uppväxt i ett område där ingenting var gratis eller togs för givet, så hon ska inte tro att jag ger mig så enkelt.

Johan, säger jag och sträcker fram handen. Upptäcker för sent att jag fortfarande håller i sedeln, och att det inte är en tia utan ett kvitto från Konsum.

Hon betraktar mig länge innan hon besvarar hälsningen.

Helena.

Vill du dansa?

En annan gång.

Och hon är försvunnen.

Men jag står kvar, slänger ifrån mig glaset, eller om jag bara låter det falla till golvet, bestämmer mig för att klarna på studs, nu är det allvar, den här chansen kommer inte igen.

Långt senare övertalar jag Helena att dansa nattens sista låt med mig, Say you, say me, jag famnar henne hårt och med hennes samförstånd borrar jag, sjöblöt av svett, in näsan i hennes hår, hon med kinden sedesamt mjukt vilande mot min axel, och precis när vi lösgör oss från varann för att gå åt varsitt håll övergår natten till gryning med Frank Sinatra och My way som avslutning.

Takbelysningen tänds obönhörligt, lysrörsarmaturen sprakar igång och återställer nattklubben till den simpla källarlokal den är, med kala väggar och skitigt betonggolv, en handfast råhet som förvandlar det som nyss var besjälad romantik till pinsam genans.

Är det inte mer? säger hon.

Det är som livet, säger jag, plötsligt tar det slut. När man minst anar det.

Hon stirrar på mig, sen börjar hon skratta.

Ska vi gå? säger jag, som ett sista försök.

Och till min överraskning svarar hon:

Om vi går till mej.

Det är grymma år.

Den flaska vin jag kommer att hämta i köket åt de tres gäng ska under kvällen föröka sig till både tre och fyra, och pastan de lagat är på det stora hela acceptabel. Men även om jag kommer att slå mig ner hos dem och faktiskt få igång nåt slags samtal så kommer det från deras sida att vara uppehållande verksamhet.

Varför gillar dom inte mej? brukar jag fråga Helena.

Varför skulle dom *inte* gilla dej? Dom gillar mej.

Är det ett svar?

Var det en fråga då? Vad vill du jag ska säja?

I senhösten blåser vinden hårt över den skånska slätten, virvlar upp flagor av landets bördigaste åkermark som för med sig lukten av gris och gödsel, gårdar och gods, driver de lantliga intrycken längs de breda avenyerna som cirklar runt den gamla stadskärnan, tar i så att gatubelysningen vajar metronomiskt över de kvällsöde butiksstråken där en ensam trumpetare härdar ut i den märgtärande råkylan med en sorgsen serenad, och vinden föser samman löven i högar i rännstenen där de kläggar sig samman med pappersplock och skräp i det regn som börjat falla, och den blåser in genom otäta fönster så att stearinljuslågorna i ljusstakarna på Helenas skrivbord fladdrar som vimplar om våren.

Helena sätter upp håret i svinrygg, granskar resultatet med en vridning mot spegeln, en bekymrad min drar över hennes lätt fräkniga ansikte, hon släpper ut håret med en suck, börjar samla upp det igen, för tredje gången.

Ha det utsläppt, föreslår jag, lutar mig på armbågen i sängen. Jag tycker du är vackrast så.

Som sagt, utsläppt är en synonym till att låta det axellånga håret göra samma intergalaktiska trick som för de tre kollektivisterna i sofforna, med hjälp av oförsvarliga mängder burkspray. Tillsammans sprutar den här kvartetten sig obekymrat igenom ozonlagret med en takt om ett nytt atmosfäriskt hål var tolfte timme, men frisyrernas menliga inverkan på klimat och himlavalv är ännu inget att ägna tankemöda åt, så låt oss gå vidare med att mitt förslag inte bifalls.

Det har jag alltid annars.

Ja, för att det är fint.

Vad ska du ha?

Bara framför spegeln prövas Helenas självförtroende, som annars är så befriande oanfrätt. Hon vet att hon lyckats redan innan hon vet att hon lyckats, en styrka sprungen rakt ur hennes medelklassuppfostran med en mamma som är gymnasielärare och en pappa som är nåt slags tjänsteman i offentlighetens tjänst, en grundplåt som försett henne med en avundsvärd trygghet och inre styrka. För min del kan det förvisso kännas hoppfullt efter en tentamen och även om jag instinktivt vet att jag landat den så vet jag ändå inte att jag gjort det förrän resultatet kungjorts och jag återfått pappren och kunnat gå igenom svaren på nytt. Jag tvekar, medan Helena är målstyrd som en hit man som vet att det första skottet fäller offret, det andra skrämmer bort förföljare.

Att vårt förhållande ständigt ifrågasätts på min korridor har jag fått vänja mig vid.

Ni är inte särskilt lika, konstaterar Traktor, förutom att ni båda läser juridik.

Vad föll hon för egentligen? tjatar KL. Vad hade du för knep?

Kan hon inte tagga ner, säger Annika och sträcker Herodes en matbit under bordet. Är hon alltid så på?

När Helena för tredje gången påminner mig om tiden drar jag av mig täcket och häver mig upp från madrassen, fötterna i golvet, börjar genast frysa av de kalla luftströmmar som drar upp mellan brädorna och ställer mig upp.

Jo, det är dags.

Från andra sidan spegeldörrarna hörs hur de tres gäng förflyttat sig ut till de betande hästarna, precis som jag förutspådde, och jag kommer alldeles strax att sitta där med dem, vara inne på tredje glaset vin när Helena äntligen är redo att låta övriga världen begeistras av henne.

Nej, det är väl egentligen inget fel på dem, väninnorna, det brukar vara de som bjuder in fem, sex dussin kursare och kompisar och upplåter våningen för helaftnar som givit dem ett rykte på stan och som föranleder grannarna att skriva arga protestbrev till innehavaren, Ann-Charlottes morfars bror, senildement och halvt i koma, på hem sen tidigt sjuttital, som satt sin unga släkting att sköta sjurummaren till dess han kommer tillbaka. Och Ann-Charlotte har åtagit sig sysslan med en nit som om gubben verkligen skulle kunna ta sig upp från sjuksängen, koppla ifrån respiratorn eller minnas var han en gång bodde.

Nu får vi skärpa oss, tjejer, är Ann-Charlottes sedvanliga öppningsfras vid söndagsmornarnas städsessioner, och skärpning företas, i cirka en veckas tid, tills det blir fredag igen och ett nytt partaj.

Plötsligt är vi inne på fjärde flaskan vin och den där filmen som Ann-Charlotte spetsat in sig på är inte en så tokig kärlekskomedi ändå. Och det var väl hit jag ville komma, att få säga att ha flickvän också innebär att bli bekväm. För vem stannar inte hellre inne än ger sig ut i det piskande sidoregnet som nu börjat blåsa in över vår lilla stad, ett fuktigt, ohälsosamt rått höstväder som ska vara tills vintern tar vid, vars största skillnad är att det blir några grader kallare, men i övrigt oförändrat. Jag är tjugotre år och kan, för guds skull, få tillåta mig att ta det lite lugnt, har ingen brådska genom livet längre. Fångsten bärgad. Återstår: Att få den i hamn.

Allt detta är alltså mig givet efter det att jag så mödosamt vände mig om i sängen och möttes av de där klarblåa, förväntansfulla ögonen, medan cellerna i min hjärna kickade igång och jag så sakta fick grepp om var jag måste befinna mig och vad vi gjort, och jag skrovlade upp rösten, fräste näsans luftgångar fria och fokuserade blicken och svarade:

Du också. Får jag stanna?

VAD SOM EGENTLIGEN SKEDDE den där magiska natten då vi fann varann blir aldrig ordentligt utrett och inte har jag nåt brinnande intresse heller för att få mig detaljerna till livs i hur Helena resonerade sig fram till ett "ja" när vi vaknade upp morronen därpå – och höll fast vid det! – är väl rädd för att uppdaga att hennes överväganden i grunden inte var av så mycket högre kaliber än mina, och jag nöjer mig med det, ja:et, och att den vackraste mänska jag sett, den intelligentaste jag träffat, vill vara tillsammans med mig räcker fullgott som skäl för att jag inte ska forska vidare, bevekelsegrunder kan vara lika bristfälligt grunda som oändligt djupa och vilketdera kan i detta fall vara lika nedslående som upplyftande. Därför case closed om vad som hände därefter, åtminstone för stunden, men vi kommer nog att få anledning att återkomma till det, befarar jag.

Tvåsamheten är lika plötslig som självklar. Den har sin egen tideräkning, sin egen förmåga att skapa sig själv och sina ritualer, en gång är en gång, andra gången är det en upprepning, tredje gången har en tradition grundlagts, och ingenstans är det enklare än i en stad vars själva signum är traditioner och ett studentliv där det gäller att bygga sig en plattform, ett personlighetsdrag, som låter tala om sig, och till detta hör också vår ungdomliga iver att spela med i charaderna. Således inleds lördagarna vanligtvis på annat sätt: Jag masar mig upp ur sängen och vi tar en förmiddagstur genom centrum, planlöst flanerande fram och tillbaka på de ynkliga kommersiella tarmar som bjuds, Lilla Fiskaregatan och Klostergatan, in på Gleerups för att klämma lite på böckerna och få vår bristande bokliga bildning uppkörd i ansiktet, luckor vi försöker täppa till genom att smygläsa ett kapitel eller två innan jag går vidare för mig själv, in på Ljungdahls herrekipering (hundraårig, anor, personlig betjäning, stockkonservativt, och därmed hovleverantör till generationer av lillgamla studenter) sen återförenas vi på Widerbergs där Helena redan tagit en nummerlapp.

Vi handlar knake till lunch, tuggar i oss korvarna i butiken, och oxfilé till kvällens huvudnummer. Den distingerade personalen ser ut att ha varit med sen Karl XII red uppför trapporna i Kungshuset och har all kunskap om hur de ska få kunderna på humör och förköpa sig på prinskorv, kokt skinka och revbensspjäll, "bra vickning", och med kött motsvarande slakten på en mindre lantgård i svängande kassar strosar vi muntert vidare, "vilken festlig gubbe han är, den där Widerberg", men inte bara runt hörnet till Winstrupsgatan och upp till våningen utan ner till Mårtenstorget av ren exaltation. Men där har vi de facto inget att skaffa, för under just de här åren experimenterar Systembolaget med öppettiderna och har kommit fram till att lördagar, den dag i veckan då den arbetande delen av befolkningen har tid att införskaffa, är den optimala att hålla stängt, det är ju en förrättning vars huvudsyfte är att inte syssla med affärsverksamhet, och därför ser vi, studenter med oceaner av tid, till att sköta inköpen sent på fredagseftermiddagen av den primitiva anledningen att då gör alla andra det också: ett glatt återseende av dem man nyss skildes från och önskade trevlig helg utanför föreläsningssalen eller ska umgås med på korridoren i helgen eller, för vår del, i kollektivet. Som om det inte räckte med att träffa dem annars!

Det får bli ett par knippen tulpaner att dekorera bordet med från torghandeln i stället, för att turen inte ska gå fullkomligt till spillo.

Jag kom ju faktiskt in alldeles snett i det här genom att inleda med att tala om den grönsakspasta som serverades, fötterna på bordet och ett lallande framför teven – ett utslag av min oförmåga att gå rakt på sak och säga hur det är: Vanligtvis är det jag som står för matlagningen i kollektivet på Winstrupsgatan, också det ett resultat av vanans förtvivlade makt över våra svaga själar, tillsammans med Katarina. Liksom jag står vid spisen på nationskorridoren när vi har matlag där.

Ugnen, en ålderstigen gasmodell som tänds genom att man sträcker in en tändsticka, har två lägen, och det är "på" som är en förutsättning för att nåt ska bli varmt, vilket det blir med besked, stekar, potatis, grönsaker, allt får en klädsamt svartbränd yta, som kompenseras med ett rått inre och en lukt som ger starka förnimmelser av lägereld, scouteden, barkbröd och ett liv i det fria under en gnistrande klar, stjärnbeströdd himmel.

Fast sån är förstås aldrig lundahimlen. Medan vi får eld på gasen och in kulpotatisen i ugnen denna lördagskväll öppnar Lisa vin tillsammans med sin tillfällige pojkvän. Ja, jag säger tillfälliga, för med hennes track record kan vi sluta oss till att han bara är på genomresa i hennes liv, och frågan är om just denna existerar i verkligheten eller om han bara är ett kompilat av den långa rad av uppvaktare som skoningslöst förpassas ut ur hennes omtumlande liv efter ett par, tre veckor, men den "veckans kille" som hon nu trollat fram från baren på Sodom kan åtminstone ses som en genomsnittlig representant, en ekonomipluggande golfare som pluggpendlar från pojkrummet i föräldravillan i Höllviken och dränker kinderna med Kouros och bombarderar Lisa med kvastar med långskaftade, röda rosor.

Helena går runt och "skapar stämning", och är bra på det: tänder skogar av stearinljus i fönsterkarmar och på bord, lägger om filtarna på chesterfieldkusarna, puffar upp kuddarna och städar undan gamla tidningar, apelsinskal, strumpor, korkar, avbitna naglar, tärningar och spelbrickor och utbrunna värmeljus – spåren efter en studentvecka. Och hon tänder ljusen i kandelabrarna på det massiva ekbordet i matsalen, allt i den här våningen är massivt, överdimensionerat, byggt och införskaffat för att orubbligt stå emot tidens tand genom seklerna, eller om gubben tänkt sig att nån ättelägg ska vilja leva vidare här i föreställningen att inflytandet från medeltidens riddarborgar inte ersatts av ett lättsammare stilideal. Med allt detta virke följer en särpräglad lukt, dammig, torr, som de orstungna plankorna i morfars lagård om somrarna när korna var ute på bete, fast utan gödsel i basnoten här, och som i de instängda lägenheterna på pensionärshemmet där jag gick som vaktmästare i ett par säsonger innan jag rycktes tillbaka till livet, en lukt som inga parfymer, rengöringsmedel eller desinfektionsvätskor i världen rår på.

Runt bordet tolv högryggade stolar, bastanta saker med snidade ben och sitsar klädda med ett tyg som en gång varit vinrött med invävt blommönster men nu är slitet inpå väven. Ovanför hänger en grandios kristallkrona, som också den matas med levande ljus. Detta är inte ett rum man sitter och slevar i sig morronfilen i med sportsidorna uppslagna framför sig. Tavlor från förra seklet, romantiska landskapsmotiv, och innanför guldramen närmast kakelugnen en fältherre av nåt slag, kanske en kung, uppflugen på en häst med nåt vilt i blicken, ja, det är kanske hemligheten med stämningsskapandet, att ett par tjog stearinljus lyser upp matsalen, ljus som reflekteras i de tre höga fönstren ut mot Winstrupsgatan och i spegeln som hänger på ena kortsidan, på väggen mot serveringsgången till köket.

Där inne står Katarina böjd över den vansinnigt låga diskbänken och skär filén i tjocka skivor och med hårflätan som en lång piska ner över ryggen, bredbent och böjd som en giraff som närmar sig vattengölen i kvällningen efter en het dag på savannen. Under tiden har jag fått fart på såsen, en egen snilleblixt, över smörstekta champinjoner tömmer jag tre burkar crème fraîche (räddningen i såssammanhang och hemligheten bakom min claim to fame i köksregionerna under de här åren; jag återkommer till dess mirakulösa egenskaper), vispar runt i stekpannan och ger det en smakfull färgsättning med coloritsoja, eventuellt kan det bli tal om några droppar steksky också precis innan härligheten landar på bordet.

I sofforna har temperaturen stigit. The Joshua Tree står på i bakgrunden. Golfaren sveper den långa luggen ur ansiktet, har skänkt i vitt vin i glasen och underhåller med inblickar i golfklubbens slutna värld, och hemligheten med järntreans mirakulösa räckvidd har ju som bekant i alla tider öppnat unga kvinnors hjärta... Helena himlar med ögonen och ger mig en road blick när jag sätter fram kläggig dipp och stavar av morot och gurka och en balja dillchips, som golfaren genast gräver ner handen i som om han plockade åt sig bollar ur en spann på driving rangen.

Jag lyfter mitt glas.

Skål!

Det följs av sju sekunders tystnad då jag och tjejerna sippar på vinet och under vilken endast det taktfasta krasandet från chips som resolut bearbetas av golfarens krossverk till oxeltänder, och därefter är han beredd att pegga upp en ny historia, om en putt på sjuttonde... Jag tar i tyst protest med mig en näve chips och mitt glas in i matsalen, ser ut över det dukade bordet, stärkt linneduk och servetter i silverringar, och bakom mig kommer Helena fram, hon lägger armarna om mig, runt magen, trycker kinden mot min axel, jag lutar huvudet bak mot henne, kramar hennes armar. Hon frågar:

Är allt bra?

Det är lugnt. Han är bara inte min typ.

Inte Lisas heller.

Har hon sagt det?

Hon kommer säja det, säger Helena, som brukar veta vad andra tycker innan de själva vet det. Det är som sagt mycket fram med henne.

Rop och vrål hörs nerifrån gatan, och ifrån långt borta ljudet av en polissiren.

Vilket liv, säger Helena och kramar mig hårdare, kommer närmare.

Sa jag att hon är från Kalmar? Tror inte det. Småstadsliv, vanan vid att all mänsklig aktivitet upphör klockan arton, fjorton på lördagar, är icke-existerande på sön- och helgdagar. Några skrik och fjärran polisaktivitet – det är i detta sammanhang liktydigt med Manhattan, ett extra svettigt nattpass för hjältarna i Spanarna på Hill Street, programmet som vi ser varenda måndagskväll.

Till slut förmår golfaren sänka både den där putten och sin meningslösa historia och inhöstar av ren försyn och nedärvd artighet några förskrämda leenden från sin uttråkade publik, som lättad kan resa sig och träda in i matsalen, redan varm och syrefattig av ljusens flämtande, samtidigt som jag gör entré med ett serveringsfat där köttbitarna draperats med den mustiga svampsåsen. Bakom mig är Katarina beredd med karotten med svartbränd kulpotatis.

Det blir Ann-Charlotte med sin självklara auktoritet som tar hand om bordsplaceringen, förutseende nog ger hon golfaren en kantplacering och förhindrar därigenom att han får aftonen att kapsejsa innan den ens kommit igång, han vill protestera, har spetsat in sig på en centralposition, men Ann-Charlotte är respektingivande med sin bestämda uppsyn och höga röst, skrämmer honom till klädsam återhållsamhet.

Bara lite lågt konstaterar han, avsett för Lisa:

Ingen förrätt?

Du kommer nog bli mätt, ler hon, blossande kinder, klappar honom på armen och sätter sig intill honom, med handen kvar över hans på bordet, som måste han skyddas, eller vi från honom.

Vi ska just börja servera när det återigen hörs larm nerifrån gatan, upphetsade röster, skrik, och ljudet av tunga kängor som smattrar fram över gatstenen. Sirenerna är närmare den här gången (har de inte hörts ovanligt mycket i kväll? jo, visst har de det). Ann-Charlotte reser sig, är ändå på väg ut i köket efter kryddkaren, slänger en blick ut genom fönstret.

Dom är fler än man kunde tro.

Är det dom som redan är igång?

BZ skulle komma över, säger jag, då kan det bli hur många som helst.

Golfaren ser ansträngd ut, har inte längre nån vidare kontroll över situationen. Vadå? Vad pratar ni om?

Vad är det för datum? säger Katarina menande, hon som annars är den mest försynta i sällskapet.

Golfaren vrider upp armbandsuret: 30 november.

Regionens nazistsympatisörer har angjort Lund för att med nåt slags förvriden logik ställa sig i Lundagård och atonalt och högljutt artikulera sin beundran för hjältekonungen, med antingen pubertetssprängda målbrottsstämmor eller rossliga gubbröster. Kanske inte så underligt att de sammanstrålar här, trots allt, i en stad som älskar att bevara minnet av imperfekt. Men motdemonstranterna är ännu fler, har rest ännu längre för att göra sina röster hörda, enligt rykten förstärkta av ett elitförband husockupanter från Köpenhamn, och har grupperat sig under dagen, stärkt sig med musik och knutit bandana för ansiktet, och polisen har haft händerna fulla med att sätta upp kravallstaket, provbanka med batongerna i syfte att försäkra sig om den rätta schvungen och planera reträttvägarna för att kunna leda ut nassarna från centrum utan att de ska besväras av motstridiga åsikter. En återmarsch under vilken de kommer att ge sig på mannen med trumpeten så att han får ett minne för livet från vistelsen i civilisationens utkant, och säkert är Dylanimitatören i gångtunneln under stationen också i fara med sitt axellånga bläcksvarta hår och sin ostämda gitarr.

Varsågoda, bjuder jag, börja ta nu.

Men golfaren, okänslig för stämningslägen, tar inte upp serveringsbesticken från fatet, han tar upp tråden som hänger löst.

Varför kan dom inte få demonstrera ifred? Är det så konstigt?

Kanske för att dom har sjuka idéer? föreslår Helena.

Det blir inte bättre av att låtsas som att invandrarna inte finns. Jag är inte rasist, men det fattar ju alla att det blir protester när det kommer hur många som helst.

Och jag, vid Helenas sida: Hur menar du, ”hur många som helst”?

Fattar du inte? Han spänner ögonen i mig. Kommer det horder med folk som inte jobbar eller lär sig prata, då blir det problem, kaos. Dom håller sej för sej själva. Och då protesterar folk.

Jag förstår vad du menar, instämmer Lisa, i ett försök att överbrygga den klyfta som börjar anas över bordet, men jag tror inte det är så farligt.

Dom har rätt att demonstrera, har dom inte? Golfaren gaskar upp sig när han känner stöd. Och vem är det som ställer till problem, jo, det är motdemonstranterna. Som kommer för att bråka.

Så är det inte i Höllviken, va? säger Ann-Charlotte.

Han uppfattar inte det försåtliga i hennes röst, utan dundrar vidare: Nä, knappast! Jag säjer inte att det är nåt fel med dom. Bara att det blir problem när dom blir för många.

Invandrarna? säger Helena. Hur många är för många?

Det går inte att säja så. Nån siffra. Men ni märker väl hur det ser ut? Han slår in på ett annat spår: Även nynazister måste ha rätt att demonstrera. Varför måste då andra protestera samma dag? Jo, för att förstöra.

Ja, visst är det konstigt, säger Ann-Charlotte.

Det är polisen som skapar problemen. Dom ska inte tillåta motdemonstrationer. Alla måste få föra fram sina åsikter.

Oavsett hur dumma dom är? invänder Helena.

Golfaren har vevat upp sig, utbrister med hög, affekterad röst:

Vi har nåt som heter demokrati! Ni är ju jurister!

Vi har nåt som heter hets mot folkgrupp också, säger Helena samlat.

Dom hetsar inte! Dom håller sej för sej själva! Det blir värre av att ge dom uppmärksamhet.

Förstår jag dej rätt, säger Ann-Charlotte sakligt som under en slutplädering, så ska rasisterna få demonstrera men inte dom som är för demokratiska värderingar. Och rasisterna ska få hålla sej för sej själva, men inte invandrarna?

Golfaren, ovan vid logiskt tänkande omsatt i verbalitet och svarsalternativ, sprungen ur en konform miljö som han är, enbart härdad av de italienska munkarnas påhitt med debet och kredit och att få sidorna att gå jämnt upp, går rakt i fällan:

Ja, precis! För annars blir det problem. Det är precis vad jag säjer!

Det är som på en golfklubb då, fortsätter Helena. Bara för dom invigda, som har råd med medlemskap.

Men nu har golfaren insett sitt misstag: Ä, ni snackar en massa. Ni vet inget om hur det är. Drar skamsen till sig fatet, ska till att börja lägga för sig men så vrider han i stället det mot Lisa: Börja du.

Ja, skål, hörni! Ann-Charlotte höjer sitt glas. Och välkomna! Nu ska vi ha trevligt.

ALLT DETTA SOCIALREALISTISKA APSPEL försiggår naturligtvis på en scen. Lund, denna svenska centralort för intelligentia och banbrytande hjärnor, spjutspetsforskning och cutting edge-teknik, där ingenting skattas så högt som nostalgi och bevarande av gårdagen.

Här går fortfarande Sam Ask på gatorna, som ideal och skröna rör han sig med lätthet mellan fakulteterna, krogarna och universitetsbiblioteken, förkrigshistoriens mesta överliggare, en rundmagad karnevalsglad figur som under tretton år som inskriven student inte tog en enda tenta men ägnade så mycket mer tid åt att läsa Nordisk Familjebok från A till Ö. I likhet med sin litteräre skildrare Piraten, som sitter på Grands veranda och dricker grogg in i evigheten, är han en ståndaktig förebild och referenspunkt vars kraft tiden inte förmår nöta ner, men så representerar han också de eviga, inverterade värden som studenten håller närmast hjärtat, kanske av nödtvång i en stad med pompös självbild och fullständig avsaknad av självironi, en skenbild, förljugen och skev. Det är framgång som räknas men Sam Ask-mentalitet som värderas högst.

Lund, så traditionstyngt att akademikerna främst känns igen på den hukande gångarten.

Nånstans måste vi börja genomgången av den groteska artrikedomen de högre studierna erbjuder, men redan efter en stunds betraktande framkommer en handfull stereotyper vars närvaro är ett slags förutsättning för övrigas akademiska liv, som annars skulle te sig alltför slätstruket. Karikatyrer, javisst, men det är samtidigt bästa sättet att närma sig dem, för att komma åt ett korn av sanning.

Pass på! Här kommer den första, morrontidiga susande fram på oväxlad, lätt rostig herrcykel – pluspoäng om den är en utrangerad grön sak från militärt överskottslager – med teknologmössan stiligt på svaj, en pladdrande, ivrigt diskuterande och ifrågasättande men samtidigt oroväckande fyrkantigt tänkande student med fast hemvist på grenen för väg och vatten, om några år tillhörande den kader av ingenjörer som ska förse landet med infrastruktur, storskaliga byggnationer och planerande av det samhälle som ska överantvardas till kommande generationer.

Redan nu borde vi alltså, av ren självbevarelsedrift, sätta ner foten med kraft och häva ur oss: Aldrig i livet! För det är inte i första hand känsla för estetik och humanism, eller yrkesvalet som ett samhällsbyggande kall, som kännetecknar de här gossarna, ja, det är huvudsakligen ännu gossar vi talar om här, även om de kvinnliga begåvningarna börjar ta plats också, inkvalade på gossmeriter; det är nördarna som tagit ett kliv ut från hemmalabbet med samma sprudlande iver, upptäckarlusta och entusiastiska förväntan som under tidiga tonår, ett sprudel som närmast har motsatt effekt på omgivningen, man blir sänkt av all denna pubertala energi.

Några som däremot inte låter släppa in en gnutta ljus av misstag i sin mer dämpade världsbild är de svartklädda, dystersminkade tjejer vars liv är en härva de kommer att få använda återstoden av livet till att reda ut, med åtta silverringar i vardera örat, lösviktste och en katt som heter Scheherazade eller Franz (för trots svartsynen är de inte okänsliga för valörer). De anländer från mindre orter utan beredskapen som krävs i form av boende och kontakter och kan därför hamna lite varstans i systemet, och från bostadsområden och skolor och uppväxter där de aldrig fått nåt egentligt fäste i tillvaron klamrar de sig nu fast vid litteraturvetenskapen och filosofin, teologin och psykologin och annan mjukvara som ska stärka dem i deras andliga nöd och utgöra fundamentet i den stabila personlighet de tänker ägna fyra, fem år att gjuta.

De med viss gråskala i sin annars helsvarta framtoning lyssnar med tårögt allvar på Leonard Cohen och knaprar dikter av Edith

Södergran som lyckopiller, medan de riktigt svåra fallen, de svartaste av de svarta, fördjupar sig i musik och lyrik du aldrig hört talas om, och knappt de heller.

Sammantaget tillhör de den obegripliga klick som vi med tydliga samhällsinriktade mål bekymrar oss för, vad ska det bli av dem med deras onyttiga utbildningar? Enligt vår begränsade verklighetssyn är utsikterna för dem att få nytta av, dvs lön för, sina kunskaper nedslående dystra. De kommer att få hanka sig fram som personlig assistent, lärarvikarie eller ta enkla kontorstjänster, sannolikast är att de hamnar i ett rum längst ner i en korridor på en offentlig förvaltning, där de så småningom kommer att få kvittera ut en till sin svarta klädsel matchande guldklocka som tack för lång och trogen tjänst, och med samma härva av outredda trådar inom sig ägna fikarasterna åt att nysta upp – tror vi ja, som snart ska stärkas i vår övertygelse, när vi får oss itutat att det finns närande och tärande och att de saknar samband.

Vallgraven mellan dem och pappas pojke kunde inte vara bredare, djupare. Pappas pojke har kanske en gång också burit på tankar om att fördjupa sig i humanistisk mjukvara, drömmar som punkterats av hemmets krav på avkastning på den investering som barnalstrande innebär, i form av ett uttalat hot om att finansieringen av studierna enbart fortsätter i faderns regi om de leder till en matnyttig examen, avklarad på stipulerad tid, och därtill står ofta en bostadsrätt på bekvämt gångavstånd från föreläsningarna på spel. Alltså rättar pojken in sig i ledet, för att inte hamna i kylan, utanför släktens värmande gemenskap. Det fina med tillståndet är att pojken har de bästa förutsättningar för att på heltid ägna sig åt utsvävande leverne – och tar sannerligen vara på dem också: från torsdag till söndag är det öppet hus i den egenägda lägenheten, och karnevalsförberedelserna deltar han i med samma fröjdefulla glöd, utan hänsyn till studiegång och resultat. Rykten går om pojken, myter och legender uppstår, byggda på Sam Ask-sägnen, som den om hur han på lördagsmornarna ringer till Securitas och hyr en väktare vars uppgift blir att hämta frukosten från Grand. Ändå får pojken på obegripliga vägar ihop sina poäng och sin utbildning till slut, av ren rädsla, kan man ana, för att inte drabbas av faderns förbannelser, eller så flyttas han av fadern till nån form av anställning ”precis före examen”, på en Rotaryväns advokatkontor, en bankfilial i Luxemburg eller inom familjens egen firma, där han inte kan åsamka alltför mycket skada utan får tid på sig att axla det ansvar som följer med efternamnet – så att släktens anseende inte får sig en törn på grund av odågans misslyckande, utan i stället kan växla in den till dess motsats, pojkvaskerns så framgångsrika gärning i läslampans sken att studierna inte hann slutföras förrän det dynamiska näringslivet fick upp ögonen för den osedvanliga begåvningen och slog klorna i honom.

I sanningens namn finns det en tvättäkta variant av pappas pojke också, som inte drivs av piska utan morot, parat med ett beteende som om han redan befann sig i direktionsrummet, utrustad med prenumeration på både Dagens Industri och Veckans Affärer, ständigt nerpackade i den stadiga attachéväskan som tillsammans med paletån utgör bestyckningen på denna pansarsprängande karriärist, som i februari beger sig på skidresa till Verbier. Och i april.

Skidresor, det skulle gå att utvinna mycket sociologi ur valet av skidort – Chamonix, Val d'Isère, Kitzbühel, Bad Gastein, det är inte ortsnamn, det är djuplodande personlighetsstudier, karaktärsgestaltning av åttitalets moderna mänska – liksom valet att *inte* unna sig en skidresa. Men det får vi kanske återkomma till en annan gång, för just nu är vi inne på variablerna så som de kommer till uttryck i den icke-alpina by som heter Lund och som omges av norra Europas plattaste och mest vidsträckta åkermark.

Det finns nämligen en pappas flicka också, syskon i själen till pojken, för det handlar ur ett genusperspektiv sällan eller aldrig om mammas flicka, inte för vår generation, och bedrövligt nog antagligen inte för nästa heller. En dotter som kommer med familjens förväntningar utslätade över ansiktet, som billig mascara som runnit till tårar, ett spänt drag kring giporna, men med ett leende som kan förflytta berg, ibland till och med gränsen mellan underkänd och godkänd om de kommer i enrum med den doktorand som ansvarar för tentamen. Hon klär sig med stil, uppklädd oavsett om det är föreläsning, tenta, slabb eller middag på nåt skånskt slott. Rustad för livets alla eventualiteter. I likhet med pojken inget omedelbart ljushuvud, om nu nån trodde det, men försedd med en utvecklad förmåga att alltid landa på fötterna. Röker gör hon naturligtvis också, Marlboro Light.

Det finns så klart en uppsjö av personligheter, typer, typiska och otypiska, vi kan fortsätta så här i evinnerlighet, men innan vi avslutar denna lilla rundmålning och övergår till en eftermiddagspromenad med Helena ska bara två till nämnas, stockholmaren och norrmannen. Den förra utmärker sig genom att vara högröstad och dryg, men det gör stockholmaren alltid så det kanske inte är mycket att orda om. Värre är det med norrmannen, som oavsett bakgrund lever som en oljeschejk tack vare kronkursen och studielån från två länder och kör sin Golf cab som en dåre, parkerar än vansinnigare, för som norrman har han fribrev från alla parkeringsböter och betalkrav.

Generationen före kastade behån. Generationen efter ska kasta ur sig att de är bittra stim. Det enda Helena kunnat kasta är jeansen.

Jeans ljuger, konstaterar hon. Man ser inte ut som man är i dom, gör man inte.

Är ursprungligen inte från Kalmar utan från landskapets centrala, skogrika delar, som familjen flyttade ifrån när det ännu fanns tid att plantera barnen i ny skola men för sent för att göra nåt åt dialekten som hade hunnit sätta sig.

Det är ett enkelt påstående för henne att häva ur sig, som inte behöver tänka på hur hon tar sig ut. Går klädd i ljusa eller svarta slacks för det mesta, helst av caprimodell, blus eller randig tröja och en mörkblå kavaj som inte behöver skämmas för sin axelbredd. Trots att hon går i lågklackade skor eller ballerina är hon centimetern längre än jag.

Helena är morronpigg, så pigg att när jag stiger upp – och jag tvingar ändå upp mig tidigt, för det mesta – så har hon lagt halva dan bakom sig, för ungefär samtidigt med att jag börjar ruska liv i mig framåt kvällningen är hon trött och vill lägga sig. Helt synkade är vi under eftermiddan, som under en promenad i villakvarteren, en för att få upp farten, den andra för att varva ner.

Kom, vi fortsätter.

Helena drar mig hårt i armen. Men vi läser ju trots allt juridik båda två, så jag svarar:

Vi har rätt att gå här.

Men ändå, Johan, bråka inte. Låtsas inte om honom.

En man i gammalbeige trenchcoat, basker och närslitna manchesterbyxor har avbrutit sitt idoga trädgårdsarbete för att hasa ut efter oss på gatan, står utanför grinden och stirrar oblitt efter oss tills vi försvunnit från kvarteret. Räfsa i näven, som på en naturalistisk folklivsskildring, om det inte vore för klädsel och uppsyn.

Vad är det med folk här? Tänker han ringa polisen för att vi *promenerar* här?

Strunta i honom, säger Helena och tar mig i handen; hon har en varm skön hand att hålla i. Han är säkert förvirrad.

Sån ska jag aldrig bli när jag blir äldre, har jag lovat mig, jag ska vara öppen och bjuda in ungdomen, minsann, höra vad de har att berätta från sin vidare horisont, lära mig nya saker långt upp i åren, förbluffas och utvecklas. Det är en tanke som slår mig varenda gång vi flanerar genom stans villaområden, hand i hand, eller tätt, tätt, som på konvolutet till The Freewheelin' Bob Dylan, just så vill jag känna mig de stunderna.

Det regnar lätt, men det gör det så ofta att det inte bekommer oss längre. De här långa vandringarna hör till våra rutiner mitt i veckan, för det går inte att leva i den här stan utan att skaffa sig olika slags rutiner, skapa egna traditioner. Om Lund haft en historisk uppgift så är det att ge traditionsskapandet en geografisk hemmaort.

Här, i burgna Professorsstaden, med pompösa, magnifika villor, uppförda för att demonstrera hur akademiska meriter kan växlas in i slösande rikedom, får surblickar från gamlingarna som räfsar löv från kastanj, valnöt och tjocka bokhäckar oss att skynda på stegen. De stannar upp mitt i rörelsen, rätar upp gamnacken, står staty med rinnande näsa och nariga händer som greppar redskap och plastsäckar, ser skräckslagna ut inför det faktum att vi, två simpla studenter, långt ifrån doktorandnivå i våra studier, tillåts röra oss fritt i deras välmanikyrerade kvarter, ger oss onda ögat till dess vi avlägsnat oss ur deras synfält, som förvisso av starr är tämligen begränsat, innan de återgår till sitt stillsamma knot.

En mänskas personlighet kan utläsas ur gångarten. Helena går fort, snabbt och målmedvetet, hennes kropps språk har nåt intensivt över sig, precis som hon agerar intensivt, tänker intensivt, pratar intensivt. Pratar hela tiden, och om det är nåt hon är bra på så är det just att prata. Tyst är hon bara när hon inte trivs, hon skyr tystnaden, tar den personligt, som en förolämpning. Har vi inget att säga pratar hon ändå. Och jag älskar att lyssna på henne, hon har en förmåga att göra vad som helst intressant, oavsett om det handlar om olika rättspraxis, hur mjölkens sista förbrukningsdag bedöms och har förändrats över tid eller hur mycket hon tycker om mig och vill leva med mig för resten av livet, skaffa familj.

Det är det här med hennes dialekt som gör henne så skön att lyssna till, småländskan, som hon uttalar så njutningsfullt, med vokaler mjuka som ostkaka. Vissa ord som jag försöker locka ur henne att säga, gång på gång.

Det var inte jag som ville gå hit, säger jag. Det var du.

Jag? – som låter: Jaug?

Säj det igen. Vem?

Hon kramar min hand.

Så säjer man.

Vem säjer så?

Jag – svarar hon, igen, och får mig att skratta, och henne också.

Visst leker vi med tanken på att bo så här om några år, för lustigt nog är de här paradvillorna i studentens hjärna – lyckligt frikopplad från den arbetande befolkningens realiteter och begränsningar som den är under sina minst inkomstbringande år – fullt möjliga att köpa med första avlöningen, oavsett pris och kostnader, fast i min drömda version är det knappast i Lund vår villa ska stå, utan i en storstad där det finns pengar, massor av pengar, och jobb. Tror jag. Vi har aldrig pratat om det på ett sånt sätt. Det blir så jobbigt när drömmar av det här slaget ska gestaltas i konkret form. Och jag är faktiskt inte överens med mig själv om huruvida jag kan tänka mig bo i en villa nån gång i framtiden, eller vad jag vill alls. Det är också skälet till att vi bor var för sig, för vi hade ju kunnat flytta samman när jag lämnade andrahandslägenheten i Malmö och valde att bosätta mig på nationskorridor, om vi ansträngt oss och letat. Tror jag.

Ett ämne som Helena för övrigt börjat ta upp nu, som om jag genomgått nåt slags prövotid:

Tänk om vi åtminstone haft en egen lägenhet.

Vilket jag vet hur jag ska parera:

Vi kan sätta upp oss på AF.

För jag vet vad svaret blir:

Aldrig i livet! Vill *du* bo där, i nåt av deras hus?

Och jag måste förklara:

Det var ett skämt, Helena.

Nej, det närmaste vi kommer Helenas önskemål är annars när hon säger:

Jag vill ha stor trädgård.

Jag säger inget. Jag har aldrig haft nån trädgård, tycker mest det verkar innebära arbete. Titta på de stackarna som påtar sig kutryggiga här!

Med äppelträd att sitta under på sommaren, fortsätter hon, eller tänk dej en berså!

Vem skulle ta hand om den? Trädgården. Frågar jag, för att få höra henne svara:

Jag.

Det var bara det jag ville höra.

Vi stannar upp, kysser varann. Från andra sidan häcken hörs hur en räfsa avstannar sin väg genom löven, följt av en harkling. Ett plirande öga skymtar genom grenverket.

Är det så här att bo i villa, säger jag när vi skyndar vidare, så är jag inte intresserad.

Ä, det fattar du väl. Här bor bara pensionerade professorer. Dom har ägnat hela livet åt att vara ifrågasättande. Hemma var folk alltid vänliga.

Hemma?

Hos mamma och pappa. Deras grannar är underbara.

Har dom stort hus?

Inte som dessa. Vad ska man med så här stort till?

Men, förutsätter jag som ändå inte kan bestämma mig för om villaliv är nåt för mig, *om* jag nån gång ska bo i eget hus så ska det vara stort, vidrigt stort, som i en Hollywoodfilm med Cary Grant och Katharine Hepburn och ha ett poolhus att hålla cocktailpartyn i.

En tanke alltså, medan vi fortsätter in i kvarter med enklare villor, och så klart heter området därför Docentstaden, här är blickarna inte fullt lika avvisande.

Kanske är vi som mest kära här, inte bland villorna, utan i de stunder då vi är för oss själva, likt tonåringar som tryckts ut ur hemmet när det känns trångt söker vi oss till platser och tillfällen då vi slipper ha andra omkring oss. Timmar då vi får driva runt på stan, kaféer som tillflyktsorter, eller krogen på kvällen, som fondueaftnar på Stäket som vi försöker få för oss själva – och om inte annat blir vi ensamma om lukten av frityrolja i kläderna.

Helena tar långa steg. Kan du inte gå snabbare?

De tunga molnen har blåst in från slätten, förmörkat himlen, regnet börjat tillta. Sista biten springer vi.

För denna promenad har, i likhet med den kategorisering som jag inledde med, ett syfte, ett mål, att föra Helena och mig in på säker mark, den korridor på Malmö Nation som är min hemvist under dessa år, för att på detta vis närma oss dem som samlas i *vårt* kollektiva kök en onsdagskväll. Men det blir ju aldrig som man tänkt sig, för precis när vi är på väg in stoppar Helena mig.

Måste vi?

För min korridor är ett av de ställen där Helena blir tyst. Känner sig inte välkommen. Och en del av förklaringen till det kan vara att det finns nåt provocerande i de kastade jeansen, att hon klär sig "bättre", att inte vara student utan se ut att komma från kontoret, även när hon anländer till första föreläsningen på morronen.

Ta t ex Anna, som är mer trådsliten, i blekslitna jeans och tröjor med tryck över bröstet som krackelerat efter för många tvättar, kommer från en enklare bakgrund som inte gett henne självförtroendet, eller betygen, att läsa en linje, gissar vi andra. Anna hankar sig fram på enstaka kurser, för att på egen hand skapa sig en mening med studierna. Fast det kan ju också vara så att hon har en plan med hoppandet som vi inte kan se, enögda som målstyrda torpeder som vi är, och inte har några ambitioner att berätta nåt om den för ett gäng som mangrant rusar närmsta vägen mot examen.

Måste Helena vara så spänd hela tiden? klagar Anna.

Men Helena är inte spänd, hon är i grunden en vänligt sinnad mänska, nyfiken och förstående, vilket förmodligen är anledningen till att vi träffats, vem skulle annars ha nåt förtroende för mig, kvaliteter som av tiden aldrig har rankats särskilt högt på listan över åtråvärda egenskaper – som toppas av streetsmart, nätverkande och förmågan att tacka ja till allt, även det man inte har kapacitet att infria – och i en sån värld finns inte stort utrymme för den med ett öppet, bejakande sinnelag och som är snar att förlåta och lita på ett löfte.

Men fastän detta är två decennier innan vi har blivit en nation som ekiperar oss i sportbutiker anses att inte bära jeans som ett uttryck för högfärd, förmerhet och allmän annorlundaskap (annars tre anlag med hög betygsättning i den här stan, fast inte i just den här grenen). Att inte vara som andra studenter, sticka ut, och vara medveten om det – för Helena går med osedvanligt rak rygg.

Varför inte? svarar jag Helena när vi kommit innanför dörren, ruskat av oss.

Kan vi inte gå till ditt rum direkt?

Vi vinkar i alla fall till de andra, som hastigast, i köket där de ser upp från tallrikar och tidningar, vänder sig om från diskhon, sticker ut nosen från under en svart kjol, för jag, som inte vill ha en diskussion inför öppen ridå, svarar:

Tänkte precis föreslå det.

Men när vi kommer in på rummet har jag ett nytt förslag:

Jag känner mej lite frusen. Det skulle vara fint med en kopp te. Kan inte du gå ut och hämta det?

Och Helena är inte uppmärksam, svarar:

Jag?

ATT GE SIG UT på gatorna för en inventering av studentbeståndet är som sagt en omväg. Det räcker med att jag tar mig ut ur rummet för att få en lika hygglig uppfattning om de olika arternas karakteristika.

Jag bor på en yta inte mycket större än en genomsnittlig häktescell, kan jag konstatera efter att vi gjort ett studiebesök på polisstationen, och möbleringen gör inte det vitrollade rummet mer särpräglat heller: säng, skrivbord och bokhylla i ljust träslag, robust utförande, ska tåla studentens ömsom saktmodiga vedermödor med att försöka förkovra sig i en liten skärva av världens obegriplighet, ömsom råbarkade leverne när periodens förkovran är avklarad och resulterat i ett godkänt betyg, och den här studenten har tagit ett personligt initiativ och kompletterat rummet med en läsfåtölj från Ikea att tillbringa dagarna i läsande och lyssnande. Eller sovande.

Neil Young dunkar ut från KL:s rum, baskaggen får väggarna att vibrera.

I köket, runt det vita spånskivebordet, sitter allt som oftast Traktor och Annika inbegripna i en diskussion, för anläggningsytorna mellan teknikerns handfasta realtro och byråkratiska sinnelag och teologens gudfruktiga syn på tingens ordning och stora tilltro till mänskans inre är grova, men de två arbetar idogt på att slipa ner dem för att kunna mötas. Oftast blir det i stället över kaoset i kylskåpet, eller när Traktor behöver nån att prata ut med, lätta sitt hjärta för och bringa balans i tankarna kring motgångarna med det motsatta könet och en vuxen livsföring.

Ingen kan hänga med huvudet som Traktor, deppa ihop över en förflugen kommentar från en kursare, hänga upp sig på en blick som han sen tragglar i timmar om.

Vad är det, Gunnar?

Säger Annika och sänker sig på stolen mitt emot honom.

Nä, inget.

Jo, säj nu. Jag ser ju...

För nån måste ju ta på sig den vårdande, omtänksamma rollen, det hör till när en samling halvvuxna mänskor för första gången ska leva tätt sammanpackade med varann, utanför de av föräldrar uppdragna ramarna, för att skapa sig nya, delvis gemensamma gränser, förstadium till det som ska bli rättesnöre senare i livet.

De där rollerna som så många av oss vill göra sig av med när vi dras upp med rötterna från torvan där vi framhärdat genom barndom och tonår och försöker återplantera oss i akademiskt mullad och dränerad jord, där rötäggen, ogräs i kunskapens trädgård, är bortrensade.

Men inte går det att göra sig kvitt den man varit hela ens existens fram till nu, även om enträgna försök görs gång på gång. Tyvärr, Annika. Tyvärr, Traktor. Tyvärr, alla vi andra. Den man varit i hela sitt hittillsvarande liv raderar man inte ut, den personligheten har ristats in i ens kropps rörelser, i ens blick, tal och andning, och framför allt sätter den spår i ens underminerade självförtroende och står att läsa lika tydligt som braskande rubriker på en löpsedel. Sitt gamla jag kränger man inte av sig som en rock när vårvärmen kommer, den personlighetsförändring man åstundat och gett sig i kast med att genomdriva trumpetas ut över den lundensiska plattmarken av just ens uppträdande och skick, integrerade i personan som de är, och blir i stället till ett slags tydliga markörer som signalerar ens kamp för annorlundaskap.

Och de som allra mest kämpar för annorlundaskap, för att tillhöra, är naturligtvis vi som kommer utan akademiskt bagage, för oss som det alltid ligger stenar i vägen att sparka på.

Vi kan med andra ord lugnt förlita oss på att det inte var den omvårdande, tröstande och närmast moderliga roll som Annika hade i sikte när hon flyttade ner från Stockholm och de första månaderna höll sig för sig själv på rummet tillsammans med Herodes – för att i samma stund som hon skiftade till att delta i gemenskapen halka tillbaka i gamla invanda mönster.

Men ligger inte det redan inskrivet i prästyrket?

Inte så som hon tänkt sig.

Under de där inledande månaderna har vi svårt att förstå varför hon valt att söka in till Lund i stället för närliggande Uppsala. Men skälet blir allt klarare ju mindre hon isolerar sig – och ju dunklare hennes förflutna blir. För Annika är den enda av oss som aldrig reser hem över lov, ledigheter eller helger, om man med hem menar den ort man vuxit upp på och där ens föräldrar bor, inte en enda gång tar hon tåget till Stockholm, och jag kan inte efteråt minnas att hon nån gång nämnde sin mamma eller pappa ens i bisatser, ja, nu när jag tänker på det tror jag aldrig att hon över huvud taget berörde *nåt* om sitt liv före Lund. De få gånger hon reser nånstans är det till en äldre bror som slagit sig ner i Esbjerg sen han tagit mönstring på ett fartyg som betjänar rutten till Harwich eller till en kompis från Täby som hamnat utanför Ystad.

Annikas hårt betongstylade fasad vittrar, bryts sönder och ner bit för bit, i takt med att första terminen avverkas och vid tiden för första jullovet blottar sig en varm, vänlig famn, som Traktor så ofta kommer att söka sin tillflykt till när tvivlet på den egna kapaciteten slår över honom i svallvågor och han måste hållas hårt för att inte dras ut till havs av nederlagets underströmmar.

Ä, det är lika bra att bli munk, hörs han muttra. Jag träffar aldrig nån.

Nä men Gunnar, kom och sätt dej här. Vill du ha te?

Hinner inte nu.

Tänkte om du har lust att prata lite.

Och han slår sig ändå ner mitt emot Annika, oavsett tidsbrist, med en kopp Earl Grey och en rulle digestivekex, måste vädra en tanke, en känsla svår att klä i ord, eller ett dilemma av nåt slag. Som i kväll:

Vad är det, Gunnar?

Nä, inget.

Det syns på dej.

Lång paus. Han kastar en blick ut genom fönstret. Ut i mörkret. Vår korridor ligger på bottenvåningen. Ingen vidare utsikt att blicka ut mot. Sen är han beredd att ta till orda.

Jag tänkte på en grej. Det var en tjej som fuskade på tentan. Jag såg hur hon klistrat fast en lapp på baksidan av kalkylatorn. Borde jag anmäla det?

Varför det? Det berör inte dej.

Jag menar för hennes skull, svarar Traktor rappt. Tänk på vad som skulle kunna hända om hon inte kan beräkningarna ordentligt, till exempel inom hållfasthetslära.

Annika reser sig med båda händerna som stöd mot bordsskivan, det här är ett moraliskt spörsmål som kräver såväl stora tekoppar som mycket eftertanke. Hon fyller kastrullen med vatten och sätter på spisen, med Herodes som alltid i hälarna, kryper in under hennes fotsida svarta klänning. Annika fordrar ordning och reda omkring sig men har smugglat in en liten skotte på korridoren, och varför hon, blivande präst, valt att döpa den till Herodes, ja, det är och förbli ett mysterium – eller om det är nyckeln till hennes barndom, har det slagit mig långt senare.

Herodes har dresserats till att ständigt hålla sig innanför hennes klädnader och har lärt sig gå fot så tätt inpå matte att han inte upptäcks. Tidiga mornar och sena kvällar rastar hon honom, släpper fram honom och kopplar när de kommit runt kvarteret.

Att vi andra gått med på att korridoren förvandlas till kennel har inget att göra med att vi skulle vara hundälskare, utan att vi begeistras av tanken på hur tokigt det är. En hemlig maskot, mitt i förbudszonen! Gömd av en präst! Så mycket mer crazy kan inte studentlivet bli!

Men så vet jag inte, fortsätter Traktor, om jag har svårt för att bestämma mej på grund av hur hon ser ut.

Annika kan inte dölja sin indignation: Så snygga ska ha det lättare?

Traktor besvärad, en antydan till rodnad slår ut på hans ljushyllta kinder.

Det var inte så... Jo, hon är kanske snygg men... Han vänder sig till mig. Vad tycker du, Johan? Vad hade du gjort?

Är det nåt att bry sej om? invänder jag, som har en mer härdad attityd till olika former av dopning, regel som det är bland juristerna att ha lappar i strumpan de gånger då böcker inte är tillåtna på tentan. Ett ämne som vi har anledning att återkomma till längre fram. Få yrkeskategorier kan ha så undermålig blåsa som jurister, som ideligen måste in på toaletten vid avgörande ögonblick.

Men det är hennes framtida ansvar som ingenjör det handlar om! Traktor slår ut med handen, kastar en vädjande blick på Annika.

Hon reser sig mödosamt igen, slår upp vattnet och ställer tekannan på bordet, fyller på Traktors kopp. Vi andra kommer tydligen inte ifråga här. Sätter sig, häller upp åt sig själv, håller om sin kopp som en frusen, med två händer som är förvånansvärt smidigt formade i förhållande till hennes mer voluminösa kropp, långa fingrar utan nagellack, som gjorda för att greppa annat än penna och nattvardskalk med.

Överdriver du inte nu?

Tänk dej själv!

Traktor har också händer, och med dem griper han en banan – öppnar den genom att vrida upp den med tusen nålar-greppet, ett moment han beräknat som mer effektivt än att skala den – för nånstans måste han göra av händerna under samtalet, ett sätt att hantera upprördheten. Ett tag hade han för vana att ägna sig åt kaoset på diskbänken medan de pratade för att på så vis kanalisera sina känslor, men så klen var hans förmåga till rengöring – ja, rentav att hålla diskborsten, som en reservoarpenna – att följande drama utspelade sig när Sofia kom ut i köket för att hämta en flaska vitt som stod på kylning.

Vad gör du, Traktor?

Vad ser det ut som?

Ja, inte diska.

Det är precis vad jag gör.

Sofia lyfte en kopp från stället.

Den är diskad kanske, men inte ren. Flytta dej.

Nu gör jag det.

Nä, det gör du inte. Du står och skvätter skum omkring dej så att vi får fuktskador i skåpen.

Traktor tvingas kapitulera och lämna ifrån sig sitt vapen i kampen mot ingrodd senap och pastarester i kastrullerna. Sofia, som aldrig setts diska varken förr eller senare, gör debut vid diskhon efter att ha knäppt av sig kappan och står sen med ryggen mot oss i sin leopardmönstrade blus med axelvaddar som gott och väl är lika breda som bänken och tar sig an bestick, porslin, grytor. Kämpar hårt för att visa att hon visst kan, med långa naglar och armband som rasslar.

Till dess KL passerar med ett glatt tillrop, på väg ut till nån förfest han också:

Skönt att se att du äntligen tar ditt kvinnliga ansvar!

En diskborste flyger skvättande genom luften med samma kraft som en ninjastjärna. Träffar dörrkarmen och faller ner i golvet. Då är det enbart alkoholångorna kvar på den plats där KL stått. Herodes ger ifrån sig ett skall. Och Annika häver sig upp från sin plats invid fönstret.

Högarna med disk, de smutsiga golven och ett kylskåp som med jämna mellanrum måste saneras – allt införlivas snabbt i Annikas domäner och outtalade ansvarsområde.

Ett slags korridormamma. Som man kan slänga åt:

Hur dags är middan i kväll?

Eller:

När kommer studiebidraget?

Eller, bara för att testa reaktionen:

Hur dags går nästa tåg till Malmö?

Och ta mig tusan om hon inte vet det också.

Men nu var det detta med fuskaren.

Det är klart hon inte kan få göra det ostraffat, säger Helena – som sitter intill mig, vi är ännu oskiljaktiga och ibland lyckas jag övertala henne att delta i korridorens samkväm. Och till mig: Jag förstår inte hur du kan säja nåt annat.

Jag drar på det, innan jag får ur mig ett: Nä, klart inte. Jag har ju inte lika lätt som Helena att förhålla mig sanningsenligt i frågan, van vid att följa majoriteten som jag är och i avsaknad av hennes inre moraliska kompass som sällan visar fel.

Men är det rätt att lägga sej i? Annika vill gärna turnera frågan en gång till. Är det inte upp till hennes eget samvete?

Ska hon göra upp det med Gud? säger Traktor.

Kalla det vad du vill, girar Annika undan hans inbjudan till ännu en diskussion om teodicéproblemet.

Inte om det drabbar andra. Vi har ett ansvar för varann.

Men hur vet du om det drabbar nån annan?

Så kan de två hålla på kväll efter kväll, veckor i sträck, vrida och vända på frågor och tankar, inget ämne är för litet för att inte ägnas åtminstone ett par uppfriskande timmars debatterande.

Traktor har till slut en egen lösning på dilemmat. Han redogör för det några dagar senare, till helgen, då vi oplanerat försöker äta en någorlunda gemensam lunch.

Jag tog henne avsides och sa att jag sett fusket.

Glädjen över att ha lyssnat till sitt samvete får Traktors ansikte att skina. Ingen kan le med hela ansiktet som han, och han gör det ofta.

Det trodde ni inte, va?

Men vad starkt gjort, Gunnar, säger Annika och lutar sig ner och ger Herodes en bit bacon under bordet.

Vad sa hon då? frågar Sofia, som fått höra om dilemmat i efterhand.

Hon såg förvånad ut.

Men sa inget?

Det var mest jag som pratade. Jag lovade att jag inte skulle anmäla henne, men att jag kunde hjälpa henne, om hon tycker beräkningsmodellerna är svåra. Att vi kunde gå nånstans och prata om det.

Vadå gå nånstans och prata? undrar jag. Hit?

Nä, nä, inget sånt. Jag föreslog en kopp kaffe på Ramklints eller över en öl en kväll.

Men Gunnar! utbrister Annika oväntat fränt. Du har en hållhake på henne som du utnyttjar till att bjuda ut henne.

Jag utnyttjar inte! Jag vill hjälpa!

Vad ska man annars kalla det? Är det så mycket bättre än att fuska?

Men Traktor får stöd av KL, som för en gångs skull deltar i församlingen, han viftar undan Annikas anklagelser.

Strunt i det. Är du intresserad av henne är alla medel tillåtna.

Intresserad? Det handlar inte –

Är hon snygg? Har du chans?

Traktor drar fem fingrar genom den blonda luggen, nyper sig i örat. Undviker att möta Annikas blick.

Och vadå? säger Sofia otåligt. Ska ni? Har ni bestämt nåt?

Ä, säger Traktor bistert och lägger ifrån sig besticken. Hon bad mej dra åt helvete.

SKA DU HA ETT säkert sätt att spetsa tentan? säger KL. Köp tentor.

Vilka då?

Säj vilken du vill ha. Inför vår nästa, till exempel.

Har du den?

Inte den. Men dom gamla. Som du kan läsa in dej på.

Då kan jag lika gärna läsa i böckerna.

Med rätta svaren.

Vi sitter i en sal och lyssnar och antecknar flitigt, anstränger oss hårt för att ordagrant nedteckna vad docenten, doktorn eller professorn torgför framme vid tavlan, och han – för det är alltid en *han*, nästan alltid, i kavaj med ärmlappar eller behov av ärmlappar – orerar och maler på, tacksam över att slippa bli avbruten av störande frågor, vi är en generation lyssnare och bokstavstrogna antecknare, fostrade i den kvasidisciplinära skolan som skulle vara tillåtande och tillmötesgående och som det därmed inte fanns anledning att ifrågasätta, inte på ett sånt sätt som tidigare studenters frigörelse från det auktoritära samhället och dess representanter på lärosätena tog sig uttryck.

Vad säjer du? säger KL när vi går tillbaka från föreläsningen.

Vi får se. Jag väntar lite.

Köper du fem eller fler på en gång får du tjugo procents rabatt. Men det är korridorpris, så behåll det för dej själv.

KL har ”kommit över” ett stort antal tentor, har en strid ström av besökare till sitt rum under tentaperioderna, lider av ett slags Tourettes syndrom som gör att han nödvändigtvis måste göra affär av varenda sak som han företar sig. För att därefter genast sätta sprätt på pengarna, och det är den goda sidan av saken, att han vet hur pengar ska användas och han gör det generöst. Bördig från Ängelholm, och länge trodde jag att förkortningen var hans initialer innan jag förstod att han stavar sitt namn Christian Larsson, och fick förklaringen först när han reste sig för att sjunga snapsvisor på första nationstillställningen.

Strax efter det vi skilts åt och var och en gått in till sina ynkliga kvadratmeter får jag göra första försöket att be honom dämpa musiken, vi är inte alla lika sugna på att ha Patti Smith långt uppe i hörselgångarna, åtminstone inte nu när vi ska läsa.

Jag lägger mig i sängen med nya numret av Teknikens Värld för att på effektivaste vis rensa tankarna från de kunskaper de nyss invaderats av och i stället mana fram hälsosammare bilder av de bilar jag ska äga när examen är säkerställd, kan tänka mig en 911 Carrera cab, men den känns samtidigt trivial när varenda bankkamrer rattar en Porsche, så jag har alltmer börjat sikta in mig på en Ferrari 328 GTS med måsvingemercan som ett lockande alternativ – liksom när det gäller framtida boende så känner studenten inte av några begränsningar, pengar är bara siffror, koder för en annan tillvaro, drömmar, drömmar som bär en fram genom livet som högoktanigt bränsle, drömmar om ett annat liv, en annan verklighet, men det är dessvärre samma liv fyrtisjuåringen nu har att hantera, med samma drömmar om samma bilar, fast nu handlar det inte om att bli vuxen utan om att återvinna ungdomen, en botoxinjektion i garaget, för klarsynen säger honom att detta är vad det blev av drömmarna och det som återstår av tillvaron måste man göra det bästa av, genomleva, det är inte ens en bitter eller svårhanterlig insikt, det är en ljummen dusch måndag morron, varken uppfriskande eller avkylande, men den blir reell först nu när ungarna är stora nog att stå på egna ben och inte har så värst många år kvar i nästet och därefter är man utlämnad till ett efterliv, har fullgjort den enda verkligt betydelsefulla uppgift man haft, drivit upp två plantor till hyggliga medborgare, och de allt oftare återkommande tankarna på döden varvas med tanken på att det snarare är de högt ställda förhoppningarna, naiviteten, man bör håna, inte att livet inte blev vad det borde, vad det kunde ha blivit eller att återstoden inte kommer att bli annorlunda, för inte kommer Helena och jag att sälja sommarhuset på Österlen och villan i Audighettot där vi bor och börja om nån helt annanstans, köpa en vingård i Toscana eller flytta halvårsvis till en svenskby i Thailand eller börja övervintra på nån retreat i Goa för att skriva självhjälpsböcker om att tänka positivt, vi har pengar att förverkliga vad helst vi önskar men är för fastbundna i vår dag och våra föreställningar om vad den dagen ska fyllas med, nej, denna vandring kommer att bli lika strävsam och ändamålslös, kantad av outlevda lustar ända in i mål, inte ens slutsträckan kommer man att kunna ratta i en sportbil av det slag jag läser om liggande på den träblonda studentsängen och lär mig cylinderkapacitet, bränsleinsprutning och maxhastigheter, ovärderliga fakta som smärtfritt lägger sig till rätta i minnet, ackompanjerat av Patti Smiths hjärtskärande stämma som ekar genom väggarna tillsammans med Herodes som ger skall.

Att plugga har visat sig vara en levnadsform som är ömsom utdragen, ömsom komprimerad. Först hänger man på föreläsningarna och låter dagarna driva förbi, den ena den andra lik, en stilla flytande bäck, sommarmoln på himlen, och sen, när några futtiga dagar återstår till tentan, sker allting – kunskaperna knaprar man i sig under ett par intensiva dygn, fullpepprad med choklad, kaffe och koffeintabletter i en sådan mängd att man skakar som en pundare, kolsyra i blodet. Jag läser anteckningarna, begriper dem inte längre men parar ihop dem med texten i de hutlöst dyra läroböckerna och den än mer hutlöst dyra lagboken, trycker i mig juridisk elementa. Helt oäven på det legala fältet kan jag inte vara. Det får fäste. Eller rättare, jag förlitar mig på att jag kommer att klara mig, gör mig inga förhoppningar (*här* finns det märkligt nog inte utrymme för storslagna drömmar!) om att ta mig igenom utbildningen med mer än en hårsmån, därför att det är så jag lärt mig överleva, hanka mig fram, förlita mig på turen, slumpen, ett sargat självförtroende har ställt till det för mig ända sen jag lärde mig läsa.

Tre dagdrivarveckor och därpå en vecka som kräver en intensiv arbetsinsats – det går att leva med.

Kurserna ja, det är första erfarenheten: alla kommer som bäst i klassen – i teorin, om än inte i praktiken, se t ex på mig! Just de här åren är intagningskraven förbluffande låga på juristlinjen, vilket är skälet till att jag sköljdes med i första intagningsvågen, och tillsammans med mig också en samling begåvningsmalajer som ingen skulle önska sig som försvarare den dag man hamnar i domstolen eller att föra ens talan i det enklaste juridiska spörsmål – och därmed åtgår mycket tid till att skapa en ny hierarki där alla finner sin plats, att behålla för evigt, amen. På samma vis som grundskolesystemet redan från första klass har arbetat för att vinna en naturlig indelning av individer, eller kanske att individerna själva, du och jag, haft ett behov av att finna en lucka att fylla. Det är väl därför vi alla så snabbt urartar till schabloner av oss själva. Som om det bara finns en uppsättning roller att axla, säg uppskattningsvis ett tiotal olika som fördelas över en föreläsningssal full med studenter.

En annan sak som följer med upp från grundskolan är undervisningsformen; jämlikhetsivrandet och utslätandet som formades under tidigt sjuttital har nått toppen av utbildningsväsendet, till skillnad från tidens ekonomiska credo, hästskitsteoremet, så tränger den här skiten uppåt. ”Lärarna” skriver upp på tavlan samma saker som de berättar muntligt eller läser högt från en overheadshow i högt tempo, och vi skriver av, ordagrant. Frågor på det? Räcker nån upp handen är det för att be ”läraren” ta det aningen långsammare. Några diskussioner bjuds det inte in till, inte ställs det några frågor i andra riktningen, till åhörarna, heller. Tugga och svälj.

Behållningen under de första årens byggande av en juridisk grundplatå är Conny Lööf. Redan första terminen, till introduktionskursen, jiken, gör han sin entré. Förankrad vid griffeltavlan skriver och skrattar och pratar och flämtar han medan han lutar sig bakåt för stöd, färgar den marinblåa klubblazern vit över hela ryggen, från överarm till överarm, av sakprosa om offentlig rätt.

(Ett kladdande som bemöts med en tung, samlad utandning från auditoriet, besvikelsens lungtömning över att inte ha hunnit skriva av.)

Behållning? Ja, det finns ett stort underhållningsvärde i hans förmåga att omedvetet radera det han mödosamt plitat ned med sin vackra piktur medan han skjuter upp glasögonen mot näsroten under skrattattacker som ingen levande begriper sig på. Men han visar sig vara jävulen förklädd. Fast det beror förstås på hur man uppfattar det. Han ska återkomma på andra kurser, har stor spännvidd över det juridiska fältet, institutionens libero, och har därför kommit på ett sätt att systematisera hela flödet från utlärning till kontroll.

Conny Lööf är en av de första att ta till datorn som aktivt arbetsredskap, i motsats till kollegorna som huvudsakligen använder den för att ge rummet en knastertorr luft som tar kål på blommorna. För varje kurs har han iordningställt ett tjugotal frågor som han låter datorn slumpmässigt sätta samman tentorna av.

Baksidan av det här förfaringssättet får han antagligen aldrig full insyn i. Det är där KL kommer in, grundlägger sitt rykte som tentaskrivningarnas sugar daddy.

Hur många ska du ha? säger KL när jag knackar på hans dörr.

Hur många behöver man?

Det beror på hur högt du siktar. Han håller upp ett kompendium han satt samman. Med två klarar du godkänt. Men köper du dom fem senaste täcker du rubbet. Garanterad spets.

KL handikappas inte av att nånsin reflektera – en fatal svaghet i affärer – över sina handlingar eller se på saken ur nån annan parts perspektiv. Till hans fördel måste självfallet sägas att han är sinnebilden för ”student”, han är materialet som framtida skrönor kommer att bygga på som i sin tur lockar nya kullar av partaj- och bildningstörstande ungdomar till Lund. Han är exakt vad studentlivet handlar om: dubbeltumme, lura systemet, ha så mycket roligt som möjligt under en kort tid av sitt liv, och häftar några ynka kunskaper av varaktig karaktär vid honom under dessa år så kan han leva med det också, har personligen aldrig skadat nån och de tjejer som han nedlägger i samma takt som höststormarna fäller träd i de mellansvenska skogarna tycks alla lämna honom med ett glatt minne mer än en bitter erfarenhet. Allt kommer att gå honom väl i livet, han kommer att fortsätta hålla sig i trim, älska sin hustru, vakna var morron med en iver att få sätta igång och jobba och plikttroget rösta på valdagen.

Det är fusk, klagar Ann-Charlotte när jag kommer på att jag kan låna hennes och Helenas gamla tentor, i stället för att vända mig till KL.

Hur kan det vara det? säger jag. Det är tillåtet att läsa in gamla tentor.

Då kan du svaren innan.

Hur gjorde du själv då?

Vad tror du?

Ann-Charlotte reser sig, går ut i köket efter mer te.

Vad är hon så aggressiv för? säger jag till Helena.

Vi fick betala ett överpris för dom. Och vi kan inte ta betalt av dej.

Måste hon alltid vara bäst?

Ja, svarar Helena lakoniskt, och bakom svaret går det att ana en leda vid att kollektivisterna också ser varann som konkurrenter oavsett vad det gäller. Klart att de alla fyra klarar av tentorna galant, också sen de slutat skaffa gamla, de håller ihop, hjälps åt, liksom skjuter varann fram genom åren, och från ringside kan jag betrakta dem med lika delar avundsjuka och konsternation. Och Ann-Charlotte är den typen av student som kan *allt* och som upptäcker luckor, slamkrypare, i tentorna och därför svarar både på frågan och på vad den också skulle ha kunnat vara. När Helena glädjestrålande får maxpoäng på en tenta, alla rätt, så har Ann-Charlotte naturligtvis lyckats spräcka maxgränsen och fått *ytterligare* poäng.

Klart är också att jag inte kan hålla mig ifrån Helena fastän jag beslutat mig för celibat dagarna före tentan, men redan efter en natt i boklig ensamhet blir det för mycket munklik asketism och jag ringer henne sent nästa kväll och ber att få komma över. Och hon svarar:

Kom nu. Jag har längtat efter att du ska ringa.

Hon kommer ner och öppnar porten för mig i nattlinne och morronrock. Jag kryper ner hos henne och håller om henne, ligger tätt intill hela natten och hon smyger bak ett ben över mina, och på morronen vaknar vi badande i svett.

Tentan går som en dans. Conny Lööfs dator har haft en dålig dag. Inte en enda på kursen får underkänt.

Men så skruvas tempo och krav utan förvarning upp efter mjukstarten. Karusellen snurrar plötsligt oroväckande snabbt. Inget får fäste längre, det är bakhalt som av felvalla. En handfull kursare slungas av redan ett par veckor in på nästa kurs. Det är så pass oväntat och tidigt att de inte hunnit teckna sig som individer med namn och särdrag, utan stannar vid ”tysta tjejen”, ”gubbpojken med portföljen” och ”jazzfarbrorn”, och selekteringen kommer att fortsätta med oförminskad styrka under de följande åren tills det återstår en tapper, sammansvetsad skara som gör gemensam spurt mot målsnöret.

KL och jag gör sällskap till tentasalen, det kan vara tentan i rätt och samhälle, kanske nåt annat, det kan kvitta vad. KL butter, har varit ganska kort i tonen sen jag avstod från att handla av honom. Vi slår oss ner längst bak, där jag alltid vill sitta för att få *överblick*, och på en given signal från en av vakterna vänder alla upp pappren och kan börja.

Tystnaden.

Och under denna andäktiga tystnad då vi skaffar oss en bild av svårighetsnivån, kan jag passa på att berätta:

Det är lätt att inbilla sig att en open book-tenta, dvs man får ha med sig kurslitteraturen att använda sig av, är enkelt, men det visar sig vara ett kunskapsmässigt triathlon: man ska både kunna läsa, skriva och begripa, och, som grädde på moset, förklara. Man kommer ut mer slutkörd än efter ett slabb (men efter tenta-slabb orkar man lik förbaskat med på natten).

De andra tentorna, utan böcker, är på pappret svårare, i realiteten lättare.

Till dem skaffar man sig en ny uppsättning vänner, förutom nämnda kaffe och koffeintabletter också fusklappar: små ynka lappar som man fyller med minsta tänkbara skrift, knappt läsbar utan mikroskop, rena sammanfattningar av kurslitteraturen inte större än att de ryms i myntfickan på jeansen, i strumpan, i stövelskaftet, lappar som självfallet aldrig kommer till bruk, men bara själva tanken, *vetskapen*, om att de finns är ett stöd, och det omsorgsfulla nedplitandet är en krycka i sig, det räcker med att dra sig till minnes vad man skrivit uppe i hörnet till höger på tredje lappen av sju som ligger på plats under hålfoten. Resultatet av fusklappsförfattandet är att man lär sig text utantill, hela stycken, men för att det inte ska vara uppenbart att man bara återger memorerad text utan kan förhålla sig akademiskt prövande så lättar man upp språket med att skriva ”för” och ”inte” i stället för ”ty” och ”ej” och ersätter vissa ord med dess omedelbara synonymer. (Och detta är för övrigt skälet till att jag hade en mer försonande syn på den av Traktor ertappade ”fuskaren”.)

Fusklappar är ett utmärkt hjälpmedel vid inlärning och borde tillåtas i större utsträckning, fast frågan är om de då haft samma pedagogiska effekt.

Första frågan, andra, jag läser dem, två gånger, bläddrar fram och kollar igenom de andra också. Slår ihop pappersbunten. Stirrar rakt framför mig, ut i tomma intet. Runt omkring sitter kursare med putande strumpor, cigarettpaket och bakfickor, magasinen fyllda som hos gerillasoldater som ska dra ut i strid, och de gör sig ständiga ärenden till toaletterna. KL skriver och skriver, med huvudet lutat, nära pappret som en närsynt, tungspetsen i mungipan. Fullständig koncentration.

En gång till. Jag läser samtliga frågor igen, noggrant. Jag kan inte ha uppfattat dem fel. Är *detta* verkligen innebörden av att tentera? Frågor av det här slaget som kräver utredande svar? Varför har ingen sagt det innan? Helena?

Det går en halvtimme. En timme. KL vässar pennan och skriver vidare. Jag bryter bit på bit av den medhavda mjölkchokladen och stoppar i mig. Blir törstig. Går på toaletten och dricker. Rökarna reser sig och lämnar salen i samlad tropp när rökpaus annonseras.

Jag läser frågorna en sista gång, bakifrån. Ja, allt stämmer. Jag reser mig och går fram och lämnar in blankt.

Lättad tränger jag mig ut förbi rökarna som står tysta och begrundande och blänger i marken utanför trappan, begravningsstämning, bevakade av en nitisk vakt som inte tillåter lån av varandras tändare, passerar dem alltså, håller andan, och tar ett djupt andetag frisk luft när jag kommit runt hörnet. En lång promenad härs och tvärs genom stan för att rensa tankarna är precis vad jag behöver nu. Funderar på hur jag ska fira den här triumfen.

Det blir med friterad rödspätta och vitt vin som tidig lunch på Grand.

KL är inte tillbaka på korridoren när jag återvänder. Jag byter några ord med Annika om disken som jag ligger efter med och som hon därför förbarmat sig över ännu en gång, jag ska bättra mig, ett löfte jag utfäst som ett ständigt upprepat mantra men inte riktigt förmått hålla – hon har alltid hunnit före. Tack, Annika. Jag ska storstäda hela köket. Promise. Energin är tiofaldigad i dag. Men först går jag in på mitt rum och slår upp böckerna och börjar läsa igen, medan jag ännu har arten av frågor i färskt minne.

För allt detta hokuspokus som omger studierna, att ”ligga i Lund”, Sam Ask som travar runt på gatorna, traditionerna, spexen, den anala studentikosa humorn, den inverterade ironin, ordnar och sällskap och nationer, har naturligtvis ett syfte: Att hålla arbetarklassen borta från bildning. Eller som professorn i rättssociologi uttrycker det med sin onyanserade välvilja och inför en förbluffad föreläsningssal:

Varför ska arbetarbarnen läsa? Det här landet kommer alltid att behöva arbetare också.

Vad det hela handlar om är i grund och botten ingenting annat än att slå i sig så mycket text som möjligt för att sedan rapa upp den igen, ordagrant, utan att ägna alltför mycket funderande över vad som står, för vad som än sägs är kritiskt tänkande och ifrågasättande bara käppar i hjulet för institutionsledningen.

Tvärtemot vad jag trott i hela mitt liv har jag lätt för att lära, det var enbart i jämförelse med min syster, Monika, The Brain, som jag föreföll bakom flötet. Jag kan sitta still och koncentrerat läsa i en bok och tillgodogöra mig innehållet, jodå. Monika som pluggade medicin i två år i Uppsala innan hon tröttnade på den obegripliga studentikosa livsföringen, allvarligt lagd som hon är, och flyttade hem till lägenheten i Malmö för att fortsätta studierna i Lund, men träffade Stig och blev gravid och lämnad av honom och fick se sig om efter ett jobb i stället – nu när hon är ensamstående med Nathalie ter sig en läkarexamen antagligen lika sannolik som solsting på Antarktis.

Två veckor senare spetsar jag enkelt omtentan.

(Även denna gång sitter KL bredvid mig – han gjorde en felkalkylering när han ägnade mer tid åt att sälja än att studera gamla tentor, är på det hela taget en erbarmlig reklampelare för sina produkter.)

Adrenalinkicken håller i sig. Jag tar mig med oförminskad kraft an de två nästföljande tentorna också av bara farten. Helt otippad seglar jag upp som en av de kunnigaste på kursen, i vissas ögon som en renrasig plugghäst – det värsta som kan hända. För naturligtvis råder det en inverterad duktighetskult, fattas bara, och varför skulle det inte göra det, det är ett samhällstillstånd. Medelmåttan är rättesnöre och rikslikare, eftersom majoriteten hör hemma i mittfältet. Att inte klara kurserna är bara snäppet mer suspekt och anmärkningsvärt än att klara av dem med glans. Det gäller således att plugga som fan utan att låtsas om det, man ska ständigt ge sken av att inte ha läst en rad förrän sista dygnet, och då ha gjort det genom att spatsera förbi de igenslagna böckerna, och att bli påkommen med att stå vid kassan på Gleerups första dagen på nya kursen med litteraturlistan i ena handen och böckerna i den andra är en rejäl nördvarning, persona non grata.

KL då?

Jodå, på tredje försöket glider han över med darr på ribban och kan kvittera ut halvspets. När resultatet kungjorts fyller han kylen med DAB, går runt och knackar dörr, bjuder in, och genom ytterdörren väller kursare in, de som i honom har en stabil tentaleverantör.

KL står på sitt skrivbord, ölflaska i näven, dansar till It's raining men, utbrister:

Gratis öl till alla!

Sofia som med blandad förfäran och beundran stirrar på honom från dörrhålet. Han har den rätta bakgrunden och framtiden för hennes sociala ambitioner men saknar manéren och stilen, och hon ser för ett ögonblick ut att göra ett överslag på om det vore möjligt att slipa honom till den diamant hon är på jakt efter, innan hon med ett slags avsmak inför hans tarvligheter går och hämtar sin flaska vitt. Annika och Traktor sitter tätt intill varann i KL:s säng, varsin öl i handen, omgivna av hängivna jur. stud.

Ta David Adam Bertil i kylen! tjoar KL. Med tillägget: Men Kraft ska betala! Bara gratis för kunder!

Skrapet med nålen över vinylen, och därefter klämmer KL i med sin signaturmelodi, sjunger med hög och klar stämma Jag vill va' som du, en låt som han inte försitter nåt tillfälle att framföra på fester, slabb och herrmiddagar. Kunde kallas Baloo också, för hans andra paradnummer, oftast serverat med avecen är Var nöjd med allt som livet ger.

KL – Kung Louie.

HELENA OCH JAG TAR pågatåget till Malmö och från stationen promenerar vi genom en helgöde stad, längs gågatan, över Triangeln, där en Sheratonskrapa håller på att uppföras för att ge stan en gnutta internationell atmosfär och där de sista nattsuddarna, ständigt desamma, rumlar ut från Stippes, bukfyllda med vickning, frukost och lunch i en enda lång sittning där de lättat sitt hjärta för nån ur personalen eller nån annan av olycksbröderna, förbi Konsthallen och utmed Pildammarna.

För Bodil, min morsa, har infört en nymodighet sen Monika och jag flyttade hemifrån.

Söndagsmiddag.

Vår lilla familj måste kunna hålla ihop, motiverade hon initiativet första gången det kom på tal.

Av nån grumlig anledning har hon dessutom fastställt den till mitt på dagen, klockan tre, för att inte förstöra förmiddag eller kväll för oss, ett slags behjärtansvärd omtanke vars enda resultat är att båda passen går om intet, hela dan tas i anspråk av middag och transporter.

Vi går hand i hand. Helena pratar och jag lyssnar, och jag blir medveten om hur jag griper allt hårdare om henne ju närmare vi kommer.

Vad tycker du?

Vadå? säger jag, som för ett ögonblick svävat iväg i tankarna.

Jag frågade om du tycker jag ska skaffa nya stövlar. Bruna. Du hör inte på.

Visst gör jag det. Dom du har nu är fina.

Jag får ont av att gå långt i dom.

Vi kan ta bussen nästa gång, om du vill.

Hon trycker till min hand. Hårt. Aj! Men så när vi kommer fram till Borgmästargården, detta klaustrofobiska miljonprogramsområde, släpper jag taget, kör ner händerna i fickorna, och jag önskar att jag kunde förklara det beteendet för mig själv, för nu om nånsin borde jag ha nån att hålla i, men det är ett mönster som upprepar sig vareviga söndag.

En enklav, varken förort eller centrala kvarter, HSB, med gårdar som består av tre- och åttavåningshus, och två sjuttonvånings, placerade i kvadratiska mönster kring ett lika kvadratiskt affärscentrum ”med allt”, byggt med tegel och fogat med sextitalets gnistrande framstegsoptimism – min uppväxtvärld, min referenspunkt för allt framtida boende och syn på liv och sociala strukturer, med tydliga hörnkoordinater: Stadion, shoppingcentret Mobilia, Allans korv och Pildammsparken. Alla platser, alla städer, måste pressas in i det koordinatsystemet för att vägas och mätas och förstås.

Jag känner blickarna när vi går genom området, från bakom gardiner och från de få vi möter, mänskor som jag mött i nästan hela mitt liv men som ändå låtsas inte känna igen mig, hälsar gör de så klart inte, för det gör ingen här, inte ett leende slösas i onödan, däremot är de frikostiga med att ge ifrån sig en känsla av fördömande och förakt, att man tror sig vara förmer – där går han som läser i Lund och tror han är nåt – därför att man brutit sig ut ur sitt sammanhang, sin historiska roll, och det är med allt större svårighet jag vistas här, känner allt mindre samhörighet, gemenskap, allt mindre att prata om som rör området, och, tro mig, det fyller mig lika mycket med avsmak inför mig själv och mitt fjärmande som inför området självt.

Men det som är mest ögonbrynshöjande här är inte bristen på anständighet att kunna se varann i ögonen, utan hur åldersstrukturen skevar för varje besök, demografin blir aldrig normalfördelad enligt samma mönster som övriga samhället. När vi som växte upp här flyttade till första egna boendet kunde man förvänta sig en omsättning på lägenheterna, och så blev det också, fast med ett oväntat resultat, det var inte nya barnfamiljer som flyttade in, och med tanke på att området tio år in på det nya millenniet – till skillnad från när traktorer ännu plöjde fälten som skulle komma att bli vår fotbollsplan och mark för Riksbyggens trista huslängor, och där bortom där utmarkerna tog vid – i takt med att befolkningen väller in över kommungränsen, nya stadsdelar uppstår med samma hastighet som för atomer vid kärnklyvning och regionen är het igen, har blivit en av stans mest centrala, och välmående, vilket inte är utan betydelse, men barnfamiljer tycks in i evigheten envisas med att föredra stadsgräns, först Borgmästargården, därefter Lindeborg när det uppfördes som stans södra utpost, för att nu flytta in i de vita lådorna på kärrmarkerna ute i Bunkeflo så att ungarna kan kava runt i lervälling upp till knäna, medan Borgmästargården fortsätter att vara ålderstyngt, med en genomsnittsålder som stiger år för år, och numera bor här knappast nån som inte lämnat arbetsför ålder bakom sig och slagit sig ner med elbryggaren inom bekvämt avstånd – tillkomsten av en vårdcentral nere i det fd affärscentret är i det perspektivet genial, och den alertare kvartilen av åldringarna har anlagt kaffeberså och boulebana på den gräsmatta där de förr höll igång somrarna igenom med att jaga oss och kräva att skyltarnas uppfordrande BOLLSPEL FÖRBJUDET skulle efterlevas.

Helena och Bodil, morsan, har på kort tid byggt upp en egen relation, som mest tar sig uttryck i att de gör gemensam sak mot mig vid middagsbordet, ständiga synpunkter, och därutöver en vänskaplig förståelse av varandras olikheter, eller är subtila och gör gemensam sak *om* mig, och jag är inte säker på vilket som är värst.

Morsan säger: Har du ny skjorta, Johan?

Jag fick den av Helena.

Jag trodde inte du gillade randigt?

Den sortens vänskapliga förståelse är det tal om.

Morsan ja – det blir allt svårare med titulaturen under de här åren, i takt med att jag blir äldre och styrkeförhållandena och rollerna förändras när vi blir fler vid middagsbordet börjar jag stegvis gå över till att säga Bodil, och det låter förresten inte så fräscht att damma på med ”morsan” i den akademiska svängen, men i tankarna är och förblir hon morsan.

Bodil, morsan, brukar för övrigt ringa på söndag förmiddag och ”bjuda in på nytt”, för att vi verkligen ska känna oss välkomna, med det underliggande syftet att påminna oss (det har nämligen hänt, flera gånger, pre-Helena, att jag råkat utebli, av olika skäl som vi inte behöver gå in på här).

Kom hungriga, jag lagar pannbiff med lök, kan det heta i luren då. Så som du brukar gilla det.

Har det hänt nån gång att vi kommit mätta?

Tänkte du ville veta.

Var inte orolig. Vi kommer i tid.

Monika och Nathalie kommer också.

Jag vet. Dom kommer alltid.

Sen ringer hon en gång till, när vi är tillbaka i Lund och eftermiddagen glidit över i kväll och hon har en stund över mellan bestyren i diskbaljan och att teveprogrammen hon ska se tar vid.

Vad lite Helena åt. Tycker hon inte om pannbiff?

Hon åt mycket, så mycket hon orkade. Sluta försöka pressa i henne.

Jag förstår, säger morsan återhållet. Ja, hon är ju inte direkt smal.

Monika och Nathalie är redan på plats, och i lägenheten, trean på andra våningen i sjuttonvåningshuset, pågår skyttegravskriget sen länge. För att vara två mödrar och två döttrar på tre personer, det är en ekvation som inte går ihop. Morsan har synpunkter på hur Monika uppfostrar Nathalie, och Monika har synpunkter på hur Bodil är som morsa. Det hör till raden av fajter en lillebror aldrig behöver bekymra sig om, han kan glatt klampa in i lägenheten och slänga sina muntra hej! omkring sig.

Har du satt vagnen åt sidan i entrén, kommer det från morsan, placerad vid spisen, med förkläde om magen, så att den inte står i vägen?

Måste du tjata hela tiden?

Du tjatar ju själv, på Nathalie.

För att hon ska lära sej, ja.

Vad tror du jag gör det för, då?

Morsan är gammaldags, hon har middan klar prick kl 15, orolig för att potatisen ska ha ljumnat om vi sätter oss till bords ett par minuter för sent, det är inte som nu när vi tillsammans med våra halvvuxna barn blir bortbjudna på middag en lördag och även om vi kommer klädsamt för sent så har värdparet precis stigit ur duschen och vi förväntas som gäster ta del av hela matlagningsproceduren, vid ringside, med drink och nötter i näven och hungern med ett fast grepp om magsäcken, diskuterande resmål, matlagningstekniker, vilket par i den senaste relationskomedin som andra vänner liknar och de obegripliga gymnasielinjerna och antagningskraven som våra barn ställts inför och som gör att de redan som fjortonåring bör ha bestämt sig för att sikta in sig på t ex en läkarexamen, med risk att kastas ur sadeln på grund av ett misslyckat resultat på ett skitprov i tvåan, hela obegripligheten med denna regerings skolpolitik kan hinnas med innan förrätten, grillade pilgrimsmusslor, äntligen kommer på bordet. Nej, till morsan gäller det minsann att anlända punktligt.

Hon har dukat köksbordet. Detta är veckans höjdpunkt, barn och barnbarn samlade. Vardagens vaxduk är ersatt av en krämvit linneduk med invävt blommönster, hårdmanglad och nästan skimrande i ljuset som faller in genom fönstret, och finporslinet har börjat komma till användning i en omfattning som inte var tänkbar på den tiden då Monika och jag satt här dagligen. Karotter och uppläggningsfat som blev över när mormor dog och släktgården såldes har börjat dyka upp.

Paradrätterna är desamma som under vår uppväxt – pannbiff med lök efter mormors recept och kyckling med gräddsås och pressgurka – fast de presenteras med allt längre mellanrum. Sanningen är att i en ålder då de flesta alltmer förlitar sig på gamla trotjänare och halvfabrikat, då börjar morsan bredda registret. Önskar sig en prenumeration på Allt om Mat i födelsedagspresent, och det teflonjärn som Monika och jag en gång la samtliga våra besparingar på för att kunna ge morsan en värdig julklapp, det gör en vända ut från skåpet där det slutförvarats tillsammans med andra tokigheter som vi hittat på under åren, innan det återigen bedöms som undermåligt och återfår sin gamla dammsamlande plats, denna gång för gott, kan vi förmoda.

Följaktligen bänkar vi oss en gång i veckan vid bordet vars iläggsskiva blivit en permanent del av inredningen sen jag burit upp den från källaren, för att serveras kinesiska grytor, vegetariska rätter med linsröror som köttersättning och som ger oss tredagarsdiarréer, kalkonklubbor, rostbiff à la Pampas och gud vet allt vad hon hittar i sin nya favoritlektyr.

Hemligheten är en nypa socker i såsen, säger hon och häller i en skål upp bearnaisen, som anpassats, "örtig och med sting", till fisk. Det är ett avslöjande som också hör söndagarna till, ursprungligen myntat av mormor.

Morsan är för övrigt aningen kantig i dag, tog illa vid sig av att Monika haft med sig ett paket fiskpinnar till Nathalie, eftersom hon befarar att dottern inte kommer acceptera den ugnsbakade laxen som ställts fram på bordet.

Du gillar det här, försöker morsan pedagogiskt intala barnbarnet, som just därför resolut skakar på huvudet.

Det luktar gott, säger Helena uppmuntrande.

Jag har aldrig gjort det förr. Det kan bli hur som helst.

I värsta fall får vi beställa lasagne, säger jag.

Lasagne? Det är inget att skämta om.

Nej, ingen skrattar heller. Särskilt inte Helena. Lasagne är nyckeln till en historia av det slag som hör till en familjs egenheter och hemligheter, en skärva av de gemensamma upplevelser och det kodade språk som en familj utgörs av, men just denna historia hade vår lilla familj helst varit utan, från tiden innan Helena klev in i vår lilla krets och med en upptakt som består i det där telefonsamtalet som blivit en regel på helgen, fast denna gång oregerligt tidigt.

–

Morsan, är det inte lördag? säger jag sömndrucket, harklar mig. Och klockan är – jag trevar efter armbandsuret, hittar det på golvet, under sängen – klockan är... kvart över sex?

Han är skjuten.

Vem?

Skjuten!

Genom min omtöcknade skalle far ett antal tänkbara kandidater: Folke, min far, som inte hörts av på åtskilliga år; Leif, morsans skrälle till bror som är gift med den lika vedervärdiga Lisbeth och därmed vore svårsörjd vid eventuell bortgång men knappast tänkbar som mordoffer; Bernt, deras avkomma och min eländige kusin, av samma kaliber som sina föräldrar, han kan nog ha retat upp en och annan med sin försmädliga stil och det vore inte svårt att förstå om han haft problem med acklimatiseringen i Stockholm dit han flyttat för att gå på Handels; herr Havlicek, morsans granne, tillsammans med sin hustru flykting från Tjeckoslovakien och ständigt nya fiolelever att plåga trappuppgången med sen min gamle klasskompis Bogdan gått vidare till att härja med elgitarren i stället, kan öststatsagenter ha sökt upp honom nu när han hörts sägas att västvindar sveper in över hans forna hemland; en uppsättning chefer på morsans jobb som verkar lika huvudlösa hela gänget; mina tankar går så långt som till Refaat El-Sayed som lär hotas med jämna mellanrum enbart därför att han har egyptiskt ursprung och en större näsa för affärer än för sanningar – men, nej, jag kommer inte på nån värd att gråta över. Inte som morsan gråter nu.

Vem?

Hulk och snörvel.

Hallå?

Jag måste bara ringa. Så att du vet.

Vad är det som har hänt?

Mer gråt, mer hulkande, mer snörvlande.

Ta dej samman. Vem är skjuten?

Olof Palme.

Palme? Varför det?

Sen blir det tyst hos både morsan och mig. En lång tystnad under vilken jag hinner klarna till någorlunda och morsan kippar efter andan, har kämpat i det längsta med att hålla tillbaka tårarna för att kunna ringa, har inte lyckats nåt vidare, och nu brister fördämningarna fullständigt.

Morsan?

Det är... fruktansvärt... Han sköts.

Morsan snörvlar igen, en lång harang, snyter sig, och försöker redogöra för vad som hittills kablats ut i extrasändningarna. Jag sätter mig upp i sängen, tar på mig klockan, för nu kommer det inte att bli så mycket mer sömn.

Har du ringt Monika?

Dom kommer hit. När Nathalie vaknat.

Vill du att jag också kommer?

Nä, det behövs inte. Du har väl läxor att läsa.

Det är så klart fel svar. För jag vill hem, ja, i den här stunden tänker jag på morsan som hem, nu vill jag inte sitta i ett kargt korridorrum med mänskor som jag i den här stunden känner mig främmande inför.

Då äter vi söndagsmiddag i dag i stället, bestämmer morsan mellan snörvlingarna.

Jag slår på radion, musikens mollstämda allvar som står på mellan nyhetssändningarna. Jag lyssnar koncentrerat, förstår ingenting, dissekerar orden, jag kan inte koncentrera mig, jag går en runda i rummet, ut i korridoren, ännu ingen annan vaken, KL inte hemma än, letar efter nyheter på andra radiokanaler, förstår ändå inte – skjuten? Vad i helvete är meningen med det? – och vid tio slår jag på korridorteven och ser en samlad Ewonne Winblad i Rapport: *Statsminister Olof Palme är död. Han mördades i centrala Stockholm kvart över elva i går kväll...* Blir det begripligare? Inte ett skit.

Morsan är rödögd som om hon skivat lök hela morronen när hon öppnar. Det slår mig att jag inte hann få i mig nån frukost, och att fråga efter nåt ätbart är fel inledning.

Monika och Nathalie intill varann i fåtöljen. Nathalie märkbart tagen av gråten och tystnaden, frågorna. En mormor med förvridet ansikte. Monika i ungefär samma fas av upplösning. Förresten vete katten om hennes morbror är i så mycket bättre skick.

Morsan och Monika har varit igenom det hela åtskilliga gånger redan, vartenda ord i nyheterna har de vänt och vridit på utan att det gör vare sig från eller till. Monika som med några års medicinstudier i bagaget verkligen har klart för sig att hjärtat sitter till vänster, mycket längre till vänster än den socialdemokrati som morsan är en varm anhängare av, hon bor ju i ett område som är rödare än en hjärtinfarkt, kärnväljare, bara några långa kast från epicentrum, Per Albin Hansson, August Palm, arbetets söner, upp till kamp emot kvalen, Malmö, navet i den svenska arbetarrörelsen, och även om hon ofta har beskyllt Palme och partiet för opportunism och medelklassfjäsk, särskilt när det gällde kärnkraften, kämpar hon nu tappert för att hålla anletsdragen någorlunda intakta, för Nathalies skull.

Hon sitter uppkrupen tätt intill Monika, men skyndar hoppande upp i min famn, men inte heller jag kan erbjuda muntrationer. Jag kramar henne, sätter ner henne på golvet, nej, jag tar upp henne igen, det var skönt att ha nån att hålla om, att känna värmen från, krama mig, Nathalie, krama mig hårt.

Palme som vi sett första maj-tala på Stadion i alltings början, tillsammans med hela bostadsrättsföreningen som gått mangrant ur huse, de röda fanorna som fladdrade i vinden under det massiva tågets uppmarsch från John Ericssons väg. Männen som skjutit upp biltvätten till eftermiddan och kvinnorna som avhållit sig från att boka tvättstugetid trots att det är ledig dag. Monika som blev så arg på morsan att hon sprang ner på parkeringen och låste in sig i bilen och blev sittande där tills morsan fick förödmjuka sig inför hela huset och komma ner med middan på en bricka – vilket är en annan historia som också binder samman vår familj, utgör en del av vår genetik.

Minns ni när Monika käkade i bilen? säger jag i ett försök att lyfta stämningen.

Andas inte hitåt, snäser Monika ilsket. Du stinker sprit.

Gör jag?

Nathalie ser så skör och rädd ut i min famn, vet väl inte vart hon ska ta vägen med så mycket sorg omkring sig. Hon glider ner ur min famn och kryper upp intill Monika igen, tummen i mun, hon som aldrig suger på tummen annars. Håller hårt om gosedjuret, en vit kanin vars ena öra hänger löst.

Mamma, kan du läsa för mej?

Inte nu, suckar Monika tungt, med ögon som börjar tåras igen. Strax, gumman.

Jag kan läsa.

Nä, jag vill inte. Nathalie drar i en lock, snurrar fingret i håret, trycker det mot kinden.

Vad gör mormor? säger jag.

I köket. Nathalie stoppar locken i mun.

Och Monika: Hon vill vara för sej själv.

Hon ber oss komma och sen vill hon vara för sej själv?

Är det så konstigt? Ibland vill man vara ensam tillsammans.

Nathalie snurrar sitt hår, tar Monika i handen med andra handen. Kaninen ramlar ner på golvet. Hon sparkar till den.

Okej, jag fattar, säger jag och sätter mig i soffan, fattar allt mindre av denna dag. Dessutom börjar tröttheten slå över mig i vågor, tidvattnet på väg in, emellanåt känns det som om jag mikrosomnar, hakan slår i bröstet, vågor som drar mig ut från land, allt längre. Helst vill jag lägga mig ner och låta mig svepas iväg ut till havs, illamåendet har kommit ikapp mig och annonserat sin fulla närvaro, så jag lägger mig ner, gör om morsans gamla trick från när hon kom hem från Strumpan, behåller fötterna i mattan så att det inte ska verka som om jag vilar utan slumpmässigt råkat hasa ner från plymåerna. Jag driver iväg i dimmor.

Folke, min far, är försvunnen, morfar är död, en gång ville jag bli som han, en handlingens man, med underarmar som sköt ut ur den rödrutiga skjortan med blodådror som pipelines under huden, mormor som tynade bort på hemmet – nej, ingen av de förlusterna ger samma känsla av... tomhet? ... obegriplighet? ... meningslöshet? ... kväljningar...

Jag är hungrig – Nathalies ljusa röst, på mils avstånd.

Somna inte nu, Johan. Monikas röst är skarp och nära.

Jag bara blundar. Jag är också hungrig.

Det sista hör morsan, som tagit en sväng ut från köket. Hon har gråtit än mer, jag borde skriva att mascaran runnit nerför kinderna, men detta är inte en dag då hon bekymrar sig om sminkningen.

Jag har inte... (hulk) Jag har glömt. En röst som efter en långvarig förkylning. Eller jag menar inte hunnit... (snörvel). Jag har inte lagat nåt. Jag ska gå och handla nu. Vad vill ni –

Nä, nä, det behövs inte, avbryter Monika henne. Ska jag?

Morsan gör en avfärdande gest, en matt hand som fladdrar genom luften.

Smörgåsar, går det bra? Jag har herrgårdsost. Mår du inte bra, Johan?

Jodå, jag... Jag sätter mig upp, överdrivet ivrigt, och fokuserar blicken. Jag har ett bättre förslag. Vi beställer pizza eller kinamat.

Pizza? Morsan har förstås ätit pizza, men aldrig fått för sig nåt så extravagant som att få den hemkörd. Deg och ost? Då kan vi lika gärna ta smörgåsar. Jag har kanske nåt att steka upp...

Lägg av, säger Monika, rappt. Johan har rätt. Vi beställer.

Jag bjuder, säger jag.

Det är inte pengarna.

Det är lugnt, morsan. Sätt dej och vila.

Jag drar mig upp från soffan, står stilla i två sekunder för att det som söker mig ska ebba ut, stolpar därefter ut i hallen, fäller kroppen över den lilla pallen vid telefonbordet, katalogen i knät, börjar ringa runt efter nån som kan leverera, men vi är inte ensamma om att vara oförmögna till kökskonster denna lördag, vartenda nummer tutar upptaget. Till slut svarar en trött röst på en Pizzeria Rimini i en annan del av stan.

Kör ni ut?

Det kostar extra.

Då vill jag beställa... Vad ska du ha, morsan?

Morsan står framför mig. Men hon är inte där. Hon är på Sveavägen med en ros i handen och en fråga i bröstet.

Jag fattar inte...

Morsan, hörs Monika från vardagsrummet, du måste äta. Har du fått i dej nåt i dag? Inget svar. Så Monika ropar till mig: Beställ vad som helst.

Och jag, i luren: Vad har ni?

Du har ringt pizzeria. Vad tror du?

Ni har inget annat? Spaghetti? Lasagne?

Om du vill. Lasagne.

Då tar vi fyra portioner. Och en stor flaska cola.

En timme.

En timme?

Har du inte hört?

Jo. Vi har barn som –

En timme. Eller inte?

Timmen hinner bli två innan budet ringer på dörren. Under tiden har Nathalie fått kanelbullar och morsan bryggt kaffe och slagit på teven igen, som om det gör det begripligare eller mindre fjärran att återigen se gatubilder på sörjande i Stockholm som tafatt tolkar våra känslor med atonalt utstötta Jag fattar det inte..., höra polisen tala om sina rådiga insatser eller Ingvar Carlsson från morronens presskonferens, korrespondenternas redogörelser för reaktionerna utomlands, alla dessa ord, ord, ord som vi redan hört så många gånger att vi kan dem utantill och ändå kommer att behöva höra åtskilliga fler.

Vi äter framför teven. Det har aldrig hänt förr att vi ätit nåt annat än på sin höjd te och scones i soffan, som morsan vårdar som en museal klenod, lägger överkast över på sommaren för att solens strålar inte ska bleka tyget, rumpor nöta det; när hon en gång läggs i kista ska möblemanget stå kvar som ett kvitto på hennes oförvitliga leverne, aktsamheten en dygd. Men nu sätts allt på spel, när vi sitter med tallrikarna i knät och slevar i oss en lasagne som huvudsakligen utgörs av smält ost och sönderkokta pastaplattor.

Jag skulle ha förberett nåt, förebrår morsan sig själv, skottar runt i maten med gaffeln, muttrar nåt om konsistensen, äter gör hon naturligtvis inte. Blir sittande med en tugga spetsad på gaffeln tills osten börjar glida som takdropp. Monika räddar den från att hamna på mattan.

Medan jag börjar känna mig alltmer närvarande. Illamåendet trycks tillbaka och insikten att nåt fundamentalt avgörande har inträffat börjar vinna mark, oklart dock på vilket vis avgörande, bara att i dag inte är i går. Mörka bilder från huvudstan strömmar mot oss, morsan skakar på huvudet, långsamt, omedvetet, jag ser på henne i profil, ser hur hon åldrats, tyngden i hennes anlete, dragen som fördjupats, blicken fäst vid rutan, inga tårar kvar att gråta, Monika lägger armen om hennes axlar. Nathalie kryper upp intill sin mormor, håller henne hårt om halsen, trycker sig intill, lägger huvudet vid gropen mellan nyckelben och hals, men morsan verkar inte märka nåt, det tar en evighet innan hon besvarar kramen men hon är inte där, hon är inte där. Men så utan förvarning vaknar hon till liv, skräller ner tallriken i bordet.

Vad är detta för barnmat! Det är ju rent förnedrande en sån här dag!

Försök få i dej lite. Vill du ha nåt annat?

Statsministern är mördad, och då sitter vi och äter puré med smält ost. Kylskåpskall!

Ska jag bre en smörgås?

Det här är den värsta dan i mitt liv! På alla sätt!

Och det säger inte lite, för morsan har haft rätt många dåliga dar i sitt liv, dem brukar hon återkomma till allt oftare, trä upp hennes liv på en tråd och du får ett pärlband av män och arbetsgivare som dumpat henne. Och nu också sonens bristande omdöme!

På kvällen, senare, tillbaka i Lund, i den upprörda stämning som råder på korridoren, Annika som hyperventilerar sina tankar om hur det ska gå *nu* med tentan hon har på måndag och KL som förbannar att han inte kan väcka nattfyndet han släpat med sig hem på morronen, en jur. stud. han en gång varit fadder åt, ur hennes apati och få henne att försvinna iväg, då ringer jag morsan. Monika svarar.

Hon ser på Rapport igen.

Vi har också teven på, med ankaret Bengt Öste och bilder av tusentals mänskor som samlats på Sergels torg med facklor och sorg.

Vi sover här i natt, säger Monika.

Är hon så risig?

Det är nog lasagnen. Hon mår inte bra. Och Nathalie har somnat.

Laxen kommer på bordet, vi sätter oss, inspekterar varann, vår lilla familj, Helena och jag, Monika och Nathalie, morsan – som ropar:

Det är mat!

Och får svaret:

Kommer!

För sen i höstas finns det en sjätte person i den här föreställningen, som i viss mån gjuter olja på vågorna som går höga mellan Monika och morsan.

Kristina, vår kusin som flytt från familjekaoset i Uddevalla, dyker efter en oändlighet upp i köket. Hennes sextonåriga liv har kantats av anorexia, limsniffande, sprit i obegränsade mängder och pojkvänner av tvivelaktig karaktär – allt enligt föräldrarna, morsans bror Leif och hans statusanfrätta hustru Lisbeth. Två högoktaniga psykopater som har en förmåga att varva upp varann till galenskap.

Det var ofta båten guppade betänkligt uppe i Uddevalla, fastän Lisbeth under många år hävdade att sjön låg spegelblank och att alla satt ner på toften iförda flytväst, och därefter började hon så sakta tillstå krabb sjö och när Leif vid nåt enstaka tillfälle masade sig till luren, som omväxling i hans vegetativa tillvaro, förmedlade han snarare bilder av hur livbåtarna var på väg att sänkas ner från ett sönderbrutet skepp som hotade att krossas mot klipporna.

Leif har tidigare svetsat på varvet, men sen japanerna blåste svensk varvsindustri av banan har han fått omskola sig, till ingen nytta, för nu går han och stämplar och träffar sin kontakt på Arbetsförmedlingen en gång i veckan, och tiden däremellan ägnar han åt att putsa naglarna och oroa sig för dottern, en utveckling som inte fått Lisbeths neurotiska sinnelag att bedarra, en kombination som drev ut Kristina i ett – deras ordval – alltmer suicidalt leverne. När allt höll på att gå överstyr och det började talas om insatser från det sociala, familjeterapi och eventuell fosterhemsplacering, erbjöd sig morsan stoiskt att lägga sin vakande hand över flickan. Hon hade ju gudbevars på egen hand lyckats driva upp två faderslösa ungar till anständiga medborgare utan synliga men, och med en lättnadens tacksamhet gick, till allas förvåning, Leif och Lisbeth med på förslaget.

Kristina flyttade ner, började om gymnasiet i ettan på samhäll på Latinskolan. Egentligen handlade det nog mer om att ”börja” än att ”börja om”, för närvarostatistiken från gymnasiet i Uddevalla var i paritet med antalet jobberbjudanden hennes farsa fått senaste året.

Och med struktur på vardagen, rimliga krav och anständig vänlighet har morsan börjat få ordning på brorsdottern. Är på väg mot ett barnuppfostrans hat trick.

Hej, hej, säger Kristina lojt, slänger sitt långa bruna hår över axeln, tjockt och blankt som i schamporeklam, men hon är mager, låren som två parenteser, och slår sig ner, på den plats som en gång var min.

På den plats som en gång var Monikas sitter numera Helena. Förändringarna kommer slag i slag. Nyss var vi tre. Nu är vi sex. Här går det undan i kurvorna.

Största förändringen är ändå att det som varit mitt rum, eller vårt, Monikas och mitt, nu är nån annans. Det finns inget kvar i det som minner om våra tjugo år här, förutom min gamla säng och skrivbordet. Där en gång Monikas plansch med Che hängde, därefter min med "Porsche Thoroughbreds", blänger nu Tom Cruise bakom solglasögon i pilotmodell.

Vi har inte ens tillträde till rummet.

Nathalie desto mer förtjust i Kristina, flyttar stolen närmare henne.

Kristina gäspar. Har sovit till elva. Men med sexton förlorade år vid fronten kan vi unna henne det, hon har mycket att ta ikapp, sömn, mat, humor, familjemys. Hon är en antingen-eller-tjej, antingen går hon med tröjor i lager på lager, tröjor som hon får morsan att sticka åt henne i parti och minut, morsan som gläds åt att hennes handarbetskunskaper äntligen uppskattas, och kammar fram det långa håret över ansiktet så att bara nästippen sticker fram, eller så klär hon sig som nu, i tunt linne som bara hjälpligt döljer brösten och trasiga jeans som knäskålarna skjuter ut ur som ändarna på tvåtumsreglar, håret hårt tillbakastruket med snodd, barfota, hippie chic. Morsan har uppenbarligen svårt för att orientera sig här, ännu ovan vid att hantera flickans trasiga själ samtidigt som hon åtagit sig en fostrande roll som ska förse henne med fasta ramar och en stärkt självbild. Säger därför inget. Det får räcka med en blick som alla kan tolka.

Vad blir det? Kristina, håglös, ser svaret som redan står serverat. Vad gott.

Morsan lägger för henne – först! – som vore de två ensamma vid bordet, och ser moderligt på flickan.

Jag tänkte gå på bio i kväll, säger hon, i avsikt att få ett godkännande, får det också, i form av en värmande blick.

Vad ska du se? frågar Helena, som är den av oss som kommit Kristina närmast, kanske för att hon inte känner till nån förhistoria, inte utgör spill från den bakgrund Kristina slagits för att ta sig loss från. Förenade i sitt utanförskap i familjen.

Dödligt vapen, tänkte jag. Med Mel Gibson.

Helena vänd till mig: Kan inte vi stanna kvar och också gå på bio?

Kristina snörper på munnen, gör ingen hemlighet av att hon inte tänkt släpa med oss när hon ska träffa kompisarna.

Hellre De omutbara, säger jag, för jag har inte lust att sitta i salongen med ett gäng gymnasiefnittriga brudar och vet att den går på Camera, medan Dödligt vapen får nöja sig med Royal. Och vänder mig till morsan, som återigen är uppe och flaxar efter nåt hon glömt sätta fram. Bodil, kan inte du sätta dej?

"Bodil", härmar Monika lågt. Morsan.

Jo, jag kommer, jag ska bara... Nä, det är inte mer. Varsågoda.

Och vi andra kan börja ta. Bearnaisen är verkligen örtig och med sting, och utan ytterligare kommentarer från morsan får Nathalie peta i sig hur många fiskpinnar som helst. Kristina är klar först, äter inte så mycket, men snabbt, van som hon är ifrån hemmet vid att få försvinna från bordet så snart tallriken är renskrapad – och har haft goda skäl att göra det – men sitter kvar, morsan har fått dressera henne från grunden.

När alla är klara sätter morsan på tevatten och får igång kaffebryggaren. Nathalie glider ner från stolen för att vara med henne, tätt intill.

Hjälpa, mormor?

Men mormors kroppsspråk talar tydligt – för Monika och mig, certifierade tolkar med mångårig praktisk erfarenhet – om att hon inte uppskattar att ha barnbarnet hängande i kjolen, alldeles intill kokande vatten.

Det är bra för henne att själv få upptäcka vad som är farligt, säger Monika bestämt.

Säjer du det?

Nä, det var Stig som sa det, kontrar Monika, innan hon hinner hejda sig.

Stig? kommer det som ett eko.

Så Monika tvingas fortsätta på den väg hon av lösmynthet slagit in på:

Ja, barn blir ofria och hämmade om man är över dom hela tiden.

Säjer han, minsann.

Morsan häller upp vatten i tekannan, ställer ifrån sig kastrullen med en skräll.

Ja, med så många barn borde han veta. Han har ju själv inte varit direkt hämmad.

Monika drar till sig Nathalie, lyfter upp henne i knät. Helena lösgör sig från sin plats och börjar duka av bordet, med oväntad hjälp från Kristina, ingen vill vara fjättrad vid sin plats ifall det sedvanliga grälet bryter ut. Bara jag blir sittande, sen ur startblocket.

Nej, Stig står inte högt i kurs i det här hemmet. Stig, femton år äldre än Monika, flydde tillbaka till hustru och tre barn och villan i Staffanstorp när Monika låg för att föda, tog tillbaka alla sina löften om gemensam framtid och ersatte dem med några sedlar i ett kuvert. Men ett och ett halvt år senare hörde han av sig, hade "tänkt mycket" och ville veta hur dottern hade det, och, jodå, också hur modern mådde.

Träffa honom inte, vad du än gör, varnade morsan när Monika redogjorde för samtalet. Du kommer ångra dig.

Men motvilligt, efter flera långa telefonsamtal med tjat, böner, hot, gråt och löften gav Monika efter, därför att, som hon sa, det var viktigt för Nathalie, och svikaren Stig kunde på nytt göra entré i deras prövade liv. Ett faktum som morsan kommenterade med ryggen mot Monika och händerna nere i diskbaljan:

Ja, jag vill i alla fall inte se honom igen, det säjer jag dej.

Stig körde in till stan för att träffa sin dotter, och Monika, och de gjorde sällskap ner till lekplatsen vid stranden, satt i sanden och grävde med dottern mellan sig, och han beklagade bittert sitt val, påstod sig vilja få ihop det med Monika igen, men Monika är ståndaktig och har morsans röst klingande i öronen, Stig har fått de chanser som ges här i livet. Stig återkommer sporadiskt, men hans "intresse" har alltmer övergått till enstaka telefonsamtal, med allt längre mellanrum, samtal under vilka han brukar dela med sig av sin rika erfarenhet av barnuppfostran, tydligen.

Bara Kristina nämner, som så ofta, saker vid deras rätta namn.

Han är en idiot.
Och till det finns inte mycket att tillägga.
Tar vi kaffet där inne? föreslår morsan. Det är trevligare.
Söndagsmiddag. Tradition.

ÖVERGÅNGEN TILL ATT SÄGA Bodil i stället för morsan är inte enkel för nån av oss. Men att växla över till uttryck som ”mamma” eller ”mor” är ju inte att tänka på. Morsan, Bodil, som slitit sönder axlar och självförtroende på att sy strumpsömmar på ackord på Strumpan, omskolats och via kontoristtjänst på Länsstyrelsen tagit sig upp till en tjänst på marknadsavdelningen på Hallbergs Guld, är van vid förändringar, men den här provar jag först i liten skala, en gång när vi är ensamma.

Hon tittar frågande på mig.

Det känns konstigt att säja morsan till dej.

Efter tjugotre år?

Just därför.

Så du föredrar Bodil?

Jag tänkte det.

Jag har aldrig gillat det namnet.

Hon ser ut att smaka av det, namnet, tanken. Jag förstår, nu när du har Helena och allt. Då ska din gamla mor inte vara till besvär.

(För hon är inte äldre än att hon vet hur hon ska plantera dåligt samvete i barnen, och att göra det regelbundet, så att de inte ska tro att de kan slappna av.)

Det är inte...

Det låter väl bra, säger hon dröjande. Men konstigt.

Då säjer vi så... Bodil.

Monika har svårare för att ta till sig skiftet. Men hon har också ytterligare ett substantiv att hålla reda på, säger mormor till morsan när Nathalie är med, morsan på egen tid och gör strävsamma försök att anpassa sig till det nya familjeklimatet, ger ändå upp ganska snabbt.

Bodil, det låter inte du.

Jag heter faktiskt det.

Jag får vänja mej. Monika vänder sig till Nathalie. Vad tycker du om Bodil?

Vem är det?

Morsan rätar på ryggen, vrider armarna utåt, för värken i kroppen försvann förvisso efter det att hon slutat som kanonmat i industrin och fått hjälp av en sjukgymnast men återkom med ålder och stillasittande vid skrivbordet, förr var det en dunkande baskagge, nu en tunn, ihållande ton i diskanten. Ständigt där.

Fortsätt du säja vad du vill.

Medan Kristina inte tyngs av samma problem, å andra sidan har hela hennes liv varit en räcka av motgångar, motsättningar och konflikter i hemmet som får detta att te sig som en Monty Pythonsketch. Alla former av tilltal är en död papegoja för henne. Lisbeth, hennes häxa till morsa, krävde alltid av Monika och mig att vi skulle tilltala henne med moster för att hon skulle besvara oss. En vidrighet som Bodil, morsan, lika länge i tysthet avskytt men stått ut med av ren rädsla för att så split inom släkten och stöta sig med svägerskan, som av naturen är försedd med ett fruktansvärt humör, i nivå enbart med hennes omåttliga krav på perfektion för allt och alla i hennes omgivning – och man måste inte vara mästerpsykolog för att begripa att Kristinas mindre perfekta framtoning rimmar illa med den kravprofilen.

Lisbeth och Leif har inte bara förstört dotterns uppväxt, utan är också skyldiga till att ha vanställt min och Monikas genom att ständigt plantera underlägsenhetskänslor i morsan, som hon försökt övervinna genom att ställa högre krav på oss, uppfostra oss hårdare för att inte få höra att vi var illa vaggade, behöva skämmas eller visa svaghet som ensamstående morsa, en kravlista som av Lisbeth framfördes med menande blickar, hummanden, förklenande synpunkter och insinuationer och en bitterhet som satte stämningen vid alla våra släktsammankomster till jul och vid födelsedagar och när vi sammanstrålade hos mormor och morfar om somrarna.

Men sen mormor dog och morsan, Bodil, avancerade inom Hallbergs, har hon alltmer övertagit rollen som familjeöverhuvud som styr släktens informella dagordning. Efter att i alla år varit komplexfyllt underlägsen Lisbeth när det gäller verbalitet, initiativkraft, självupptagenhet och finansiella resurser, egenskaper som förbluffande nog haft bitterheten som drivkraft, har hennes befattning på marknadsavdelningen fått svägerskan i Uddevalla att ta ett klädsamt steg tillbaka, särskilt sen hon* räddade hennes bristfälliga kassaredovisning vid den Hallbergsbutik i Uddevalla som Lisbeth är chef för, och kanske har detta att de blivit nåt slags kollegor med en del att göra med varann i arbetet stundtals också påverkat att de numera har en mer försonande syn på varandras tillkortakommanden.

Således har morsan aldrig avkrävt Kristina prefixet faster, eller krävt nåt annat orimligt av henne heller för den delen, hon har bara satt sig ner med henne och *pratat* med henne, spelat spel, lyssnat på flickans berättelser eller läst för henne när hon var liten, de gånger vi haft släktsammankomster. Det underlättar för dem nu, när rebellen flyttat in. Stod en dag i dörren, med packning, mockajacka med fransar, svartkajalade ögon, och två blödiga föräldrar i släptåg med mörka ringar runt ögonen av helt andra skäl kastade Kristina en blick in i det som skulle bli hennes rum.

Kristina kastade bak håret över axeln, stirrade, rummet tömt på alla de saker som minde om Monika och mig ("Ni får komma och hämta dom grejor ni vill behålla") och hade nog i den stunden mer gemensamt med ett bedagat rum redo för renovering på Stadt i nån landsortshåla än det mindre sovrummet i en trea i en bostadsrättsförening med solid ekonomi. Bakom henne trängdes Leif och Lisbeth för att få en skymt, få höra henne säga:

Okej.

---

* Ja, jag använder det inkorrekta "hon", vacklande som jag är mellan morsan och Bodil. Även jag har svårare för nymodigheten än vad jag tänkt mig.

Jag har inte gjort så mycket, sa Bodil. Tänkte du skulle få inreda själv.

Okej.

Och sätta upp vad du själv vill på väggarna.

Okej.

Ett konstaterande omöjligt att dechiffrera. Är det ett fastställande av ytterligare ett i raden av bittra nederlag hon ger uttryck för eller en återhållen begeistring, som vågar hon inte till fullo lita på att befrielsen är nära? Eller är det ett undanglidande svar för att slippa yttra nåt om vad hon verkligen tycker och känner, nu när hon visserligen blir kvitt den fjättrande föräldrabojan men inte vet om framtiden i det rum hon står på tröskeln till blir bättre eller värre än den galenskap hon lämnar bakom sig? Obegripligt.

Här kommer du att trivas, sa morsan frikostigt.

Säkert, fyllde Lisbeth i.

Okej.

Vilken snäll faster du har, muttrade Leif, längst bak i kön, glodde in i rummet över axeln på storasyster, hustru och dotter. Leif, kortbent och korttänkt, en man som utrustats med ett övermod av stora proportioner, befinner sig i ständig utveckling, transit, har gått från att bära mustasch till att inte ha mustasch till att nu ha låtit den växa ut igen och sprida sig till ett jazzskägg med en antydan till gråa strån i, står med armarna i kors över bröstet, solglasögonen uppkörda i pannan.

Lägg av. Jag heter Bodil.

HÖGTIDSSTUNDER FÖR MORSAN, ATT vara till nytta samtidigt som hon får lära känna nån ur den yngre generationen, bättre än vad hon känner sin egen dotter och son, som aldrig har den tid för henne som hon hade önskat och som får höra det också.

Den första tiden håller Kristina sig mest för sig själv, går direkt in på rummet efter skolan, skruvar upp Smiths på bergsprängaren hon fått som flyttpresent av Leif, kommer ut till middan men återvänder in genast därefter, stänger dörren, liksom efter en stund framför teven, går annars mest omkring med en min som är närmast skamfylld, med blicken spikad i golvet och tankarna på utflykt nån annanstans.

Det är ett stycke som framförs i två veckor, tills morsan tycker att det finns en prolog och en epilog att tillföra, och börjar kräva av Kristina att hon hjälper till med att duka, duka av efteråt och torka disken. Morsan kör ju ännu med akustisk diskning, händerna i baljan, med sin vanliga misstro mot teknikens under, har ju sett hur vitkalkiga glas blir efter bara några rundor i en diskmaskin.

Och Kristina märker under deras gemensamma stunder att det fortfarande går att prata med morsan, hon är ännu inte en förtappad vuxen, dömd på förhand, morsan lyssnar, morsan svarar, morsan ställer frågor som inte är förtäckta anklagelser. En nyhet. En vuxen som tar sig tid att sitta ner med henne när köket glänser som nytt igen, dricka kaffe och snacka bort tiden, äta middag tillsammans utan tillrättavisningar om bordsskick och att hon borde äta mer och som inte enbart finner ett uppriktigt nöje i att höra henne berätta skärvor ur dagen utan dessutom själv delar med sig av sina tankar och bekymmer och historier från jobbet och vill få höra vad

Kristina tycker och tänker om en mängd frågor och tar svaren på allvar, begrundar dem och ställer följdfrågor.

Morsan, för sin del, påminns om tiden då Monika och hennes bästis Hanne dagligen häckade i köket över te och progg och oredigа politiska visioner som tedde sig alltmer abstrakta i takt med att samhället raskt marscherade i motsatt riktning, långa passionerade sittningar då de dryftade allt från helgens Barsebäcksmarsch till fjunhakade killars oförklarliga förkärlek till sentimentala Hollywoodmelodramer – timmar då morsan sög i sig allt hon hörde, fick ju annars inte ur Monika särskilt mycket från skolans värld eller dotterns tankeverksamhet – Fort Knox är ett öppet strövområde i jämförelse med Monikas förmåga att knipa igen.

Nu sitter Kristina vid samma bord – fast oftare flyttar hon och morsan ut i vardagsrummet, uppkrupna i soffan, benen under sig, mysstilen, och också det är en förändring värd att notera i morsans bok – och dissekerar föräldraproblematik och skolångest, det slags ångest som kommer med undermålig närvarostatistik och därmed grava svårigheter att begripa vad lärarna pratar om – och även morsans problem som är närbesläktade men handlar om illojala kollegor och en förståndshandikappad ledning.

Morsan är den som är bäst lämpad för grenen föräldraproblem, medan Monika, först avigt inställd till morsans sociala välgärning, troligtvis för att hon ville ha rummet stående orört, ett museum över vår uppväxt, och inte var beredd när morsan ringde oss och krävde att vi skulle komma och hämta vad vi ville ha, resten skulle slängas, när rummet skulle iordningställas för att tas i bruk igen, Monika gör en helomvändning sen hon lärt känna Kristina och närmar sig henne genom att erbjuda hjälp med läxorna, särskilt matten, svenskan och NO som ligger henne närmast om hjärtat.

I gengäld kan du kanske passa Nathalie nån gång?

Det hör nämligen till saken att hon tycker att morsan inte längre ställer upp i den omfattning hon förväntat sig. Morsan som har en egen dagordning som hon allt mindre vill rucka på, fyller tiden med så mycket annat, t ex arbete.

Vadå, passa, vad ska jag göra? Bara sitta hos henne?

Gärna leka lite också. Eller läsa för henne.

Okej.

Nån gång i månaden håller Kristina ställningarna med läs och lek i tvåan på Kilian Zollsgatan så att Monika kan smita iväg en stund och basta på kallbadhuset på Ribban eller storhandla. Ibland kan en timme kännas som en evighet. För dem alla tre.

Samtidigt får Kristina vänner i skolan, från andra delar av stan och från kranskommunerna, friska lantägg som bussas in till Latinskolan. Kompisar som hon alltid umgås med "på stan" och morsan aldrig får träffa.

Men morsan är inte enbart soffmys och prata-ut-vänlighet. Hon har slagit fast ett hårt reglemente, härdad som hon är av sin sons vilda år, sin dotters inställda studier, och p g a ansvaret hon känner gentemot bror och svägerska i Uddevalla. Oförmögen till nytänkande som Lisbeth är har hon av sin förkärlek för enkla lösningar förbjudit Kristina att vara ute på egen hand kvällar och helger. Det enda den taktiken ledde till i Uddevalla var att Kristina aldrig vistades hemma utan alltid var nån annanstans, tills Leif körde och hämtade henne.

Med släktens ändrade styrkeförhållande i ryggen har morsan tagit mod till sig och hon och Kristina ingått en överenskommelse. Utegångstillståndet gäller för en kväll i taget, och skulle Kristina bryta löftet dras det omedelbart in. Läxorna ska vara gjorda, och kontrollerade av morsan, innan Kristina får ge sig iväg och hon ska checka in igen senast tio på kvällen, midnatt på helger, det skjuts dock fram till ett när hon efter en termin visat att hon är att lita på. Morsan blåser nämligen liv i en av sina gamla paradgrenar, ligger och väntar på att få höra nyckeln sättas i låset, då hon går upp och möter i dörren, under den ständiga förevändningen att hon precis stigit upp för att dricka ett glas vatten och springer på brorsdottern mest av en slump. Går nära inpå för att sniffa på nykterheten innan hon återvänder till sängen.

Det är för övrigt min nyckel som sätts i dörren, eftersom morsan bedömde det som onödigt för mig att ha den, "du kommer ändå inte hem utan att jag fått ringa först", och att kopiera upp en ny var för kostsamt.

Kristina har mer frihet än vad vi hade, anmärker jag.

Men henne kontrollerar jag hårdare, kontrar morsan.

Nolltolerans.

Fast den stora nyheten som får Monika och mig att häpna är att Kristina inte behöver cykla. Hon får pengar till busskort, nåt som ingen av oss nånsin var i närheten av att begåvas med, oavsett årstid och väderlek fick vi ta oss fram för egen maskin, eftersom det "förr i tiden" bedömdes hälsosammare för oss att trampa omkring på våra begagnade cyklar. Detta var under morsans mest djupsinniga period, eller ekonomiskt svagaste, då hon grundlade sitt rättesnöre att leva efter, nästan-filosofin, granne till tanken att man inte ska förhäva sig och som innebär att begagnad är lika bra som ny, nästan, och hon tillämpade den inom varje upptänkligt område för vår fostran, liksom för allt hon nästan-unnade sig själv.

Kristina har ändå inte suttit på en cykel sen hon var tolv, skjutsad och hämtad som hon blivit av sin far, som såg transporten som en ytterligare möjlighet till övervakning och kontroll.

Efter en månad i skolan hänger Kristina in fransjackan i garderoben för gott, skaffar en vanlig svart skinnjacka, Robin Hoodbootsen ersätts av svarta klackade stövlar med högt skaft och ett par sneakers som aldrig varit avsedda för gympa. Hon flyttar fram positionerna. Hon klär sig på det hela taget på ett vis som får mig att känna mig lastgammal, i beige chinos och ljusblå buttondown. Kristina, fortfarande rebell, har det i blodet, spökar heller inte ut sig genom att spraya upp håret som en teveantenn som Helena och hennes entourage, utan låter det otidsenligt hänga ner över axlarna, mittbena, påminner om en Ali McGraw eller Joan Baez, tidlös rockromantik och överlägsen attityd.

En image som inte inkluderar buss, ska det visa sig. Hon promenerar i stället, eller om vi ska kalla det vandrar, nej, nåt riktigt bra verb för hennes förflyttning äger inte svenskan, för om det är nåt hon kan göra med värdighet så är det att gå, ta sig fram till fots med ett rörelsemönster som är lika mycket förfinad nonchalans som medveten elegans. Fortsätter ta emot pengar till buss men använder dem, med morsans goda minne, till annat. Också det ett utslag av nonchalans och elegans.

Morsan behöver nån i sin närhet nu att dela sina problem med också. För i näringslivet råder sällan status quo. Hallbergskedjan har sålts och de nya ägarna, Oriflame, en av alla de expansiva uppkomlingar som årtiondet framföder, sätter snabbt sin prägel på arbetet.

Kontoret stannar kvar i de gamla lokalerna på Citadellsvägen men det som varit morsans stolthet, de sinnrika rutiner och flöden av information och marknadsmaterial som binder samman huvudkontoret med de trettital butikerna runt om i landet som hon förfärdigat och trimmat in, ska nu ses över från grunden (vilket är precis vad hon gjorde för bara ett par år sen och kom fram till en lösning som fungerat – på så vis definieras näringslivet *egentligen* av just status quo: ha papper i handen och gå snabbt i korridorerna så ger du sken av effektivitet) och ifrågasättas på varenda punkt, den nya ledningen tror sig kunna hitta synergieffekter med den smyckekedja den äger sen tidigare, Guldfynd. Det gör den naturligtvis inte. (Status quo, papper i handen, osv.) Däremot raseras morsans genomgripande arbete, och på samma gång hennes lust för jobbet.

Nu ägnar vi dagarna åt att slicka igen kuvert med material som skickas hitan och ditan utan samordning. Gissa vad pengar det kostar.

Sorry, morsan, vill man trösta, men detta är fel säsong för att skänka kostnader nån omtanke. Det fria näringslivet dansar jenka med Erik Penser som tätkarl, till musik från börsens storband där Anders Wall är kapellmästare, varenda liten aktiemusikant blir rikskändis och coverboy, ner till killen som plingar med triangeln, smilfinkar som gör guld av sand genom sin blotta beröring och får horder av beundrare. KL, t ex, har rivit ut stora bilder av Penser och Gyllenhammar ur affärstidningarna som han prenumererar på och nålat upp ovanför skrivbordet, läser som idoldyrkan Mark McCormacks Allt man inte får lära sig vid Harvard Business School och Spekulanterna av Gustaf Olivecrona som han tvingar på mig. Det *ska* kosta pengar, morsan, att spendera har fått ett egetvärde.

Känslan av att sitta av tiden på ett undansatt lokalkontor tilltar. Marginalisering. Det blir allt oftare som hon och kollegorna kallas upp på HK, som den bedrövliga skapelsen på Lindeborg kallas, för att bringa reda i pappren.

Tveksamt dock om nån där kommer att ändra sig, inse sitt misstag och be Bodil Kraft om ursäkt och få henne att återta sin rättmätiga plats vid det marknadsadministrativa rodret igen. Men från att ha varit med när nya VD träffat marknadsavdelningens företrädare har hon alltmer fått finna sig i att inte kallas till möten, och i stället träffar han, VD, en menlöst trist typ i grå glansig kostym och guldbågade glasögon, en mundering som parat med ett ansikte så alldagligt och nersläckt att ingen minns det två minuter efter han lämnat rummet skänker honom lika mycket personlighet som en mumie, enbart marknadschefen Ulrika. Och hon, uppländskan, som hittills stöttat morsan, gör nu, av självbevarelsedrift kan vi gissa, för hon är egentligen ingen ond mänska i detta spel, en 180-gradersvändning och håller med den anemiske chefen i alla hans vettvilliga infall.

Först ville Ulrika att jag skulle ta fram gemensamma planer för butikernas vipkvällar, så vi kunde ha koll på kostnaderna, beklagar sig morsan, och dan efter skulle de tvärtom sköta allt sånt själv. Allt jobb jag lagt ner... Och det enda hon svarade var att det inte längre handlar om vad vi vill, utan vad HK vill. Tack och lov för Eva och Sussi.

De är hennes två förtrogna, som hon tar alltmer utdragna fikaraster med så att de kan beklaga sig tillsammans, i ett eget hörn. Och när hon kommer hem lättar hon på trycket igen.

Säj till ledningen vad ni tycker, föreslår Kristina, van vid att hantera konflikter med en take-it-or-leave-it-attityd.

Det kan jag inte göra. Då blir dom arga.

Nu blir *du* arg.

Det var roligare förr. När man kunde påverka. Det tycker dom andra också.

Alla?

Eva och Sussi. Ingen annan säjer nåt.

För det är en effekt av näringslivets förmåga att utföra två handlingar samtidigt som tar ut varann (status quo, papper i handen, osv). Personalen splittras, gör alla osäkra, ser till sitt eget – misstrivsel och bristande förtroende för varann.

Det är just det du ska säja, peppar Kristina. Skulle det vara farligt?

Samma fråga ställer hon igen några veckor senare. Fullt ut räcker hon inte till som samtalsterapeut, morsan har behövt ta till starkare medel i sitt försök till grundförståelse för vad som händer när den nya tidens vindar sveper fram. Den sortens djupverkan som inte erbjuds i korridorer, vid fika eller korta, lågmälda samtal över skrivbord eller kopieringsmaskin. Hon bjuder hem sina två lierade Eva och Sussi, ungefär hälften så gamla som hon, men med samma otidsenliga inställning till att vilja få nåt gjort och få nåt gjort.

Två unga krafter som kommit till företaget direkt från gymnasiet för att placeras i växeln och postsorteringen och därifrån jobbat sig upp, de möjligheterna hörde också till gårdagens affärsliv, en maxim för den gamla ledningen som hade intresset och förmågan att se de anställdas kapacitet och vara mån om att utnyttja den, och gissningsvis känner morsan igen sig i de två, hon som själv slitit från tonåren men behövt ett arbetsliv för samma resa som de gjort på en handfull år.

De tittar frågande på Kristina – för det är till dem hon upprepar sin retoriska fråga. Oförberedda på hennes direkthet. Kristina låter sig inte hejdas. Har hela ansiktet fullt med långlugg som hon kastar bak över axeln. Väntar på deras svar.

Farligt och farligt, säger Eva prövande.

Hon har en ettochetthalvtåring på armen, anländer i taxi, medan Sussi har fått skjuts av fästmannen, brandsoldaten, för att bjudas på morsans senaste skapelse, laxpasta med löjrom, vitlöksbaguette och vitt vin ackompanjerat av två timmars oförblommerat bakomryggenprat på Ulrika och den identitetslöse VD:n, och de finner lika stor njutning i båda utspisningarna.

Kristina är måttligt förtjust i samtalsämne och mat men sitter med och har naturligtvis synpunkter nu också på morsans fördragsamhet med vanstyret, en moralisk peppning som hon med ungdomlig iver och frispråkighet fördelar jämnt runt bordet.

Hela kampanjen vi byggt upp för våra egna pärlsmycken kastades, suckar morsan och lägger för sig mer gurksallad. I stället ska det satsas på Lapponia, som har lägre marginal.

Har ni förklarat det? säger Kristina.

Det är finare att sälja.

Allt är precis motsatsen till samordningen det talades om, klagar Eva.

Ja, jag fattar inte hur ni står ut. Kristina sätter gaffeln i en pastabit, håller upp den framför sig som om den måste inspekteras innan hon tuggar den. Säj upp er, det hade jag gjort. Hade inte stannat en minut.

Det är lättare sagt än gjort, försvarar sig Eva, när man har barn och så. Hon vaggar den lilla, som ska få bära sitt kors i form av namnet Jannike, i famnen.

Vi försöker stå ut, säger Bodil. Det löser sej. Kanske.

Ä, säger Kristina, nu låter du som pappa.

Morsan har inget emot att deppa, har tvärtom blivit rätt fin på det, en av paradgrenarna som hon har utvecklat i takt med att hon blivit äldre, det finns alltid nåt tecken i skyn som kan tolkas som en motgång, ett nederlag, och förtvivlan sänka sig över henne, en förändring som skett gradvis och som man lägger märke till först när den är så långt gången att man tvekar om man ska ta upp den med henne, om det gagnar henne – men om det är nån hon inte vill låta som så är det sin gnällige, kverulantiske och ständigt mästrande lillebror – bara att låta som hans fru vore ett värre öde – så hon tillägger:

Om vi håller ihop, menar jag.

Innan hon tystnar.

Sussi är inte lika känslig för familjebandens inverkan på frustrationen. Behöver inte heller, är full av den ändå.

Du har rätt, Kristina, vi borde göra nåt.

Hade det inte varit för, nickar Eva mot Jannike som somnat i hennes famn, ja, så vet jag inte vad jag hade gjort.

Slutat, säger Sussi bestämt. Men till vadå?

Allt går ännu på högvarv i Sverige, sista rundan förvisso, men allting tycks plötsligt ske nån annanstans, inte här, för i den här stan sitter jönsarna som styr och trycker på ämbetsrummen, handlingsförlamade av den drabbande insikten som slår ner i dem sist av alla, att varvsnäring och tung industri inte längre kan visa vägen i framtiden, och ingen annan räddande verksamhet som kan erbjuda alternativ och trygga anställningarna har dykt upp. Det enda ställe som är fullsatt är väntrummet på Arbetsförmedlingen.

Till ingen nytta.

Nä, vi får hålla ihop, upprepar Bodil.

Morsan har bitit ihop förr, hon har bitit ihop ett helt arbetsliv, för henne är det ingen nyhet, värre då för de två yngre förmågorna som hittills aldrig låtit sig hållas tillbaka, de är fostrade i en tid utan motgångar. De grymtar, hjälper till att duka av, Kristina förblir sittande, svär en gång extra över Ulrika och den färglöse, och visst kan de få fortsätta bita ihop ett tag till. De kommer att fortsätta ta fram kampanjmaterial, broschyrer och reklam i hårdpapp och morsan finslipa uppföljningsverktygen hon tagit fram, oceaner av tid och kraft till ingen nytta eftersom allt de gör ratas av en ledning som ”inte tänkt klart”, eller, troligare, inte tänkt alls. Och för morsans del innebär det att hon kan lägga alltmer av sina omsorger på Kristina. Högtidsstunder, som sagt.

DET MÄRKLIGASTE ÄR ATT briefingen om vad som tilldrar sig på Borgmästargården inte kommer ur hästens mun, dvs från morsan, utan från Kristina, som berättar om det för Helena som i sin tur återger det för mig, en kommunikationsform av samma tillförlitliga kvalitet som två burkar och ett snöre, och det blir därför jag som måste ringa morsan för att få fakta. Men då har hon inte ork att prata mer, har avverkat samma sak med Monika, och också från henne når mig numera dagsrapporterna i filtrerad form, via Helena.

Hela samhället befinner sig i ett slags balansakt mellan ett tryggt då och ett förtvivlat osäkert sen, så det är inte förvånande att Monika är i ett liknande skede.

Eller, slår det mig nu, är det Helena som sätter upp förbindelser med både morsan, Monika och Kristina? Är ju en familjeflicka med täta kontakter med föräldrahemmet i Kalmar och sin bror. Vad svaret än är på den frågan så kan vi konstatera att hon är långt framgångsrikare med det än jag, som har valt att ta ett steg åt sidan, eller om det ska ses som ett steg bakåt, och hålla mig undan, jag har fullt upp med att skapa mig en ny plattform i Lund, en identitet som är mer passande för juristen i mig, letande, för hur en sån identitet ska se ut har jag ingen klar bild av, ont om förebilder som det är – ett bekymmer som inte tynger Helena på samma vis, självklar i studentskap och umgänge, person och yrkesval som hon är, och jag befarar att också det är egenskaper hon fått med sig i bagaget hemifrån.

Monika befinner sig i en tunnel i vars bortre ände hon skymtar ett svagt ljus, dock ännu oklart vad källan till det är. Ett sken som hon sakta rör sig mot för att förverkliga nån av de drömmar hon trots allt bör bära på, har alltid varit lika fylld av hemligheter som ett kloster, Monika, medlem i Republikanska föreningen, Greenpeace, Fältbiologerna och en rad andra föreningar av världsförbättrande karaktär, ständigt på driv mot tidsandan, hennes åsikter är bästa indikatorn på vad det *inte* råder konsensus om för tillfället, vårdar med största omsorg sin åtrådda post som ordförande i Dystergökarnas sammansvärjning, med en kåranda som säger att allt minsta negativa anslag ska tas som intäkt för en oförmåga till lyckligt leverne, och med tanke på morsans sinnestillstånd så är det inte svårt att se varifrån Monika fått det.

Men det ska också sägas att hon i sina mest nederlagstippande stunder kan lägga i en överväxel, av större kraft än de flesta, har nämligen ett allt tydligare överjag som säger henne att hon ska gå hel ur det här, hon ska komma ut på andra sidan i ett livfullare och stärkt skick. Utan att ha yttrat ett ord om det till nån innan.

Det finns en annan, påtagligare tunnel som hon också vistas i de här dagarna, den som bildas av lövträdens grenar när hon trampar fram längs cykelbanan genom Kungsparken var morron för att lämna Nathalie på dagiset på Väster – en plats som det tagit Monika åtskilliga månader av förtvivlade telefonsamtal och tjat och böner att få, för barnomsorg är aldrig utbyggd för att motsvara behovet, den tid som går mellan det att stora barnkullar föds och att de ska slussas in i fostrande, pedagogisk verksamhet är för kort för politikernas trubbiga kalkyler och går stick i stäv med deras strategier om att brist på platser leder till "självreglering", först när ungarna stämmer upp atonalt i Studentsången med målbrottsstämmor och fraktas stan runt på lastbilsflak står platserna klara, samtidigt som nya, större kullar ohjälpligt knackar på dörren, för att anvisas en köplats – innan hon trampar samma väg tillbaka, till Restaurang Ribersborg där hon hänger av sig jackan bredvid Maddes kappa på den trasiga kroken i personalrummet, ett utrymme avskilt från köket med en tunn plywoodvägg, nickar sitt hej åt kockarna Peder och Antonio, och är igång med dagens arbete, som förutom att förbereda och servera lunchen huvudsakligen går ut på att freda sig från Janko, ett av stans värsta utegångarfår som fördriver förmiddagarna med att röka och dricka kaffe vid bardisken, klappa Monika och Madde i baken och föreslå att de följer med honom till Privé och Etage i helgen, alltmedan de två servitriserna plockar fram sallad, dricka, tallrikar, dukar borden och ställer fram vaser med plastblommor. Precis i tid till att första gästerna anländer får han på sig skjortan och ställer sig i dörren för att ta emot med ett varmt och hjärtligt leende, som bjöd han in till sin egen lilla exklusiva Michelinbestjärnade krog i de provencalska bergen, inte till ett lunchhak som bygger verksamheten på begravningsföljen och mjölredda brunsåser.

Jag orkar inte med honom, har hon beklagat sig för Helena. Jag har sagt till Mick hundra gånger, men han bryr sej inte.

Om ni gör det tillsammans, du och Madde?

Madde vågar inte. Hon har halva lönen svart.

Mick, det är chefen, Mikael, som nån gång på sextitalet träffade Rolling Stones när de lirade på ett halvtomt Baltiskan och var med på en legendarisk efterfest, efter vilken han ändrade förnamnet, ett byte han säkert ångrat sen Jagger börjat fjanta runt i långkalsonger på scen, och önskat att han i stället tagit det för hans del krångligare Keith.

Kristinas löfte om barnpassning i utbyte mot läxhjälp inkluderar inte kvällar och helst inte helger heller. Det blir morsan som får trampa till Kilian Zollsgatan för att ta hand om barnbarnet de få gånger som Monika går ut tillsammans med Madde. Morsan som aldrig kräver av Kristina att hon ska cykla när hon ska ta sig nånstans och som alltid köpte begagnade cyklar till oss, hon har nu gjort ytterligare en kursändring och slagit till på en helt ny, tolvväxlad cykel till sig själv. Det smattrar om drevet när hon kommer farande, för hon har inte fått växlarna finjusterade.

Tacksamheten över att morsan ställer upp överskuggas av hennes ständiga synpunkter på allt från hur blommorna ska vattnas och gardinerna hänga till hur porslinet ska stå i skåpet; ingenting är sig likt när Monika rumlar hem framåt elva, halv tolv, ibland runt midnatt, efter en helafton på Ove's. För Monika och Madde måste välja ställen att gå till där inte Janko kan tänkas dyka upp, och en ölstinkande rockklubb med en depraverad publik dressad i läder och svartsyn lär han aldrig sätta sin fot på. Monika vill gå dit tidigt eftersom Nathalie fortfarande bjuder på revelj i gryningen, medan Madde lever enligt alla rockklubbars mytologi och estetik, ju senare desto bättre, och allra förnämast är att släntra in efter stängningsdags, bara sticka in näsan och morsa liksom i förbifarten medan golvet våttorkas och stolarna sätts upp på borden.

Men så sker en rockad och Nathalie börjar sova över hos sin mormor i stället, i hennes rum, medan hon själv får flytt ut på soffan. Till underligheterna hör att det i morsans barnuppfostran inte finns några spärrar så länge den utövas på egen hemmaplan, alla hennes förmaningar annars och menande blickar är glömda, liksom reglementet som var förhärskande när hon själv hade barn i Nathalies ålder... För övrigt en tid då morsan kunde lämpa av ungarna hos sin mor och far över ett par, tre veckor varje sommar så att hon fick tid att... ja, vad hon gjorde under de där sommarveckorna har aldrig riktigt framkommit. Kanske är de anledningen till att hon aldrig behövde nån att passa oss så att hon kunde ge sig ut på stan och härja, jag kan inte ens minnas att hon lämnade oss en kväll för en promenad, en bio eller för att träffa en väninna när vi var små. Men att hon har ett annat minne av somrarna är klart, eftersom hon varje gång Monika ber om hjälp undslipper sig en suck och ett tungt:

Ja, jag ställer väl upp.

Efter att först ha invänt:

Stig då, kan inte han göra nåt, om du nu ändå har kontakt med honom? Han är faktiskt hennes far.

Fast hon vet att det är en verkningslös kommentar, eftersom hon själv blev med barn i en tid som inte var skilsmässornas, de lösa förbindelsernas och framför allt inte de ensamstående morsornas. Och eftersom hon själv sannerligen inte har varit nån fena på att få sina barns fäder att bättra på sin närvarostatistik så har hon vett nog att inte yttra mer om saken.

Monikas eviga vädjanden om att Nathalie inte ska sockerchockas med en diet bestående uteslutande av glass och mjölkchoklad är lika verkningsfulla som vänlighet mot en parkeringsvakt, de förbigås med förklenande tystnad, och en pakt sluts mellan barnbarn och mormor som börjar gälla i samma stund som de stänger ytterdörren, efter morsans obligatoriska fråga:

Ska du gå ut så, i den korta kjolen?

Är det nåt fel på den?

Nä, svart är väl festligt nuförtiden.

(Kristina låser dörren till sitt rum när hon rumlar in för att inte väckas före elva. Nathalie som genast beger sig till dörren när hon vaknat på morronen, väntar tålmodigt, ger bara ifrån sig regelbundna små påannonseringar om att hon är vaken, och Kristina låter sig till slut bevekas, släpper in flickan redan tjugo över tio, men ligger, av ren principiell hållning, kvar i sängen till elva, då hon stiger upp och äter frukost samtidigt som Nathalie avverkar lunchen, innan hon blir hämtad.)

Gissa vem jag träffade i baren i går, ringer Monika dan efter till sin brorsa och avlägger rapport från den svartmystiska, svettlädersdoftande fronten som han inte vågar bege sig till. Ove's är ett schakt av spritromantik och rock, nitar och pudelfrissor.

Vem då? Billy Idol?

Py Bäckman och Christoffer Lindarw.

Han heter Christer.

Det sa Helena också. Men jag tyckte han sa Christoffer.

Snackade du med honom?

Hur skulle jag annars få veta vad han heter? Han var så liten. Han bjöd oss på drinkar.

Men vänta, säger jag. Har du redan berättat för Helena. Innan du ringer mej?

Ja, hon ville veta.

Jag känner hur jag är på väg att glida ut ur den inre cirkeln, ställas på vänt, få andra uppgifter i den här familjen, inte längre vara betrodd med förstahandsuppgifter, passeras av Helena. Är det inte precis vad jag velat, släppa fästet? Jo, det har jag ju med mitt undflyende uppträdande. Men det gör inte mindre ont för det.

Men så kommer en vändning igen. Nåt går snett på Borgmästargården, eller om det bara är en naturlig del i en liten flickas utveckling, för plötsligt vägrar Nathalie att sova borta, är livrädd så fort inte Monika är i hennes närhet, och morsan får börja trampa sin tolvväxlade genom stan igen. Tills hon en dag nekar. Har annat för sig den här kvällen.

Hon kan inte i morron, säger Monika ilsket när hon ringer till mig. Säjer att jag ska be Stig.

Jag tecknar åt Helena, som precis är på väg ut, tillbaka till Winstrupsgatan, att vänta en stund.

Då får du väl gå ut en annan gång i stället, försöker jag lugna.

När var du själv ute senast?

I går. Hur så?

Och innan dess?

I förrgår var vi på bio. Tentaperioden är över.

Det var *en månad* sen jag hittade på nåt. Men du tycker alltså att jag ska vänta en månad till?

Kanske är det våren som gör mig yster och fri i tanken, kanske är det aningar om värme i luften som får mig generöst sinnad, för den här tiden på året får man plötsliga infall, tar sig för saker utanför ramarna, tänker utanför boxen, som t ex KL som får med sig Traktor och vinflaskor in i Botan, där de slår sig ner under tårpilen och sätter igång att kursa vin per glas, och i värmen i parken är det en enkel uppgift, men för att inte väcka ordningsmaktens intresse går det till så att de törstiga kommer och sätter sig hos dem på filten, får ett glas välkylt vitt, eller två, och lägger sedlarna framför sig, låter dem ligga kvar när de reser sig och går, en verksamhet som löper på alldeles förträffligt, om det inte vore för att KL också inmundigar, i såna mängder att hans intresse för de kvinnliga gästerna tar över det pekuniära, och det hela slutar med att Traktor försagd lämnas ensam kvar medan KL traskar iväg mot ett buskage med en flicka som säger sig vara naturvetare men eventuellt bara är gymnasist, om ens det, har i alla fall ännu behov av tandställning men inte behå, allt enligt Traktor som är noga med detaljerna.

Eller kanske är det så att jag nu känner ett kall, möjligheten att återinföras i det jag tagit mig ut ur, med vetskapen om att jag bör vara inne, ta del, ansvar, ställa upp, stå pall, syskonskap, blodsband, så jag:

Behöver du hjälp?

Ett erbjudande som möts av en halv sekunds förbluffad tystnad.

Av dej?

Vadå, tror du inte jag kan?

Jag har aldrig tänkt dej så…

Hur har du tänkt då? säger jag och känner hur jag börjar ilskna till, ska jag behöva truga henne, falla ner på knä och be att få passa flickungen?

Inte att du ville. Och sen: Vi kanske kan ta det en annan gång.

Vill jag, egentligen? Varför kan inte jag ha Helenas självklara gränssnitt till barn, genast falla på knä och börja bygga Lego eller klä dockor. Men vad betyder ens vilja i det här fallet? Frågor som aldrig behöver besvaras. Jag räddas – eller om det är Monika som räddas – av att Helena är synsk och har begripit helt och hållet vad samtalet rör sig om.

Ge mej den. Hon rycker luren ur min hand. Hallå? Helena här. Behöver du hjälp med Nathalie?

Hon himlar med ögonen mot mig – *om* mig – medan Monika uppdaterar henne om händelseutvecklingen på barnvaktsfronten och tydligen är det så att de nya medlemskorten till Ove's ska delas ut denna fredag, stans mest åtråvärda kort i de kretsarna, att glida förbi kön med, Madde har fått upp sig och Monika på listan, och de vill absolut vara på plats i tid.

Inga problem, säger Helena. Fredag? Hur dags behöver jag komma?

Och jag får återigen den där känslan i magen, den som betyder att jag är på väg bort från det sammanhang jag nyss var på väg att återerövra min plats i, satt på undantag igen, har inte ens min systers förtroende att kunna underhålla hennes dotter några timmar, och jag vet ärligt talat inte om jag ska vara nöjd med det, min position, eller besviken eftersom det den här gången inte är mitt eget val.

DET BLIR NATURLIGTVIS HELENA och jag som tillsammans gör en tur in till Malmö, för inte kan jag låta henne sköta familjeruljansen själv, och därefter några turer till, när morsan plötsligt blir dubbelbokad gång efter annan. Monika möter oss i dörren, på väg ut, det finns alltid nåt som hon måste hinna med innan hon ger sig av.

Mjölk, säger hon, och tar på sig jackan i flykten, står redan ute i trappan innan vi släppts in.

Nu?

När annars?

Jag kan gå, erbjuder jag mig.

Jag behöver ett par minuter, stönar Monika, och tar dubbla trappsteg ner.

Det blir Helena som får ta över tornbyggandet tillsammans med Nathalie, har ju faktiskt längtat hela denna fredag efter att få sätta igång med att uppföra en mindre stad av små träbitar målade i bitäkta, starka färger.

Jag stannar i köket för att prata med Monika när hon återvänder med famnen full av matvaror, måste försöka återerövra lite av den ställning jag en gång haft, betydelse av nåt slag i hennes vardag.

Ibland står jag inte ut, säger hon, lågt, samlat, ställer in mjölk, fil, ägg och tomater i kylskåpet. Jag får aldrig tid för mej själv.

Hur tror du Bodil hade det med oss?

"Bodil"...? Monika sjunker ner vid köksbordet. Vi måste hitta en större lägenhet.

Vi delade rum, försöker jag lyfta henne, i nästan femton år. Det funkade för oss.

Vi är syskon. Det är skillnad.

Nathalie klarar nog att bo med dej ett tag till.

Ja, men inte jag. *Jag* vill ha ett eget rum, nånstans där jag kan få vara för mej själv.

Hon reser sig.

Men det är väl bara att drömma om nu. Jag ska bara byta om, sen går jag. Tack för att ni kom.

Det är Helena. Tacka henne.

Efter tio minuter kommer Monika tillbaka, sminkad och klädd i svart kjol och vit blus som hon knäppt högt.

Ska du gå ut sån?

Vet du att du låter alltmer som morsan?

Och det ska komma från dej?

Jag ska inte gå ut.

Vad gör vi då här?

Jag har lovat Mick att ställa upp. Ett företag som ska ha kickoffmiddag.

På den restaurangen? Kul kickoff.

Monika ser på klockan ovanför spisen, sjunker ner på stolen igen. Jag måste...

Helena har kommit ut i köket, uppsnappat det sista, säger:

Tvingar han dej?

Monika skakar på huvudet. Tittar upp på Helena: Har ni byggt klart?

Hon tittar på Björne nu.

Vad är det, Monika? säger jag.

Och Monika sätter händerna för ansiktet, håller dem där, som svalka, och i samma stund som jag tror hon ska börja gråta gnuggar hon ögonen och kinderna.

Jag borde skynda mej nu.

Är det pengar?

Ibland undrar jag hur morsan fick ihop allt, Johan. Hon kastar en blick på klockan igen. Nu...

Behöver du låna?

Av dej, som är student? Monika skakar på huvudet igen. Biter sig i läppen, säger: Det ska nog gå. Reser sig hastigt, slätar till kjolen, precis så som morsan brukar göra när hon är pressad. Jag börjar få bråttom.

Hon tar ut tallrikar ur skåpet.

Låt det vara, säger Helena. Vi fixar det.

Tack, säger Monika samlat. Ni behöver bara värma pytten. Och steka ägg, ifall ni vill ha. Jag är hemma vid tio, halv elva nån gång.

Gör dej ingen brådska för vår skull, säger jag.

Jag jobbar inte på timpeng. Är det nåt mer?

Ja, du ska inte ha tomaterna i kylskåpet. Då förstörs dom.

Säjer du det, "Bodil"?

Vid halv tolv återvänder Monika. Sparkar av sig skorna i hallen. Får genast famnen full av en glädjestrålande Nathalie, som vi så klart inte lyckats få i säng, åtminstone inte för att sova. Vi har byggt torn, spelat spel, läst sagor och lekt gömme – men hon verkar alldeles outtröttlig. Mer! Och när vi väl fick ner henne i sängen har hon suttit upp och pratat och sjungit och gråtit och frågat efter mamma, tills det började krypa så mycket i mig att jag fick gå ut ur sovrummet en stund för att få nerverna i balans, förstår alltmer hur Monika har det, allt mindre av hur hon orkar, hur morsan orkade. Helena och jag har suttit vid Nathalies säng, allt tröttare och mer uppgivna.

Mamma, vet du vad!

Vadå?

Du är världens bästa mamma!

Monika, med dottern kvar hängande om halsen: Nu går vi och lägger oss, hjärtat. Vill du sova i min säng? Försvinner in i sovrummet, skrattande, pussar dottern. Du är min älskling, vet du det.

Ibland känns det kanske inte nödvändigt med eget rum.

TRO INTE ATT MONIKA är på bottnen, inte än. Det går att sjunka lägre, det gör det alltid, så hon hänger i.

Första anfallet kommer självklart precis vid läggdags. Det är en naturlag av samma slag som när skidåkaren hävdar att det alltid är i sista åket man faller och slår sig sönder och samman. Ännu är det inte så allvarligt. Monika hinner fram och lyfter upp Nathalie, förhindrar att mer hamnar i sängen, samtidigt som hon hör att en andra hiss är på väg upp, huvudstyrkan gör sin uppmarsch genom magmun och strupe, passerar gomsegel och fyller en hel munhåla innan den stormar ut i alla riktningar. Det plaskar över sovrummets stavparkett, stänker över Monikas bara fötter och upp över jeansen, upp till knäna, innan hon kan manövrera ut dem till badrummet, där hon måste bestämma innan de går in hur de ska stå, för väl på plats är svängrummet minimalt.

Med ena handen håller hon dottern om pannan och lutar henne över toastolen, på samma tröstande vis som hon minns att morsan brukade hålla henne, ett av barndomens starkaste minnen, de uppkommer ju när man är som svagast, eller som starkast, den svala, stadiga handen att luta sig mot och som gav den befriande känslan av att få överlämna sig själv helt och fullt i nån annans vård, få vara svag och ömklig och bli tröstad, avlastas den obärbara tyngden och mattheten – precis vad hon själv önskar i det här ögonblicket, för övrigt, början på en lång, tung uppförsbacke som det är – men det kommer ingen efterpatrull nu fastän Nathalie hulkar och gråter och försöker klämma ur sig en skvätt som sitter fast i halsen.

Monika slår höften mot vasken, kan inte ta vägen nånstans, slår emot andra höften när hon gör en rörelse åt motsatt håll, försöker göra sig smal och tränger sig förbi Nathalie för att hämta ett nytt nattlinne åt henne. Hittar inget rent, så hon fiskar upp ett gammalt ur tvättkorgen. Nathalie står darrande och frusen kvar, blek och med ett ansiktsuttryck som är lika delar trötthet, rädsla och förvåning över vad som nyss skett. Monika fäller ner locket och sätter sig på toastolen, hjälper Nathalie skölja munnen, slår i armbågarna på båda sidor av vasken, sen i spegeln ovanför, när hon drar av det nersölade linnet och får på henne det gamla smutsiga men ospydda.

Medan Nathalie försöker somna om i hennes säng hämtar Monika en spann som hon spolar upp vatten och en kork grönsåpa i och börjar torka upp på golvet och vädra rummet, varpå hon tömmer och rengör spannen och ställer den nedanför sängen. Sliter av sig jeansen och duschar av fötterna i badkaret, innan hon börjar dra upp sängkläderna med muntert gula fjärilar på ur Nathalies säng. Hon borde ha börjat med detta, nu måste hon gnugga ren madrassen också. Rullar ihop allt till en boll med kräket i innersta gömman. Det går på rutin, ett inarbetat mönster, van som hon är efter flera höstar med maginfluensa som fäller barnen på dagis som dominobrickor. Men spannen kommer aldrig till nytta. Monika står med ryggen mot och stoppar nytt lakan om den tunna madrassen när hon hör de alltför välbekanta krystningarna, känner den omedelbara, sura lukten som letar sig långt upp i andningsvägarna och retar flimmerhåren utan att den låter sig nysas bort.

Inte i sängen! Ta spannen!

Nathalies dimmiga blick.

I ena sekunden är sängkläderna vita, i nästa har ett sjuttitalsinspirerat blommönster stötts ut över dem, sprider sig koncentriskt, som ett floddelta som översvämmas av snösmältningen. Monika står fortfarande med lakan och madrass i händerna. Det är inte längre nån brådska att få upp Nathalie. Monika tar ett steg fram för att hålla om henne, lindra, anfallet får värka ut innan hon kan bära ut Nathalie till toaletten en andra gång. Slår återigen i höften i vasken, smärtsammare denna gång eftersom den förra smällen redan bildat en ömmande, lätt svullen blånad, en eldkula som exploderar och fortplantar sig ner mot knät, upp mot midjan, reflexmässigt vrider hon sig bort – och slår i andra höften i väggen, med full kraft, en hammare som driver in spiken med ett slag, hon krummar av smärtan, är på väg att tappa greppet om Nathalie, men utrymmet är för trångt för det, hon behöver bara snabbt luta sig ett par centimeter åt sidan för att klämma fast sin snörvlande last mot väggen.

Hur är det, älsklingen?

Hon får nytt grepp, ställer Nathalie på toastolen.

Kommer det mer?

Nathalie känner efter, med frånvarande blick och gråten i ögonen, skakar på huvudet, darrar, fladdrande underläpp. Ser ut att kunna falla samman i vilken sekund som helst, somna eller svimma. Monika håller henne upprätt med en hand om henne, med den andra upprepar hon den omständliga proceduren med nattlinne och tvätt, en av hennes egna t-shirts får duga som nattlinne den här gången, och borstar tänderna på henne. Bäddar om i sovrummet. Det börjar bli ont om lakan och örngott. Vad är klockan? Hon måste få Nathalie att somna snabbt.

Mamma…?

Ja, hjärtat?

Men Nathalie har inga krafter kvar. Monika bäddar ner henne i sin säng, smeker den bleka kinden, håret som är blött och tovigt, pratar lågt till henne, viskande tröst. Nathalie är kall men svettas, blicken fjärran, en våt slinga av håret faller ner över ansiktet och Monika för den försiktigt åt sidan. Monika gör i tankarna upp en lista på vad hon måste komma ihåg att göra genast i morron bitti, telefonsamtal, olika utvägar ifall Nathalie kommer att vara sjuk i flera dar, vilket hon självfallet kommer att vara. Morsan kan hon inte räkna med, och inte Kristina heller, livrädd som hon är för att smittas.

Knappt hörbart: Mamma?

Ja?

Mamma… Ma…

Nathalie har somnat. Monika reser sig genast, smyger ut ur sovrummet, stänger efter sig, nästan, lämnar en glipa, lägger en kudde emellan för att dörren inte ska smälla igen av luftdraget när hon öppnar ytterdörren. Hon rafsar samman lakan och nattlinnen på golvet, drar av sig sin tröja när hon upptäcker en brungrön dekal över ena axeln. Står i hallen i trosor och behå och letar efter nåt att ta på sig, drar åt sig ett par jeans och från klädhängaren sin gamla jeansjacka som hänger där som en utsmyckning, ett slags installation som ska erinra henne om studenttiden, stor och stel som en rustning, men den får duga, det är bråttom. Kastar en blick på klockan i samma rörelse som hon hakar ner nycklarna från hallkroken. Sätter nyckeln i låset från utsidan och stänger ljudlöst.

I tvättstugan väntar en av husets äldre bidrottningar på att kvällens sista maskin ska göra ett sista varv och med en suck förkunna att den är beredd att tömmas för att komma till nattlig ro. Fru Josefsson, B-trappan, en av dem som saliggör sig själv genom att högstämt predika den rätta tvättstugetron för alla och envar:

Det finns ingen tvättid så här dags.

Hon synar Monika ingående. Rör huvudet upp och ner som om ögonen vore fixerade i sina hålor och rörelsen enda sättet att scanna henne i helkroppsfigur. Monika drar jeansjackan om sig, blir medveten om att hon glömt knäppa den och känslan av att vara utlämnad med bara behå under gör att hon känner sig tvingad att avge nåt slags förklaring, för vad bidrottningen tycker om hennes klädsel blygs hon inte att förmedla med sina stora fasettögon som tar in allt, huvudet far upp och ner som en spinnande jojo. Blir också medveten om att hon råkat få på sig de nerstänkta jeansen igen.

Jag måste…, börjar Monika. Men det hon först känt som en skamsenhet över sin klädsel förbyts alltmer i ilska över att hon ska behöva förklara sig och att hon blir bedömd av den här gamla haggan, utan hänsyn till anledningen. Hon morskar upp sig, och växlar till en skarpare ton: Är du möjligtvis klar?

Redan när hon slungar ur sig meningen inser hon instinktivt att tilltalet är fel, föser in henne i en återvändsgränd, för du-reformen har sannolikt inte gjort nåt intryck på bidrottningen. Här gäller underdånighet och smicker om hon ska komma nånvart. Hon knäpper knapparna i jackan, viker ner kragen och gör ett nytt försök, vinnlägger sig om att låta älskvärd.

Kan jag få använda ena maskinen? Hon nickar mot de två som inte är i bruk.

Jag har passet till nio.

Jag sätter på ett snabbt program. Min dotter mår inte bra. Monika håller fram tvättbyltet, som fordrades det bevis. Hon har maginfluensa.

Bidrottningen tar genast två steg tillbaka. Håller ut handen som motade hon jävulen med korset.

Ena maskinen? vädjar Monika. Jag vore oändligt tacksam. Vi har ingen... Hon går på tomgång, avstannande. Kommer inte på nåt annat skäl än att hon måste.

Men inte heller bidrottningen ser ut att ha några fler argument på lager, tycks inte ha hämtat sig från att stå öga mot öga med en ung kvinna i bara underkläder och med famnen full av nerkräkta sängkläder och en smitta att sprida vidare i hela huset.

Nu är den färdig! säger Monika när maskinen som bidrottning Josefsson bevakat gått klart och lucklåset klickar till. Då behöver ni inte dom längre.

Monika väntar inte in nåt svar. Hon har fått kontakt med nedärvda modersinstinkter att i första hand se till de sina, en kraft som slår ner i henne med full kraft och som hon genast omsätter i praktisk handling. Hon vräker in sin tvätt i närmaste maskin, slår igen luckan och trycker igång ett kort fyrtigraders program.

Unga fröken!

Ja, vadå!? Det är väl ingen jävla diktatur här!

Bidrottningen håller inne med protesterna, inser att slaget är förlorat, för den här gången, och börjar tömma sin maskin med en min som säger att hon är klar här nere för kvällen, återstår bara att hänga de här fyra gardinlängderna och att rengöra efter sig – till bidrottningens kännetecken hör, utöver de husdominerande egenskaperna, att hon är en tvättstugebrukare av den gamla stammen som sanerar lokalen efter sig och sätter upp lappar med åtskilliga utropstecken efter uppmaningarna om att alla andra bör visa samma nit, våttorka golvet efter sig även om det redan gjorts tre gånger tidigare samma varma sommardag.

Jag vill bara påminna om att strömmen stängs av klockan nio.

Jag vet, svarar Monika lugnt.

Jag tänker inte städa upp efter nån annan här.

Det gör jag. Och jag ser till att den som ska ha tvättstugan i morron bitti får nyckeln.

Det är fru Dahlén i A, säger bidrottningen snipigt och lämnar scenen för att hänga gardinerna i torkrummet, men vill ändå ha sista ordet: Jag har också haft sjuka barn, ska hon veta, men inte betedde jag mej hur som helst för det.

Monika biter samman, trycker tillbaka ilskan. Finns inte mer att vinna nu, och hennes tystnad är egentligen svar nog.

Kanske att bidrottningen också tycker att det räcker nu, eller om talet om de egna barnen får henne att minnas och komma på andra tankar, sträcker i alla fall ut en försonande hand:

Lilla torkrummet är ledigt. Det kan hon ta. Och glöm inte Dahlén.

Hon rätar på ryggen, sträcker på armen för att överräcka nyckeln, men ändrar sig och lägger den på närmsta maskinen i stället. Går därifrån.

Det är nu Monika kommer på att hon glömt tvättmedel. Ska hon ropa efter bidrottningen och be att få låna? Nej, det får gå utan.

Den förtvivlade gråten och ropen efter mamma hörs redan när Monika öppnar källardörren. Hon springer de fyra våningarna med tre trappsteg i taget, vräker upp dörren och hittar Nathalie stående i en pöl med uppkastningar på hallgolvet.

Lilla gumman!

Jag ropade! hulkar Nathalie med skärrad röst, armarna utsträckta mot Monika, som för att räddas upp ur djupt vatten, tar ett kort steg mot henne.

Stå still.

Monika lyfter upp henne ur pölen, sätter ner henne i badkaret där hon drar av henne tröjan och duschar henne, sveper om henne med stora handdukar. Nathalie huttrar ändå, får sitta på toalettstolen och hacka tänder medan Monika rengör hallgolvet med mer grönsåpa, drar av sig sina kläder, torkar rent golvet en gång extra och avslutar med att duscha av sig själv också.

Nu ska du sova, älsklingen.

Mamma?

Ja.

Jag vill sova hos dej.

Självklart. Kom så lägger vi oss.

Nathalie får en ny tröja. De bäddar ner sig i Monikas säng och Nathalie somnar återigen så snart hon lagt huvudet på kudden. Rummet luktar kräk, Nathalies andedräkt är surstungen. Monika ställer upp fönstret. Spolar upp vatten i badkaret och blötlägger deras kläder. Diskar och plockar i ordning i köket, överväger att bläddra i dagens ännu orörda tidning men kommer fram till att hon kommer att behöva sömnen bättre, så hon kryper ner hos Nathalie i stället, när hon oroligt börjar gny i sömnen.

Monika sover djupt när det ringer.

Monka, vad gör du? hör hon en skrikande röst i luren.

Musik och höga röster i bakgrunden, skrän och ljudet av klirrande glas.

Janko? Vi sover. Vad tror du?

Förlåt. Tänkte du ångrat dej. Jag är på Tahonga. Om du har lust att komma.

Monika får fram klockradion. Som om tiden spelar nån roll nu. Hon är för yrvaken och trött för att ilskna till, energin gick åt till bidrottningen. Det blir en matt bön:

Lägg på, Janko. Min dotter är sjuk.

Det är lugnt, Monka. Vi ses i morron.

Nä! väser hon, fast då har hon redan slängt på luren.

Hon drar åt sig lite av täcket. Nathalie ligger mitt i sängen så det blir inte mycket plats över. Hon försöker somna om. Har sovit precis så mycket att hon fortfarande är trött men för pigg för att somna. Hon börjar må illa. Lägger sig på sidan så att luften som sveper in från bakom rullgardinen skänker en aning svalka.

Hon halvslumrar, är äntligen på väg in i sömnen, när det ringer andra gången.

Samma skrikiga röst: Monka? Är det du? Ville bara be om ursäkt.

Vi sover!

Därför jag ber om ursäkt, för jag väckte dej.

Nu väckte du mej igen! Men det behöver du inte ringa och be om ursäkt för!

Det blir tyst ett tag. Det hörs musik och röster i bakgrunden nu också, men lägre. Janko måste ha lånat telefonen i hotellobbyn.

Din dotter sjuk?

Ja, hon är sjuk. Och vi ska sova nu.

Mycket sjuk, Monka?

Så mycket att vi inte ses i morron.

Det blir tyst i luren igen. Andhämtning. Tankepaus.

Nu lägger jag på. God natt, Janko.

Du inte kommer i morron. Mick inte bli glad.

God natt, Janko!

Nu går det inte att komma ner i sömn igen, inte ens i den lättaste formen av dvala. Monika är klarvaken. Går igenom allt som måste göras i morron bitti, samma tankar som tidigare, samma lista, bara intensivare nu, i nattmörkret, när allt kommer närmare. Hon känner sig så fruktansvärt ensam, utlämnad.

Hon är upprörd efter telefonsamtalen, ligger och eldar upp sin ilska på nytt, kommer på saker hon borde ha sagt till Janko så han förstod hur hon avskyr hans försök till uppvaktningar. Hon lyfter bort Nathalies små fötter från sin ömmande höft. Nathalie som i sömnen försöker klättra upp på henne. Monika drar åt sig sin kudde, ligger som ett streck på sängens yttersta remsa, som en uträtad bortre parentes, den lätta strimman av kylig luft som milt sveper in över hennes ansikte är befriande frisk, hon gäspar, är genommatt, genomvakad, med en ihållande oro i kroppen som håller sömnen stången. Gryningsljuset lättar upp rummets gråa dunkel.

Två signaler hinner fram innan Monika har luren i handen.

Lägg av nu! Du väcker oss!

Två sekunders tystnad, följt av:

Fru Dahlén har inte fått sin nyckel än.

Monika sitter rakt upp i sängen redan på första stavelsen.

Jag kommer genast. Ursäkta, jag –

Vi väntar.

Vem var det? undrar Nathalie med matt röst.

Jag måste ner i tvättstugan. Jag skyndar mej.

Jag vill inte vara själv!

Det går snabbt, jag lovar. Du behöver vila.

Men Monika vet alltför väl att hon inte kommer att skynda nerför trapporna ensam. Hon lägger en hand på Nathalies kind, smeker henne.

Ta på dej morronrocken då, så får du följa med. Orkar du det?

Nathalie skakar på huvudet.

Vill inte!

Jag måste ner, hämta tvätten. Så att du får ett rent nattlinne.

Jäklar! Hon glömde gå ner i går kväll och hänga tvätten på tork. Hon kommer att få hänga de blöta lakanen över stolarna och matbordet, kanske bre ut dem framför fönstret i vardagsrummet så att de kan torka i eftermiddagssolen. Det kommer att se ut som ett beduinläger. Men Nathalie kommer att gilla det som koja.

Jag vill inte, upprepar Nathalie.

Mår du fortfarande dåligt?

Nathalie skakar på huvudet.

Monika klär sig snabbt. Lyfter upp Nathalie ur sängen och sveper trots hennes protester om henne morronrocken och med henne i famnen snubblar hon uppjagad och sömngroggy, kvar i en dimma som efter en lång, jetlaggad flygning, nerför de fyra trapporna. Nathalie är för stor för att bäras, för tung. Hon hänger över Monikas axel som en säck vete.

Det gör ont, klagar hon.

Mjölksyran sprutar i armarna på Monika. Bara tre trappor kvar och en kort bit källarkorridor. Utanför tvättstugedörren stannar hon till, tar ett nytt grepp om Nathalie, samlar sig, ser att ett nytt direktiv angående hur skadedjur som möss och duvor ska bekämpas har tejpats upp på anslagstavlan, innan hon öppnar. Först nu tittar hon på klockan. Sju över.

Det är nu Monika får lära sig det som aldrig lärs ut på vare sig juridiska introduktionskurser eller doktorandseminarier eller nån annan vidareutbildning inom rättsväsendet heller, för den delen. Efter tingsrätt, hovrätt, högsta domstolen och justitiekanslern finns det en yttersta instans, en övermyndighet vars domslut är oantastligt. Tvättstugan.

Bidrottningarna Josefsson och Dahlén väntar vid skranket, bokningstavlan, enhällig domstol, åklagarmyndighet och exekutionspluton som ska verkställa domen, iförda barska, granskande ansiktsdrag och blommigt förkläde, och nån försvarare finns det varken behov av eller utrymme för.

Monika gör ändå ett fruktlöst försök att blidka dem.

Förlåt. Förlåt så hemskt mycket. Min dotter är sjuk.

Bara för att genast ta betäckning, för de två rättskiparna har ägnat de gångna sju minuterna åt att hetsa upp sig till vildsinta dimensioner. De beskjuter henne genast från båda flankerna med sitt tyngsta artilleri, en spärreld av tal om oanständighet, bristande moral och hyfs, en anmälan som ska inlämnas till förvaltaren, och anklagelser om att hon ljugit om dotterns tillstånd, eftersom hon bevisligen inte är sämre än att hon kan följa med nu.

Men det du minns mest från denna morron, Monika, det är inte okvädingsorden, skammen du känner, eller hur sårande anklagelserna är, hur liten och utsatt du känner dig, utan hur beskyllningarna om lögn vederläggs och bidrottningarna simultant tystnar när du inte längre orkar bära Nathalie och därför böjer dig fram för att sätta ner henne – och det visar sig att hon har sparat en sista rest i magens nedersta kammare att hosta upp över dem.

Och här skulle denna historia kunnat vara slut, på det vis vi från början förväntade oss, eller hur, men det går som sagt alltid att sjunka lägre. För när Monika återvänt, med Nathalie i famnen också uppför trapporna, och hon har brett ut den blöta tvätten över varenda möbel i vardagsrummet och de har klätt av sig och lagt sig igen och är på väg att slumra till igen, då ringer telefonen en fjärde gång.

Det är Mick.

Janko säjer du är sjuk.

Inte jag, min dotter.

Förändrar det nåt? Nä, tänkte det. Du är hemma.

Monika kan se honom framför sig, hur han snurrar kvartsvarv på sin fåtölj av brun läderimitation, mörkt blanksliten där bakhuvudet nött den, med ena foten mot kanten på det av osorterade papper överbelamrade skrivbordet. Skjortan som stramar över buken. Han snurrar, och fortsätter:

Vet du vad, Monika? Janko och Madde fixar lunchen i dag.

Tack.

Tro inte jag säjer detta för att vara snäll.

Det är bara i dag, intygar Monika. Nathalie är frisk att gå på dagis i morron.

Är du säker på det?

Ja, visst.

För annars har jag ordnat en ersättare. En tjej som har hoppat in på några kvällsarrangemang. Det är Janko som hittade henne. Hon är jäkligt sugen på att jobba mera, ska du veta.

Du behöver inte ringa henne.

Monika känner plötsligt tröttheten välla över sig, hur hon blir svag i knäna, skulle behöva sätta sig. Svettas hon? Hon känner efter i pannan.

Eller menar du att hon skulle ta mitt jobb?

Monika, jag fattar ju att ungar blir sjuka. Det blev mina med. Men det funkar inte med personal som är borta titt som tätt. Det är ingen jävla social inrättning jag driver, utan en affärsverksamhet. Det förstår ju du också.

Jo... Monika måste sätta sig, hejda yrselanfallet. Håller tillbaka.

Är vi överens då?

Ja, pressar hon fram. Eller...

Du får ringa mej i eftermiddag och säja hur det blir. Så jag kan planera.

Hon vet att Mick slutat snurra i fåtöljen nu. Att han sitter framåtlutad, redo att avsluta samtalet. Armbågen rakt ut från örat som en flygplansvinge.

Hur låter det? säger han.

Monika ska precis till att än en gång försäkra att hon kommer att vara på plats i morron, när hon måste kväva en gäspning. Hon för på reflex ena handen mot munnen, gapar stort.

VÅREN FÖRSVINNER IVÄG i tentor, orimligt blöta fester och turneringar i volleyboll och brännboll. Det är en blåsig vår, alla vårar är blåsiga i den här lilla inlandsstaden, men denna vår är särskilt blåsig, så blåsig att jag oftast stannar hos Helena över natten i stället för att släntra hem genom de mörka gatorna och gränderna huttrande och med uppvikt rockkrage och en stor halsduk som Helena stickat åt mig virad varv på varv om halsen, händerna nerkörda i fickorna och en framåtlutad, hukande gångart. Jag tittar ut genom hennes fönster, konstaterar:

Vilket väder. Ska det aldrig bli riktig vår?

Varpå Helena lyfter blicken från böckerna: Det är så här våren alltid är här.

Vilket jag inte lyssnar på, utan fortsätter:

Sånt här väder vill man inte ge sej ut i. Jag tror jag hjälper Katarina att laga maten.

Så jag stannar kvar, sitter med de andra vid bordet och äter pastan som Katarina och jag lagat, hänger med dem i de filtklädda chesterfieldhästarna och blir denna vår alltmer en del av kollektivet, hemtam i våningen och slutligen också accepterad som Helenas fasta sällskap, och jag börjar för min del tycka allt bättre om de tre kumpanerna, trots deras egenheter och sällsamma målmedvetenhet med sina studier som är svårbegriplig för mig som fortfarande famlar mig fram, medan deras tillfälliga pojkvänner och nattliga klipp kommer och går. Jag sitter på första parkett och ser det ena fyndet efter det andra defilera förbi utan att uppgraderas till en ordinarie plats runt bordet och i sofforna.

Har du redan gjort slut med fysikern, Lisa? Han påminde om golfaren du var ihop med.

Det var just det, svarar hon.

För hon saknar tydligen förmågan att upptäcka att alla hennes korta affärer är väldigt lika varann till sättet, ibland till utseendet också, så lika att det ibland är svårt att skilja dem åt.

Hej, Klas, sa Helena till fysikern en morron.

Jag heter Lars, sa han som inte alls var fysiker. Men hej ändå.

Jag lär känna Lisas smak, och Ann-Charlottes och Katarinas, och Helena och jag börjar se det som en sport att gissa hur länge den senaste killen kommer att finnas med som en svag liten ljuspunkt på deras radar.

Vad är det med dej? klagar KL efter en föreläsning. Har du blivit kärring?

Han tittar anklagande på mig.

Du är aldrig med nuförtiden.

Är jag väl visst.

Säj när.

Och det kan jag så klart inte, så han fortsätter:

Du hänger alltid med Helena. Vad gör ni hela tiden? Sitter ni inne och löser melodikrysset, lägger pussel och dricker te och *har det mysigt*? Till och med Traktor är ju festligare än du.

Det har bara inte blivit av.

Vi märker det. På hela terminen?

Jag tvingas till reträtt. Gör en kort comeback på korridoren, för att återigen delta i nattmanglingar i köket då vi är samlade för att lösa teodicéproblemet, har upprörda konflikter om dödsstraffets införande i Sverige eller dess avskaffande i USA och hastigt uppblossade gräl om huruvida Dylan var som bäst innan eller efter han elektrifierade sig, bara överflyglat i intensitet av de livliga diskussionerna kring våra egna korridorregler, som inte är några regler alls, utan ett slags urartad anarkism som stelnat till mönster och konvention. Ditkommenderad av KL, bara för att upptäcka att han själv oftast inte har tid att sitta ner, ständigt på väg till en ny date, har bjudit in en ny tjej på rummet eller får kasta in handduken därför att han inte lyckas få nattens ragg att stiga upp ur sängen och lämna hans rum, till Traktors förtret:

Finns det nån i Lund som inte varit med honom?

Inte jag, säger Annika.

Aldrig i livet, skrattar Sofia.

Anna reser sig. Är det nån som vill ha mer vin?

Men Traktors upprördhet bottnar i att han själv aldrig lyckas få till det, kan vi gissa. Nog för att han gör tröstlösa försök att bjuda ut den ena kursaren efter den andra, bara för att bli alltmer förkrossad för varje nederlag.

Den siste april står KL i alla fall tillsammans med oss och fryser i våra för tunna rockar som det ihärdigt strilande regnet blöter igenom på ingen tid alls när vi njuter av studentsångarna som sjunger in våren inför den traditionsenliga mösspåtagningen – det är Traktor som sätter teknologmössan käckt på svaj, så att gardintofsen hänger ner till axeln, vi andra barhuvade, trots regnet – innan jag smiter från dem, dras tillbaka till Helena.

Det är en av de dagarna som det ringer och Lisa ropar Helena till luren. Vi kan höra henne svara ja, ja och visst går det bra, med långa mellanrum i ett samtal som avslutas med välkommen, innan hon lägger på.

Vem var det?

Helena sjunker ner i soffan, tar min hand i sin, håller den i knät, drar upp fötterna under sig. Vi ska med andra ord tala om nåt allvarligt.

Det var Magnus. Han ringde från Tyskland. Han kommer i morron.

Himlar Ann-Charlotte och Katarina i andra soffan med ögonen mot varann eller är det bara att de råkar blinka samtidigt?

För egen del har jag glömt, eller förträngt, att Helena har en bror, ja, egentligen har jag väl tänkt bort hela hennes familj, det är sällan jag går omkring med Kalmarmedelklassens villakvarter i tankarna.

Då kan du inte sova här, säger Helena och kramar min hand. Men jag vill att du är här och träffar honom.

Ja, nu får vi alla desto större anledning att tänka på honom, vi ägnar många timmar påföljande kväll åt att fundera över vart han kan ha tagit vägen, också långt efter att den ananasgratinerade kasslern med pressad potatis som Katarina och jag hjälpts åt med ställts på eftervärme, redo att serveras, vinet är uppkorkat och stearinljusen har brunnit ner i kandelabrarna i matsalen. Först framåt tjugo i elva sätter han igång att vissla och hojta nere på gatan så till den milda grad att en granne i huset mitt emot känner sig föranledd att slå upp sitt fönster på vid gavel och rytande erbjuda poliseskort till andra sidan stadsgränsen om han inte omedelbart dämpar sig.

Vilket trevligt bemötande, grymtar Magnus när han tagit sig uppför trapporna sedan Helena sprungit ner och släppt in honom, måste stanna innanför dörren och hämta andan.

Han hälsar runt. Tar i hand.

Johan? Så det är du som är min svåger?

Han ser sig omkring där han blivit stående – hallens imponerande jugendlampa, in mot köket med diskbänk i knähöjd, de tre meter höga, skavda och nötta dubbeldörrarna, det knarrande golvet, ojämnt som en puckelpist, de filtklädda sofforna – med förfärad min. Teaterviskar till Helena när hon visar honom sitt rum:

Bor du med ett gäng flator? Vad är detta för ställe? Familjen Addams?

Nu sätter vi oss, säger hon överslätande. Jag är dödshungrig.

Coolt att jag kan kvarta här, säger Magnus och intar centralpositionen vid bordet. Han för bak den långa syntluggen från ögat, blottar en oförskämd uppsyn.

Det blir Helena som serverar, först sin bror, därefter oss andra, men han börjar genast sleva i sig.

Men jag måste sticka tidigt i morron bitti, så jag kommer nog väcka er allihop när jag ska ha frukost, säger han. Vad segt köttet är. Det måste ha stått inne för länge. Men ni har ju hela dagarna på er att sova, har ni.

Han pratar bred småländska, tryfferad med ord uttalade på

stockholmska. Det låter som om han inte hittar rätt våglängd att sända på, så svajigt att man blir orolig för att han ska skada tungan varje gång han öppnar munnen.

Är du på väg hem till Kalmar? frågar jag.

Nä du, sällan skrattar ostron. Stockholm. Jag ska upp och leverera.

Kör du budbil? säger Katarina – som så klart vet att det är precis vad han inte gör.

Magnus tystnar för en stund, tittar utrönande på Katarina, så självgod i sin totala avsaknad av humor att han inte uppfattar hur Ann-Charlotte och Lisa kämpar med att hålla tillbaka skrattet.

Ja, det kan man ju kalla det, säger han. Jag ska lämna en 911, ska jag. Han ser sig rojalistiskt om runt bordet. En Porsche, alltså.

Han stoppar i sig en stor bit kött och ananas, vänder sig mot mig, tuggar intensivt för att kunna börja prata igen, ger upp och sätter igång att prata ändå, med ananassaft sipprande ut ur munnen.

Jag har en handlare i Hamburg. Han vet vad jag vill ha och håller bilarna åt mej. Putsar upp dom, går igenom motorn och skruvar tillbaka mätaren. Utan att det kostar mej nåt extra.

Men det kan inte vara lagligt att ändra miltalet? säger Ann-Charlotte.

Så farligt är det nog inte, säger Helena, men väljer att titta ner i tallriken.

Precis, håller Magnus med, alla gör det, förstår du.

Han tuggar klart och sväljer.

Jag har en här, nickar han ut mot gatan, en obestämd plats där han tydligen har parkerat, och två till betalda och klara som står hos honom och alla tre är redan sålda. Han vänder sig till mig: Har du körkort? I så fall kan du få hjälpa mej köra upp dom nån gång.

Han förväntar sig inget svar. Han skakar på huvudet som inför ett obegripligt fenomen i klass med rymdens oändlighet, livet efter döden, ingredienserna i en lundaknake, och luggen svänger ner över ögat igen.

Sjuttifemtusen på en vända till Hamburg och upp till Stockholm. Inte illa. Jag tjänar väl mer på en bil än vad ni får i studielån på ett helt läsår, va?

Hur gamla är dom? säger jag.

Dom är begagnade, helt klart. Men det skiljer inte mycket mellan årsmodellerna, gör det inte. En 911 är en 911, brukar jag säja. Har sett likadan ut sen jag vet inte hur länge, sen fyrtitalet säkert.

Säkert. Fast den började tillverkas först 1963, säger jag sakligt och känner hur värmen strömmar mot mig från tre av tjejerna runt bordet, medan Helena, besvärat:

Spelar det nån roll?

Magnus sura blick, innan han stoppar in en ny gaffel rågad med ananas och potatis.

Sen sextitalet, då. Okej?

Dom måste vara nerslitna av att ha körts på Autobahn.

Varför det? Dom är byggda för att köras, köras snabbt. Magnus håller fram glaset mot Lisa. Kan du hälla upp mer vin? Han ser sig runt i rummet, som om han måste ta in det på nytt, plötsligt medveten om var vi sitter. Det här är rena Dracula. Det ser ut som...

På fyrtitalet? fyller Ann-Charlotte i.

Ja, inte sextitalet i alla fall.

Vi gillar det, Magnus, säger Helena överslätande, känner väl att hon måste ta kollektivet i försvar nu, och det är väl på tiden. Vi brukar ha middagar här.

Ni kan ta inträde, föreslår han. Som på museum.

Lisa sträcker honom flaskan, han tar emot den, häller upp, till sig, ställer ner den, och hon, vasst:

Du kanske kan servera oss alla?

I mitt inre ser jag drömmen om en egen Porsche punkteras och försvinna för gott. Varje gång jag ser den bilen i framtiden kommer jag att få den här uppblåsta fjanten för ögonen. Och bara för att demonstrera vidden av hans oförblommerade okunnighet om världens tillstånd bortom begagnade bilar-cirkusen ska jag låta honom få sista ordet i denna redogörelse för aftonen, innan vi kan prata vidare om väsentligheter, dvs Helena och mig. Så här går han på, hela tiden förnöjt småskrattande:

Ni vet, första gången jag for ner till Hamburg för att hitta en handlare bodde jag på ett hotell bakom stationen, ett jävligt ruffigt ställe med brännhål i mattan och skitiga handdukar. Men vadå, jag hade inte kommit dit för att sitta och ruttna på rummet. Jag var hungrig så jag måste ändå ut meddetsamma och hitta nånstans att käka. Gick jag till Reeperbahn, för en polare i Färjestaden hade sagt att det måste jag bara se, och där skulle det finnas billiga restauranger. Det var ju inte som nu, för jag hade inga pengar då mer än dom till hotellet och bilar. Nu bor jag på ett helt annat ställe, fyrstjärnigt. Jag hittade ett kinesställe där jag käkade vårrullar och nån äcklig hajmage, serverades av en gammal kinagubbe som gick böjd framåt som en vinkelhake och inte hade en tand kvar i flabben. Reeperbahn, ni kan inte ana, det var inte klokt. Vilka donnor. Skitsnygga brudar i sexunderkläder satt i fönstren och skrevade och vinkade åt en att komma in – sånt man bara ser på film annars. Jag trodde inte sånt fanns på riktigt. Herrejävlar. Jag trodde horor bara var som pundarna och finskorna på Malmskillnadsgatan i Stockholm, men dom här var ju hur fräscha som helst. Min polare sa att dom pluggade på universitet på dagarna och tjänade extrapengar här. Har ni funderat på det? Ni sitter på en förmögenhet. Nä, jag skojar bara, syrran. Jag gjorde inget, absolut inget. Man vet ju inte vilka sjukdomar man kan få av dom. Vad trodde ni? Så hittade jag en bar en halvtrappa ner som såg cool ut och hade bra musik och jag tänkte att jag går ner här, gjorde jag, för jag var törstig efter den där hajmagen, och jag satte mig i en röd soffa vid ett bord. Då kom det fram en servitris, ni anar inte, som var klädd i raffset och nätstrumpor! Vad i helvete, tänkte jag, vad är detta för ställe, för alla servitriserna var klädda i röda och svarta raffset. Jag kunde inte bara resa mej och gå, kunde jag inte, så jag beställde en öl. Men dom hade ingen öl. Vad har ni då? Champagne, sa hon. Okej, sa jag och beställde ett glas, men så kom hon med en hel flaska och jag sa I only want a glass. Men det gick bara att beställa hela flaskor, och hon hade redan öppnat den. Inte fan var det champagne heller, utan nåt sött, mousserande, cider eller nåt sånt skit. Gissa vad hon skulle ha för den. Gissa. Femhundra mark! Det är femtonhundra spänn, mer än det. Never, sa jag, never in my life. Den kostar högst fem mark i affären. You have to pay, sa hon och så vände hon sej om och ropade till vakterna i dörren. En av dom kom fram, en stor fet kille med armar som öltunnor och med en läderväst som det måste ha gått åt två kor till att sy. Han lyfte undan bordet och trängde sej ner bredvid mej. Ge mej pengarna, sa han på tyska och tog tag om min jacka. Jag var så jävla, jävla rädd, ni anar inte, att han skulle muddra mej. Jag hade ju bilpengarna i ett kuvert i fickan. Så jag fick fram plånboken ur jackan snabbt som fan och han ryckte åt sig den och tog ut sexhundra mark, allt jag hade, som han räckte servitrisen. You said five hundred, sa jag. Han skakade på huvudet. Hon skulle ha dricks också. Sen tog han mej i armarna och lyfte mej rakt upp, ledde ut mej på gatan. Jag lovar, jag har aldrig sprungit snabbare. Skitskraj. Men säj nu inget om det till mamma och pappa, Helena. Lova det. Och cidern, den var inte ens kall.

Den här våren blir Helenas och min kärlek allt fastare. Behovet att få vara för oss själva allt starkare, vi två blir alltmer en, denna befriande, stärkande vetskap. Vi överraskar varann med små presenter, en bok, ett par örhängen, en reservoarpenna. Vi drar oss tillbaka, går in i oss, och varann, rör oss in mot vårt eget centrum, i allt trängre cirklar. Det är en arbetsam vår, det är en kontemplativ vår, och för min del en vår då jag äntligen kan komma till ro. Helena har bara höstterminen kvar så för hennes del är det naturligt att börja prata om vad som ska hända efteråt, var hon ska hamna och sitta ting och hur vi ska kunna träffas och hålla ihop, och ännu mer pratar hon om tiden efteråt, då vi "går in i en ny fas", som hon uttrycker det, och börjar arbeta. Allt ännu avlägset. Men Helena är på väg att växa ur studentlivet, på väg bort från Lund.

Våren övergår i sommar, dag flätas till dag, vår gemensamma

rytm blir allt jämnare, i vårt sätt att prata, att ge och ta och vi vet vad den andre tänker innan nån av oss sagt nåt, men vi säger det ändå, pratar hela tiden, om allt, och vi är trygga med varann och det är en härlig känsla att ha slipat bort alla ojämnheter som kan uppstå innan man är helt jämspelta.

I juni, när terminens sista tenta är inlämnad, är det bara Helena kvar i våningen på Winstrupsgatan och jag flyttar in hos henne. Ann-Charlotte har fått en traineetjänst i London och Lisa och Katarina rest till sina hemorter. Vi intar våningen på nytt, gör den helt och hållet till vår, lever oss in i en framtid då vi alltid ska ha såna här ytor att bre ut oss på. Vi firar midsommar på en filt i Stadsparken, obekymrade om det lätta regn som hör förmiddagens firande till, med champagne och jordgubbar och tryffel, innan vi till slut får ge oss för väderleken och återvända hem, där vi lägger oss omslingrade i en soffa och dricker mer champagne, älskar med alla fönster uppslagna medan molnen spricker upp och släpper igenom solen, och i kvällningen drar vi om oss varsin morronrock och slår upp dörrarna till den franska balkongen mot innergården och i den sista resten av solsken som når in äter vi sill, rökt lax och färskpotatis på golvet, skålar i öl och Skåne, och när solen försvinner bakom hustaken återvänder vi till soffan, utan morronrockar, och det blir mer champagne, mer aktivitet.

Det finns inget mer övergivet än en universitetsstad om sommaren, det är som om en neutronbomb som skonat byggnaderna men utplånat allt mänskligt liv hade detonerat i centrum. Sommaren är som ett bleknat fotografi, dammiga, torra gator fångade i överexponerade färger. Genom denna öde stad promenerar vi sakta hand i hand till tåget varje morron.

Från centralen i Malmö fortsätter Helena över kanalen, förbi Savoy och upp till byrån på Stortorget där hon fått praktikplats och där hon jobbar än i dag, snart tjugofem år senare, fast numera med drägligare villkor och högre lön, och kanske intressantare uppgifter också, hon blir åtminstone sedd och tilltalad av de andra delägarna, vilket inte sker under de tre månader då hon sköter byråns arkiv, sorterar och rensar och i övrigt fungerar som sekreterare åt en av de äldsta delägarna, som förbereder en fusion mellan två sydsvenska börsföretag och därför inte tänker äta nån lunch den här sommaren.

Jag beger mig åt andra hållet på min gamla nästan-cykel som jag hämtat från Bodils källarförråd där den stått och fått allt plattare däck sen jag flyttade till Lund och inte tyckte mig ha nån nytta av den.

Jag följer Norra Vallgatan österut och krånglar mig dödsföraktande genom den morronhetsiga trafiken vid motorvägsutfarten och ner under viadukten, in på Södra Bulltoftavägen och har därefter ungefär åtta svettiga minuter genom ett vackert, sömnigt Kirseberg, en gudsförgäten stadsdel jag aldrig förstått hur nån kan vilja bo i, befolkad av arbetare som inte längre har nåt arbete och konstnärer som så klart inte heller de har nåt arbete, det är ju vad konstnärstillvaron går ut på, och för övrigt har ingen arbete i den här stan där industrialismen dragit sig tillbaka som ett skyggt djur och den ena arbetsplatsen efter den andra släcks ner, industriproduktionen är på väg att exporteras till andra världsdelar och inga arbetare ska komma att synas till på de närmaste femton, tjugo åren och när de återkommer som reproduktioner på andra sidan millennieskiftet har arbetskläder blivit workwear och hela landet är återigen fullt av svarvare, snickare, skogsarbetare, skäggiga är de också, hipsters med lösa anställningar inom media och kommunikation, så unga att de inte tillhör den ironiska generationen utan väljer klädseln på fullt allvar, rutiga skjortor, förslitna jeans och jackor med massor av fickor och en snordyr logga i stället för hantverkarföretagsemblem, och morakniven har ersatts av en iphone som allverktyg, innan jag kommer fram till det skrivbord där jag ska sitta förankrad åtta timmar om dagen från juni till augusti, placerad som löneassistent på personalavdelningen på ett Agaföretag som tillverkar svetselektroder, tror jag, nåt som har med svetsning att göra är det förmodligen, jag blir ärligt talat aldrig klok på det, gör ju mig ändå så få ärenden jag kan ut i verkstan, känner mig som en svikare där, oron är tillbaka i kroppen, osäkerheten om var jag kommer ifrån och var jag hör hemma, de här männen med blåställ och unikabox på pakethållaren var en del av min uppväxt men jag har rest mig och gått därifrån och nu finns det inget enkelt sätt att återvända. Jag vill säga dem att jag vet vad det innebär att ständigt ha stenar i min väg att sparka på, jag tillhör också stenkickarklassen, men i deras ögon måste jag vara en förläst, okunnig om livets realiteter.

Det är rädslan att tas för att vara en som tror sig vara förmer som skaver, en som sätter sig på höga hästar, en klåpare, en förklädd översittare, som alltid föder en osäkerhet i umgänget med dem med praktiska kunskaper, skit under naglarna och hård dag att bekämpa från den vansinnigt tidiga morronreveljen – man skrattar aningen för högt, pratar lite för mycket, försöker dra till med lite mer dialekt och diftonger och uttryck och billiga skämt som man tror hör arbetarklassen till, med enda resultat att man gör sig själv till än större idiot och drar ner byxorna än längre på sig själv.

Det är en osäkerhet som emanerar ur den fråga man ställde sig första gången för många år sen, den som handlar om hur man ska hantera den hemlöshet som är universell från det ögonblick man lyft ena foten för att sätta ner den nån annanstans, och den fyrtisjuårige mannen i mig har inte heller längre samma behov av bilderna av barndomens landskap och topologi som säg för tio år sen då han ännu frågade sig varifrån han kom och vart han var på väg, kanske är det innebörden av den här åldern, att han inte längre söker sin tillhörighet utan försöker skapa den, för nu vet han svaren på de frågorna och han vet dessvärre också att det inte längre gives några alternativ, det är detta liv, denna tillvaro, som är vid handen, och frågan om varför blir intressantare än den om hur, barndomsåren blir nostalgi, historier med allt lägre sanningshalt att berätta för de egna barnen om de ids lyssna, men de kan lika gärna vara nån annans historier eller hämtade ur litteraturen, filmen, så lite betyder de nu, när dörrarna stängs bakom en, en efter en, och det kan för övrigt vara skälet till att jag berättar allt det här, att snart kommer också dörren till detta rum att stängas, och man förbereder sig i tankarna för nåt annat, den sista dörren man ska öppna och som leder en bort för gott, tankar som alltmer regelbundet blir ens förtrogna följeslagare, ännu inte konkreta, mer som olycksbådande molnformationer vid horisonten, överväldigande tankar som slår följe när man sitter ensam i bilen, under sammanträden, vid hyllan med knäckebröd på Ica, i sömnen, och första gången jag blev medveten om hur dessa tankar så sakta kommer att stiga till ytan och ta sig uttryck i ord och handlingar var för några somrar sen när jag tillsammans med Hannes stod längst bak i ett tält på Mölleplatsen och såg en konsert med Lloyd Cole, som gjorde så gott han kunde i vinden och kylan med sin akustiska gitarr, och jag såg på männen omkring mig, medelålders, medelklass, medeltrista, i jeans och skinnjackor, ungdomsidealets uppsättning kläder, och hörde hur de grubblade över pensionspengar och fonder, diskuterade målad eller omålad kista, gravplats eller kremering, och jag blev rädd, för vad jag såg omkring mig där i tältet var döden själv, förkroppsligad av alla dessa som redan tagit ner skylten, checkat ut, och kanske var det i linje med Lloydens sånger, men det är väl inte för de redan uppgivna som han turnerar och hänger ut sitt hjärta på en krok, och allra värst bland alla dessa återkommande, alltmer påträngande tankar är de som rör sig kring hur det ska gå för Hannes och Agnes, den plötsliga insikten som ger mig kallfrossa, att jag inte kommer att få vara med dem livet ut, få veta hur de kommer att ha det i sitt vuxna liv, om de kommer att bli lyckliga, vad nu lycka är, om de kommer att bli harmoniska med familjer och eget liv, hur de kommer att gå vidare när mitt liv ändas, oron är överförd på dem i stället för att jag begrundar hur annorlunda mitt liv kunde ha varit – och det ligger väl en ironi i det också, att vi som var den första generationen att kunna resa och bege oss vart vi ville i världen, vi som göddes med en tro på att samhället var skapat för att ge oss alla samma oöverblickbara möjligheter, vi har slagit oss ner där vi växte upp, på bakgården, förvisso med ett rejält mycket dyrare och mer exklusivt boende, och kanske lika bra det när allt kommer omkring, för de stämplar vi får nu är inte i passet när vi reser till Thailand på semester över jul utan i högkostnadskortet, där de gör nytta, för varje år är det en ny kroppsdel som måste få översyn och specialistbedömning och samlingen av aftershave, krämer och vax på hyllan i badrumsskåpet får stadigt minskat utrymme till förmån för nya receptbelagda läkemedel, och morronen inleds med att man slänger i sig en grabbnäve blandade karameller med konstiga namn och sjunker ner på toastolen och känner ängsligt med tumme och pek på testiklarna, prostatan som man bekymrar sig alltmer över, så till den grad att man efter en rad sömnlösa nätter ogenerat besöker en klinik för andra gången inom loppet av ett år, för att kvickt ta ett blodprov, besked om en vecka ifall nåt inte står rätt till, men man ringer ändå själv för att förhöra sig, få ett lugnande svar, redan på tisdagen, två dar för tidigt, alla tecken är ju där, värken, småskvättandet på toa var natt som man ligger i en timme innan för att man drar sig för att stiga upp fastän man vet att golvvärmen i badrummet är behaglig och att man kommer ner i djupsömn igen på mindre än minuten när pinkandet är avklarat, och dessutom de allt frekventare turerna till herrarnas även på dagtid parat med avtagande tryck i sprutan, visst är alla tecken där, säger man sig, och frågan om när det är dags för ett ingrepp är den enda som kan konkurrera med tankarna på ens sista tid och ens klassmässiga hemmahamn, bara cancern är klasslös.

Ännu färre rundor ut i verkstan blir det efter att en av de blåa overallerna materialiserar sig framför mig en förmiddag, på andra sidan skrivbordet, så nära att byxtyget med autentiska oljefläckar på låren hänger över skivan, och ilskan är det inte heller att ta fel på, eller bådas vår förvåning.

Du här?

Du också?

Senast jag såg Thomas måste ha varit den sommaren då han lät mig och sin brorsa Lasse åka varv på varv runt Stortorget och Gustaf Adolfs Torg i hans hottade Impala. Lasse var min klasskompis under nio års harvande i skolbänkarna, fast i just hans fall blev skolgången bara åttaårig, och knappt det om vi ska hålla oss till nettotid. Men Thomas verkar ha bättre styr på dagarna nuförtiden, är synbarligen borta från drogkompisarna och dealarna, raggarna och småränen, till styrseln hör att han har ring på fingret, en villa i Bara, två ungar att fylla rummen och fritiden med, och Impalan som han en gång nästan putsade färgen av på vändplattan nedanför vårt hus har ersatts av en Volvo kombi och en Suzuki 1100-kubikare. Thomas är så vuxen en man kan bli, har tickat av vartenda inträdeskrav till vuxenlivet – tjänar så klart ofantligt mycket mer än jag, och har gjort det i åtskilliga år, ett försprång som jag inte kommer att kunna ta igen under mina yrkesverksamma år om vi räknar på livsinkomst, i alla fall inte enligt de argument som hörs vid den här tiden för att höja våra, akademikernas, löner ett par rejäla snäpp, en skendiskussion så klart, liksom många andra galenskaper iscensatt från högsta ort inom näringslivet – medan jag inte har mycket mer än en dyr lagbok och några Springsteenplattor att möblera ett hem med. Men att jag pluggar är inget jag tänker dra fram här, för så mycket förstånd har jag att jag vet att det inte väger tungt i hans kretsar, på samma vis som jag i baksätet på den där Impalan höll inne med att Monika, som varit hans klasskompis, läste till läkare. Den ständiga skulden man bär med sig över att ha rest sig och gått, en förmäten handling som säger att det ni har inte är gott nog åt mig, jag vill inte längre vara en av er, jag spelar med ett annat lag nu.

Det är med andra ord en dubbel förnedring jag utsätts för, dels för att jag är en teoretiker och klassförrädare som inte kan hantera vare sig skiftnyckel eller fälgkors, dels för att jag varken har inkomst eller eget boende att kompensera mina i det här sammanhanget kunskapsmässiga tillkortakommanden med. Men hur är det då med brorsan, Lasse, som kanade utför tidigt?

Vad fan vet jag?

Har ni ingen kontakt?

Är det nån som har ”kontakt” med han?

Er morsa?

Thomas skakar på huvudet. Mindre stursk nu. Och kanske var det en oschyst fråga, jag vet ju till viss del hur det varit de senaste åren för Lasse. Rapporter har influtit från enstaka klasskamrater som jag råkat möta och från morsan som med jämna mellanrum träffar brödernas hårt prövade morsa i trappan, föräldrarna bor kvar i lägenheten på sjuttonde våningen. Lasse som en gång var min bästa vän, en viktig kugge i gänget, slängdes ut hemifrån och fick en etta vid Dalaplan som han också kastades ut från, och han började leva ett liv på bänkar och i parker, har blivit en sån som man tittar bort från när man passerar.

Min lön stämmer inte, säger Thomas bestämt. Jag har inte fått nåt för övertiden.

Övertid?

Jag behöver pengarna.

Han räcker mig stämpelkortet. Pekar på tiderna. Lön var fjortonde dag och ett komplicerat sätt att knappa in alla tider och uppgifter om frånvaro på den förhistoriska dator jag har som enda stöd i räkneoperationerna gör att jag inte vet hur jag ska tolka informationen. Av nån anledning har Thomas behövt fylla ut sysslolösheten i verkstan med övertid, men jag tänker inte bry mig om vilket. Han har säkert rätt i att han har mer nytta av pengarna än Aga.

Jag kollar på det, säger jag. Jag kommer ut till dej efter fikat.

Jaha, så du måste ha kaffe först?

Detta är sommaren då Anna-Greta Leijon ber att få rekommendera sig som justitieminister efter att hon gett Ebbe Carlsson fria händer att med poliseskort föra in hemlig avlyssningsutrustning i landet, Stefan Edberg piskar ut Boris Becker i en sönderregnad tredagarsfinal i Wimbledon och italienarna står elva man på mållinjen i ett EM som inte är mer spännande än en onsdag eftermiddag på perrongen i Nässjö. Matcherna duger knappt som virke åt samtalen som jag och de andra sommaryngIen för över utdragna luncher i personalmatsalen, ett hav av linoleum och perstorpsplattor, eller fikaraster som tenderar att bli timslånga sittningar för att vi ska lära oss för evigt att Juha är namnet på ett monster som härjat i Åmsele, ja, kaffestunderna dras ut till absurda halvdagsevenemang framför den vägghängda teven när KU-förhören drar igång i augusti för att reda ut Ebbe Carlsson-härvan.

På eftermiddan väntar Helena utanför Kramer. Den snäva kjolen gör att hon får sitta damsadel på pakethållaren. Hon lägger armarna om min midja och jag trampar oss ut ur centrum, ner över kanalen och vidare till cykelbanorna bakom Kungsörnens vackra, vaniljgula mjölsilos som vi följer ner till Ribban, där vi badar från de mindre, bortre bryggorna och Helena kan lossa på överdelen på sin svarta bikini och sola topless, och efteråt ligger vi kvar i dynerna och läser och pratar och dricker vin.

Längre bort springer hundar lösa. Sanden är varm att köra ner händerna i och den färgas svagt rosa av solen som går ner över Köpenhamn på andra sidan sundet. Vissa kvällar är luften så klar att vi tycker oss kunna urskilja mänskorna som dricker öl på uteserveringarna i Nyhavn. Vattnet blir lugnare. Segelbåtarna vars fladdrande segel slakar när vinden mojnar på exakt samma tidpunkt varje kväll och de driver hjälplöst omkring tills den vänder och det blåser upp igen. Flockar av änder fäller i vattenbrynet.

Aldrig har Helena varit brunare, vackrare, attraktivare än denna sommar då all hårdhet och spändhet under terminerna runnit av henne och hon kan koppla av och njuta av att bara ha tid för oss. Hon ligger på min axel, ser upp mot molnformationerna på himlen, utan att ha bråttom nånstans, att i tankarna vara på väg mot nästa mål. Ibland dröjer vi oss kvar tills skymningen faller, drar oss längre bort mot Sibbarp, till grillplatserna bland dungarna invid småbåtshamnen där arabiska familjer samlas i kvällningen och vi får grilla våra korvar över deras glöd och sitta med, och de bjuder oss på te och söta kakor och lär oss ord som *marhaba* och *shokran*, ord som vi hör första gången, och vi lär dem svenska fraser, och de spelar arabisk dansmusik på låg volym på billiga ghettoblasters.

Andra kvällar promenerar vi sakta tillbaka mot stan i mörkret och bestämmer oss i sista stund för att äta middag på Jim's Bar eller Le Coeur.

Helenas läppar är varma och mjuka. Vi kysser varann stup i kvarten. De har aldrig varit varmare och mjukare. Vi rullar runt i sanden, blir klibbiga av svett och värme, sandiga, och kramas och älskar och efteråt springer vi nakna ut på bryggan och dyker ner i det mörka vattnet.

Vi står ute i vattnet och håller om varann, rusiga av värme och kärlek och Helena kysser mig med sina varma, mjuka läppar och säger:

Får vi det nånsin bättre än så här?

Nej, bättre än så här får vi det aldrig. Den här sommaren är ett av de få tillfällen i livet jag kan se tillbaka på som genuint lycklig, en ogrumlad, djupt erfaren lycka, en fullkomnad tillfredsställelse, då vi frånlyfts alla krav och drömmar och planer och bara haft varann. Det är vi två denna sommar, vi två och resten av världen befinner sig i en annan galax.

Sista veckan i augusti återvänder Ann-Charlotte, Lisa och Katarina och jag flyttar temporärt tillbaka till mitt asketiska korridorrum. Aldrig har det sett torftigare och tristare ut än första natten jag sover där igen.

Fantomsmärtorna efter Helenas närhet gör sig påminda. Snart återgår vi till att umgås som i våras, och rummet på nationen övergår jag alltmer till att betrakta som en garderob, en hållplats för klädbyte och pluggande, mellan föreläsningar och kvällar på Winstrupsgatan.

Efter en månad då jag inte ätit en enda gång i korridorköket, och inte sovit på mitt rum heller för den delen, hugger KL tag i mig när jag är på väg ut med trunken packad med nytvättade kläder.

Vad är det med dej? Nu är du en sån kärring igen.

Är jag väl inte. Vad är det nu?

Du är aldrig med nån gång.

Är jag ju visst.

Du hänger alltid med tjejmaffian. Varför kommer Helena aldrig hit? Vad gör ni egentligen på kvällarna, sitter och grillar äpplen och stirrar in i brasan? Till och med Traktor är det mer liv i än dej.

Är det inte alls. Det har bara inte blivit av.

Ska det vara så här hela denna terminen också?

Nä, så klart inte.

Han tittar på min väska och jackan jag har i handen.

Och vart är du på väg nu?

Men det blir ändå så att jag börjar umgås mer med de andra på korridoren igen, och samtidigt har Helena känt samma förväntningar på sitt håll. Jag sover i mitt rum, sitter med i korridorköket och lyssnar återigen till de hetsiga diskussioner om Guds existens, dödsstraffets rätt att ända en existens och Dylans olika existenser. Gamla, beprövade argument vevas runt, i en allt hårdare ton.

Annika har tillbringat sommaren med brodern i Esbjerg och har fått för sig att flytta ut på landet, hitta sitt ”rätta element”, det skulle göra gott för Herodes också, få tjänst vid en landsortsförsamling. Anna har börjat bryta upp sin halländska med skånska vokaler efter att ha suttit på Kvällspostens nattredaktion under sommaren.

Gjorde du några scoop då? vill KL veta, och han har för övrigt ett sällskap vid sin sida, en tjej som inte säger flaska men har fått för sig att stanna kvar ett tag hos honom, trots hans protester.

Var har du varit i sommar? Har det inte regnat nyheter, kanske?

Men har *du* hittat nån?

Du, vi var fullt upptagna med allt det andra. Vi behövde inte hitta på nåt.

Traktor har återvänt från gården på västgötaslätten, där han ägnat tre månader åt mjölkkor och åkrar och att förklara vad inriktningen väg och vatten innebär för sina föräldrar, bär ett stukat drag i ansiktet, ser moloknare ut än på länge, sitter tystare.

Vad är det med dej? säger jag. Känner inte igen dej.

Ä, det är inget.

Han har varit sån sen terminen började, säger KL. Hopplöst nere.

Ryck upp dej. Du är ju med oss nu.

Traktor svarar inte.

Det syns att det är nåt, Gunnar, det har jag ju också sagt, säger Annika, som sitter med Herodes i knät, matar honom med ballerinakex.

Nä, det är bara... Traktor gör en uppgiven gest. Pappa förstår inte. Han säjer att det är bortkastat att jag är här. Läser alltså. Han fattar inte vad det ska vara bra för. Ibland gör jag inte det själv heller.

Bry dej inte. KL ger honom en uppmuntrande klapp på axeln. Vill du ha en David Adam Bertil?

Traktor skakar på huvudet.

Jag tycker du ska låta bli att åka hem, fortsätter KL.

Lätt för dej att säja! Du har ingen gård.

Traktor skjuter hastigt bak stolen, reser sig och går stelt fram till diskbänken, men han har inget där att göra, allt är diskat och skinande blankt tack vare Annikas omsorger, så han vänder om, försvinner iväg genom korridoren, in på sitt rum. Dörren slår igen med en skräll.

Vad tog det åt honom? säger Sofia som precis kommit in och sätter sig på Traktors plats.

Låt honom vara. Jag ska prata med honom.

Annika släpper ner Herodes på golvet, sätter händerna i bordsskivan och reser sig, med en svart fotsid klänning med spetsfåll som släpar i golvet, och går vaggande efter Traktor och knackar på hans dörr.

Gunnar? Gunnar? Vill du prata? Gunnar?

Två veckor senare drabbar hösten landet med full styrka. Blåsten gör ett nytt angrepp, ihållande, oeftergivligt, och ofta drar den fram över provinsstan i armkrok med bästa vännen, det av Ruhrföroreningar sura regnet.

Ovädret gör att en eftermiddagssittning på Grand drar ut till frampå småtimmarna och avslutas först efter att vi fortsatt rakt över Bantorget och ätit varsin tjock grillad med mos och lökketchup som vickning hos ”Bögen i backen”, och resultatet av de många timmarnas flitiga förtäring av drycker är en vadslagning om vilket konditori som är det bästa, Ramklints eller Lundagård. Vem av oss som förordade vilket är oklart dan efter, men det spelar mindre roll, själva vadet är så knasigt att testet så klart måste genomföras ändå. Traktor är sen länge en trogen besökare på Ramklints och en kännare av deras dammsugare och kanelbullar, men detta ska avgöras i två mer neutrala grenar, prinsesstårta och kaffe med påtår.

Det är onsdag eftermiddag och alltså ett filmiskt oväder när KL, Traktor och jag beger oss ut på stan, men till skillnad från hur det skildras på celluloid så finns det inget romantiskt i denna stund, i svensk vardagstappning är den här väderleken inget annat än sur, grå, trist gestaltning av vårt fysiska tillstånd.

Första stoppet är Akademibokhandeln i AF, där Traktor beställt ett tyskt standardverk om hållfasthetslära och jag passar på att köpa några böcker till nästa kurs. I kön till kassan hittar jag några nya pocketböcker som blir fina presenter till Helena. KL väntar utanför. Därefter går vi vidare till Gleerups, där KL köper samma kursböcker som jag nyss inhandlat, fast till ett högre pris.

Akademibokhandeln är för bönder och sossar, slår han fast.

Men jag är bonde, invänder Traktor. Eller jag var.

Då är Johan sossen, då?

Lundagård. Vi sitter vid ett fönsterbord i den lilla lokalen och ser ut mot domkyrkan. Det droppar från KL:s paraply (som han skaffade efter att ha förkylt sig i regnet på Valborg) som han hänger över den fjärde stolen vid bordet, ner till en pöl på golvet. Det rinner från våra jackor, våra jeans och till och med från våra skor. Vi är blöta inpå lammullströjorna, och det luktar muggigt om oss. Luften i den minimala lokalen är fuktmättad som i duschen på ett badhus.

Tack, snälla Siv, säger KL kärvänligt till servitrisen när hon serverar oss. Och till oss: Nu ska vi se vad Boris duger till.

Boris? Siv?

Dom heter så. Har ni ingen allmänbildning?

Jag sitter med tårtgaffeln i handen – men får aldrig smaka på tårtan. För utanför ser jag henne gå förbi, på avstånd, långt avstånd, på andra sidan gatan, men hon kommer allt närmare, med långa, försiktiga steg och nedslagen blick, huvudet som vanligt krängande tungt som en hästs av allt vetande hon packat i sig och kanske lite extra hängigt i dag för att skyla sig för regnet, med en tygkasse med Greenpeacetryck i ena handen och över axeln en flätad remväska som sänker henne på babordssidan. Ser inte ut att höra hemma här, eller att trivas.

Vänta, säger jag. Ursäkta.

Och jag reser mig och springer ut från konditoriet och skyndar ifatt henne. Först en bra bit ner på Kyrkogatan kan jag lägga en hand på hennes axel, och hon vänder sig.

Vad gör du här?

Johan? Monika flyttar tygkassen till andra handen, ler. Hej.

Jag nickar mot kassen som är drypande blöt och den tunga väskan. Varit och handlat?

Du blir genomblöt. Har du ingen jacka? Ställ dej närmare väggen här.

Kan du svara? Vad gör du här?

Jag sveper regnet ur ansiktet med handen. Det gör ingen skillnad.

Vad tror du? säger hon. Vad gör du själv här?

Jag har köpt kursböcker och nu har vi en tävling om – Men så fattar jag, äntligen: Har du börjat plugga?

Monika nickar.

Men berätta. Vad?

Jag tänkte bli klar nån gång.

Läkare? Varför har du inte sagt nåt?

Tänkte jag skulle berätta för morsan när jag är säker på att det fungerar med Nathalie och så. Jag kommer att behöva jobba extra på kvällarna.

Så du ska pendla?

Hur tycker du annars jag ska lösa det? Jag har pratat med Mick om att ta kvällsjobb när det passar. Jag hoppas morsan kan ställa upp lite mer. Eller Kristina.

Stig då? Han kan väl ta henne en helg. Om han ändå vill ha kontakt.

Han vägrar gå ensam till en lekplats med henne på helgerna. För då tror andra att han är en postgiropappa.

Men det är han ju.

Han ser det inte så.

Jag kör ner händerna i byxfickorna för att värma dem.

Monika, det finns nåt som heter studielån.

Nä, jag är inte sugen på lån.

Monika, lika hemlighetsfull som alltid, går med full front mot tidsandan. Bankerna kastar pengar efter varenda jöns som råkar passera men Monika kan så klart inte ens tänka sig att ta studielån för att göra det drägligare för sig och Nathalie.

Men du har flera år kvar. Du kommer vara tretti innan du börjar jobba.

Hon torkar ansiktet med baksidan av handen. Ja?

Här vill jag säga nåt som det i mina kretsar är populärt att orera om, gissningsvis med samma upphovskälla som tokerierna om arbetarens högre livslön: den bristande samhällsnyttan med att komma ut i förvärvslivet så sent, nästan pensionsmässig innan hon får sin första löning, men jag inser, där jag står huttrande och dyngsur i det piskande regnet och ser teorin materialisera sig framför mig i form av min egen syster att det är idéer som är käpprätt åt helskotta – och att jag som vanligt inte tänkt och ifrågasatt utan sugit i mig andras vansinnigheter.

Dessutom kan Monika läsa undertexten i mitt utlåtande.

Idioter, konstaterar hon. Vart ska du sen?

Hem.

Till morsan?

Är morsan hemma för dej?

Monika slår personligt rekord genom att le en andra gång denna dag.

På sätt och vis, säger hon, är hon väl alltid det? Hon tittar på klockan. Jag måste hinna med tåget. Vi ses på söndag. Och låt mej själv berätta det för morsan.

Hon kommer bli glad, fattar du väl.

Du vet hur hon är. Förresten kommer du att bli förkyld om du inte går in och värmer dej snart.

Det gör inget, säger jag. Då har jag en läkare i familjen att vända mej till.

VI LIGGER I HELENAS säng, nakna, eftermiddagen övergår i kväll, regnet har inte velat ge med sig på en hel vecka, rutorna fuktas på insidan av all väta, och genom dem ser vi fågelsträck över hustaken. Vi är ensamma i våningen. Ann-Charlotte har övertalat Lisa och Katarina om det nödvändiga med en kurs i sällskapsdans för deras framtida yrkesliv, och de brukar återvända och förevisa så olika steg som till vals, salsa och foxtrot. Hur som helst är jag tacksam över att Helena inte kommer på den här repliken i sofforna eller runt matbordet med dem närvarande:

Tänk om det varit vi som haft barn medan vi pluggar.

Monika slutade ju plugga för att hon fick barn.

Jo, men ändå. Vad skulle vi göra om jag blivit gravid?

Du har bara några månader kvar. Det hade vi klarat, på nåt sätt.

Du slingrar dej hela tiden. Jag menar allvar. Om vi fått barn för ett år sen.

Jag vänder mig mot henne. Visste du att Monika börjat plugga igen?

Och Helena drar åt sig en decimeter täcke. Hon frågade mej vad jag trodde om det, ja. Och jag sa att hon absolut måste.

Varför har du inte sagt nåt? Varför är jag alltid den som får veta allt sist?

Men Johan, du frågar henne aldrig om nånting. Hur hon har det, vad hon gör.

Gör inte jag?

Nä, faktiskt inte.

Hon vrider sig, lägger sig på sidan, och jag lägger handen på hennes rygg, låter den glida ner mot svank och skinkor.

Du svarade inte. Vad tror du hade hänt?

Handen som tvärstannar. Jag som svarar:

Vi?

Ja, vi är väl två? Om vi fått barn.

Men det är du som... Jag drar till mig handen, för sent inser jag att den reflexen i sig är ett svar. Men nu kan jag inte lägga tillbaka den, så jag väljer en annan väg: Varför skulle du bli det?

Om jag skulle bli det vore det så klart med dej. Då är vi två om beslutet.

Vill inte du bestämma det?

Kort paus.

Jag bestämmer. Men jag vill veta vad du tycker. Jag frågade bara hur det skulle vara om vi haft barn. På skoj. Du gör sånt allvar av det. Men kanske har du rätt. Klart vi måste diskutera.

Nu? *Hur kom vi hit? Det var precis den här diskussionen jag inte ville ha, det känns som om jag lockats in i en fälla – av mig själv.* Helenas uteblivna förslag på bättre tillfälle för diskussion tvingar mig att fortsätta: Hur skulle du kunna bli det? Äter du inte längre?

Men *om* jag blir! Jag vill veta vad du tycker.

Vad tycker du själv?

Helena vrider sig igen, häver sig upp på armbågarna, drar täcket över brösten, upp mot halsen. Höjer rösten.

Men för sjutton, nu handlar det inte om vad jag, utan om vad *du* vill. Jag frågar dej. Men du säjer aldrig nåt enda om vad du vill eller om oss. Jag vill höra dej säja nånting för en gångs skull.

Vad?

Vill du ha barn!?

Vill jag ha barn? Vad innebär det? Ska man inte själv bli vuxen först? Vill jag bli pappa? Jag tror det. *Tror?* Det är fel svar nu, känner jag instinktivt. Men vad för slags pappa vill jag bli? Stora frågor. Oändliga tankar, omätbara tankar. Vad finns bortom rymden? Hur mycket vatten ryms i världshaven? Vad är godhet? Jag famlar efter svar, jag famlar efter den rätta frågan att ställa mig själv, jag famlar efter nåt hållbart av vilket slag som helst. Jag faller, jag faller fritt genom tankar och föreställningar. Vad är en pappa? Vad innebär faderskapet? Att vara förälder? Är det ansvarsfullt eller kul eller ingetdera? Jag har inte en aning, och det jag kommer att få lära mig så småningom är att det svåra med att växa upp utan en farsa, utan en manlig förebild, är inte att klara av sin egen uppväxt, där räcker morsan fullt tillräckligt, i alla fall gjorde vår morsa det, utan att man inte vet hur man ska vara som farsa för sina egna barn, man har ingen att förhålla sig till, vare sig att kopiera eller ta avstånd ifrån, handfallen ska jag stå inför mina egna barn och inte veta hur jag bör vara med dem, farsa, förebild, fostrare, och vad man ska göra tillsammans med dem, man blir värdelös på att spela fotboll med dem och lära ut finter och sträckt vrist vid tillslaget, bygga kojor, snickra, åka skateboard och, senare, vilken hållning man ska inta ifråga om alkohol när Agnes och Hannes kommit upp i tonåren, nolltolerans eller få dricka ett glas i vårt sällskap, för att inte tala om tonårssex när de kom hem med första sällskapet som skulle övernatta i deras rum, frågor som jag återigen kom att tänka på när jag häromåret gick ut med min närmsta kollega på byrån, George, för att efter en sen arbetskväll äta sauerkraut på Brogatan, där vi i slipsar och skräddade kostymer naturligtvis är lika rätt som slalompjäxor på Nya Guinea, och jag slås av tanken att om nåt år kan ungarna klampa in här, och nickar vi då en hälsning till varann innan de landar i baren och beställer öl eller ska jag bjuda dem att slå sig ner och delta i middag och konversation och ska jag bjuda dem på dryckerna, eller blir det för besynnerligt och svårhanterligt för oss alla när våra världar krockar, hur hanterar man sina barn på krogen, alkoholpåverkade och med sina vänner, jag har aldrig varit på lokal med nån farsa, jag har fått bilda mig själv på krogen, och gjort det framgångsrikt, men att bilda mina egna barn, där är jag liksom i allt annat som rör faderskapets förpliktelser och fördelar helt riktningslös.

Så jag fegar, svarar ändå just så som jag inte bör svara.

Jag tror det.

Tror? Vad är det för svar?

Helena stiger upp ur sängen. Tar på sig sin morronrock. Sätter sig framför spegelns sminkbord och borstar håret. Långa hårda tag med borsten.

Den här kvällen är över, så jag kan lika gärna klampa vidare:

Är det nåt mer du vet som jag inte känner till än?

Ja, Kristina trivs i skolan. Får allt bättre betyg.

Det är väl ingen nyhet.

Nä, kanske inte. Men du frågar inte henne heller nåt. Det är jag som får göra det. Hon slutar borsta. Och en sak till. Vi får se till att hjälpa Monika mer nu. Det har jag lovat henne.

Jag ligger kvar. Helena klär sig en tidsrymd senare och går ut till de andra när de återvänder och jag kan höra dem fnittra och skratta åt deras trevande tangosteg som de demonstrerar i hallen, varpå det blir lugnare och det kommer ljud från köket, matsalen, teven, innan Helena kommer in i rummet igen och drar på sig pyjamasen, lägger sig, ryggen mot mig, somnar.

Natten är också över, för min del. Jag somnar inte. Jag ligger vaken med alla de där blytunga frågorna om faderskap och föräldrablivande och hur de förändrat Helena och mig *nu* och hur mycket det kommer att förändra oss *sen* när de inte längre enbart är hypotetiska, och jag tänker på han som är min far, Folke, frånvarande i mitt liv med undantag för ett kort gästspel under en period då han kanske var på väg att flytta in hos oss, kanske inte, han försvann hur som helst lika överraskande som han dök upp, på väg ner genom snölandskapet med bilen lastad med de spik, mollyplugg, popnitar och annat byggmaterial som han var resande i, jämte den julskinka från en bonde han kände i Östergötland eller var det nu var, och nånstans i höjd med Alvesta måste han ha tvekat och beslutat sig för att svänga höger, mot Halmstad, till den andra familjen som också måste ha suttit ängsligt inväntande hans sena ankomst denna julafton så att helgfirandet skulle kunna komma igång, och sen dess har vi inte sett av honom, jag fick några enstaka kortfattade men ångerfulla brev och vykort som jag arkiverade längst in i skrivbordslådan innan också den skriftliga kommunikationen ebbade ut, och jag undrar var han är nu och varför och vad han tänker om mig och allt det som hände då, om han velat ställa allt till rätta, börja om, eller om han ens ägnar sitt svek en tanke, om han är lättad över att ha kommit undan, och är det i så fall mitt fel, hur många gånger har jag inte frågat mig det, om det var på grund av mig han valde bort oss, en förtvivlad tanke, en desperat tanke jag troligtvis aldrig kommer att få besvarad, en tanke som gröper ur mig och väcker ångestframkallande oro – och när klockan är framåt tre på natten kan jag inte längre hantera den välskakade cocktail av känslor jag bär inom mig utan stiger upp, klär mig i månens sken som slår in över rummet och jag lämnar våningen, hör den tjocka ekporten slå igen efter mig när jag tar mig ut på Winstrupsgatan och raskar hemåt i den råa nattluften – vilken jävla ironi, ett själlöst korridorrum som "hem", fy fan! – med uppvikt rockkrage, James Deanskt framåthukad, mot blåsten, bara ciggen i gipan saknas, annars är alla attributen där, kläderna, rännstenen, sorgen i själen, den obotliga ensamheten, nej, förresten, den kommer inte från James Dean.

Jag får naturligtvis inte en blund mellan svala lakan i min egen säng heller. Men det är åtminstone min egen säng.

Morronen är blekgrå, askgrå, klumpfotad och grovpixlad som ett svartvitt foto taget med för högt ASA-tal. Jag måste ändå ha slumrat en stund, för jag vaknar i alla fall, tung i huvudet och av nattens alla tankar och långa formuleringar avslutade med frågetecken, arméer av frågetecken, återstår inte en enda fullständig mening, det är en kökkenmödding av anklagelser, självförebråelser och utslungade förbannelser.

Förbluffande nog är det redan liv och rörelse i köket, parad med en munter tystnad. Annika och Herodes vid bordet, så klart, Anna vid spisen, tekitteln, smöret, redan glansigt flytande, och osten framställda, korvskivorna svettpärlande.

Hur dags kom ni upp?

Anledningen till denna arla sammankomst sitter tronande på sin plats inne vid fönstret: Traktor. Han lyser så att kan skulle kunna knäcka extra som strålkastare i ett gruvschakt. Rak i ryggen, ser ut att levitera en halv meter ovan stolen.

Jag är hemma i halmen, Johan!

Ett uttryck han lånar av KL, som brukar använda det när han fått napp på nåt slabb eller nån nattklubb för att meddela att han tänker avvika. I Traktors mun låter det som ett barn som påstår att det ska smaka med ett bloss efter maten.

Bredvid sig har en påse från Ljungdahls, en regnblöt påse som han nyss haft daskande mot låret, förstår man, fastnypt i handen, liksom uppvriden kring knogarna när han stretat fram i höstvindarna på sin gamla militärcykel. För detta är väl på hösten? Jag blir plötsligt osäker. Jag vill minnas det så, men blir plötsligt osäker eftersom det inte kan vara tidigt morron när jag kommer ut i köket om Traktor ekiperat sig efter föreläsningen, det måste vara sen eftermiddag. Kanske sov jag längre än jag anat. Kanske sviker minnet mig. Hur som helst, Traktor har trampat fram i regn och vind och skymning, i ett stilla trots gentemot överheten, utan att slå på dynamon till belysningen, ena handen om styret, i den andra påsen. Han har sladdat in framför porten och i majestätisk världsvan vinnarhållning flashat påsen i dörrhålet till köket precis lagom länge för att det ska rendera honom en fråga om vad han har där. Och han har villigt slagit sig ner för att berätta. Det är i den stunden jag hasat ut, och säger:

Vet du vad det betyder?

Gunnar har en date, upplyser Annika mig. Så det vet han säkert.

I kväll, fortsätter han.

Med vem? vill jag så klart veta. Och jag tar ner en mugg från skåpet och håller fram mot Anna som just står med kaffekannan i handen. Tack.

De rien, svarar hon, som läser franska på halvfart den här terminen vid sidan av det besynnerliga ämnet informationsteknik och en gnutta statskunskap.

Ingen ni känner, svarar strålkastaren. Hon går året under mej.

Han vänder sig mot oss i tur och ordning.

Ja, nu vet ni, säger han i ett försök att låta blasé som inte lyckas nåt vidare. Nu ska jag duscha och byta om, tror jag minsann. Han reser sig, påsen i stabilt grepp.

Kung sol.

Vad heter hon? frågar Anna.

Lisette.

Fint namn, säger Annika, som vore det ett barn som skulle döpas.

Och kanske är det dop Traktor rustar sig för. Efter en stund är han tillbaka i köket, med vattenkammat hår och en vit skjorta som har kvar det rutiga pressmönstret efter vikningen över bröstet.

Snygg, säger jag.

Väldigt snygg, Gunnar.

Ska du inte ha en öl innan du sticker? föreslår jag, som vågat mig på att norpa en David Adam Bertil ur KL:s förråd.

Hinner inte. Jag har bokat bord.

Traktor ser till vår förvåning inte nervös ut. Jo, aningen nervös, men mest spänd, förväntansfull, med barnets pigga blick. Funderar han nånsin över hur hans pappa bar sig åt i en stund som denna? Nej, knappast. Han behöver inte.

Bokat, så här dags?

Vi ska ha fönsterbord.

Konstaterar han, det ska väl gälla för nåt slags förklaring, och han sveper om sig jackan och försvinner ut i lundahösten, om det nu är höst, med avskedsfrasen

Ni får ha det

hängande efter sig, trampar iväg aningen ivrigare än vanligt, även om det syns att han försöker balansera förväntan med slipad kyla.

Annika tittar länge efter honom, står kvar vid fönstret långt efter det han försvunnit ur sikte, ut genom porten. Hur ska det här gå? Hennes röst bär spår av förtvivlan.

Jag sitter på mitt rum och läser en roman av Klas Östergren som jag fått av Helena, om en förvirrad man på Österlen som dricker för mycket och vars sinnestillstånd tycks motsvara mitt under den gångna natten, fast i kvadrat och vanställt av sprit, när jag ser en figur lösgöra sig ur mörkret utanför fönstret och sladda in cykeln på gården. Belysning är han tydligen fortfarande inte betjänt av. Jag möter honom i korridoren, utanför köket där Anna och Annika återigen sitter, fast nu med vin i glasen och ost och vindruvor på bordet.

Vad gör du här? säger jag förundrat. Och var är hon?

Lisette? Jag följde henne hem.

Och?

Klockan är bara lite över tio, kommer det från Anna i köket.

Hon är snart halv elva, korrigerar Traktor henne. Det var för sent för bio när vi var klara. Vi pratade så mycket.

När får vi träffa henne, Gunnar?

I morron. Jag har bjudit hit henne.

Oj.

Med ryggen rak som en general som tvingat fienden att skriva under fredsfördraget skrider Traktor in på sitt rum, med bredbent gång och händerna dinglande utmed sidorna.

God natt.

Nästa dag är korridoren så klart samlad, mangrant. Även en trött och oresonligt bakfull KL som ramlat in nån gång vid elva på förmiddan med jackan felknäppt och ett sår på kinden. Hans andedräkt skulle få en rökdykare att backa undan.

Men kring Traktor slår det gnistor. När hon, Lisette, anländer och vi anstränger oss att verka fullt upptagna med köksliga sysslor alla fem (en misslyckad charad, naturligtvis, det finns bara en ytterst begränsad uppsättning poser att inta i ett trångt kök, varför vi mest påminner om tjänstestaben uppradad inför ett drottningbesök). Hon har ett vekt handslag och en stadig uppsyn, bär frisyr med råttsvansar i nacken, är inte längre än en tolvåring före puberteten – och så mycket mer får vi inte veta om henne, förutom att hon bär en tjockstickad kofta i blodrött och musgrått som vi får se ryggen av när Traktor och hon försvinner in på hans rum, där han ställt i ordning en bricka med te, smörgåsar och ostkex för att ostört kunna förklara sin fascination för den skalenliga modell av Viggen han har hängande från taket, eller vad de nu kan tänkas prata om. Inte ett knyst hörs inifrån rummet. Först efter nån timme tränger ett eller annat förläget skratt ut genom den tunna dörren.

Vi dröjer oss kvar i köket, som fans som kan vänta i timmar för en skymt av stjärnan, pysslar vidare med vårt ingenting, säger inte så värst mycket, och pratar vi så är det lågt, receptiva för andra röster, det är en seg kväll, varken vigd åt pluggande eller promenader, bara en kort bensträckare till Konsum för pastainköp. Vi öppnar en flaska vin, vi öppnar två. Jag lagar middag åt oss alla. Kokar pastan, rör ner rikligt med crème fraîche, pressar i sex, åtta vitlöksklyftor tillsammans med salt och peppar och avslutar med att blanda ner en stor burk med musslor. En av favoriträtterna på korridoren.

Men vår obeslutsamhet inför vad denna afton ska vara bra för ger inte vika, vi har alla tankarna nån annanstans – fem meter bort i korridoren.

Ytterligare nån timme senare kommer Traktor ut, med skjortan utanpå jeansen och inte ett spår kvar av pressvecken i tyget, en knapp uppknäppt, den på vänster manschett.

Går allt bra, Gunnar?

En varm blick i retur. En nick. Ett hummande. Traktor öppnar kylen, röjer fram det han letar efter, vindruvor. Därefter stängs dörren till hans rum igen. Tystnad.

Denna tystnad! Som inte röjer nånting om händelseförloppet för oss!

En tredje flaska öppnas också av bara farten. Det är KL som börjar återhämta sig och komma i form.

Kraft, vi måste ut. Vad händer i kväll?

Varför frågar du inte oss? säger Sofia.

Vad säjer du, Kraft, ska honorna få hänga på?

I takt med vinkonsumtionen drar vi upp allt djärvare planer för kvällens fortsättning. Är det fest nånstans? Vi kan inte sitta här och vänta på att Traktor ska inviga oss i deras hemligheter. Eller det kan vi kanske. Det är spel utan boll vi ägnar oss åt. Dricker oss glada och i form, utan att all den glädjen kommer till användning. Detta blir en kväll att lägga till handlingarna, glömma bort – om det inte vore för, ja just det. En fjärde flaska. Vår nyfikenhet håller oss på plats till efter midnatt. Men från Traktors rum – nada.

Morronen därpå sitter han ensam i köket och frukostläser tidningen, när jag kommer upp. Det regnar. Gråväder. Det måste alltså trots allt vara höst. Finns inget värre än höstar i småstäder i inlandet.

Är det bara du?

Mm. Där är te om du vill ha.

Vad ska du göra i dag?

Plugga.

I det här vädret?

Just därför.

Traktor slipad i sin roll som oberörd. Han försjunker i sportsidorna. Han har aldrig brytt sig om sport tidigare. Nu närläser han varenda referat från division IV-fotboll och en intervju med en kille som ägnar all sin vakna tid åt casting. Jag gör ett nytt försök att utvinna information:

Var är...?

Han tittar upp. Barnets oskuldsfulla blick, det oförställda ansiktsuttrycket.

Nä, hon skulle också plugga. Om du menar Lisette.

BIT FÖR BIT HACKAR vi loss information ur den klippa Traktor förvandlats till. Lisette bor i en av självmordsbarackerna på Delphi, och med det sagt kan vi göra ett kort uppehåll för att spekulera i om alla dessa grekiska påhitt – där också t ex avarter som Ateneum, Palaestra och Sparta hör till floran, liksom ålderdomliga fånerier som Matematicum och Juridicum lever kvar – är ett utslag av den lundensiska humorn eller den pompösa självuppfattningen, för att därefter konstatera att bor kanske är att ta i, det handlar snarare om att uthärda om man tilldelats ett rum där. Gissar vi, eftersom ingen av oss tagit oss så långt utanför centrum att vi verkligen skådat betongghettot med egna, medlidsamma ögon. Men vi förfasas över de rapporter som Traktor serverar oss om livet i obygden, civilisationens utmarker, och det är inte förvånande att han och Lisette tillbringar större delen av sin gemensamma tid hos honom. Mer förvånande däremot att hon sällan syns till, tar kontakt, eller att vi nånsin hör hennes röst, om den har en egen ton.

Skygg som en gök om våren, när hon följer med Traktor efter föreläsningarna, direkt till korridorrummet, hans besök på Ramklints skärs raskt ner till ett minimum.

Visst sitter de båda i köket, oftast på tider då ingen annan är där, men ibland med oss också. Ändå kan jag inte minnas att hon säger ett enda ord. Vi försöker locka ur henne ett enkelt enstavigt ord:

Vill du ha lite mer te, Lisette?

Hennes blick mot Traktor, som rätar på ryggen och svarar:

Nä, det är bra för oss, tack.

Och han tittar tillbaka på henne och som om det ögonkastet innebar ett kodat meddelande ogörligt för andra att dechiffrera reser de sig simultant, koreograferat som konstsim, Lisette sveper om sig den blodröda koftan medan han lyfter kopparna mot vasken, avbryts av Annikas

Jag tar det, Gunnar

så att de kan bege sig direkt till hans rum.

Lisettes tystnad kompenseras i viss mån av att Traktor tar för sig mer nu, stärkt i själ och hjärta av framgångarna på romantikens område, som om han växt i en större kostym, eller åtminstone den vita skjorta som det nu var länge sen pressvecken över bröstet försvann från och som börjar anta en allt skrynkligare, solkigare passform. Vi ser honom i ett nytt ljus, ett ljus som tycks stråla inifrån honom, och han har ändå ingen dålig grundstrålning, skinande munter som skötsam ungdom i en svensk fyrtitalsfilm som han är.

När vi är ensamma passar Annika på:

Gunnar, varför drar ni er undan hela tiden?

Jag är här mer än nånsin, svarar han oförstående. Och Lisette också. Vi är inte som Johan.

Han lyckas faktiskt få det att låta skroderande. Han öppnar kylen, snappar åt sig en DAB. Slår av kapsylen mot diskbänkskanten med handflatan, dricker direkt ur flaskan, lutar sig bakåt som stod han vid en saloondisk med hästen löst knuten vid träbommen utanför.

Hon är väldigt tyst, Lisette, anmärker Sofia.

Nä, hon pratar en massa.

Inte med oss.

Hon är blyg. Hon känner er inte.

Nä, det är just det, säger jag. Vill hon inte lära känna oss?

Traktor drar en hand genom håret, en gest som dessvärre saknar den maskulina framtoning den är menad att ge prov på och i stället röjer en plötslig osäkerhet, han ler, tar en klunk till, svarar inte. Längre kommer vi inte här. Han slår in på en parallell väg.

Hur är det med Helena då? Länge sen jag såg henne.

Det är sant, Helena har aldrig gillat korridorlivet och nu mer än tidigare tar hon avstånd, har inte varit mer än ett par gånger för att hämta mig den här hösten. Hon ogillar KL:s grabbighet och har aldrig känt sig välkomnad av Annika och de andra tjejerna.

Jag tror dom känner sej hotade av mej.

Vad är det för snack? Varför skulle dom göra det?

För att jag är smartare. Det är så typiskt kvinnligt. Se andra som rivaler.

Är det?

Titta på Sofia. Hon är alltid ointresserad av vad jag säjer.

Men så gör Ann-Charlotte också.

Ja, precis. Hon är värst av alla. Men hon är min vän.

Men i grunden är det så enkelt att Helena inte är skapad för nationskorridorer, opersonliga, smutsiga och med en institutionskänsla som håller henne borta. Jag har invänt att det ju är en institution. Varpå hon svarade: Men varför måste det poängteras? En kulturinstitution, kontrade jag. Visst du, avgjorde hon samtalet, hur mycket kultur är det över dina korridorkompisar? Den enda kultur som syns där är den som växer på maten i kylen.

Det var ett par kvällar efter att hon fört frågan om barn på tal och jag vandrat hemåt i natten, och jag hade kommit tillbaka och förklarat mig och mina oklara känslor och hon hade sagt: Ska jag hålla om dej? Ska vi lägga oss? Och vi hade gått till sängs, mitt huvud på hennes arm, och hon viskade: Vi måste vara rädda om varann. Vi får vänja oss vid tanken tillsammans. Och jag viskade ett svagt ja och kysste hennes armhåla.

Hon pluggar, svarar jag Traktor.

Alltid? Traktor får oväntat stöd från Sofia. Kan man få bättre än spets?

Hon har sista terminen.

Vad tror du vi gör? säger Traktor, som fått upp ångan, tacksam över att inte vara i blickfånget längre. Jag hjälper Lisette.

Men ni är aldrig på Delphi.

Så det är oss här det är fel på? Det är Sofia igen.

Känner du dej hotad av henne?

Vad pratar du om?

Hon måste ha betyg till att sitta ting, säger jag som känner mig alltmer inpressad i ett hörn.

Det finns ingen risk i världen att inte hon ska få en av de bästa platserna, säger Annika.

Jag sväljer det, och jag önskar att jag också haft öl att svälja nu, som Traktor som lutar huvudet bakåt och får i sig det sista ur flaskan. Kavar med ryggen mot bänken så att skjortan åker upp ur byxlinningen.

Har du varit hemma hos henne än då?

Hennes föräldrar?

Han nickar, entusiastiskt. Vi åker nog hem om några veckor, efter Lisettes nästa tenta.

Till gården? säger Sofia. Är det så smart?

Ska du ta med Lisette till dina föräldrar? utbrister Annika. Du känner henne knappt själv.

Klart jag gör. Rätt bra, till och med. Jag vill presentera henne.

För din mamma? Och din pappa? säger Annika rappt. Vad tror du han säjer?

Vad skulle han säja?

Ja, det vet bara du.

Leendet försvinner. Vi får se, vi får se.

Traktor dricker, tar en djup klunk ur den redan tomma flaskan, behöver inget öl, behöver nånstans att ta vägen med händerna. Vill rapa efteråt, men det kommer ingen rap, i stället torkar han av munnen med handryggen.

Annika ger sig inte.

Men Gunnar, är det så klokt?

Jag vill visa gården för Lisette.

Ja, i november är ju Västergötland som vackrast, säger jag. Ska du locka henne att bli bondmora?

I det ögonblicket är jag övertygad om att han ska kasta flaskan på mig. Traktor stirrar ilsket, stirrar med frenetisk blick som om han överväger lämpligaste sättet att bli handgriplig med mig, han lättar från bänken, ställer sig rak, men det som till slut hörs är inte glas som krossas eller revben som knäcks, utan ytterdörren som öppnas, följt av en kristallklingande stämma.

Hallå? Är det nån här? Hallå?

Ett lågt väsande från Sofia:

Inte nu!

Så lågt att rösten knappt bär över bordet. Hennes axlar pressas ner, som tar hon sats, pannan sänks, och hon svarar glättigt:

Här inne, mamma! Vi är i köket!

Sofias fingrar far fram genom det blonda rufset med snabba, stressade rörelser, hon rättar till axelvadden under lammullströjan och får ordning på leendet i precis rätt tid när hennes mamma travar in i köket på smattrande, klackade pumps. Först kommer en bricka stor som en surfingbräda och sen kommer doften av ett överflöd av sötstickig parfym och sist mamman, i lång kamelfärgad kashmirkappa, ondulerat hår och ett illrött läppstift som matchar solbrännan.

Hej alla! Här har ni det mysigt.

Hennes röst är lika storslagen som det garnityr som hon ställer upp på vid gavel i ett leende som måste ha kostat maken en årslön. Det finns inget som antyder vardag i hennes uppenbarelse.

Är ni hungriga?

Oro i leden. Svårt att veta hur vi ska förhålla oss till hennes otvungna tvungenhet. Drottningen har stoppat kortegen för att spontant stiga ner ur vagnen för att få en aning om hur allmogen framlever sina dar. Ingen säger nåt, inte heller Sofia, som i ett slag blivit *dottern*.

Jag har med lite lax som blev över från vår bjudning i går, kvittrar mamman, ser sig omkring, som förväntade hon sig applåder. Det kan väl smaka? Hon tronar mitt i rummet, men i hennes akt ingår inte att stå stilla, med ett tungt fat med lax i famnen. Hennes framtoning bygger på rörelse, inte att frysa i en bild. Hon ser för en sekund villrådig ut. Var kan jag sätta det?

Låt mej ta hand om det.

Det är KL som dyker upp som en räddande ängel ifrån ingenstans. Eller han dyker upp från sitt rum med skjortan slarvigt hängande utanpå jeansen, Sharp dressed man på svag volym strömmar ut från dörren som han lämnat öppen, och genom den dörren tassar också en tjej som jag känner igen som en av dem KL pekat ut i högen av studenter som läser jiken som enstaka kurs.

Det här ser fantastiskt gott ut. KL tar emot brickan. Tack snälla ni. Så otroligt omtänksamt. Visst är det? säger han till oss.

Hans sällskap, med nattdimmig blick, hade nog tänkt sig göra sorti genom att obemärkt smita ut i skydd av honom, men till sin förvåning dras hon in i Sofias mammas kraftfält, blir stående i dörrhålet, med rodnande kinder och smink som bara nödtorftigt sitter på plats, de två stirrar förläget på varann. Sofias mamma har varit här tillräckligt ofta för att känna till att den här tjejen inte ingår i korridorens ordinarie uppsättning olyckor, hon som nu står här i kort svart klänning och biter sig i underläppen och låter sig granskas av mammans dömande blick, som en illustration över osedligt leverne i en kampanj för Socialstyrelsen.

Det blir återigen KL som på sitt svärmorsdrömlika sätt räddar situationen.

Ni hade naturligtvis en trevlig tillställning i går? Du skämmer bort oss, Gunilla.

Kristallrösten klirrar tacksamt: Inte alls. Ni kan vara värda nåt gott att festa på.

Ja, det här ser festligt värre ut. Och om jag får säja det så ser du strålande ut, Gunilla.

KL, suckar Sofia bönande. Och till sin mamma: Du hade inte behövt.

Det är klart ni ska ha det bra, gumman.

Det är inte ett tilltal Sofia vill höra här, det stinger till i hennes blick, men hon protesterar inte, hon tar emot det.

Och mamman skrattar till, ett skratt som klingar dyrbart. Rasslande diamanter. Hon ser sig runt på oss igen, fortfarande med ogillande på KL:s nya bekantskap, den stackaren, som inte vet vart hon ska ta vägen, omgiven av främmande mänskor och KL som inte skänker henne nån uppmärksamhet där han står med händerna fulla med lax och charmar en kvinna dubbelt så gammal som han.

Nä, säger hon, den äldre kvinnan, nu ska jag inte störa er mer.

Är pappa med?

Han väntar ute i bilen.

Kan han inte komma in och säja hej? Sofias röst är överraskande sträv. Han kommer aldrig hit.

Men lilla gumman, visst har pappa varit här.

Vi kan sätta på mer te, erbjuder Annika.

Tack, kära du, svarar mamman rutinerat. Men det är inte nödvändigt. Vad är det, har du en hund under kjolen?

Det är en klänning. Livet gör att den ser ut som kjol.

Mamman tittar på henne, beslutar sig för att släppa samtalet, vänder sig till Sofia igen. Det är parkeringsförbud här utanför så han måste sitta kvar. Hon gör en ansats att gå, men så stannar hon upp. Som du ser ut i håret. Hon kristallskrattar överslätande.

Så ytterst tråkigt, går KL på. Vi hade hoppats få se er här en längre stund. Stanna och ät med oss?

Han kommer nära henne, sträcker sig förbi för att sätta ifrån sig fatet på diskbänken.

Sofias mamma ler, ett generat leende, vet inte hur hon ska hantera smickret, eller sin förlägenhet för den delen.

Men tusen tack ändå, avslutar KL.

Mamman fäster blicken vid flickan i dörren. En möjlig trygghet att hålla sig till nu.

Du ser också ut att vara på väg. Vi kanske kan ha sällskap ut?

Sofia sjunker ihop. Vill inte vara så lik sin mamma som hon är, en likhet som kommer att tillta med åren. Är ju egentligen redan nu en avbild av modern, men våga inte antyda det till henne. Varför Sofia bor på nationskorridor är ett mysterium, men vi bär alla på våra hemligheter, eller hur, och hon kanske bara önskar särskilja sig en aning från väninnorna som bor i centrala vindslägenheter som fäderna köpt dem. Samtidigt som hon tar avstånd från modern kan hon fälla märkliga kommentarer som:

Jag tänker gifta mig med nån som är rik så jag aldrig behöver jobba.

Och verkligen mena det.

Bli som din mamma alltså, vill man då kasta i ansiktet på henne. Men låter av hänsynsfullhet bli, nöjer sig med att veta att hennes högsta dröm med sin ekonomexamen är att aldrig behöva ta den i bruk. Nej, sanningen är att man låter bli att ifrågasätta hennes futurumtillvaro därför att man fullkomligt överrumplas av tanken på att en intelligent, privilegierad kvinna i slutet av det upplysta åttitalet vill låta sig försörjas av sin make medan hon ska... ja, vadå? Det är en obegriplighet av samma dimension som korridorens övriga sinnesvidgande frågor (Guds existens, dödsstraffets vara, Dylans status, osv). Bara Traktor har förmågan att anlägga ett strikt vetenskapligt perspektiv på hennes utsaga:

Hur mycket ska han tjäna? För att det ska fungera.

Mycket, snärtar Sofia tillbaka.

Men *hur mycket* har du tänkt dej? Du måste ha räknat på det så att du inte gifter dej med fel man. Eller ska han ha en förmögenhet som ni båda kan leva på?

Hon skojar bara, försvarar Anna henne. Klart hon vill försörja sej själv.

Nä, säger Sofia barskt. Jag skojar inte alls. Jag kan bidra med nåt annat. Måste man göra *exakt* samma sak?

Men nu står hon mindre talträngd kvar i köket, ser ut genom fönstret hur hennes mamma stegar ut genom porten med KL:s nattfjäril i hälarna, ser på fatet med lax och sparris under täta lager av gladpack med lika mycket vämjelse som vanmakt.

Vi borde sätta in det, säger hon till slut. Så att det inte blir dåligt.

Medan Traktor, sin vana trogen okänslig för stämningar och språkliga nyanser, lättar en aning från stolen för att få en bättre överblick över mängden mat och frågar, en fråga riktad rakt ut i rummet, till oss alla, formulerad som ett påstående:

Där ser ut att vara så att Lisette kan äta med oss.

EFTER NÅGRA DAGARS BETÄNKETID är jag beredd att avge ett grovkornigt, långsamt frammalet besked:

Jag vill ha barn med dej.

När?

Sen?

Fint.

Okej?

Okej.

Att inte bo tillsammans hela tiden är också stärkande, är andra lärdomen. Vardagslunken försvinner när vi inte bor tillsammans hela tiden och det uppstår en annan spänning mellan oss när vi träffas veckans övriga fem kvällar och nätter. Det är en samlevnadsform som jag varmt kan rekommendera, och gör det också, till Traktor, som tycks ha låst in Lisette i sitt rum.

Är ni ihop för att kunna vara ifrån varann? Det kan ni ju vara ändå.

Ibland är hans retorik svårgenomtränglig.

Julen närmar sig i år också, våndans och de grusade förhoppningarnas egen kuvös, och julens tideräkning är som bekant av ett slag man aldrig lär sig. På långt avstånd i en evinnerlig tid, en hägring i fjärran, under vilken ålamörker, gåsamiddag och gillen av alla de slag avverkas, för att sen landa tungt i ens knä, med en blixtsnabb nedräkning, första advent, lucia, jingeljangel och ljusslingor över handelsgatorna som vajar metronomiskt i centrum, det är högtid för trubaduren i gångtunneln under järnvägen och saxofonisten, som är på benen igen efter misshandeln förra hösten.

Men i år hinner vi inte så långt i kalendern innan julen blir synlig som ett oväder vid horisonten, en rejäl urladdning ser ut att vänta. Jag har beslutat fira med Helena och hennes familj i Kalmar. Det möts inte av stående ovationer när jag som hastigast nämner det för morsan, en söndagseftermiddag då vi alla är samlade, nästan.

Kristina har nämligen blivit alltmer osynlig på morsans veckovisa tillställningar. Hon har dragit sig undan, tillbringar tid med nya vänner och ägnar helgerna åt nattlivet, och så länge resultaten i skolan pekar uppåt och hon fortfarande har en spritfri andedräkt oavsett tid på dygnet hon återvänder så har morsan inget att invända. Reglerna är oförändrade, men ramarna förskjutna. Att hon därutöver skaffat ett extraknäck på textilavdelningen på Åhléns tolkas också som ett tecken på det skyndsamma tillfrisknandet. Det är det riktigt sena nattlivet som upptar Kristina, det som inbegriper att glida förbi de huttrande utanför Café Savoy och Etage en halvtimme innan ställena stänger för att därefter fortsätta ut till svartklubbarna i hamnen, där hon och vakterna hälsar på varann med förnamn. En it-girl innan ordet uppfinns. Festar fram till frukosttid, stiger upp ungefär samtidigt som vi tackar för maten hos morsan.

Kalmar? säger morsan betänksamt. Hur firar ni?

Ja, hur..., svarar Helena försiktigt. Som vanligt.

Monika, då kommer ni hit till mej.

Monika skruvar sig på stolen.

Jag har lovat Nathalie att vi ska vara hemma i år.

Morsan har haft några rejäla humörmässiga dippar på sistone, och det här gör inte att hon kommer att visa en stigande formkurva.

Klimakteriet, säger Monika kortfattat när jag fört det på tal. Låt henne vara.

Att Monika inte har lika mycket tid att komma förbi mitt i veckan sen hon börjat plugga spelar också in. Det finns många stenar att lyfta på här. Och nu alltså mitt svek.

Då blir det Kristina och jag. Om inte hon ska till Uddevalla.

Hon kommer att vara kvar, hon ska jobba på rean, svarar Monika. Och hon har frågat om hon får fira hos oss.

Har hon? Morsan som avstannar i sin rörelse, stelnar, var halvvägs framme med handen vid potatiskarotten. Så ni tre ska vara hos er?

Ja, och du kommer väl också? Jag har aldrig haft en jul förr.

Morsan sitter tyst, lägger ihop besticken över tallriken, hon har inte ätit klart än, hon har ätit klart, ser i alla fall inte ut att kunna äta mer, aptiten är försvunnen, kvar är ett hål i magen.

Ta ni mer, säger hon, och uppammar krafter att skjuta fram potatisen för ett andra varv.

Isande tystnad. Vi äter. Det smakar inte på samma vis längre. Efter en halv minut inser Monika att det är hög tid att hon säger nåt ytterligare.

Det är klart du ska komma. Jag har haft så mycket omkring mej att jag glömt nämna det.

Men det är inte en inbjudan av det slaget som morsan genast nappar på. Bjuden med armbågen, av senkommen omsorg om att hon inte ska sitta ensam över julhelgen mer än av kärlek, och så Kristina som inte sagt ett knyst om sina planer.

Ni ska så klart få fira själva.

Sagt med högburet huvud. Vill självfallet inget annat än att vara med på Kilian Zollsgatan. Enbart stolthet hindrar henne från att genast tacka ja.

Jag reder mej här. Ni kanske kommer och äter nån av dom andra dagarna.

Jag ska plugga.

Hela lovet? säger jag.

Inte julafton. Men sen. Och jag har lovat Mick att ställa upp under mellandagarna.

Då kan du vara här hos mormor, Nathalie, säger morsan förtröstansfullt.

Ja, det hade varit fint, säger Monika. På annandagen i så fall. Dom andra dagarna håller dagis öppet.

Ska hon vara på dagis på lovet?

Monika, som alltid varit bäst i klassen i samtliga grenar, lyckas få det att gå ihop nu också, utan studielån men med extraknäck och magert sparkapital, och hon har tagit upp morsans gamla hedersknep, nästan-filosofin, handlar nästan-nya kläder och skor till Nathalie på loppisar, scoutmarknaden vid S:t Andreaskyrkan och butiker som säljer avlagt vidare i kommission, och till sig själv också, i den mån hon alls köper några, tycks bekymmerslöst bära samma paltor år efter år, medan morsan plötsligt har glömt att det var just den sortens sparsamhet som gjorde att hon en gång fick ekonomin att gå runt, fryner åt "begagnat", och det är ingen vild gissning att Nathalie kommer att få finna sig i att mest packa upp mjuka paket i jul.

Det blir Helena som bryter dödläget, lutar sig fram, fångar upp morsans blick.

Men följ med oss till Kalmar, Bodil. Du är välkommen.

Ett ögonblicks betänketid, i ena vågskålen en ensam jul, i den andra värdigheten.

Det är vänligt av dej, men jag vill verkligen inte vara till besvär.

För det ska så klart trugas och trixas. Bönas och bes och planeras och tvekas. Ändå blir det så att morsan hämtar Helena och mig på Winstrupsgatan dan före dan i sin nya Golf – jag befarar att vi kommer att få både tillfälle och anledning att återkomma till den bilen, för den representerar en ny riktning i morsans omvärldsanalys, en *ny* bil, en *dyr* bil, och jag är inte helt övertygad om att arbetskamraternas åsikter varit helt utan betydelse i det här fallet, "jag måste också få unna mej nåt", och hon har naturligtvis unnat sig en vit, en toppmodern bilfärg som strax ska förfalla till glömska och ersättas av olika metalliclackar och vara borta från marknaden i två decennier innan den i början av tiotalet åter blir populär bland dem som minns sin barndoms bilfärder och dem som inte förstår bättre – hämtar alltså oss, efter det att Helenas mamma ringt och bjudit in henne och de haft ett långt och förtroligt samtal under vilket morsan flera gånger betonat att hon verkligen inte vill utgöra barlast, lite lätt polityr för att täcka över glädjen över ett personligt välkomnande.

Hon flyttar till baksätet och räcker mig nyckeln. Jag kör, en bil fullastad med klappar och de två kvinnor som betyder mest för mig, och konstigt nog känns det som en fullkomligt naturlig utflykt. Det är bara Monika som saknas i uppsättningen.

Morsan tänker självfallet också på Monika, det ser jag på henne i backspegeln där hon sitter och blickar ut över den flacka barmarken, hade nog ändå helst stannat kvar i stan och firat med dotter, barnbarn och brorsdotter i stället. Hon övergår till att konversera den blivande svärdottern om tentaresultat, väderlek, inkluderande en historisk exposé över åttitalets vinterväder som hon bjuder på mellan Höör och Hässleholm, innan de övergår till turerna kring Christer Pettersson som häktades för mordet på Palme för halvannan vecka sen, morsan som vill höra den nästan färdiga juristens syn på saken, medan min aldrig har efterfrågats, och jag glider iväg i egna tankar bakom ratten och ser de vemodiga bygderna glida förbi.

Först i höjd med Kristianstad får vi en skymt av årstidens första snöflingor, tunna och stillsamt singlande saker som knappt förmår väta vägbanan.

Intill den bastanta ytterdörren hänger en handmålad skylt av keramik: VÄLKOMMEN TILL POSITIVA MARION OCH BERTIL RAMMTOFT – och i samma stund som vi bankar med dörrkläppen förstår jag precis vilket slags helg detta kommer att bli, känslan av att behöva stiga in i detta en och en halvplans sjuttitalshus av mörkt tegel med en trädgård bestående enkom av städsegröna växter och doften av tallbarsoptimism överväldigar mig, men nu är det för sent att slå till reträtt, jag hinner knappt få upp garden förrän låset hörs vridas upp och ett glatt kvinnoansikte med rosiga kinder och mjöl på näsan blir synligt under en rödskimrande hårbuske.

Vad roligt att ni kommer! Välkomna!

Marion, med förkläde och kippade innetofflor, är älskvärdheten själv, har en varm famn som hon begraver först mig i, därefter morsan, och Helena – hur skulle det vara möjligt att inte förföras från första stund? Tre kramar som på obegripligt vis utförs simultant, eller som en skarvlös övergång mellan famnarna, Marion kan sannerligen det här med att kramas, samtidigt som hon ropar inåt hallen, i en obestämbar riktning mot husets bakre regioner.

Magnus! Dom har kommit! Du får komma och hjälpa till och lasta ur bilen!

Som om det var en flyttbuss vi kom krängande i.

Och jädrar också, han, bilnasaren, den odågan, har jag tänkt bort ur den här ekvationen när jag räknade på vad helgen skulle innebära, men det hjälps inte, han kommer lydigt flaxande ut i svart kostym och vit skjorta, en svartvit skata på krängande vingar i den styva kuling som blåser in från Kalmarsund, med spruckna trätofflor på fötterna. Skodon som han halkar omkring med i snömodden, för nu är vi så långt norröver att snö är ett naturligt inslag för årstiden.

Ska jag bära?

Bromsar in framför Golfen. Synar den. För luggen bakom örat.

Att du inte köpte en GTI.

Den är inte min.

Han nickar mot den röda Fiat X1/9 som står parkerad intill pappans Mazda under carporten.

Sugen på sportbil?

Fiat? Rena rostburken.

Nä, nä. Inte nu längre. En bra vinterbil, men inget jag tänker ha länge. Hade plockat hem en Targa till mej själv men fick ett så bra bud på den förra veckan att jag var tvungen att sälja. Säj till om du är intresserad. Den är din stil.

Visst du.

Tål du inte ett skämt? Klart du ska ha nåt vassare om du är ihop med syrran. Bara säj vad du vill ha.

Hjälp med ena väskan, säger jag och öppnar bakluckan. Resten klarar jag själv.

–

I en villa är det till skillnad från i en lägenhet massor av utrymme, upptäcker jag, utrymme som inte har nån funktion eller kan användas till nåt vettigt, som den stora ytan mellan hall och kök som varken är gång eller rum, eller kanske bådadera, där morsan och Helena, som nu också fått på sig ett par kippade innetofflor, lammullsfodrade (tofflor som Helena efter en tveksam blick från mig smyger av sig stunden senare, medan vi sätter in våra väskor på hennes hästbeplanschade gamla flickrum) har fastnat i ett intensivt samtal med Marion och hennes positiva hälft Bertil, en lång och smal tjänsteman i det offentligas tjänst dygnet runt, tycks det som, med vänlig blick och ett handslag som får mig att känna mig välkommen.

A, här har vi svärsonen! utbrister han muntert, och jag får mig en stadig björnkram med extra allt, och han är minst lika kramgo som Marion. Välkommen i familjen!

Vilken öppningsreplik! Denna helg då familjer splittras, nya släkter binds samman.

Nu måste vi ha kaffe, måste vi, säger Marion. Hon torkar händerna på förklädet för tredje gången. Bodil, känn dej nu som hemma här, och du också så klart, Johan. Helena har berättat om vilken duktig kock du är, så det här kommer att vara väldigt enkelt. Men vi får ta det som det kommer.

Marion puttrar på så att det står härliga till, det är inte svårt att förstå var Helena fått sin svada från. Marion visar runt i huset, skrattar och tar morsan under armen och leder henne från rum till rum, under tiden Bertil fixar och visslar i köket.

Men nåt kaffe blir det aldrig. Det blir glögg och tilltugg och stora lussebullar som Bertil bakat på morronen, ännu ljumma och fina och serverade på handdrejade fat, och stora skålar med ischoklad. Morsan och Marion finner varann i glögg och gagg, snackar smycken och teveprogram. Hej, vad det går! Bertil är inte sämre han, verkar gilla morsan, och han tar henne på allvar, ställer uppriktigt intresserade frågor och lyssnar på henne utan att avbryta och börja prata om sig själv – en gift man som visar en annan kvinna uppmärksamhet fastän frun är i närheten, är en sällsynthet, ja, rentav sensationellt.

Morsan anvisas Marions arbetsrum, hyllor fyllda med pärmar, prov och uppgifter för ändlösa årskullar av förväntansfulla gymnasister som hon undervisat genom åren, och en utdragssoffa tjänstgör som säng, bäddad och klar och med en tomtegubbe av choklad på huvudkudden. Rummet doftar svagt av rengöringsmedel och torrt trä. Men genom det stora fönstret med brunbetsat foder har morsan en storslagen utsikt över rader av tujor som täcks av glittrande snö, en grånad gran med ljusslinga nertill som fållen på en vid kjol och en lång häck med lagerhägg mot granntomten. Hon sätter ner väskan, rätar på ryggen, jodå, det här är inte så tokigt ändå. Hon skyndar sig att få ut klänningen som hon valt med största omsorg inför julafton ur väskan. All tid hon lagt ner på att stryka den har varit förgäves. Men vem bryr sig? Ingen i det här mysiga hemmet.

Från terrassen kan man skymta spiran på Kalmar slott avteckna sig mot den mörkgråa kvällshimlen. Om man står på tå och är begåvad med en gnutta god vilja, eller är ovanligt lång. Den första är jag, den andra Bertil. Jag står huttrande – i lånade lammullstofflor – och lyssnar till honom som lägger ut texten om stans förträfflighet och stolt pekar ut riktningen för alla dess attraktioner. Jag har inte hjärta att säga att jag inte bryr mig ett jota. I grannvillornas fönster brinner betlehemsstjärnor och identiska trappstegsljusstakar i vit formpressad plast, så kanske är det inte kylan som gör att jag står och skakar.

Det är närmast en andlig stämning som vidlåder detta hem. Det är så lugnt och vänligt och avkopplande att det gör mig nervös. Magnus har dragit iväg till en kompis i kvarteret, tre carportar bort men tillräckligt långt för att snillet ska behöva taxa ut Fiaten och köra dit. Vilket gör att detta framstår som en helt vanlig familj, som dukar fram middagen på kvällen och pratar med varann. Samtalar utan undertext. Detta är så fjärran vansinnesföreställningarna vi vant oss vid inom vår lilla släkt, Uddevallamodellen, med Leif och Lisbeth i fronten för galenskaperna som i så hög grad påverkat min och Monikas uppväxt, och morsans vuxna liv också för den delen. Jularna i Uddevalla var som tre dagar av konstant tävlan, utan att nån visste i vilken disciplin de deltog och om det fanns en målgång. Det här är ju normalt, kan man inte kalla det för det? Så här ska en helg förflyta. Vuxna mänskor som sitter och pratar med varann, tar tid på sig, lyssnar, talar till punkt, spelar spel utan att fuska eller håna den som slår en etta, skrattar och fyller på glasen, och jular utan barn har sin egen dynamik.

Det blir en kväll som man vill minnas med en alldeles speciell värme, när man tjugonånting år senare ser tillbaka på den där första aftonen i den nya släktens förekommande, varmt välkomnande och ömsint skrattbullrande famn. Marion är den mest fulländadade värdinnan och Bertil kan skratta, jädrar vad han kan skratta, högt och länge och åt de mest enfaldiga formuleringar som jag pressar ur mig, först tycker man om det där djupa, bullriga skrattet som gör en glad för att därefter börja irritera sig på de ständiga utbrotten och till slut blir man konfunderad de gånger då han *inte* skrattar åt en lustighet man kläckt ur sig, och man börjar återigen gilla varenda gång man får höra gnägget.

Bertil får morsan att skruva upp sig i högform, hon trivs när hon får uppmärksamhet och kan skratta hon också, blir så ivrig att hon knappt kan sitta stilla i soffan, hoppar upp och ner och pratar och fnissar, allt på en gång, tonåring på nytt, och det får mig att kunna koppla av och må bra, och det får i sin tur Helena att känna att det var ett genidrag från hennes sida att fira jul tillsammans och hon kan också sänka axlarna, andas ut, få knip i magen av skratt. Eller om det är för att hon proppar i sig för mycket ischoklad.

Morronen därpå har morsan och jag lättare för att hålla oss för skratt. Det hela börjar med att hon vill läsa tidningen efter frukosten, har inte så mycket annat att ta sig för innan aftonens övningar sätter igång. Barometern är snabbt avverkad. Men Svenskan som familjen, till morsans förskräckelse, också håller sig med?

Bertil kommer snart med den, säger Marion överslätande.

Jag trodde dom prenumererade, viskar morsan till mig.

Således går jag till Helena, som sitter på sitt rum – i identiskt skick som när hon reste ifrån det för att inta Lund, gosedjur på den smala flicksängen där vi sovit sked i natt efter att hennes föräldrar spelat upprörda över att jag inte önskat ett eget rum, sovit dåligt, ska tilläggas, och rosa nattduksbord med snäckor, skolfoton och en väckarklocka med Mimmi Pigg på, armarna som visare – Helena som sitter vid skrivbordet och författar verser och slår in de sista av sina klappar.

Pappa har den, svarar hon.

Var är han då?

På toa.

Det är Bodil som vill ha nåt att göra.

Han tar med den ut när han är klar. Vad trodde du, att han spolar ner den?

Jag behöver snart komma in, lägger jag till. Blir han där länge?

Tror jag inte. Knacka på dörren och säj att du behöver.

Så det blir till att meddela morsan att hon får vänta med att läsa tidningen tills Bertil bajsat, fast med andra ord då förstås.

När han uppenbarar sig, friskt rosig om kinderna som efter en stärkande joggingtur, är tidningen upplöst av fukt och det har gått så lång tid att jag befarar att han slagit i sig hela sektioner ordagrant för att kunna deklamera dem under middan.

Middan avlöper friktionsfritt, det är öl och snaps och Bertil som stämmer upp i sång, och ta mig sjutton om inte Magnus också fyller i med riktigt behaglig stämma, en stämma opersonligt klar och transparent som en fjällbäck, sitter där i glansig kostym och håret struket tillbaka så hårt att det skimrar om gelén och klämmer efter första linjeakvaviten ur sig:

Inte direkt som skumpa. Men det är ju jul.

Är på det hela taget mammas pojke från morron till kväll under de här dagarna, och till min förskräckelse riskerar jag att behöva omvärdera honom, han visar sig vara riktigt trevlig och konverserande vid bordet – en tanke som jag genast kan fäkta undan när vi gemensamt skickas att hämta in risgrynsgröten från terrassen.

Har du haft råd med nåt fint till syrran då?

Hur så?

Ja, det blir ju pinsamt för dej om jag ger henne finare grejor. Vad ska du ge, få höra?

Stiltje uppstår medan vi förflyttar oss från matbord till soffa, och det är i det vakuumet som Marion tindrande frågar:

Ja, vad tror ni ska hända nu?

Och när ingen svarar, bara tittar förväntansfullt på henne, fortsätter hon:

Sätt er. Sätt er!

Själv har hon inte ro att sitta ner, hon måste fara ut i köket, och ut i det där utrymmet som inte är vare sig hall eller rum, och Bertil far efter henne som en lydig hund som ska vallas, och ett uppspelt viskande ackompanjerar en stunds fixande och trixande innan det blir alldeles tyst. Strax därefter bultar det på ytterdörren.

Vem kan det vara? ropar Marion glatt.

Kom! Helena tar mig i handen och reser sig. Vi går och öppnar!

Hon får med sig morsan också som inte vill lämnas ensam i vardagsrummet. Magnus är redan på plats i hallen, står och småhoppar som inför VM-finalen på 100 meter, och Marion också – Är ni beredda? – och hon vräker upp dörren på sitt karakteristiska vis och med största förvåningen monterad i ansiktet, för därutanför står, lång och smal och i vinterpäls, tehuva på skallen, tjockskalmade glasögon och tätt polyesterskinande skägg, postsäck slängd över axeln – tomten.

God jul! bullrar han, åtföljt av ett djupt skratt. Finns här några snälla barn?

Visst finns här det. Marion vänder sig mot oss. Eller hur?

Ja! svarar Helena rappt.

Ja, jättesnälla barn, körar Magnus.

Vi backar, hela vägen tillbaka in i vardagsrummet pågår den här farsen, men inte heller där avrundas den, utan fortsätter med fullt pådrag, rakt in tillbaka i sofforna kör vi med backen i, och väl där slår tomten sig ner på en stol som Marion trollar fram invid paketen som ligger i drivor under den tindrande granen som behängts med glitter och rader av svenska flaggor, tomtebloss och karameller, alltmedan hon ojar sig över den stackars tomten som tvingats färdas så långt och som måste vara fruktansvärt trött en kväll som denna då så mycket står på. Pälsen har tomten krängt av sig under förflyttningen genom huset, under den bär han en klarröd bussarong med en putande mage som till formen är osedvanligt lik en av prydnadskuddarna som nu saknas i ena soffan.

Morsan och jag tittar på varann, och i just det här ögonblicket, precis nu, då vi båda tänker exakt samma sak, i det ögonblicket då våra blickar hakar i varann, förnimmer jag en närhet till henne som närmast är en gemensam identifikation och som jag inte upplevt sen jag var pojke under kaostillställningarna i Uddevalla, då vi också förenades, närmare varann har vi aldrig varit, en så total känsla av samhörighet som överbryggar alla besvär, meningsskiljaktigheter och konflikter som vi kan ha haft, vi är mer sammansvetsade än nånsin. Som två sprickfärdiga barn väntar vi på ett tillfälle att kunna smita undan för oss själva: Är dom inte kloka?

Marion har trängt sig ner intill morsan. Magnus kommer med en dubbel whisky till tomten, som knycker på nacken och kastar i sig hälften direkt.

Å, man tackar. Den satt där den skulle, som tomtemor brukar säja.

Men tomten då! flämtar Marion med blossande kinder.

Vad är detta? viskar jag till Helena.

Så här gör vi alltid.

Men varför?

Dom vill det, svarar hon vasst, menar Marion och Bertil.

Här finns ju inga barn!

Sch!

Då ska vi se, skrattar tomten, lutar sig ner och drar ur säcken fram ett paket. God jul… Helena, står här visst. Finns här nån Helena?

Det är jag! Helena spritter upp, skyndar fram och hämtar klappen, tar i hand och niger. Tack, tomten.

Nytt paket.

God jul... Vad står här? Tror tomtemor har skrivit slarvigt i år. Ho ho ho. Markus? Nej, Magnus måste det vara. Magnus?

Ja!

God jul, Magnus.

Magnus far upp som en konfirmand vid nattvarden och tar med en rejäl bilhandlarnäve den polyesterbeskäggade, ständigt skrockande tomten i hand och tackar med en bockning som heter duga.

Tomten lutar sig, letar länge bland paketen.

Här står, låt se, God jul, Johan. Har vi nån Johan här?

Det är jag, hör jag mig själv säga, mitt fån. (Och löjligt nog rycker det i armen, som för att sträcka upp den i torra luften.)

Helena, lågt: Du får gå fram och hämta det.

Morsans förfasade blick i ryggen när jag hämtar klappen och möter tomtens framsträckta hand med ett knappt godkänt handslag. Han släpper inte.

Vad säjer man?

Tack.

Ja, jag tänkte väl det. Ho ho.

Och så fortsätter maskeraden. Tomten envisas med att högläsa vartenda rim, omständligt och högtidligt. Vet hur man får tiden att gå. Tills det är tomt under granen då tomten tackar för sig och hövligt avböjer en inbjudan om att stanna på gröt eller ytterligare en whisky, har så klart bråttom vidare till nästa hus, vi ses nästa år, och Helena och Magnus följer honom glatt till dörren och vinkar ett tårdrypande farväl. Vad i helvete är vi med om?

Strax därefter återvänder Bertil, är återigen Trivsel-Bertil i sina egna kläder, skjorta, slips och hemstickad cardigan.

Var jag bra?

Jättebra, intygar hustrun, dottern och sonen. Mycket bättre än förra året.

Jag har övat mer den här gången. Har vi nån whisky hemma?

Stearinljusen har brunnit ner under klapputdelningen. Klockan närmar sig midnatt. Morsan gapar efter syre. Jag föreslår en bensträckare ut på terrassen som hon viftar undan, för trött, så vi ägnar oss åt paketen. Jag har fått packa upp en lammullströja från Helena, hon ett guldhalsband med små diamanter från mig, morsan lite av varje – det har varit extra svårt att hitta på nåt till henne i år, fulla av dåligt samvete som Monika och jag är för att vi berövat henne julen på hemmaplan och sen vi kommit fram till att en bakmaskin inte vore nåt för henne. Men det är däremot vad Marion packar upp i NK-paketet från Magnus. Hon ler, oklart om det är av glädje eller förlägenhet. En stollighet som inte förtjänar sin plats när historien om hur husmors tillvaro förändrats över tid på grund av elektrifieringen av den ena köksinstansen efter den andra ska skrivas.

Morsan synar Helenas halsband med inkännande, igenkännande min, kastar en blick mot mig, milt fördömande, tycker så klart att det är måttlöst slöseri med pengarna, eftersom jag köpt det henne ovetandes och därmed gjort ett aktivt val att inte komma i åtnjutande av hennes personalrabatt.

(Snabbt inklipp: Hur Helena säger jag har aldrig fått nåt så fint smycke förr, och knäpper på sig det. Jag som svarar jag vet, älskling. Hennes mjuka fingertoppar över det. Hon lutar sig fram och kysser mig.)

Johan har inte tyckt om tröjor förr, säger morsan och reser sig. Får jag låna telefonen? Jag vill gärna ringa min dotter och önska henne god jul, och mitt barnbarn. Vill du också prata med dom, Johan?

Är det inte för sent?

Jo, det kan du ha rätt i. Nu blir hon lessen för att vi inte ringt.

Tror inte det, Bodil, säger jag. Hon har nog annat att stå i.

Magnus fingrar på slipsen, på klapparna, är tydligen inte nöjd med presenthögen han har framför sig – och, nej, vad ska han med rakapparat till med sin klena skäggväxt? En pincett hade räckt. Men Absolut Citron-flaskan från Helena och mig är han uppriktigt tacksam för.

Snygg att ha på hyllan efter att man tömt den också, säger han sakligt, känner på den gula texten. Och det tar ju inte många minuter. Jag har en Peppar också. Vet du att det finns, Peppar?

Senare på natten, rätt mycket senare när jag lagt mig i flicksängen och redan efter första sidan sugits in i årets julklappsbok från Monika, Fåfängans fyrverkeri, kommer Helena in från badrummet i bara trosor och skimrande halsband.

God jul, älskling, kysser hon mig.

Vem är det?

Jag.

Säj det igen, är du snäll.

Jaug.

Helena kryper ner framför mig, och jag lägger ifrån mig boken, släcker lampan. Vi ligger stilla i mörkret, tätt intill varann, och sen trevar Helena efter min hand och drar den till sig, lägger den om sitt bröst, håller den kvar där.

MORSAN VILL ATT VI kör medan det är dagsljus. Hon vill hem, två nätter på främmande ort kan räcka, och jag har för min del en tenta efter trettonhelgen som jag ska ägna mellandagarna åt att plugga inför, medan Helena ska stanna några dagar till.

Hon och Magnus ska ut på kvällen, juldagen är årets händelse, en jättelik återvändarhappening, och blotta tanken på risken att tvingas uppleva den gör att jag packar bilen så att vi kan ge oss av genast efter frukost.

Vi hinner inte mer än ut på E22:an förrän ett blekrött skimmer blir synligt i backspegeln. Magnus kör upp jämsides, vinkar till oss, sitter så lågt att han ser ut att hasa rumpan i asfalten, vinkar med sitt försmädliga flin klistrat över det rödlätta ansiktet.

Vad vill han? säger morsan. Kan vi ha glömt nåt?

Men när vi motvilligt vinkar tillbaka, med samma intensitet som man lojt viftar undan en fluga en varm augustieftermiddag, trycker han på gasen och försvinner iväg. Långt bort i fjärran ser vi honom blinka höger in på en avfart.

Tio minuter senare har vi hans helljusblinkande strålkastare i backspegeln på nytt. Han kommer upp jämte oss. Den här gången vinkar han inte, lägger sig bara parallellt med oss i en halv mil, en mil, låtsas inte om oss, och jag försöker lika medvetet att negligera honom, men märker också hur jag långsamt ökar hastigheten, utan att han för den skull faller av, han biter sig fast, två decimeters lucka, jag ökar en aning till, han hänger med, kanske några centimeter närmare, jag trycker till med högerfoten igen, ännu lite mer bestämt, han svarar, tappar inte en millimeter. Jag pressar ner foten än hårdare. Det är då morsan säger:

Det är 110 här.

Och jag tvingas förnedra mig och släppa foten från gaspedalen.

Nu vinkar Magnus, strålande glatt, genom bakrutan, liten som fönstret på en lekstuga, men fortfarande utan att titta på oss, nonchalant far han iväg med ett ryck och försvinner nästan genast utom synhåll.

Lugnet på en tom korridor – det vilar en tung ledsamhet över hela nationen. I några enstaka fönster lyser det men på det stora hela är jag ensam i huset.

Jag plockar fram böckerna, jag har all tid i världen att ägna mig helhjärtat åt dem, men det vill sig inte. Jag sitter stirrande på dem. Allt ohämmat trivselliv i Kalmar skaver i mig. En tung stämning som fallit över mig och som jag inte kan göra mig kvitt. Jag borde ringa Helena som jag lovade och säga att jag kommit fram, men kan inte förmå mig. I stället ringer jag Monika.

Morsan har redan ringt, säger hon.

Bodil. Ja, men nu är det *jag* som vill veta hur ni haft det. Hur vi hade det vet du redan.

Ja, det lät trevligt värre.

Ska du berätta eller håna?

Det var lugnt. Kristina var här tills Nathalie lagt sej. Då stack hon till några kompisar.

Så du satt ensam?

Nä, jag läste.

Plugga på julafton? Kom igen, Monika.

En bok så klart. En roman. Gillade du din?

Javisst, tack. Det glömde jag säja.

Det är precis så mycket adrenalinstimulerande friktion i vårt samtal att jag äntligen vinner kraft att ringa Kalmar.

Marion svarar kvittrande. Det visar sig att morsan varit först med att ringa henne också, vilket tack och lov gör att vårt samtal glider lättare och jag relativt oproblematiskt kan gå direkt på mitt ärende. Får svaret:

Helena kan inte gå ifrån. Vi spelar Monopol.

Men det kan hålla på i flera dar.

Ja, det är ett fantastiskt roligt spel. Gillar du det?

Kan hon inte avbryta en stund.

Vänta. Marion lägger ifrån sig luren, och kommer tillbaka. Hon ringer dej sen.

Vet du när? Jag måste handla.

Det dröjer inte länge, tror jag. Nu är det min tur att slå.

Jag hinner läsa drygt två kapitel i Fåfängans fyrverkeri innan Helena ringer, och då är jag så inne i boken att jag mest störs av avbrottet.

Är ni redan klara?

Magnus har hotell på både Norrmalmstorg och Centrum, så pappa behövde en paus.

Helena blir tyst, jag blir tyst, det är den långa tystnad som uppstår då det inte finns mycket mer att säga därför att så mycket sagts under flera dygns umgänge att alla kamrar tömts, och för att hon har familjen lyssnande omkring sig.

Jag saknar dej, säger jag.

Jag saknar dej också.

Du skulle ha rest med oss.

Jag kanske kommer en dag tidigare. En evighetslång paus, sen, lågt: Jag längtar efter dej.

Jag längtar efter dej också. Min tur att pausa, lyssna till hennes andning i luren. Det är så tomt här.

Är där ingen alls? Annika?

Hon är i Esbjerg.

Det är bara ett par dar till, säger Helena för att muntra upp samtalet. Sen är det vår stora nyårsfest. Tänk på den i stället.

Det är den årliga tillställningen i våningen på Winstrupsgatan hon syftar på. Ett hundratal inbjudna, smoking och cocktailklänning, buffé och enbart champagne under hela kvällen, som avslutas med ett makalöst fyrverkeri som Katarina får av en släkting som har ett pyrotekniskt företag på västkusten. Det är en fest som det börjar talas om och planeras inför redan i oktober. Det sägs att för vissa studenter på Juridicum är en inbjudan mer eftertraktad än en professur.

Vi lägger på efter en flödande ström av ömhetsbetygelser och kyssar genom teleledningarna.

Jag borde skynda mig ut och handla nåt att äta men känner mig inte hågad. Oron i kroppen ger inte med sig, en ledsnad som jag inte kan förstå, känslan av förlust, saknad, av att ha förlorat nåt som jag inte vet hur jag ska ersätta. Och tvärs genom den olusten skär en annan, mycket tydlig och stark känsla: att bli finsk, finskare än en matros på permission, finskare än Koskenkorva, Karelen och backhoppning – att bara få ge mig in i det vilda igen. Jag tar en runda ut i köket och hittar det jag söker i ett bänkskåp, en flaska vitt, det är alltid en början. Jag öppnar kylen. Där står en ny ask Bregott. Och kokt skinka. Jag ser mig runt. Det ligger färskt bröd framme. Det låg inte där när jag kom. (Och inte är det så gott heller, kan jag konstatera två tjocka smörgåsar senare.)

Jag knackar på Traktors dörr. Han ligger i sin säng med händerna under huvudet och blickar stumt upp mot Viggen som dinglar i taket.

Är du här?

Vad ser det ut som?

Väskan står ouppackad innanför dörren, i vägen för att jag ska kunna kliva in.

Vill du ha vin? säger jag. Mitt rum om fem.

Han svarar inte.

Ta med ett glas.

När han traskar in i mitt rum i strumplästen har han ett duralexglas i ena handen, en skiva som han lägger på spelaren i den andra – Tanita Tikaram, en julklapp från Lisette – och medan han för ut pickupen till första spåret hinner jag formulera en fråga om var hon är.

Skulle inte hon följa med dej upp till gården?

För höstresan kom av sig, sköts upp gång på gång tills den omvandlades till en julvistelse, Traktor fick det att låta som vore det en weekend i herrgårdsmiljö han skulle bjuda henne på. Jag slår upp det portugisiska lantvinet till honom, det är inget vidare, jag vet, för jag har redan fått i mig ett par glas. Han smakar, fryner, sätter sig på sängen.

Hon åkte hem i stället. Det blev ändrade planer.

Bara sådär? Ni hade bestämt. Har ni bråkat?

Traktor tömmer glaset. Svarar inte. Vickar på glaset. Svarar med en axelryckning.

Hur var julen då?

Vad tror du, om jag är här nu? Hur var din?

Bra. Väldigt trevlig, faktiskt. Men jag behövde lite tid för mej själv.

Helena också?

Hon ska plugga i Kalmar. Har sista tentan i januari.

Traktor suckar. Ja, jäklar vad skönt det måste vara att bli klar, komma härifrån.

Han tar upp skivkonvolutet, studerar det, *there's a good tradition of love and hate*, läser på baksidan.

Vilka ögon. Och vilken röst. Så mycket bättre än Roxette.

Jag lutar mig fram i fåtöljen och han håller fram sitt glas och jag fyller på det.

Men du, var den så jävlig, julen?

Det kan man väl säja. Går inte att förklara.

Han dricker, ser sig runt i rummet. Fastnar vid fotot ovanför skrivbordet.

Varför har du Hedlund hängande där?

Det var morfars, säger jag om porträttet på den gamle centerledaren som jag spikat upp, bakom ram och glas med en liten spricka i nedre kanten, hämtat från lagården när jordbruket skulle säljas. Det och några närslitna verktyg, förvarade i understa skrivbordslådan, är vad jag fick med mig därifrån och skälet till att fotot hänger över skrivbordet är sentimentalitet, vedervärdig sentimentalitet och saknaden efter morfar som jag hängde i hälarna hela somrarna när Monika och jag bodde på gården, det enkla livet hos honom och mormor, barndomsminnen, saknad, stora känslor som det inte är lätt att sätta ord på, en påminnelse om ett annat liv, som jag fortsatt att spika upp över vartenda skrivbord jag haft, också det på byrån där jag i dag äntligen blivit delägare oavsett vad kollegor och klienter tycker om det, ett annat liv som jag under åren i Lund fjärmar mig alltmer från, den agrara bakgrund som vi vänder ryggen för att i stället hänge oss åt börsrally och storstadsdrömmar, för oss in i den smaklösa era som är mer cash och koks än kor och kafferep, mer bear & bulls än barmark och tjurar, Hedlund hänger med genom årtiondena och det har ingenting med ironi att göra, ju äldre jag blir, desto mer inser jag att det är en längtan efter morfars rakryggade livsföring och mormor, som var en varm famn att krypa upp i, men morfar säckade ihop på grund av Johannesgårdens öde, en nedläggning och försäljning av småbruken som han förutsåg därför att han inte kunde tänka sig att nån i släkten var kapabel, eller intresserad, att ta över och förvalta den mark som varit utkomst för tidigare generationer, inte ens Monika, som erbjöd sig men ratades därför att hon a) hade läshuvud och b) inte var man, och när morfar sen var borta förföll gården snabbt, mormor sattes på hem, dog, gården såldes, och bara Hedlund återstod. Med flugskit på glaset.

Å tusan, så du är från bondsläkt? Det har du aldrig sagt nåt om.

Morfar tyckte centern svek småbönderna för storpolitiken. Dom sista åren stod tavlan vänd med baksidan ut.

Jag häller upp det sista till oss.

Pappa gillade honom, säger Traktor.

Han tar en djup klunk, eftertänksam, snurrar runt vinet i glaset.

Jag vill inte bli bonde. Förstår du? Jag hatar att gå och mocka och köra med gödselspridaren och skörda. Jag hatar det.

Har du sagt det till honom?

Han säjer det är det enda jag är bra på.

Det är bara att låta bli. Du är myndig. Han kan inte tvinga dej.

Lätt för dej att säja. Han vill att jag ska plugga, skaffa en utbildning, men han klagar hela tiden på att jag inte är hemma och hjälper honom.

Skivan tar slut. Traktor reser sig genast och vänder på den, skruvar upp ljudet en aning. Hänger med huvudet. Fnyser.

Det var han som sa att Lisette inte skulle följa med. Han tyckte inte det passade. Han tittar på mig, sätter sig, morskar upp sig, säger: Jag lovar, jag ska aldrig mer resa hem. Det har jag bestämt mej för. Han ska inte få bestämma mer.

Detta kommer att bli en seg kväll, känner jag nu, och jag förbannar mig själv att jag bjöd in honom, jag borde ha blivit finsk på egen hand, läst vidare i Tom Wolfe utan att minnas en rad av det i morron, det här ser ut att bli en sån kväll vi båda vill glömma efteråt och inte tala mer om, gå förbi genom att framdeles prata än mindre med varann. Jag letar efter en utväg.

Tror du KL lämnade några öl?

Jag har en flaska.

Han reser sig, skyndar iväg till sitt rum, kommer tillbaka med en pappkartong ur vilken han drar upp en flaska.

Konjak?

Från mitt födelseår. Köpte den i München när jag tågluffade efter gymnasiet.

Han försöker komma underfund med hur den ska öppnas. Jag sträcker honom en kniv att skära igenom det tjocka vaxet som omsluter korken. Han slår upp frikostigt i glasen. Sänker själv hälften direkt, och jag vill inte vara sämre så jag följer hans exempel.

God juice!

Hade tänkt spara den till examen, säger han begrundande och synar flaskan lika ingående som han nyss gjorde med skivkonvolutet. Men än sen?

Två timmar senare artar sig den här kvällen bättre än vad jag kunnat ana. Traktor kommer att få se sig om efter ny examensdryck, helst också ny musik, vi har fått oss en livsdos av Tanita Tikaram. Traktor har satt igång att ringa runt till de kursare han vet ligger i bivack i stan under helgen för att få veta vad som händer, och efter ett ändlöst velande hit och dit kommer han fram till att vänsterfästet Smålands är bästa alternativet. Eller enda.

Det har börjat snöa, tunga blöta flingor som bildar en blaskig modd på trottoaren och gör håret blött som om man precis stigit ut ur duschen, och i den sörjan plöjer vi oss fram, brothers in arms, utkastade ur familjeskötet båda två men av motsatta skäl, älskvärdhet och avsky, samhörighet och ensamhet, det är vår gemensamma nämnare, alltid denna förbannade ensamhet, också i samhörigheten, som får oss att stötta varann, två ordkarga män som blivit finska i förening, för nu behövs det minsann stöttning på alla plan, axel mot axel, arm över axel, för att attackera anarkistborgen.

För troligtvis är det Smålands vi närmar oss. Rufsiga frisyrer, urtvättade jeans och villrådiga blickar skvallrar om att vi kommit rätt. Men en hippieliknande figur sätter upp handen i luften som en trafikpolis som ska dirigera för en avstängd gata, redan tio meter innan vi närmat oss insläppet.

Ni får gå ett varv och lufta er.

Jävla humanist! kommer det kvävt från Traktor, med ansiktet ner mot den snöblöta asfalten och hans oknutna finskor.

Vad sa du?

Ingenting. Men när vi vänt oss om och missmodiga börjat trava därifrån kommer en fortsättning: Blivande socialfall, hela gänget!

Jag lägger armen om hans axlar igen.

För hur portade vi än blivit så finns det lösningar på allt. För i nästa bild är vi inne i lokalen, och hur vi kom dit är ett under, Traktor kommer senare att hävda att vi hittade ett långsmalt källarfönster som vi klättrade in genom men jag kan inte erinra mig att det fanns några fönster nere i bunkern där vi hamnat eller om vi ens var i en källare. Traktor försvinner iväg. Det är det sista jag ser av honom på de närmaste tre dygnen.

Dansgolvet är knökfullt och på scenen står ett så kallat punkband som gör ett taffligt frontalangrepp på sina instrument med en sångare som påminner om Thåström minus karisman. Framför

mig står en späd, svartklädd tjej med tjockt med kajal runt ögonen.
Är det här din? säger hon och håller fram Traktors ena sko.
Du ser ut som en tvättbjörn, vet du det?
Nä, du har båda dina på dej.
Var är baren?
Men var baren är går inte att missa. Trängsel i dubbla rader. Som en svartklubb under förbudstidens USA, med cocktailelegans ersatt av trashanksestetik. En miljö jag alltid avskytt, känt främlingskap och skräck inför. Jag kan inte språket här. Koderna är teckenspråk på swahili. Göra sig sämre och fulare och mena allvar med det? Mysterier kommer i så många olika skepnader. Men det går att armbåga sig fram mellan de här karikatyrerna, genom röken och de sura svettlukterna, de flyter undan som vore jag spetälsk när jag glider fram med rocken på över kostymen och ropar över disken till rastakillen med öronen översållade med silverringar.
En trippel zomba!
Han vänder sig bort, halsar ur en Carlsberg. Skriker nåt glatt till en tjej.
Hallå?
Han vänder sig om. Kontakt.
En trippel zomba! Jag ger full hals för att överrösta bandet. Det är så mycket whisky –
Är du dum eller gör du dej dum?
Jag vill beställa.
Vad ska du ha, öl eller vin?
Det får bli öl, proletärt drucken rakt ur flaskan, och med den i handen vänder jag mig om, hamnar ansikte mot ansikte med en blond tjej med runda glasögon och ett öppet, nyfiket leende. Hon lutar sig, skriker i mitt öra:
Du står i vägen!
Vad vill du ha?
Rött.
Jag gör ett halvt varv på stället. Får kontakt med rastamannen

igen, beställer, räcker honom pengarna och henne glaset. Hon bär slitna svarta jeans och en svart väst över en urtvättad vit skjorta som måste ha varit hennes pappas favorit en gång i tiden, lutar sig fram:

Jag betalar själv.

Så högt jag förmår:

Du får ta nästa runda. Är du humanist?

Hur vet du det?

Ren gissning.

Jag läser littvet.

Det menar du inte?

Och du?

Agronomi. På Alnarp.

Du ser ut att vara ekonom, minst.

Nä, jag ska bli bonde.

Är det inte varmt att stå med rocken på?

Måste vi alls stå här?

Ska vi gå upp till mej?

Jag ska bara dricka upp ölen.

Så enkelt allt kan vara ibland.

MORRONEN DÄRPÅ ÄR INTE lika munter för Johan Kraft. Den kunde han ha varit utan. Han vaknar upp under urtvättade, blommiga sängkläder i ett korridorrum som har få likheter med hans eget. Nåt så sjavigt har han aldrig sett förr. Kläder ligger slängda över stolar, papper, böcker, böcker i travar, böcker i hyllor, skivor, kompendier, tidningar och kaffekoppar över skrivbordet och hurtsen, och under en av de största fjälltopparna skymtar ett tröskverk till skrivmaskin. Men det mest anslående är att det så uppenbart finns en tanke bakom sjavigheten, ett medvetet stilgrepp, som för att revoltera mot nåt som ingen utomstående nånsin kommer att förstå.

Men var är han?

En nästan tömd flaska vin och två glas mitt på golvet, rummets enda icke-belamrade yta, precis stor nog för två att sitta trångt hånglande på, och där intill ett par byxor som påminner om hans, och som därför bör vara hans, och en skjorta som han också kan identifiera.

Först när han får syn på ett par runda glasögon överst på en stapel med böcker intill huvudgärden börjar natten återvända, ruta för ruta.

Pernille? Han har för sig att hon heter Pernille. Hon sover fortfarande, tungt, vänd in mot väggen. Han känner sig också tung, bottenlöst tung. Det är alldeles mörkt ute. Klockan? Kvart över fem. Blytung av konjak, rök, rött vin och en natt som inte bjudit på så mycket sömn, och än tyngre av tanken på vad han gjort och på Helena, vad han gjort henne – fy fan, tankarna låter sig inte skjutas undan när de väl infunnit sig, och det gör de ihärdigt. En tyngd drar ner honom till hans innersta, sin egen bottenskyla, han mår illa, avskyvärt illa, och det har ingenting med vare sig sprit eller rök att göra.

Han beslutar sig för att det måste vara Pernille hon heter. Han kan inte börja morronen med att fråga. Tänk, Johan, tänk. Men tänka är inte paradgrenen för stunden. Han borde ge sig av. Jo, visst sa hon Pernille, eller... nej, raderat.

Samtidigt genomströmmas Johan Kraft av en så självklar förnimmelse, lättare att härbärgera: Det hade inte kunnat gå på annat vis. Och han kan inte ha detta ogjort.

Den märkliga känslan när ångesten för vad som ska hända blandas med den av frid, av att ha nått fram till nåt han ännu inte vet vad är.

Han måste komma härifrån, få ordning på det han ställt till med. Han gör det enda möjliga. Lägger sig på andra sidan och blundar. Han drar täcket över sig, gömmer sig, så som han alltid har blundat inför nåt obehagligt och trott att det ska vara borta, över, när han tittar igen. När han vaknar ska allt vara som vanligt igen.

Men så blir det inte.

Två timmar senare vaknar han ånyo, i samma ställning, i samma säng, med samma cocktail av känslor inombords, och han lyckas denna gång kravla iväg till toaletten, där han befrias från en del av illamåendet, det ytliga, för en ytterst kort stund, för under reträtten till sängen upptäcker Johan Kraft hur han har krympt, känner sig dvärgväxt, han kan inte räta på ryggen, krummande som en parentes förflyttar han sig hasande framåt, ska ta upp kläderna för att börja ta på sig, försvinna, men den korta kroppen lyder inte instruktioner utan tar sig till sängen, där Pernille, vilket han slutligen bestämt är hennes namn, håller på att vakna till liv, det gråblonda håret på ända, smilgroparna på plats, med en blick som är lika mycket rosor som rakblad tittar hon sig förvirrat omkring, kisar, famlar efter glasögonen, ler oförstående mot den kortväxte, tycker väl inte detta är rätta tillfället för charader och lyteskomik.

Minns hon vad han *heter? Sa han nånsin sitt namn? Frågade hon efter det? Bör han presentera sig? Vad förväntas han göra? Krypa ner i sängen igen?*

Är du kvar?

Ska jag inte vara det?

Jag trodde inte... Gud, vad jag är törstig.

Ute börjar det klarna. Ett mörkt grådaskigt ljus som lämnar allt besvärande tydligt i rummet. De måste ha glömt dra för gardinerna eller ner persiennerna.

Han skyndar ner i sängen. Drar åt sig täcket. Låt ett millennium passera. Sen ska han resa sig och gå. Lovar. Aldrig mer bli finsk. Men han vet också att han är bortom allt vad sådana tankar och löften är värda. Pernille lägger en arm över hans bröst, huvudet på hans axel. Han skjuter in en arm under henne. Han ormar sig upp på kudden.

Känslan av att ha krympt måste bero på att delarna mod, självbehärskning och självkänsla har övergivit hans kropp sen han skrattande landade i den här sängen i natt, vid en tidpunkt och i ett tillstånd då alla kroppsdelar förvisso var på plats men inte särskilt medvetna om sakernas förhållande.

Jag gillar dej, säger hon som heter Pernille och smeker honom över bröstet.

Han vill att hon ska ta undan sin hand, så han kan komma iväg.

Gör du?

Hon kysser honom. Nej, de kysser varann. Det är inte vad han önskar. Han säger:

Ska vi inte äta frukost?

Är du hungrig?

Han blir tveksam. Vill han gå ut och sätta sig i det här korridorköket. Vill han stanna för att äta?

Inte direkt.

Då tar vi brunch sen. Jag är världsbäst på att steka bacon.

Hon sveper täcket över dem, och han är med på en flik, upp över huvudet och där inne mörkret där det luktar gammal rök och kropp och sprit kysser de varann igen, suger sig fast vid varann, och hon drar honom över sig.

Det hinner gå åtskilliga timmar innan de kommer upp till ytan igen för att snappa luft. Under tiden har dagsljuset kommit och gått. Det är mörkt ute igen, kvällning, åtminstone eftermiddag, och förlägna stiger de upp och klär sig, utsvultna och blyga inför varann, och de ger sig iväg till en pizzeria på Södra Esplanaden.

Den är skapad för deras sinnesstämning, dystert mörkmurrig, dåligt ljussatt, med brunbetsat möblemang, stora halvdöda växter och väggar uselt målade med Venedigmotiv. Ensamma män utspridda vid borden, öl framför sig. Servitören hälsar igenkännande på Pernille och ställer sig redo vid ett bord, som om dan åtgått till att invänta hennes ankomst.

Ett glas rött, Massimo. Och du?

En stor stark.

Massimo, servitören, nickar, upprepar beställningen.

De har sjunkit ner intill varann på stolar med anmärkningsvärt hög sits. Johan överväger för ett slag att be om en kudde, för att komma upp i jämnhöjd med Pernille, men viftar trött undan tanken. Det skulle vara för omständligt att förklara. I stället frågar han:

Brukar du äta här?

Det händer. Vad vill du ha?

Vad har dom?

Det är en pizzeria.

Vad ska du ha?

Jag äter alltid samma.

Pernille tar fram cigarettpapper, tobak i påse och en rullare. Lägger filtret på plats i pappret, strösslar över tobaken, pysslar ihop en cigarett, ett hantverk hon kan ägna en god stund åt, innan hon tänder en tunn knölig sak.

Kan du vänta med att röka? Jag mår inte så bra.

Hon svarar med det där leendet som är lika delar rosor och rakblad, värmande och vasst, föraktfullt eller förstående, det gör honom svag, och hon fimpar. Servitören Massimo kommer fram igen.

Har du bestämt dej? säger hon.

Bestäm du.

Men han beställer en quattro. Han dricker, krafterna återvänder, ryggraden rätas ut, kolsyran spritter fart på hjärnan, och tankarna, en vild bukett tankar som han försöker mota undan, det är så många att ingen enskild får fäste eller låter sig följas, det är en härva av grumligt självförnedrande tankar, för vad han sitter med på hand är en förtida fyrtiårskris, för en gångs skull är han tidigt ute, en early adapter på otrohetens relationsmarknad, skönt att ha det avklarat, för det ger inte mersmak, ungefär som puberteten, kan han senare försöka intala sig själv, för två decennier senare har han vänner och kollegor som pga samlivsleda och sjunkande potens blir förhäxade av nån ung kvinna med slanka ben, bröst som inte behöver göras och ett outtömligt förråd av tinderögt naiva frågor inför vad det ska bli av henne i denna värld hon växer upp i, som de faderligt besvarar med löften, presenter, middagar, livlig sexualitet och förföriskt glimrande svar, de vet ju vad de talar om, är fäder till barn i nästan samma ålder som brottas med precis samma frågeställningar, men barnen, familjen, försummas så klart, alltmedan männen mår skit, vilket inte främjar potensen, men tack och lov är Viagra inte ovanligare än Alvedon i badrumsskåpet, och se sig själva kan de ju trots allt, tack och lov, men det gör dem egentligen än mer eländiga och patetiska, ta t ex hans kollega George som på oregelbunden basis har haft ihop det med en tjugofyraårig kvinna som ett slag utförde nåt slags sekreteraruppgifter på byrån, fram till att det uppdagades att hon ägnade mer tid åt Georges välmående än byråns, slängde med håret och fladdrade med ögonfransar som två sommarystra, svartvingade fjärilar varje gång hon passerade hans rum, och hon fick en timme på sig att packa och försvinna, ett förhållande som han gick raka vägen hem och redogjorde för sin hustru och som han fick förlåtelse för mot att han dyrt och heligt lovade att det aldrig skulle ske igen, ett löfte han så klart inte kunde hålla mer än en dryg månad, bekräftelse blir man ju aldrig mätt på, vad hon nu kan se i honom, förutom hans ställning, hans skräddade kostymer, gedigna representationskonto och designerinredda kontor i valnötsträ, för övrigt en färg som är nästan ton i ton med det möblemang där Johan och Pernille pyst samman som två punkterade badbollar efter att ha satt i sig maten, och han fortsätter anfäktas av håglösa, besvärliga tankar, tankar som är större och mer vittomfattande än han nånsin kunnat föreställa sig och rimligen kan hantera en dag som denna, tankar som kan hålla en man vaken en natt oavsett tillstånd, eller fullständigt söva honom. De beställer mer att dricka.

Pernille har satt i sig halva sin calzone innan hon lämnar den med en tugga spetsad på gaffeln. Ur västfickan tar hon fram en burk grovsnus och pressar ihop en prilla som hon trycker på plats under läppen. Det får honom att förstå vad bismaken i hennes kyssar kommer ifrån och han är förbluffad över att han tycker om det.

Mattheten. Vågor genom kroppen. De är ingen nyhet för honom. Det är däremot skammen. Ångern. De sitter ordlösa nu, i den allt ödsligare lokalen, ser ut genom fönstret, snö som börjat falla igen, lägger sig, marken blir vit och moddig och himlen ljusare, mjukare. Pernille är skön att sitta tyst tillsammans med. Hon kan konsten att låta tystnaden vara ett rofyllt läge.

Långt senare, när bordet är avdukat, glasen tomma och han har betalat, säger hon, fortfarande med prillan som en svullnad under näsan:

Jag måste sova.

Jag med.

Vad gör du i morron?

Pluggar, antagligen. Om jag orkar.

På annandan? Hur pluggar man till bonde?

Bonde? Han tvingas tänka efter. Det var på skoj. Jag vet inte varifrån jag fick det.

Hittade du på?

Jag läser juridik.

Hon vrider sig mot honom, snusen som rör sig under läppen som ett djur i sin lega, hon studerar hans trötta, sammanfallande ansikte, skäggstubben, ögonen, som stod hon inför en outgrundlig enfald. Vilket på sätt och vis är precis vad hon gör. För ett ögonblick ser hon ut att vilja resa sig och gå därifrån.

Så synd, säger hon. Det låter trist. Hela dan?

Jag har en tenta...

Men sen? Du kan inte plugga hela dan.

Varför inte?

Juridik?

Kan jag sova hos dej?

Ska du inte byta kläder?

Måste jag?

Du kan låna en skjorta av mej.

Jag behöver ingen. Jag vill bara få sova.

Inget annat?

Men det blir fler än en natt till han sover hos henne. Det blir en räcka av nätter, och inte blir det nåt läst till tentan heller. Han får ta den på omtentan, en bit in i februari då den första häftiga förälskelsen lagt sig tillräckligt för att han i korta sjok ska kunna sitta för sig själv i sitt klosterlikt ordningsamma korridorrum, på UB eller Stadsbiblioteket och slå i sig en gnutta kunskaper.

JOHAN KRAFT ÄR TILLBAKA i förälskelsen, den sortens genomborrande förälskelse som man aldrig glömmer, den som utgör mall, matris och måttstock för alla senare förälskelser, som den med hans första flickvän, Cissi, då de låg på hennes säng och hånglade till Silver Convention, detta är samma känsla, exakt samma, Pernille som en tio år äldre Cissi, fast nu mer än hångel och till raspiga Bob Dylan-bootlegs som Pernille åkt över sundet till en källarhandlare på Nørrebro för att köpa ohemult dyrt.

Tvärs över gatan, i en annan källarbutik, en secondhand så klart, hittar hon en kort mockajacka till dem var, och en kanariegul sidenscarf till honom.

Med Helena cruisade han på svenskt vis Strøget fram och tillbaka, fröjdades åt Illum och Magasin och begav sig aldrig längre bort än en parallellgata. Pernille visar honom en helt annan storstad, i stadsdelar som hittills bara varit namn för honom, med inrökta kaféer och jazzklubbar, butiker och parkanläggningar. De leker kurragömma i det tropiskt fuktiga Palmehuset i Botanisk have tills en barsk kvinna tillrättavisar och kör ut dem. De röker cigarr och dricker konjak på Bankeråt, ett sjabbigt hak med stammisar i olika former av alkoholrelaterad upplösning som skulle ha fyllt den gamla Johan med avsmak men som han nu finner omåttligt bohemiskt chict. De hoppar över planket till sista flygbåten på natten och tränger sig före i kön, smiter upp till första klass. Skrattar hela vägen över sundet.

Ett nytt liv tar sin början för Johan Kraft, ett liv som innebär att han delar sin tid mellan sitt eget rum på Malmö nation och Pernilles på Smålands, splittrad ännu en gång, men han har inte tid att fundera på det nu när han hänger sig helt och hållet åt Pernille. Men sveket är fortfarande svårhanterligt, en ständig källa till känslan av nederlag.

Han måste intala sig en annan historia. Johan och Pernille har alltid känt varann. Johan och Pernille har alltid varit kära. Johan och Pernille har bara väntat på att träffas.

Johan njuter av tiden de tillbringar tillsammans. När de ligger intill varann i sängen, på varandras armar, och läser. När de sitter mitt emot varann och läser. Till våren läser de på en bänk i parken, de läser på pizzerian. Så många böcker har Johan aldrig läst förr, så många författare som inte ens hans syster hört talas om (jo, det har hon, men är ändå imponerad), Pernille skickar med honom travar med romaner, och ja, såväl Steinbeck som Sartre är nåt helt annat än McCormack och Olivecrona, till och med lite bättre faktiskt.

Och till hans häpnad börjar hon intressera sig för hans ämne, juridiken, som han beredvilligt pratar om, förklarar, och hon vill diskutera. Ställer frågor av ett helt annat slag än de han är van vid, från ett annat håll, *ifrågasätter* kunskaperna som han tagit för basala, grundläggande för ett rättsväsende.

Vad är det som säjer att fängelse alltid är det bästa straffet? Blir man immun mot att begå fler brott då?

Eller:

Vem bestämmer straffskalan, menar du? Hur kan man värdera dom olika brotten?

Eller:

Tänk om man frågat brottslingen i stället: Vad kan vi göra för att du inte ska göra om det? Det måste finnas en social förklaring till att dom begår brott. Lär ni er inget om det?

I gengäld vill han prata om böckerna de läser, men märker snart att hon lägger vikt vid helt andra detaljer i en bok än han, som fåglar som blir fler och fler för varje kapitel och hon menar måste betyda nåt, men vad? – medan han inte minns ett ord om några fåglar, däremot om den spännande upplösningen.

Vi pratar inte mer om det, säger hon.

Vad vill du då prata om?

Ingenting. Vi kan bara sitta tysta.

Och de sitter tysta, tillsammans. Om det är nåt som Pernille är riktigt bra på så är det att vara tyst. Hon kan göra tystnaden till ett rofyllt läge, inte en anklagelse om att nånting är fel, tystnaden som undertext till ett problem, och bland allt det nya som Johan får lära sig är det mest geniala att tillbringa tid tillsammans tysta, ordlös, karg tid, och han kommer underfund med att riktig kärlek innebär att kunna tiga i varandras sällskap, i timmar i sträck, och tycka om det.

Men så är det detta med KL:s eviga klagande på vad Johan tar sig för, alltid är det nåt nytt han har synpunkter på.

Vad har hänt med dej *nu*?

Vad är det med *dej* nu?

När du äntligen slutat hänga med flatkollektivet så stänger du in dej hemma hos kommunisten.

Hon är inte kommunist.

Skojar du? På Smålands? Syndikalist då. Snygg halsduk, förresten. Gult är verkligen din färg.

Därför blir det alltmer hos Pernille de bor. Förutom veckan före tenta, då Johan stänger in sig och vrålpluggar, knaprar koffeintabletter igen och choklad och dricker kaffe så att händerna skakar som en A-lagares. Väggarna i Pernilles rum täcks av planscher med Bowie och Dylan och Sture Johannessons haschbild, varvade med konstplanscher från Louisiana. Från två benjaminfikusar dröslar bladen i en jämn ström och en yuccapalm på en vitmålad gammal piedestal gör heller ingen glad. Det tar inte lång tid (faktiskt redan andra morronen) för honom att upptäcka en påträngande lukt, eller snarare en underliggande lukt av det slag som inte går att vädra ut fastän han försöker, så mycket att snön viner in och hon ropar åt honom att genast stänga fönstret, en lukt som det inte går att få ur kläderna när den en gång fått fäste. Det är den lukt som fick bondesamhället att resa sig och bli industrination och industrialismens barn att resa sig och bli kompetensproducenter. Det är lukten av gammalt. Den emanerar från alla antikvariska böcker och secondhandkläder som ligger i drivor runt om och som fyller garderoben – till ingen nytta, för pappans nedslitna skjortor är ändå favoriter, tillsammans med de tajta svarta jeansen och gubbvästen. Som Pernille dansar över golvet i till Dylan på hög volym, eller, vid särskilt muntra, utlevelsefulla tillfällen, Van Morrison, då hon står med armarna vajande i luften, ögonen slutna, lågt sjungande.

Kom, Johan, dansa med mej!

Med Pernille är det inga lördagsrundor på stan, liksom det inte heller är nåt stort umgänge i hennes sällskap, inga middagar i en grotesk matsal, inga tevekvällar m'ed kompishäng i sofforna, ingen Spanarna på Hill Street, det är Pernille och Johan. Det är, kort sagt, ganska isolerat.

Det är nåt drömmande över henne, som ibland gör henne svår att nå. Hon är inte bara tyst, hon kan ibland gå in i sig själv i långa stunder, försvinna i tankar som om hon var nån annanstans – för att därefter genast växla till översvallande värme och närhet.

Inte gör hon några ansatser att lära känna de andra på sin korridor heller. Hon vet väl ungefär vad de heter men refererar till dem som ”han med sneda mittbenan” och ”hon som ser ut som Sylvia Plaths lillasyster” de få gånger hon nämner dem.

Men det finns ju en anledning till att hon drar sig undan umgänget, tycker han sig förstå. Johan har aldrig sett nåt så vämjeligt som boendet här. Nakna glödlampor, lysrör i taket, golven täckta av plastmattor med ingrodda fläckar, hål och brännmärken. Det får honom att tänka på en bortglömd sluten avdelning på en klinik eller varför inte Gökboet.

I ett försök att närma sig de andra på korridoren ger sig Johan ut i uppehållsrummet, när Pernille har en introvert fas med dagslång tystnad. Han slår sig ner i soffan mitt emot en kille som sitter apatiskt stirrande ut i tomma intet, om han funderar eller brottas med ett tankeexperiment är omöjligt att säga. Han befinner sig nånstans långt borta.

Tjena, jag heter Johan.

Inget svar.

Soffan är så genomsutten att han känner golvet igenom. Bordet mellan dem är sönderritsat, fulltecknat med namn och otidigheter, långa brännmärken av kvarglömda cigaretter som ortoceratiter i en marmorskiva.

Bor du här?

Killen vänder sig i ultrarapid, uttalar ett sävligt: Hej, Johan.

Vad läser du?

Men där blir det stopp. Inte ett ord till kommer över killens läppar. Han har återvänt till sin dunkla tankevärld. Johan får återvända till Pernille med oförrättat ärende.

Hej, älsklingen, var har du varit?

Jag försökte få kontakt med en utomjording. Han som brukar sitta i uppehållsrummet.

Jaså, han. Han hade väl rökt på som vanligt.

Rökt på? Johan har aldrig träffat en knarkare förr. *På ett universitet? Kan det stämma?* Han blir med ens rädd. *Kan han vara farlig när han är påtänd? Vad som helst hade kunnat hända.* Efter det stannar han alltmer på hennes rum.

Vill du ha nåt att dricka? Cola?

Om du ska ha.

Det är en annan sak med Pernille, som han först inte tänker så mycket på, hennes konsumtion av Coca-Cola. Han har aldrig träffat nån som kan dricka så mycket. Hon går fram och tillbaka till köket och fyller på deras glas.

Här, detta är ditt, säger hon och räcker honom det ena.

Hon sätter sig i andra änden av sängen. Pernille sitter antingen väldigt långt ifrån eller alldeles tätt intill. Av. På. Blonde on blonde skräller ur den enkla anläggningen, en skiva som spelats gång på gång den senaste veckan. Johan har försökt introducera Springsteen för henne.

Ja, det var ju bra, säger hon. Men vem vill ha pojkar? Jag gillar män.

Så det får bli en genomkörare till, från Rainy day women till Sad eyed lady, och ytterligare en gång, för säkerhets skull. Tills Pernille reser sig.

Nu får det räcka.

Och lägger på Cure i stället.

Colan är ju begriplig i sig, det är de ständiga turerna till köket som kan förundra, och att det ska ta henne så lång tid att fylla på varenda gång. På samma vis som kombinationen av snus och egenrullade cigg. Svårt pussel att lägga, Pernille, och det är denna mystik som Johan har fallit för. Ett mysterium som fascinerar och tvångsmässigt måste förstås, en gåta som måste lösas. Han kan inte få nog av henne, men ju mer de lär känna varann, desto mer främmande känns hon. Försök förstå det, den som kan. Och han ska inte försöka inbilla sig nåt annat än att hans kärlek till henne också är ett mysterium, hur många rationella förklaringar han än kan komma upp med.

Det är gott, säger hon om nikotinet.

Men både och?

Har jag inte det ena, har jag det andra. Ibland inget, ibland båda. Tycker du inte om det?

Jo, skyndar han sig att svara, jag tycker du smakar gott.

Hon lutar sig längs sängen, kysser honom, en lång kyss, och hon är nästan lika långt nere i lungorna på honom med tungan som cigarettröken hon blåser ner.

När en cigarett är fimpad, tar hon omedelbart fram rullaren, bladen och tobaken och börjar tillverka en ny, går in i ett meditativt stadium under vilket hon rullar och pressar och drar och slickar, innesluten i sig själv, försvunnen. De dricker cola och är tysta.

Men så ser hon upp från trixandet.

Hur fungerar det, blir du advokat direkt efter att du är klar?

Jur. kand. heter det. Därefter ska jag sitta ting i två år. Alltså vara notarie vid en tingsrätt. Om jag får plats nånstans.

Två år! Hon tänder cigaretten, blåser ut. Och sen?

Sen ska jag gifta mej.
Ska du?
Med dej.
Du skulle må då.
Ja, då skulle jag må.
Du, det tror jag inte är nån bra idé.

Pernille kan få till och med ett sånt avfärdande att låta inbjudande, med sitt leende med smilgroparna som sugs in i sidorna. Hon rättar till glasögonen. Jag har aldrig frågat dej, men varför vill du bli jurist? Eller vad för slags vill du bli?

Vad tänker du på?

Det finns väl olika sorters.

Man måste inte bli advokat, om det är vad du menar. Man kan bli åklagare eller domare också, eller få en tjänst i näringslivet, eller arbeta med folkrätt.

Han blir plötsligt osäker igen på hennes fråga, är ju van vid att det finns ett syfte med en så öppen fråga och vill inte låsa sig. Är det nåt fel på det?

Nä, jag tycker det är fint att det finns mänskor som vill försvara oskyldiga och som vill bidra till ett rättvisare samhälle. Men måste man inte vara väldigt speciell för att försvara exempelvis barnamördare och våldtäktsmän? Kan du tänka dej det?

Har aldrig tänkt på det viset.

Har du inte? Vad vill du då bli advokat för?

Jag har inte bestämt mej än.

Är det nåt man bestämmer sej för, om man vill försvara barnamördare eller inte? Det måste väl grundas i ens moral? Eller hur tänker du göra?

Hon dricker eftertänksamt hälften av sin cola, stannar upp efter varje klunk, har kvar glaset mot läpparna, dricker mer.

Förlåt, säger hon sen, mjukt och vänligt. Det var inte meningen att såra dej. Men vill du verkligen bli det, advokat?

Om jag verkligen vill? upprepar Johan för att vinna tid, känner att han är ute på hal is igen utan att förstå varför.

Ja, känner du för ditt yrke? Är det ett kall?

Vad är det för fråga? Johan har aldrig funderat i såna banor, kall, om vad han *vill bli,* om vad *han* vill bli. Det har varit en ickefråga för honom, irrelevant, det viktiga för honom är inte att ta sig *till* nåt, utan att ta sig *bort* från ursprung, bakgrund, förnedring, att alltid ha fått hålla till godo med det näst bästa, det begagnade; nu kan han få det bästa. Alltså läser han en utbildning som leder till nåt konkret, ett yrke, som betalar sig bra. Men att fundera över om han absolut vill detta, nej, det gör allt så mycket omständligare, mer komplicerat. Det är därför han sidsteppar frågan och svarar:

Det finns gott om jobb.

Är det därför du pluggar? För att få jobb. Det behöver du inte läsa för.

Inte?

Det finns ändå inga jobb, ler Pernille, dricker långsamma klunkar. Läs tidningen. Jag känner inte nån som inte är arbetslös.

Är det därför du läser allt det här?

Han nickar mot högarna med böcker runt omkring dem, har svårt att begripa vad hennes pluggande består i, hon läser mängder av romaner men verkar sällan gå på några föreläsningar, skriver ibland på skrivmaskinen några sidor om vad hon har läst, det verkar räcka, ett obegripligt kunskapsinhämtande för den som är van vid att världen kan delas in i rätt och fel, frågor och svar, för och emot.

För att du inte får jobb?

Jag läser så klart för att jag alltid velat läsa dom här böckerna. Jag gillar litteratur.

Pernille tömmer glaset. Reser sig.

Vill du också ha mer?

Hennes blick så lugn. Hon ser ut att vara på väg in i en drömmande fas igen.

Kan du inte ta hit flaskan i stället?

Nä, det behövs inte.

Hon försvinner iväg, blir borta länge, återvänder med det där drömmande draget nu över hela sitt väsen, som om hon rör sig långsammare, graciösare, mjukt glidande framåt, ljudlöst, och hon talar långsammare också, har sänkt hastigheten på rösten och allt hon företar sig till säg åtti procent, och det finns kanske skäl för Johan att fråga sig om han inte sitter här på samma grunder som när det gäller studievalet, därför att han också på kärlekens område måste bort från mer än att komma till nåt, men det är inget han tänker på i stunden, när han är mitt uppe i förälskelsen, då är det bara ännu en obekväm fråga, så han tar tacksamt emot glaset Pernille håller fram.

Hon dricker. Hon sätter sig hos honom, i hans knä, kysser honom, på kinden, örat, håller honom mjukt, drömlikt mjukt om halsen.

Var tyst, bara.

I MARS FRÅGAR HON:

Varför har du aldrig på dej jackan?

I april svarar han:

Mockan? Det har jag, varje dag.

Men inte scarfen.

Den blev för gul för mej.

Du är supersnygg i den.

De ligger i Stadsparken, på en filt på gräset, vin i plastmuggar, varsin baguette med brie och skinka, hellre fransk än finsk. Det är vår. Fyra månader tillsammans är upplösta i ett rus, och denna aprilmånad är varm och solig trots att det är i Lund, inbjudande till lekfullhet och fnitter och kontinental frigjordhet. De tittar på molnformationerna i skyn.

Himmelskt, säger hon.

Kosmiskt, säger han.

De skrattar, och bara de kan fatta vad det är som är så roligt. Littvetaren och juristen. Vilket makalöst team. Han intalar sig att han har befriat sig från alla tvång och plågsamma konventioner.

Den livsbejakande euforin tränger undan all den misstrivsel han annars drabbas av varje vår i den här stan, den miserabla känslan av att vara instängd. Inland. Ingen strand, ingen kust att kunna bege sig till, inget hav att skåda ut över, inte ens ett vattendrag, att vada i så att musklerna stelnar och krampar innan vattnet värms upp senare på säsongen och det går att bada. Det enda som står till buds här är sjön Sjön med ön Ön, fontänen i Lundagård där teknologerna får glädjefnatt av att ro sina "farkoster" när det är nollning. Här är det knastertorrt, blåsigt för jämnan, utan vyer, som att stå upptryckt mot en vägg i vilken riktning man än står.

Det har tagit honom tid att komma underfund med vad det är han avskyr med den här lilla självgoda stan, tiden med Pernille är förlösande för att han ska förstå att det är instängdheten, både den akademiska och den geografiska, som ger honom andnöd.

Han föreslår därför att de ska åka till Ribban, promenera längs stranden.

Strandliv är inget för mej, lyder det korta svaret.

Så de stannar i parken den här torsdagseftermiddan också, på rygg, han har tagit av sig skjortan, bär shorts, hon i bara behå och trosor, vilket inte gör nånting lättare att fatta, de ligger blundande mot solen, och en enda genomborrande tanke ockuperar honom, att han aldrig ska bosätta sig i en inlandshåla.

Tycker du inte om att bada? Du gillar att sola.

En massa mänskor som ligger nästan nakna intill varann och svettas? Och flamsar när dom springer ut i vattnet? Nä tack.

Men du är lika naken nu.

Det är skillnad.

Att vara det i en park?

En strand är *vulgär*, Johan. Det fattar väl du också? Men du kan åka själv om du vill. Jag ska ändå till Ystad i helgen.

Det har du inte sagt nåt om.

Jag säjer det nu. Jag har kanske glömt det. Jag har lovat mamma och pappa att hälsa på.

Varför låter det som en intränad avvägning? Johan misstänker alltmer att det nånstans i Pernilles högar på skrivbordet finns ett papper där denna konversation är utskriven som ett prydligt manus, redigerat och omarbetat och försett med marginalanteckningar, utropstecken och en notapparat. Hon läser ju littvet, så hon om nån vet hur en dramaturgi byggs upp mot det lika obevekliga som logiska slutet. Han önskar att han visste vilka repliker hon författat åt honom. Säkerligen inte denna:

Jag kan följa med. Vore kul att få träffa dom.

Hon vrider huvudet mot honom, kisar.

Nä, det vore inte bra. Och du ska väl som vanligt till din mamma?

För han har ännu inte presenterat Pernille för familjen. Tror inte att Bodil är redo för det än, om hon nånsin blir redo för att ta emot en kvinna av Pernilles kaliber. Han har bara i korta ordalag nämnt henne för Monika, i förtroende, ett förtroende hon har undanbett sig men ändå lyssnat till (han förstår att det beror på att hon har fortsatt regelbunden kontakt med Helena utan att säga nåt om saken till honom) på grund av syskonskapet, med ett ansiktsuttryck som inte för ett ögonblick försöker dölja vad hon tycker. Till söndagsmiddagarna reser han därför in ensam. Han har fått höra Bodils bannor om hans enligt hennes tro självvalda ungkarlsliv och hur pinsamt hon tycker det är varenda gång Marion ringer, för det hör till självplågeriet i den här relationsfarsen, att det har blivit en vana för Marion att höra av sig, tycker att de två gott kan ha fortsatt kontakt, så nära som de kom varann i julas.

Han äter, lyssnar, tar emot skoporna med ovett utan att ducka eller ta betäckning bakom infantila motargument, vet ju precis vad det är han ställt till med, är kär så det skriker om det i en annan kvinna, kniper käft.

Efteråt tar han en lång promenad ner till Kallbadhuset och därifrån ända ut till Persiska viken och tillbaka, det minskar inte rastlösheten eller ängslan. Den har alltså inte enbart med småstadens förkrympta förutsättningar att göra.

Sent på söndagskvällen ringer han Pernille. Ingen svarar. Han ringer igen. Gång på gång.

Sover inte en blund på natten.

Måndag förmiddag, mellan två föreläsningstimmar och från en telefonhytt, får han tag på henne.

Nä, jag kom i går.

Jag ringde hela kvällen.

Jag hade bestämt med Lena.

Lena vem? Vem är det?

Har jag inte berättat om henne? En kompis. Jag var så trött att jag somnade direkt när jag kom hem.

Han får nöja sig med det. Frågar:

Ses vi i kväll?

Tror inte det, svarar hon. Jag ska till min terapeut.

Terapeut? upprepar han som vore det en språkkurs han gick. Här kommer nyheterna på rad. Rum han aldrig vistats i. Vokabulär han aldrig använt. Vad är det?

Som jag behöver prata med.

Prata vadå? vill han fråga, men hejdar sig, vill inte låta som en papegoja, trevar bland alla frågor som plötsligt infinner sig, väljer en ur högen, inte mindre enfaldig än nån annan: Om vadå? För han anar det värsta, att det är han som ska analyseras.

Allt möjligt. När jag mår... Jag kan vara lite nere ibland, förstår du. Hon harklar sig. Vi kan väl höras senare? Jag måste fixa en sak nu.

Han vågar inte fråga mer. Måste fundera över vad de här korta satserna betyder. Må dåligt. Prata med terapeut. Fixa en sak. Vad är det som händer? Han önskar att han haft nån att rådfråga, finna stöd hos, vägledning, ja, vägledning är vad han behöver för det han är på väg att ge sig in i.

De lägger på. Han står där i telefonkiosken och förbannar sin velighet, att inte kunna säga ifrån, med en gul scarf lysande som en semafor om halsen.

DETTA ÄR VÅREN DÅ de reser till Stockholm. Naturligtvis är det KL som arrangerar bussresan och som försäkrar Johan och Traktor platser ombord. Studiebesök på Rosenbad och börsen är de officiella punkterna på programmet. Ingen bryr sig det blekaste om Ingvar Carlsson och den halvmesyr till ministär han skrapat ihop, men KL vore inte KL om han inte på nåt vis lyckats få besöket att räknas in i utbildningen och kvitta den mot ett meningslöst gruppexperiment som hemstannarna ska utsättas för. Nej, varenda en gör den här resan för att få se hur Gud bor vid Mynttorget. All den teori som de slagit i sig, alla kurser och börssidor som de girigt läser med blödande ögon, alla myter om hur mäklare drar in en miljon eller två genom att hoppa över lunchen för att genast bränna pengarna på glansiga kostymer och Dom Perignon, ska nu få ta kropp för dem, bli förståelig materia.

Johan och Traktor på sätena intill varann, chipspåsar, läsk och lösgodis, som sitter de på en matinéföreställning, och KL placerad framme vid chauffören med David Adam Bertil i ena handen och micken i andra, tar på sig reseledarrollen fullt ut, guidar resenärerna på vägen ut genom Lund, fortsätter med anekdoter och berättelser och i höjd med Alvesta får han hela bussen att mangrant stämma upp i Var nöjd med allt som livet ger, och när Linköping passeras har han fått upp ångan rejält och hunnit med Jag vill va' som du fem gånger, i stämsång.

Men vänta nu lite. Det här går inte längre, att hålla på och gömma sig bakom tredje person och låtsas som ingenting. Vilken jädra maskerad. Så här enkelt ska Johan, jag, inte komma undan, genom att klä ut mig till hovnarr. Jag har varit så jädrans feg att jag hoppat över hela mellanregistret, som om det inte betydde nåt, gått direkt från skam till glam.

Vi ger oss inte. Vi börjar om. För dagarna mellan jul och nyår går inte att skämta bort eller runda i ett försök att ta en annan väg. Jag måste igenom dem.

Efter två nätters intensiv samvaro med Pernille återvänder jag till mitt eget rum, ett vrak som spolas upp på land efter storm, sönderslagen drivved. Hinner inte mer än inom dörren förrän telefonen ringer, ihärdigt, och den ringer ta mig fan hela tiden, medan jag duschar, rakar mig, tar på mig rena kläder, försöker få en blund. Jag står inte ut med det eviga ringandet. Varför håller hon på så här? Jag slänger ner några ombyten i en väska, toppar den med tandborste och deo. Jag ger mig av, nickar ett kort hej till både hälsning och avsked till den andäktiga församlingen i köket (Vad är det med dem? KL gör sånt här hela tiden utan att nån lyfter blicken), Anna och Sofia, Annika och Traktor, och Lisette som jag får syn på längst in vid bordet med en förskrämd uppsyn. Kan ju tänka mig vilka ruskigheter Traktor har dragit fram ur hatten från vår kväll tillsammans för att ställa sig själv i bättre dager. Han har en fråga på läpparna, han har ett helt frågebatteri i blicken, men jag ger honom ingen chans.

Så länge jag intalar mig att detta enbart är ett ställe som jag hämtar ut förnödenheter från, ett truppförråd, känns allt rimligt kontrollerat, jag ligger ju i fält, vid fronten, om man bortser från magvärken och diarrén (vilket så klart inte kan bortses från, givet förutsättningarna i det här fallet), som jag envisas med att skylla fyllan för, fastän det var två dagar sen alkoholen gick ur blodet.

Men så kommer jag på att jag borde ha med mig en bok också, och några andra småsaker som man aldrig behöver men alltid saknar när de inte är med, t ex schweizisk armékniv och kalender, och jag återvänder till rummet. Där telefonen ringer.

Jag låter den ringa. Åtta signaler. Två minuters vila, därefter åtta nya signaler. Två minuter. Åtta signaler. Som intervallträning. Mjölksyra och adrenalin. Fysik och psyke. Obetalbar träningsmetod, smärtsam.

Men så infinner sig tanken på om jag själv skulle vilja bli behandlad så här.

Absolut inte. Det är vidrigt. Jag skulle vara helt förstörd. Bara att lyssna på signalerna som går fram i andra änden vore tortyr.

Nu gäller det inte ljudet. Varför gör jag detta mot min flickvän?

Flickvän, jag vet inte –

Nu ska jag inte försöka slingra mig. Hon är fortfarande min flickvän. För bara nåt dygn sen låg jag tätt tryckt intill henne med en hand om hennes bröst och önskade att ögonblicket skulle vara för evigt.

Jag vet, jag vet. Jag har inte mått så bra på sistone. Jag har behövt betänketid för att veta vad jag tänker och tycker och vad jag ska göra.

Tänka och tycka, så typiskt akademikerpjoskigt att tvehågset älta å ena sidan och å andra sidan och inte genast kunna fatta ett beslut. Så typiskt mig, att inte våga ta ställning, utan bara föras med. Vad har jag kommit fram till nu då?

Jag vet inte. Ingenting, än.

Men se då till att svara! Så att du får nånting *gjort, din arma fegskalle! Du vet precis vad du måste säga och göra.*

Hallå?

Var har du varit? Jag har ringt hundratals gånger!

Har du? Jag har läst. Är du tillbaka nu?

Jag har varit här sen i går! Jag har ringt och ringt!

Hennes röst är ömsom skyddslöst bräcklig, ömsom krävande bestämd. Jag gör vad jag kan för att låta neutral, medkännande, och att inte se henne framför mig. Det är förstås dömt att misslyckas. Det enda jag tänker på är hur hon måste må och hur hon sitter där med luren tryckt mot örat och måste få ur sig allt hon byggt upp inom sig under timmar av ringande, hon som jag förrått, svikit, betett mig för jävligt mot. Jag måste igenom detta nu.

Jag har ringt dej också.

En gång, ja. För fem dar sen!

Ni spelade Monopol. Jag ville inte ringa och störa mer.

Nån gång kunde du –

Är det verkligen fem dar? Är det inte fyra? Gråter du?

Men jag vet så klart att detta bara leder längre in i en återvändsgränd och det är där jag allra minst vill hamna nu, för då kommer all tid att gå åt till att ta oss därifrån, i stället för att komma vidare, bort från detta för gott, så jag ändrar strategi.

Jag kan komma över nu, om du vill.

Nä, tänk för att du inte kan det. Vi har massor att fixa med till nyårsfesten. Men du kan komma i kväll.

Vid nio, eller strax efter, lovar jag komma – och går och lägger mig, för att fördriva tid, vila mig i form, men inte blir det nån vila att tala om nu, det blir mer magbesvär, rusningar till toaletten. Jag travar runt som en galopphäst som inte vill in i startboxen. Jag tar upp Fåfängans fyrverkeri. Har inte läst en rad sen juldagen. Naturligtvis går det inte att läsa nu heller.

Sent på kvällen, så sent att det inte kan bli senare utan att kvällen övergår i natt, traskar jag genom stan mot Winstrupsgatan. Jag har ringt och förvarnat om förseningen, två gånger – det är betydelselöst, men demonstrerar att jag är kapabel att ringa. Snön har fallit så rikligt de senaste dygnen att plogbilarna är ute och plöjer vallar. Jag drar rocken om mig, det finns inte en gnutta James Deanskt kvar i den här kroppen, som fryser och huttrar.

Helena möter mig nere i porten, med gåshud och bister min, som om hon misstänker nåt (det gör hon, hon har alltid varit steget före mig, det gör inte den här stunden enklare för nån av oss, men vi håller i alla fall god min). Hennes kortärmade tröja är svettig, ansiktet blankt, håret snoddat i en tofs, men det är inte därför jag undviker den obligatoriska portkramen. Ordlös följer jag henne uppför trappan.

Jag har vuxit en aning de senaste dagarna, men ryggen är fortsatt kutig som en biskopskräkla, huvudet hänger som ett slaktdjurs, när vi kommer in i våningen som har tokpyntats med girlanger och färgade lampor och en diskokula som hyrts av en evenemangsarrangör. En tandlös kärring som spökats ut till tonårig discohoppa. Som om inte det vore nog står Orup på i stereon och gapar för full hals, så högt att vi får ta i för att överrösta honom.

Här var det sej inte likt, öppnar jag, och kommer därmed snett från början. Får en blick från Helena som betyder att jag borde ha vett att vara tyst om jag inte har nåt bättre att säga. Vilket hon har helt rätt i.

Lisa står på en köksstege i serveringsgången.

Hej, Johan. Haft en bra jul i Kalmar, hörde jag.

Jodå. Jag pressar fram ett leende. *Har Helena inte sagt nåt, eller övertalat väninnorna att låtsas som ingenting? Det man inte vet, mår man inte dåligt av.* Toppen.

Katarina, som står nedanför och matar fram ljusslingan som ett patronband till kulsprutan, hojtar: Hur lång tid tror du tre kilo rostbiff behöver i ugnen? Jag ska hämta den hos Widerbergs i morron.

Det är nämligen planerat att vi ska ha en middag för ett tiotal vänner innan gästanstormningen. Eller var. Nej, är, för dem.

Jag rycker på axlarna. Det blir nog bra. Och till Helena: Kan vi gå in på ditt rum och prata?

Vad är det? säger hon, en av alla dessa onödiga repliker, som vi måste genomlida för att det hör till spelet.

Hon går före, jag stänger dörren efter oss. Och hon följer upp med nästa dumhet:

Det har väl inte hänt nåt, har det?

Det är då jag spricker:

Men för helvete! Kan du inte lägga av med den där förbannade småländskan du pratar? Måste du ta vartenda ord två gånger! Sen besinnar jag mig. Andas. Förlåt, det var inte meningen.

Vad är det med dej? Vad är det som har hänt, Johan? säger hon bestämt. Varför har du inte hört av dej? Är det allvarligt?

Vad tror du om jag kommer så här dags? Du får lov att gråta. Förlåt mej.

Jag tror att jag vet vad det är.

Då behöver jag inte säja nåt?

Jag vill höra det från dej.

Nä, det vill du inte.

Ja, jag är hård mot Helena, med nödvändighet orättvist hård, oanständigt hård, för jag måste vara hård mot mig själv för att klara av det här och ju mer jag får henne att avsky mig, desto mindre svårt är det.

Så många känslostadier ett samtal som detta genomgår. Ändå finns det bara en fråga att besvara, den som inte har nåt svar, den allomfattande: Varför? Det är skrik, hot, gråt, både Helena och jag gråter om vartannat, tröstar varann, och vi skrattar tillsammans, åt minnen och fånigheter och hennes urdumma småländska, innan det blir mer gråt, Helena som gråter ensam denna gång, otröstlig gråt, hulkande, tårflödande, tills det inte finns några tårar som kan flöda längre och jag inte har fler svar att ge, variationer på jag vet inte, jag kan inte säga nåt som lindrar, bara hålla om henne, hålla henne hårt och nära, så nära att jag inte behöver se henne i ögonen.

Tre timmar senare vankar jag nerför trapporna igen, med mina grejor nerstuvade i ett par pappkassar. Ut på gatan. Matt och färdiggråten. Porten slår igen med en smäll bakom mig. I samma stund är det som om jag har avlyfts all tyngd, alla skuldkänslor och samvetskval, all ledsamhet. Nej, självfallet är det inte så enkelt. Jag ljuger för mig själv. Men för en kort stund fylls jag ändå av en oroväckande lätthet, rentav en släng av eufori.

Jag har aldrig känt sån avsmak för mig själv som i det ögonblicket.

TVÄRTEMOT VAD JAG TROTT så visar det sig gå utmärkt att bråka med Pernille också. Om småsaker av ett slag som Helena aldrig skulle ha reagerat på. Hur jag trycker ut tandkrämen ur tuben, t ex, och om jag lägger den ner eller ställer den upp – vilket ger mig rätt när jag antog att det fanns en karta över hur hennes drivor med saker ska ligga, hennes kaos är en attitydfråga mer än ett utslag av slump och slarv.

Eller som dan före resan till Stockholm:

En mer eller mindre, säger hon, vad spelar det för roll. Kan du inte fråga om det finns nåt återbud?

Det är en lång kölista. Du kunde ha sagt till tidigare.

Du vill inte, säj som det är.

Det är KL som ordnat det. Och allvarligt, du vill inte resa med en samling jurister och malmönationare.

Men du ska ju det.

För att det ingår, ja. I kursen.

Så har det inte låtit på dej innan. Hon tar en stor klunk cola, glaset kvar mot läppen, sväljer och tar en klunk till. Hennes ögon är mörka. Jag kan göra annat under tiden ni gör era studiebesök. Jag har kompisar att bo hos.

Måste vi bråka om det här? Det finns ingen plats på bussen, så enkelt är det. Och innan sa du att du skulle hem till dina föräldrar över den här helgen också.

Men så klart jag hade kunnat prata med KL. Pernille har rätt. Jag har återigen klämts, hamnat emellan, i brist på stabil social och kulturell hemmahamn blir det ett ohämmat krängande, jag vill inte att hon ska träffa dem jag umgås med på korridoren och på linjen, och inte att de ska se henne som jag är förälskad i.

Kan vi inte bara vara tysta ett slag? föreslår jag.

Sexti sega mil i en skurmedelsstinkande buss genom ett landskap som talar ett helt annat språk än det vi far norrut för att lära oss. Gårdar och byar rullar förbi utanför fönstren, män och kvinnor som går på fälten för bröd och kärleks skull, oanfrätta av den nya tid som vi vistas i. Jag tänker på mormor och morfar, alla stunder i lagården med morfar, fälten och skogen där barn jag sprang, mormors biff med löksås – allting kommer tillbaka.

Och allra mest kommer tankarna på en annan resa tillbaka som jag gjorde för ett halvt liv sen, under den korta period då Folke, min far, fick för sig att göra ett slags storslagen comeback i vår banala vardag, som när han hämtade mig efter morfars begravning och vi for upp till hans etta i en hyreskasern i utkanten av Halmstad. Vår enda gemensamma sommar, vår enda gemensamma upplevelse på tu man hand över huvud taget, och vartenda minne av den färden slår ner i mig som en nödställds hugg med ispiken. Samtalet i bilen när han stannade in vid vägrenen och skulle ha ett far-och-son-samtal som utmynnade i att han konstaterade att han gjort mycket dumt som han ångrade och därtill hörde att han tagit simborgarmärket i flaskan, formuleringen var tänkt som en lustighet, för att mildra det andra han talade om, sveket mot morsan och mig, för att jag skulle tycka synd om *honom* i stället, men den kom av sig, föll platt eftersom jag var för ung för att förstå vidden av vad han talade om, och det bestående intrycket förblev i många år den absoluta närvaron i den scenen, fågelsången utanför bilen, väggar av granskog som tornade upp sig på andra sidan åkrarna, hans ton, min förlägenhet, allt var så nära och samtidigt nån helt annanstans, och nu när jag är i ungefär samma ålder som han var den gången förstår jag inget av det där samtalet, det är både bortom mig och inom mig, närvarande och på avstånd, men jag skulle förmodligen ha hållit ett lika taffligt tal om jag var i hans situation, med den skillnaden att jag lovat mig att aldrig försätta mig i den, det är förmodligen den enda erfarenheten av värde som jag gjort av samtalet och den korta samvaron med honom, ett liv med dubbla familjer, dubbla lojaliteter, dubbla kärlekar och ett från två håll söndergnagt samvete – aldrig, har jag lovat mig, för dubbelt är i det här sammanhanget lika med noll, ett ingenting, och att man kläms i mitten därför att man satsat stort i ett spel som bara leder till förluster och gör alla till förlorare, men det senare är som sagt tankar som drabbar mig ytterligare tjugofem år fram i tiden och inget som i överdrivet hög grad bekymrar mig när minnena av min far väcks till liv på E4 i en buss på väg upp till den plats på jorden där en insats på morronen innebär dubbel avkastning på kvällen, att kvittera ut i kassan minuterna innan handeln stängs och skärmarna släcks för dagen.

Som en ljudmatta till dessa tankar KL:s evinnerliga "stämningsskapande" Djungelbokssånger, och i de korta luckorna då han inte sjunger berättar han vitsar eller övertalar av ren elakhet chauffören att spela sina favoritkassetter, som uteslutande innehåller Brogrens och Wizex.

Traktor ser med kännarmin ut över odlingslandskapets skiftande karaktär och kommenterar grödor och markkvaliteter, hela vägen upp till Gyllene Uttern, där det är lunchstopp. Efter en skamlöst dyr kopp kaffe med äggmacka fortsätter resan, men inte långt, för nästa halt är i Gränna, där en hel busslast med framtidens beslutsfattare, näringslivstoppar och juridiska högdjur väller ut för att köpa polkagrisar som de kan sitta och suga och smacka på under resten av färden.

När vi äntrar bussen igen har KL försett Traktor och mig med varsin öl. Han har råd att vara storsint. I egenskap av den självpåtagna rollen som reseledare har han ätit gratis på Gyllene Uttern och inte försuttit tillfället att beställa in det bästa han hittade på menyn.

Jag har hunnit ringa till Pernille från vägkrogen. Ingen svarade. Hon måste redan ha hunnit ge sig iväg till Ystad. Det hade ändå varit rätt skönt att ha henne bredvid sig nu. Detsamma ser Traktor ut att tänka, om Lisette, fast i hans fall har problemet varit det omvända. Han har inte lyckats övertala henne att följa med.

Kolla tröskan där, pekar Traktor ut genom fönstret. Vet du vad en sån kostar?

Vi skålar.

Den är ljummen, konstaterar han om ölen. Jag ska se Globen också. Lätt.

Ljummet är också besöket på börsen. Långt ifrån den begeistrande upplevelse som vi föreställt oss. Vi ser några lönnfeta, tristklädda medelålders män lubba omkring med papper i händerna, men var är the action? Tja, inte i det här huset i alla fall.

Skönt att veta det, konstaterar Sofia när vi står ute på Mynttorget. Det var den tråkigaste samling män jag sett.

Sverige har varit med om tidernas hausse, klippare står i kö i tevestudiorna för att berätta om sina senaste ”affärer”, det finns inte en svensk som inte sätter allt hopp och alla besparingar i aktier och fonder och drömmer om att få samma tillväxt som en gammal SJ-gubbe som gnetat och sparat hela sitt liv för att bli rikskändis som stinsmiljonären – och så är stämningen i själva epicentrum för detta folkliga vansinne mer avslagen än på en nyårsdag. Inte en enda Porsche med parkeringsbot är synlig heller, den ena klichén efter den andra om det stockholmska finanslivet förvandlas till bittra besvikelser. Och värre ska det bli.

På det stora hela urartar Stockholmsvistelsen, blir till ett pärlband av nederlag. Riksdagsbesöket ska vi inte tala om. Inte en enda politiker av rang syns till, ingen ”världsmästare i ekonomi”, den diktande finansministern, ingen statsminister Carlsson med en handflata av plast med texten ”Rör inte min kompis” på kavajslaget, ingen moderat Björck som skjuter fram hakan och är arrogant på ett vis som bara kan applåderas och göra honom till gunstling i ett land som Sverige där en hämmad framtoning lika mycket utgör ett nationellt karaktärsdrag som ett trauma. Det enda vi ser, till ingen nytta, är några vackra salar och den ombonade andrakammaren, innan vi förevisas den överraskande lilla kammaren som känns igen från teve med den intetsägande tråkgråa vävnaden bakom talmannapodiet som är tänkt att symbolisera Sverige, svenskhet, och förmodligen gör det kongenialt också med sin brist på färg och intensitet. Ljusa träslag som på ett korridorrum eller en offentlig förvaltning med hårt nedskurna budgetanslag, just så ämbetsmannatrist som man kan förvänta sig. Så det är här framtiden klubbas? Jaha.

Avstånden är grymma i den här stan. Tar en evighet att gå från ena stället till det andra, för tunnelbanan känner vi viss skräck inför, vi är ju inte sämre rustade för den här trippen än att vi läst på, om väskryckare, knarkare och tiggare i drivor, även om jag som tillbringat så mycket tid på Smålands borde vara förberedd på att möta det klientelet. Redan när vi kastat in vår packning på den gamla skutan af Chapman, som byggts om till vandrarhem och där Traktor, KL och jag ska dela en fyrbäddshytt därför att det inte fanns fler rum på hotellet där de övriga ska bo, och vi skyndar vidare mot McDonald's, redan då är det som att vandra i sirap, eller som Traktor uttrycker det, att pulsa med stövlar i novemberlera.

Jag fastnar med fötterna i gatstenen, rör mig i ultrarapid, som en idrottsman ständigt repriserad i slowmotion, tills jag kommer underfund med varför. Överallt är det mänskor, trångt av folk som bufflar sig, en framvällande massa, elefanthorder som trampar fram, och hemligheten är att de har en annan utväxling i steget, de skuttar fram med långa kliv, alla ska hinna med tåget, de till och med pratar snabbare, och börjar gå ifrån innan de pratat klart, lämnar kvar halva meningen hängande i luften efter sig när de skyndar vidare. Det är därför vi inte förstår varann. Det har inget med dialekt att göra.

Vasaru?

Jag upprepar beställningen:

En Big Mac med pommes och cola.

Med ryggen mot mig, redan på väg mot det rostfria tråget där burgarna åker rutschkana:

Va?

Vandrarhem lockar inte, men fördelen är att det är billigt, och det är trots allt bättre att lägga pengarna på hårdvara, så på kvällen gör vi oss i ordning genom att duscha i en märklig kabyss där golvet lutar mer än på Vasa när det förliste och får allt vatten att slå upp i vågor mot ena väggen. Vi trängs mellan våningssängarna för att byta om. Klär oss i det finaste vi har.

Vi promenerar från Skeppsholmen till Kungsträdgården, där KL som tagit ansvar för fältövningen förutseende nog bokat bord på Victoria. Vi blir placerade långt in i den ödsliga lokalen och får tjata oss till ett annat, vid fönstret med utsikt över parken. Enda övriga sällskapet sitter tre bord bort, en äldre solbränd herre i gul kavaj och med skjortkragarna utslagna som flygplansvingar konverserar majestätiskt två hårdspacklade blondiner hälften så gamla som han, dubbelt så gamla som vi, två solariesvedda, åldrade golddiggers med släta kinder och så djupa kråksparkar kring ögonen att det skulle gå att smuggla diamanter i dem. De dricker champagne och skrattar så högt att vi måste skruva upp våra röster ännu ett snäpp, vi som precis fått upp Stockholmsvolymen. Men märkligast är ändå att betjäningen hela tiden hänger runt deras bord, medan vi inte förmår få kontakt med den.

Först när en kvartett amerikanska turister anvisas bordet intill oss blir det fart på servitrisen. När gammelhingsten och hans två hesa ston är inne på sin tredje flaska bubbel utan att nån mat ännu synts till på deras bord, landar ett möhippegäng på vår andra sida. Eller är det verkligen en möhippa? Vi är tveksamma. Hon i mitten kanske *ska* se ut så här. Är det en *hon*? Vi är ju i metropolen. Allt kan hända. Luften är fri. Och för övrigt är det här stället inget märkvärdigt.

Servitrisen dröjer en evighet med notan, och inte kan hon räkna heller när vi ska splitta, först efter att ha hämtat en miniräknare och lagt gott och väl en kvart på att utföra additioner och subtraktioner kommer hon fram till på kronan samma summor som Traktor genast föreslog. Vi får småspringa därifrån, för nu är det bråttom.

Alla rykten vi hört om de hårdgranskande vakterna på Café

Opera som sållar de köande – och så finns här varken vakter eller kö. Jo, några bastanta typer står och limmar på tjejen i garderoben och lägger inte märke till oss när vi glider in. Till en nästan tom bar.

Ett antiklimax – som räddas av att bartendern är vaken.

Vad ska ni ha, killar, det vanliga?

Och medan han tappar upp tre stora stark:

Hörde ni? gläds KL. Vi är stammisar på första vändan!

Så när vi får våra öl:

Hur visste du…?

Med ryggen mot oss: Vasaru?

Hur kunde du veta –

Det syns. Jag lovar.

Det här stället är verkligen magiskt. Rakt in utan problem, kända i baren, vän med bartendern. Fullständigt magiskt. Vi hänger vid den långa bardisken, armbågarna lutade mot disken, ryggen i en självgod båge. Här är inte bara magiskt. Här är folktomt också. Inte många ätande vid borden, och de fåtaliga som står i baren är skamlöst dressade i jeans och tröja, ser knappast ut att ha en helkväll, snarare som avslagen öl i sliten denim, stämning som om hemmalaget förlorat.

Innan vi tömt glasen har bartendern fått fram nya öl till oss, och i takt med att nivån i dem sjunker blir det allt svårare att dölja vad vi lite till mans frågar oss om vad det är som gör det här stället så storslaget, inte en endaste kändis syns till förutom en tjej som är ganska lik Jannike Björling bakifrån och en man som skulle ha kunnat vara Janne Schaffer om han inte vore kortklippt och bär mustasch.

Vi dricker ur, gör ett tecken till vår vän på andra sidan disken att det räcker nu, vilket han bekräftar med en stilla nick, tar betalt, får ohållbart mycket dricks, och vi står en stund och blickar ut över den bedrövliga lokalen – nu är vi här, vad som än händer härefter kan vi komma hem och säga att vi har hängt i baren på Café Opera, vi har gjort Stockholm, vi kan återvända hem med förrättat värv, korståget en framgång, om vi bara finge se en hårlock av en kändis så hade helgen varit fulländad – tio minuter senare beger vi oss därifrån. Klockan är ändå halv tio och vi kan inte kasta bort hela natten här.

Tidig afton, killar? säger ena vakten, ännu stadigt förankrad vid garderoben.

Dåligt sug i kväll, svarar KL.

Va?

Vi driver runt i Gamla stan, i brist på annan sysselsättning äter vi korv med mos inrullat i tunnbröd från en servering i väggen, en kombination vi enas om att ”Bögen i backen” måste tipsas om, dricker mer öl på en pizzeria med Gianna Nannini i högtalarna. Känns på nåt vis ljummet, hela stan. Vi försöker fördriva tiden tills det är så sent att vi kan återvända till af Chapman och lägga oss. Men så råkar vi förvilla oss bort, och hittar stället, våra drömmars ställe i våra drömmars stad.

Strömsborg är för fullvuxna, vår klädsel tas på allvar och vi kan tala med folk, för nu har klockan blivit så mycket att vi inte behöver häcka ensamma i baren, och jäklar vad tjejer här finns att prata med, tjejer som förstår vad vi säger och inte genast vänder ryggen mot, tjejer som pratar begripligt, dalmål, helsingborgska, norrbottniska, medelpadska, gotländska, till och med göteborgska låter ljuvligt i våra öron! Tjejer som bor i förorterna eller i tredje hand i innerstans minsta skrubb, nyss inflyttade och i avsaknad av brådska och förnämitet.

Vad är klockan? Jag flashar min oblattunna klocka som morsan fick i present av företaget och trots Monikas protester om orättvisan i det gav vidare till mig och som nu gör sin första tur utanför boxen den levererades i. Tiden får bli referenspunkt.

Kl 22.30 är KL på ett underbart, strålande humör, äger världen. Beställer in tequila knack till oss och tre tjejer av blandat ursprung.

Du är inte från Kalmar, va? frågar jag den ena.

Hur kunde du veta det?

Jag har licens på småländska dialekter.

KL bränner av sitt vassaste leende till hennes väninna, från Närke.

Du ser precis ut som Betty Blue.

Och hon, med långt blont hår och tunna läppar, smälter som kvicksilver.

Jag läser väg och vatten, säger Traktor till den tredje, från Nyköping.

Jaså.

Men han ger sig inte: Känner du till en plats som heter Koppartälten?

Varför det?

Där ska vara fint.

Nä, nu tar vi knacken! avbryter KL. Alla på en gång!

Klockan är 23.04 när jag ser Traktor dansa, fäktande med armarna, vilda svingar, par som backar undan, KL som ser ut att småjogga på stället, intill honom, med blonda Betty Blue. Nitton minuter senare stöter jag ihop med Traktor på toaletten. Han är djupt inne i ett samtal om nåt som rör en matematisk princip med en äldre man som står ostadigt svajande med halvslutna ögon och ideligen petar Traktor i bröstet med pekfingret och upprepar Nobelpriset, Nobelpriset.

23.45 är KL försvunnen, jag har dansat med åtskilliga, två danser i stöten innan de tackar för sig, och närmar mig Traktor som slagit sig ner bland några tjejer i en av sittgrupperna.

Vet du var Koppartälten ligger?

Aldrig hört talas om dom.

Vid Haga.

Varför frågar du om du vet var det är?

Där ska vara fint. Tänkte om ni har lust med en utflykt i morron.

Du, jag öppnar kassan klockan nio.

00.12 sammanstrålar KL och jag för en välbehövlig stärkare.

Vilket ställe, va! Som slabb fast med klass!

Hur går det?

Det är dubbeltumme hela vägen!

Det är då Traktor kommer fram till oss: Jag drar nu.

Nu?

Jag är trött, och ska stiga upp tidigt i morron bitti. Jag tänkte se Koppartälten.

Du vet ju inte var dom ligger, säger jag.

Killen i garderoben visste vilken buss jag ska ta. Och så vill jag se Globen.

Vi har ju inte gjort nåt annat hela dan än sett den svullna golfbollen! Hur kan du ha undgått den?

KL dansar, jag dricker. Han får med sig ett nytt fynd till baren, de ställer sig långt ifrån mig, och han beställer färgglada drinkar, shots med likörer i lager som en regnbåge.

Men jag ger upp, Traktor hade rätt, varför ska det alltid vara så förtvivlat svårt att lägga av i tid? Klockan visar 00.42 när jag går därifrån, ser KL dansa igen, hängivet, och tjejen ser ut att vara absorberad av hans trollkonster.

Just i den stunden då jag kommer ut från diskoteket och möts av den friska, kyliga luften känns Stockholm som min stad, med ljuset över Strömmen, trafiken på avstånd på matarlederna, vad som helst kan hända – jag måste ha nåt att äta igen, och på kajen står en korvgubbe beredd att stryka senap och drössla rostad lök över en tjock grillad med bröd.

Johan!

En ljus tjejröst. Bekant och samtidigt alldeles främmande. Här? Från några meter bort, från en annan del av universum.

Johan!

Birgitta?

Birgitta, min gamla klasskompis, den ständigt uppdykande fotnoten i mitt tidigare liv, i hennes tidigare också, för hon är alldeles uppenbart en annan än den städade familjeflicka jag får upp på skärmen när jag tänker på henne, Birgitta diktläserskan från klassens julspel, Birgitta som låg bredvid mig och Cissi i sängen och hånglade med Lasse, Birgitta som råkade bli förstagångssexet på en högstadiefest i en villa i Husie som urartade.

Birgitta knappt igenkännbar nu. Hon har blivit så urban, med svarta jeans och skinnpaj, långt hår och vass attityd. Har hon inte blivit lite spansk i flabben också?

Vad gör du här?

Jag bor här. Och du?

Visst är hon mer stockholmsk, hon har återuppfunnit sig själv, det är en på alla sätt och vis tuffare och mer råbarkad Birgitta som står framför mig.

Vi är ett gäng som åkt upp för att festa lite.

Och det har ni gjort här?

Står hon och skrattar åt mig? Är rollerna från skolan ombytta?

Nä, för sjutton. Vi var på Café Opera. Jag blev bara sugen på en korv. Du också?

Vi är på väg hem. Hon nickar i riktning mot höjden på andra sidan vattnet, och mot tjejen hon haft sällskap med och som blivit stående fem meter bort. Vad har du för dej nuförtiden?

Jag pluggar i Lund, säger jag med munnen full av wurst, för jag vill äta innan den kallnar. Hur länge har du bott här? Vad gör du?

Birgitta?

Det är tjejen bakom, helt svartklädd hon också, börjar bli otålig, börjat gå en bit.

Vi är på väg, säger Birgitta vänd mot mig. Du kan väl höra av dej om du kommer upp fler gånger.

Hon skriver sitt telefonnummer på min servett, ger mig en hastig kram, är försvunnen i natten.

Korven har förstås ändå kallnat. Jag kastar den. Börjar promenera längs kajen, tillbaka ut mot Skeppsholmen, jag vill vara upp hela natten och upptäcka den här stan under den gråmulna himmel som bara släpper igenom enstaka stjärnljus. Det knastrar under skosulorna. Jag gör en avstickare över bron till Slottskajen och går en runda runt slottet. Jäklar, vad stort det är, tar en evighet att runda, dessutom går jag med några tiotals meters lucka till den bastanta muren därför att de stackars acnebeströdda pojksoldaterna som tvingats fatta posto vid kurerna för att försvara kung och fosterland med köldstela fingrar om sin AK4 ser så skräckslaget kommandostyrda ut att jag befarar att de ska vara klåfingriga och fumla med avtryckaren om jag kommer för nära.

Uppe på Slottsbacken blir det halt. Kan en vårnatt vara vackrare? Jag ser ut över Skeppsholmen och Strömmen och därbortom skymtar Nybroviken, i det mörka vattnet speglas ljusen från alla håll, överallt glittrar och blänker det och strålar varmt av ljus. Det är frostkallt och jag fryser. Det kan kvitta. För jag tänker, exakt i den här stunden, att så här vill jag bo, så här vill jag leva, i en storstad, i den här stan.

Jag har fått med mig telefonnumret till Pernilles föräldrar. När jag ringer efter frukost är det mamman som svarar, på en bred, trygg skånska.

Jaså, är det du, ja dej har vi hört talas om.

Det låter som en anklagelse. Jag gör ett nytt försök:

Kan jag få prata med Pernille?

Då får du allt ta och ringa henne.

Är hon inte där? Hon sa hon skulle åka hem över helgen.

Sa hon? Jaha du. Nä, här har hon inte visat sej. Och inte har hon sagt nåt till mej eller pappa heller.

Det blir den längsta hemresan i Johan Krafts liv. Vid vartenda stopp är han av och petar enkronor i myntautomaterna. Ständigt med samma resultat: oändliga serenader av signaler som går fram långt där nere på Smålands.

Ta det lugnt, säger KL tröstande. Det ordnar sej.

Lätt för dej att säja, svarar jag.

Och apropå KL, så hur var hans fortsatta nattliga äventyr? Ja, låt oss konstatera att han aldrig utnyttjade sin koj.

In med väskan på rummet, ett kvickt hej till Annika och Anna i köket som vill veta allt om resan men inte får sig mycket annat till livs än ett kort bra, av mig som hastar iväg efter ett nytt fruktlöst telefonförsök, av Traktor som har lika bråttom att komma i kontakt med Lisette, av KL som genast stupar i säng, höll på hemvägen humöret uppe ända in i kaklet med allsång och vitsar och tystnade inte förrän bussen rullar över Lunds kommungräns, först när Sofia duschat och bytt om får de hennes version av helgen:

Nä, nån börsmäklare blir det inte, hur rik han än är. Man vill ju ha kul också.

Det är tänt i Pernilles rum på andra våningen. Men ingen öppnar hur mycket jag än knackar. Teven står på, låter det som. Ingen annan syns till på våningen.

Jag hittar henne på pizzerian. Ensam vid sitt vanliga bord. Framför sig har hon ett urdrucket glas vin och en halv calzone som ser ut att ha legat där så länge att en obducent skulle behövas för att fastställa klockslaget för rigor mortis. Hennes blick saknar all förvåning när jag kliver fram till henne, hon reser sig, slänger sig i min famn, ger mig en innerlig kram, kyssar.

Välkommen hem! Hon tar min hand, leder mig till bordet. Jag har längtat efter dej. Hur har du haft det?

Det hade varit roligare om du varit med, säger jag, överrumplad av värmen som strömmar mot mig. Jag gör ett försök att låta myndigare: Jag har ringt dej, och till din mamma.

Hon tittar på mej. Har du ringt hem?

Vad är det som inte stämmer? Hennes ögon ser större ut än annars, som om hon bytt till starkare glas i bågarna, stora förundrade ögon, med en blick som vilar stilla på mig, uttryckslös, väntande. Pratar hon inte långsammare också, eller är det verkligen jag som är förändrad efter att ha vistats i en annan dynamik?

Du gav mej numret.

Gjorde jag?

Din mamma visste inget om att du tänkt resa hem. Till mej sa du att ni hade bestämt.

Det blev ändrat, säger hon lugnt. Jag hade ingen lust. Spelar det nån roll?

Vad har du gjort i stället?

Lena har precis gått.

Pernille lägger tobak och filter på plats i rullaren, börjar meka en cigg, låter det ta sin tid, och jag har inte hjärta att avbryta henne, fascineras av hur vant hon arbetar med fingrarna och samtidigt kan dra ut på ett par, tre enkla manövrar i en evighet under vilken hon inte finns för omvärlden.

Men hon tänder inte ciggen. Börjar i stället rulla en ny, omständligt och tidskrävande, pillar med tobaksflingorna och pappret.

Mår du bra? frågar jag.

Vill du ha nåt att äta?

Nä, jag har ont i magen av polkagrisar. Men vem är Lena egentligen? Varför har jag aldrig träffat henne?

En kompis bara. Du skulle gilla henne.

Men på bordet finns ingen annan tallrik än Pernilles, inget glas med läppstiftsmärken och inga använda bestick, inte ett enda tecken på att här suttit en annan mänska. Tre orörda kuvert väntar på sitt sällskap.

Och terapeuten? säger jag utan att veta vad jag bör säga mer. Eller hur jag ska närma mig det jag vill veta om hennes terapeutiska behov.

Vad är det med henne?

Har du behövt träffa henne igen? Är det hon som är Lena?

Jag träffar henne varje vecka, förstår du. Men inte på helgerna. Måste du fråga så mycket?

Det måste jag inte, om detta. Terapeut är ett nytt ord i vokabulären, ännu med samma klang som schaman, healing och Uri Geller, för detta händer innan nollnolltalet som gör KBT och psykologer till det nya svarta och den ena efter den andra kommer ut ur samtalsgarderoben och berättar öppet om sina timmar över lunchbord, middagsbjudningar och trädgårdsfester, blir ett ämne att kallprata om på samma vis som väder, kläder och barnens friskolor, och jag är dessutom från ett område där problem av den här arten inte existerade eller hade ett namn, med undantag för Cissis föräldrar som båda var överläkare på psyket, men så flyttade de också ifrån Borgmästargården så snart den värsta sjuttitalsvurmen för arbetarlivets skönhet var överstånden.

Massimo kommer fram till bordet.

Jag ska inte ha nåt, säger jag.

Ska vi gå? säger Pernille. Och till Massimo, med troskyldig blick, som väntade hon sig att han skulle säga nåt först, vilket han inte gör, så hon: Kan du skriva upp det. Jag har inte...

Han nickar bekräftande.

Jag kan lägga ut så länge, säger jag, och jag tror att jag gör det för att jag vill komma därifrån, för det är nåt med Pernille som jag inte förstår och som jag känner på mig att vi inte kan prata om här.

Ska vi ta allt? frågar Massimo.

Ja, gör det, svarar Pernille. Till mig säger hon med sin lugna, långsamma stämma, som är så vän att det är omöjligt att bli arg på henne eller ta illa vid sig: Du får av mej sen. Har du?

Notan som anländer är av en sån omfattning att hon måste ha suttit förankrad här sen jag for, och inte dragit sig för att beställa. Men nu är det för sent att stoppa undan plånboken. Jag räcker Massimo mitt bankkort och bestämmer mig för att inte kommentera summan, eller erbjuda nåt liknande igen.

Ska vi gå då? säger Pernille, när jag fått kvittoslippen.

Vart?

Till mej, tänkte jag.

Hon trycker ut bordet med båda händerna, håller kvar om skivan som stöd medan hon reser sig.

Oj, jag blev alldeles yr. Kan du hålla mej?

Jag lägger en arm över hennes axlar, vinkar avvärjande till Massimo att vi har det under kontroll, och hon lutar sig mot mig, vi går ut.

Borde jag ha förstått nåt redan då?

BIRGITTA LEVER PÅ HÖJDEN. Har allt sitt bohag staplat i hyllor och lådor upp till det gulnade, krackelerade taket. Gör troligtvis fler vertikala förflyttningar än horisontella under en dag, där hon far upp och ner på en köksstege varenda gång hon behöver nåt, t ex en uppdaterad klasslista som hon fått från ett eventföretag som velat sälja in en återträff för vår grundskoleklass, en lista som jag också fått, och kastat, och där det går att läsa att tre fjärdedelar av klassen bor kvar inom en radie av två kilometer från vårt uppväxtkvarter – och hur skrämmande är inte det?

Ändå har hon lyckats få arkivet riktigt hemtrevligt, med soffa under våningssängen och ett minimalt skrivbord uppskjutet mot fönstret in mot gården. Eller soffa kanske är att överdriva, en konstruktion med lastpallar på vilka skumgummistycken lagts ut under ett rödsvartrandigt tyg som nitats fast med häftpistol, och där jag ska sova den här helgen då jag åter rest upp till Stockholm.

Jag är glad att ha hittat nåt, kommenterar Birgitta sina femton kvadrameter högt upp på Skånegatan.

Hur länge har du bott här? är det första jag förfärad får ur mig.

Jag flyttade upp direkt efter gymnasiet.

Här, menar jag.

Snart två år. Innan bodde jag hos olika kompisar. Och på lite andra ställen.

I tredje hand, i två år? Skojar du?

Det är egentligen inte riktig tredje hand. Det är inte jag som hyr.

Så du bor hos hon som hyr i tredje hand?

Det är en han.

Detta är att få sina drömmar körda i halsen. Handen på hjärtat, skulle jag kunna tänka mig att bo så här trångt, med prylar överallt och tillfälliga, bristfälliga lösningar? Så klart inte. Är detta innebörden av att flytta till Stockholm så är stan inget för mig. Jag skulle aldrig stå ut med denna asketism och statarlika tillvaro, fattigmansliv förklätt till frihet, det är ju för fasen ett steg tillbaka, ett långt steg tillbaka från Borgmästargården, som vi båda på olika vis velat spränga oss loss från, men jag vill ju inte bara tillryggalägga avstånd för dess egen skull, jag vill till nåt bättre.

Birgitta jobbar i en klädbutik i en källarlokal med så hög hardcoremusik att man får hörselgångarna rensade av bara farten, svart och läder hänger på galgarna, stora silversmycken i glasmontrar, när jag kommer dit direkt från tåget med min skotskrutiga resväska i näven för att hämta nyckeln till lägenheten.

Snygg, säger hon om mockajackan.

Vad tycker du om scarfsen då?

Är den inte lite för gul? Och din flickvän, var är hon?

Hon var tvungen att stanna hemma för en grej.

Vad det är för "grej" som Pernille ska göra undrar jag också, för tanken var att vi skulle åka upp tillsammans, bestämde jag genast efter att jag kom hem från första trippen och letade upp servetten med Birgittas telefonnummer i fickan, men i morse kom Pernille på att hon "behövde tid för sig själv", det var åtminstone hennes förklaring när hon ringde strax innan tåget skulle avgå och meddelade att jag fick kliva ombord ensam.

Synd, säger Birgitta. Men då blir det mer plats till dej.

Och det visar hon sig ha rätt i.

På kvällarna går Birgitta en tillskärarkurs, har börjat "designa" kläder för nåt litet märke jag borde men aldrig har hört talas om. Hon visar skjortor och byxor, en klänning. De skiljer sig inte nämnvärt från alla andra skjortor, byxor och klänningar jag sett.

Jag visste inte att du var intresserad av sånt.

Hur skulle du kunna veta det? Eller nån annan. Ingen frågade nånsin mej vad jag ville.

Ingen frågade mej om jag var intresserad av juridik heller.

Nä, det var en riktig överraskning. Att du skulle bli nåt. Du var väl aldrig nåt ljushuvud i skolan.

Helylleflickan Birgitta är på väg ut ur skuggan och har med sin flytt sexti mil norrut lyckats med det ingen kvarstannare klarat lika galant, hennes aura av oåtkomlighet och mystik kommer att tillta, det är runt henne det händer, vilket hon omedvetet kommer att utveckla till en särart och därför får vara med om såna saker som att plockas upp av Springsteen i hans van på väg till konserten eller några år senare bjudas på whisky av Michael Hutchence när han råkar slå sig ner bredvid henne på en bar i the Village, halvtannat år innan han ströp sig, händelser som det står ett skimmer om, en uppdaterad version av prinsessdrömmarna för det sena 1900-talet, med det undantaget att det enda område som det inte händer nåt av bestående karaktär på är kärlekens, männen vandrar in och ur hennes liv men ingen anländer med enkel biljett, och även nu när vi är en bra bit in i medelåldern och jag gör tjänsteresor till huvudstan ett par, tre gånger om året och ringer Birgitta i taxin från Bromma och vi ses över en hotellfrukost eller går ut på kvällen och äter middag på Gondolen, så tillstår hon aldrig nån enda gång att singellivet skulle vara till besvär eller bekymra henne, hon pratar fortfarande hoppfullt om möjligheterna att träffa den rätte med samma förväntansfulla röst som när hon var drygt tjugo, och hon får det att låta som om det skulle ske just i kväll, ryster på sitt axellånga hår som fått gråa strån som enbart förstärker hennes attraktion, och jag håller igen på redogörelserna för barnens skolgång och träningar och familjesemestrar, vår förståelse för den andres situation och förutsättningar avtar för var gång, men vi fortsätter att träffas tack vare en ömsesidig välvilja och att vi gillar varann, enda länkar till ett fjärran då som vi är för varann och förenade av en sen natt i ett sovrum i ett villakvarter under våra besvärligaste pubertetsår, och det jag finner störst intresse i under våra träffar är att få höra hur hennes gravyrverkstad går, en liten firma hon startat på Bastugatan och som jag hjälpt henne med de juridiska turerna kring och vars verksamhet för en fladdrande tillvaro, beroende av hur konjunkturer påverkar företagens generositet gentemot anställda och partners, men som i alla fall nyligen gjort det möjligt för henne att häromåret köpa sin första bostadsrätt, en tvåa i barnrikehusen med utsikt mot Allhelgonakyrkan, där det enda som finns kvar som påminnelse om denna lånade tredjehandshyrda etta är den röda alternativteve som numera utgör en humoristisk färgklick intill annan sjuttitalsdesign i köket, men i ettan mest är ett makabert inslag med sina V-ställda antennspröt som man fastnar i varenda gång man passerar dörrhålet till pentryt.

Akta! Du välter teven.

Måste den stå precis här?

Bara om jag vill kunna se nåt. Är du klar?

Strax. Vart ska vi?

Jag har bestämt med några kompisar.

Har du varit på Lido? säger jag, för jag har nämligen ägnat de gångna veckorna åt en omsorgsfull research och lärt mig de rätta namnen och adresserna. Eller Ritz?

Vi brukar gå dit, svarar Birgitta avmätt, kommer ut från toan där hon tillbringat en god stund.

Vart ska vi då? säger jag som inte behöver lika lång tid där inne. Dels för att man får duscha sittande på toalettstolen, dels för att där stinker kattkiss. Ja, vad trodde ni? Bilden av Birgitta är inte komplett utan en katt, svart, egensinnig, döpt till Chaplin.

Jag har i alla fall fattat så mycket av den stockholmska verkligheten och av Birgittas remake att det inte är en kväll då skjorta och kavaj kommer att väcka allmän beundran, så jag har varit inom Hennes & Mauritz på Drottninggatan och köpt en svart tröja med blixtlås i halsen, ett plagg nästan otänkbart att bära i Lund men här nödvändigt. Jag speglar mig, och frågan är vad den får mig att se ut som, en kriminell, en postpunkare, en rocker? Nej, sorgligt nog biter inget av det, jag ser ut som en Johan i nyköpt svart tröja.

Svaret på min fråga om vart vi ska får vi i nästa bild. I den, himmelstonad, sitter vi på det fräckaste ställe jag sett, omgivna av elgitarrer och avlagda scenutstyrslar. Det är Birgitta och jag och Maria och Smulan, som båda sitter och ser urbant depraverade ut och, får vi förmoda, i likhet med Birgitta, hittat hem till sig själva. Förunderligt nog har de alla närt samma drömmar och självidentifikation och ser därför ut som tre karbonkopior på rad.

Jag vrider nacken sned för att se all rockmemorabilia. Mitt i denna museala skapelse serveras burgare stora som traktordäck av en servitris som är femti procent leende och femti procent snabba ben på vilka hon springer fram och tillbaka till vårt bord och hon kan dessutom både stå still och lyssna samtidigt och förstå vad vi säger.

Ganska tacky, avfärdar Smulan stället, det var hon som var med Birgitta utanför Strömsborg, på en stockholmska som är precis så genuin som bara den som bott här i ett och ett halvt år kan ha. Hela alltet är bara så tacky, alltså.

Birgitta bryter in, redo att försvara sitt val men samtidigt skylla ifrån sig.

Jag tänkte det kunde vara kul för Johan att se. Hard Rock Café finns inte i Malmö.

Malmö? Smulan kan pressa ur sig en gnutta aversion till. Bor du där?

Nä, i Lund.

Ett ljus tänds i hennes ena ögonvrå, som hon är mån om att snabbt släcka igen.

Händer där nåt?

Var är du själv ifrån?

Jag bor här i Stockholm.

Jo, men var kommer du ifrån?

Vänersborg.

Är inte *det* tacky? Händer det nåt där, i Vänersborg?

Efter det säger vi inte mer till varann den här kvällen. Jag äter hamburgare och pommes med osedvanlig beslutsamhet och hon, vänd åt andra hållet, petar vidare bland majskorn och tomatkvartar, fattades bara att hon är vegetarian.

Men vi ska inte uppehålla oss för länge vid det här, inte längre än till att notan är betald och dricksad, för i nästa sekvens kliver vi ut ur en taxi på Tegnérgatan och Birgitta tar mig i armen, vill veta om allt är bra.

Jodå, lite tacky, annars är det fint.

Lägg av nu, Johan. Smulan menar inget illa. Hon är bara...

... från Vänersborg? Vad är det här för ställe?

Tre Backar. En klubb.

Kön ringlar sig inte. Den har snarare formen av en kanelbulle, med rökare som döljer sina förväntansfulla anleten bakom en blasé uppsyn understödd av smink och droger och djupa drag på ciggen, de trycker sig huttrande intill varann för att hålla värmen, för att klä sig ordentligt har de inte förstånd till. Men inte en chans att vi köar. Maria, ledartyp med knähöga stövlar och dödsföraktande attityd, anför oss fram till dörrvakten, får ögonkontakt, byter några ord, släpps före, och i kölvattnet trippar hennes entourage in. Tills vakten fäller ner armen som en vägbom framför mig.

Stopp där.

Jag är med dom.

Du?

Äntligen en mänska som inte kan avfärda mig med ett vasaru och vända ryggen mot! Den här mannen har betalt för att stå kvar och lyssna på mina böner.

Ja, jag.

Du får gå en runda runt kvarteret först.

Jag har inte druckit nåt.

Just därför, svarar han. Vad ska du då här och göra?

Driver han med mig? Jag blir inte klok på mänskan. Skrattar gör han i alla fall, men bommen förblir nerfälld. Men så får jag syn på affischen på väggen, känner igen bandet som ska spela, jag har hört dem förut, på juldan på Smålands, och det var inte en upplevelse som gav mersmak.

Det är okej, säger jag till vakten, drar mig undan kön.

För vad ska jag på en rockklubb att göra? Det är inte för dess skull jag rest upp, för att vakna med rökhosta och huvudvärk från ett ställe där en sån som jag ändå aldrig kan känna sig som nåt annat än ett fjärrlån, jag är här för stans skull, så jag börjar vandra därifrån, vet inte var jag hamnat nånstans i geografin och det kan kvitta, jag vill bara gå, se, uppleva. Kommer så småningom ner till Sveavägen och bestämmer mig för att fortsätta till hörnet mot Tunnelgatan, där det ligger rosor på trottoaren, och jag blir stående en lång stund, tänker på Palme, och på morsan.

Tillbaka i skrubben på Skånegatan kan jag inte hålla mig utan kastar mig på telefonen och ringer till Pernille. Hon svarar på första signalen. Det är mitt i natten. Fullmåne.

När kommer du hem? säger hon. Jag saknar dej.

Dan efter bokar jag om hemresan.

Och vad händer med Birgitta & Co? Birgitta rumlar in i gryningen, efter att ha varit på både Lido och Ritz.

HAR DU SOMNAT, KRAFT?

Nä, för sjutton.

Du är inte med.

Är jag visst.

Ser det.

Mitt anteckningsblock är orört. Jag kastar en blick ner i KL:s, han är inne på tredje fullklottrade sidan och framme vid overheadapparaten orerar en docent vidare om nånting jag inte är fullt insatt i för stunden. Vad är ämnet?

Jag går så klart inte upp på tentan. Omtentan lämnar jag in blank. Därefter gör jag det jag är bäst på, fullpackad med koffeintabletter och mjölkchoklad: tjurrusar och tar den med spets en termin senare. Då är både den sövande docenten och den viskande dialogen med KL passerad.

Du får skärpa dej, Kraft.

Jag är skärpt.

Visst, om du säjer det så.

Hon har inte sagt nåt intressant än.

Vad pratar hon om? Du vet att det är hennes muntliga som kommer på tentan.

Tyst då, så vi hör!

Jag har tappat all sans, tillvaron har förlorat proportionerna. En mental härdsmälta av episka dimensioner. Insekten dras till ljuset. Den vilsekomne till hägringen. Jag till stunderna tillsammans med Pernille.

(Sidoscen 2: Jag kommer traskande utmed Sandgatan efter föreläsningen, på väg till Akademibokhandeln, ser Ann-Charlotte låsa sin cykel utanför AF-borgen och hur hon får syn på mig när hon rätar sig och hon ser glad ut, ler, det är åtminstone vad det ser ut som, ett leende, på väg att vinka, men just när hon ska lyfta handen och ta ett steg mot mig ändrar hon sig och vänder och skyndar in genom porten. Och jag handlar på Gleerups i stället.)

Vår samvaro har fått ett mönster. Vi går in i tystnaden tillsammans. Pernille kryper upp i sängen, rättar till kuddarna och sin vita skjorta, trycker upp glasögonen mot näsan, djupt försjunken i en bok om textanalys. Jag läser tidningen, ekonomisidorna och sporten, MFF som går ut hårt redan från starten i Allsvenskan, som de kommer att ta hem igen till hösten men ändå inte bli svenska mästare eftersom nån ärthjärna på förbundet i ett försök att åtgärda fotbollens vikande publikunderlag fått snilleblixten att det ska avgöras med slutspel, ett skämt som till slut vinns av Norrköping, självfallet på straffar för att förstärka det absurda i orättvisan.

Det verkar inte hända så mycket.

Nej, det är just det, det händer inte så mycket. Initialt är det befriande med all denna tystnad och samvaro på tu man hand, men med tiden blir det alltmer pressande. Vi häckar på Pernilles rum, ligger i nån park när det inte regnar, förverkar i snabb takt mitt studielån på pizzerian, men aldrig att vi umgås med andra, träffar mina vänner, Pernilles vänner. Pernille har allt längre perioder av onåbarhet, och är iväg på "ärenden" när jag inte får tag på henne, eller går långa, sena promenader för sig själv, Lund runt, nattvandringar utan plan eller tanke som hon berättar om efteråt. Och Lena gör mystiskt nog aldrig sin entré.

Hon hinner inte.

Hur vet du det? frågar jag alltmer irriterad över den uteblivna väninnan, fastän detta inte har med henne att göra, jag är inte mer blåbär än att jag begriper att nånting är fel och att det är jag som måste ta upp det, hur obehagligt det än är, konflikthämmad som jag är, otränad i att ta upp sånt som kan såra eller förstöra det vi har. I stället säger vi allt mindre, det bildas mönster kring nåt jag inte vet vad är. Har hon ringt? (För det vet jag att hon inte har.)

Hon sa det innan. När jag pratade med henne.

När pratade du med henne? Vi har varit här hela dan.

Innan.

Sa hon då att hon skulle komma men inte hinna?

Ä, du fattar inte. Kan du vara lite tyst, så att jag kan läsa?

Mer säger jag inte. Jag är kär, förtvivlad, tanklös och förvirrad. En kvart senare tar jag mod till mig och säger en sak till:

Vi ska kanske ha en paus?

Mm, kanske det, svarar hon frånvarande, sippar på sin eviga cola. Det låter bra.

Men ett dygn senare, då jag suttit på mitt rum och inte varit ett dugg mindre kär, förtvivlad, tanklös eller förvirrad, men därtill alldeles rådlös, nervig som efter en överdos koffein, lånar jag Traktors cykel och trampar iväg mot Smålands. Jag måste få prata med Pernille. Åtminstone få träffa henne.

Det lyser i hennes rum. Jag rusar in, uppför trapporna, inte en mänska syns till, men det är nästan aldrig nån av hennes korridorare som visar sig, förutom den apatiske när han rökt på. Vart har han tagit vägen, förresten? Det måste vara en månad sen eller mer han senast satt stilla som en kudde i soffan. Hur mycket jag än bankar på dörren öppnar Pernille inte.

Nerför trapporna, rundar hörnet. Trycker cykeln genom buskarna, lutar den mot väggen och ställer mig på pakethållaren och därifrån fortsätter jag som en kokosplockare uppför stuprännan. Sträcker ut armen och knackar på fönstret. Lutar mig i dödsföraktande vinkel så att jag kan få en skymt in. Håller genast på att förlora greppet men hinner uppfatta så mycket i alla fall som att nånting rör sig i sängen, en långsam rörelse, försiktig – visst är det Pernille som ligger i fosterställning men drar filten över huvudet? Eller?

Jag glider med fingrarna, skär mig i plåten och måste hoppa ner, slår foten i sadeln och tvingas linka ut ur buskaget. Vad var det jag såg? Är jag säker? Vad är det jag är med om? Uppför trapporna igen, lätt haltande. Bultar på dörren. Slår jag hårdare riskerar jag tennisarmbåge.

Det går långsammare att rulla tillbaka. Vid Södra Esplanaden stiger jag av och leder cykeln. Smärtan i foten är borta. Men tiden går inte att stanna. Att somna vill sig naturligtvis inte alls. Jag är uppe och travar och ringer med jämna mellanrum. Natten igenom. Motståndslöst genomgår jag en förvandling till en desperat person av det slag som jag samtidigt kan stå vid sidan av och bekymrat betrakta, för han är inte jag, egentligen, så här irrationellt beter inte jag mig. Jag förmanar honom att gå och lägga sig, glömma den här historien, han kommer att förstöra sig själv. Men lyssnar han? Nej, han är omedgörlig, sitter med fingret i nummerskivan, ännu en gång.

Kvällen därpå får vi äntligen kontakt – det är Pernille som ringer.

Jag är hos mina föräldrar, ville bara tala om det.

I Ystad?

Ja, det är här dom bor.

Varför det? Jag trodde vi…, börjar jag, men ändrar mig, att ösa anklagelser över henne är inte rätt väg. Jag var hos dej i går.

Kan du vara tyst nån gång? Jag ringde för att berätta för dej. Jag mår inte bra.

Är du sjuk?

En kort paus, en utandning.

Ja, på sätt och vis. Pappa hämtade mej i natt. Jag orkade inte längre.

Hur då orkade?

Måste du fråga om allt? Hör du inte? Hon talar lugnt, neutralt, och jag kan se hennes stora ögon framför mig, hur hon skjuter upp glasögonen med en stillsam rörelse. Hon fortsätter: Jag ska vara här till på söndag. Jag hör av mej när jag kommer tillbaka.

Det blir ännu en lång helg. En mördande lång helg, då jag sitter i köket och dricker David Adam Bertil med KL och är sentimental och gör mig löjlig med mitt missmod och min självömkan, tjafsar om städningen med Annika och Sofia bara av princip, de har tröttnat på min bristande initiativförmåga, men Sofia har ett tämligen svagt försvar när jag vänder anklagelserna mot henne i stället.

Du får väl ta hit din mamma att röja. Eller varför inte din pappa?

Kan inte du sticka hem till hon, vad heter hon, din nya? hugger hon tillbaka. Så det blir lite trevligare stämning här.

Pernille, säger jag, motvilligt. Hon heter Pernille. Hon är inte ny.

Ja, men du är väl ihop med henne.

Jag tror det.

Tror? Antingen är man ihop eller så är man inte, avfärdar Annika resolut mina tvivel, där hon börjat gå loss på diskbänken med Svinto.

Är du rätt person att snacka om det? Du har väl aldrig varit ihop med nån annan än Herodes.

Men ursäkta mej! Svintotussen flyger genom köket. En smutsbrun fläck sprider sig på väggen bakom mig. Vad är det för fel med dej?

Vad är det för fel med *er*? Ni bara hackar hela tiden!

Vet du inte ens om du är ihop med vänsterflummaren? utbrister KL, och det går inte att ta fel på skadeglädjen i hans röst. Då bjuder jag på ölen, om det är så illa. Ska du ha en till?

Men det ska jag inte. Gnället räcker som ursäkt för att jag ska kunna dra mig undan på rummet, rädd för att jag ska låta undfalla mig fler kommentarer som jag inte kan stå för i ett nyktrare tillstånd – och då syftar jag inte enbart på alkoholen, för den tror jag mig kunna hantera (det tror man alltid, det kan man aldrig) – och lägger mig att lyssna igenom Springsteens livebox gång på gång och ägna kraft åt att ångra att jag köpte den på vinyl nu när cd trots allt visar sig vara det nya, även om tvivel på ljudkvalitet och ”känsla” är starka motargument. Dess ”rena” ljud bevisas med klassisk musik, som får ett uppsving och säljs ut till vrakpris och Mozart, Vivaldi och Haydn utgör plötsligt grundstommen i åtskilliga nya skivsamlingar (men förblir ospelade).

Pernille hör till slut av sig, inte söndag kväll men väl måndag eftermiddag, men det kan kvitta vilket, jag har hennes röst i luren, är som en lycklig hund som glatt viftar på svansen efter att ha varit instängd i garderoben i väntan på att matte ska komma och släppa ut mig. Några klarvakna nattimmar mer eller mindre gör ingen skillnad.

Kan vi träffas?

Jag kan komma över meddetsamma.

Jag måste äta. Vi ses på pizzerian. Klockan åtta?

Har du pengar till det? kan jag inte låta bli att klämma ur mig.

Vad tror du? Jag har fått av pappa. Jag vill bjuda dej i kväll.

Jag är först på plats, slår mig ner vid Pernilles stambord, som numera är vårt stambord, får menyn av Massimo, fastän det var länge sen jag behövde den.

Pernille kommer strax, säger jag. Men du vet ju vad hon vill ha.

Skulle hon komma tillbaka?

Menar du att hon har varit här?

Massimo nickar.

När då? Eller hur länge var hon här?

Han gör en min som ska tolkas som en okänd storhet nånstans mellan flera timmar och en evighet, för vad är tid? Och betyder den egentligen nånting, nu?

Tills för tjugo minuter sen, säger han.

Åt hon också?

Han nickar bekräftande igen.

Hon satte upp det. Ska du...?

Nä, det tänker jag inte, säger jag och reser mig, går därifrån en sista gång.

Jag överväger alternativen, båda lika patetiska, lika upprivande, lika motbjudande. Gå till Smålands och förnedra mig med att knacka ruta och bulta dörr ännu en gång eller släntra hemåt och göra ett ömkansvärt försök att avhålla mig från att ringa?

DET GÅR NÄSTAN EN vecka innan jag hör nåt från Pernille. Och hur den veckan gestaltar sig för mig vet jag inte om jag vill minnas, vissa perioder av ens liv är man ju tacksam för att vara igenom, förbi, och slippa titta tillbaka på. Man uthärdar. Trots allt.

Hon ringer på fredagskvällen från Ystad och säger att hon ska stanna där ett tag. Hennes pappa har hämtat hem henne. Hon har samtalat med sin psykoterapeut. Tillsammans med prefekten på institutionen ska de lägga upp en plan för hennes studiegång. Nu ska hon bara vila, "återfå balansen".

Hur länge stannar du?

Tills jag... Jag vet inte, ett tag.

Det låter ändå som om hon mår bra, som om allt är på väg att ordna sig för henne – men vem är jag att bedöma andras sinnestillstånd?

Jag måste lägga på nu, säger hon strax. Jag ringer dej i morron.

Vilket hon aldrig gör, och jag i ärlighetens namn inte förväntat mig heller. Efter två dygn håller jag på att förgås igen. All den trygghet jag kände efter samtalet är raderad. Jag måste få prata med henne. På andra försöket och sjunde signalen svarar mamman.

Jaså, är det du igen, konstaterar hon. Men hon har en annan tyngd i den stadiga skånskan denna gång, och det vore en överdrift att påstå att det finns spår av entusiasm i den.

Kan jag få prata med Pernille?

Nä, det går inte.

Kan du be henne ringa mej? Jag är inne hela dan.

Det är inte så enkelt, säger hon med en röst som dör ut, närmast tvinar bort. Det hörs hur hon håller luren ifrån sig, harklar sig, samlar sig genom att dra luft genom näsan, och sen är hon med mig igen.

Har det hänt nåt?

Det kan man säja, kommer svaret sävligt.

Varför tyngs jag hela tiden av ett dåligt samvete under samtalet? Som om hon bara med sitt röstläge håller mig ansvarig för nåt jag inte vet nåt om och det ska följa en anklagelse, en rättmätig anklagelse som jag ska tvingas be om förlåtelse för. Men så kommer det:

Pernille ligger på psykakuten. Hon har försökt ta sitt liv.

Tack och lov behöver jag inte säga nåt, inte än, för mamman verkar snarast lättad över att få det ur sig, och hon berättar vad som har hänt i en lång obruten följd.

Pernille hade ringt och bett att få bli hämtad i början av veckan. Det brukade hon göra när hon hade sina ”neråtperioder” och behövde gå undan. Den här gången var hon i så dåligt skick att pappan fick bära henne till bilen, lägga henne under en filt i baksätet. Familjen skulle ha gäster på lördagskvällen. Men natten innan öppnade Pernille vodkan som pappan köpt och drack ur flaskan som hon därefter fyllde på med vatten. I badrummet bröt hon upp medicinskåpet och svalde pappans sömntabletter. Han hade hittat henne liggande på golvet när han gick upp för att kasta vatten.

Så det var ren… tur?

Ja, svarar hon kort. Det hörs hur många gånger hon tänkt det ja:et under de här timmarna som gått, med tacksamhet.

Och nu? säger jag som kämpar med orden, och med att försöka förstå vad det är som har skett, bortom orden, den nyktra redogörelsen som ställer sig i vägen – för vad säger man i det här läget, till en mänska man aldrig träffat och som man känner skuld inför, varenda nödvändig fråga låter platt, som: Hur är det med henne?

Dom hämtade henne med ambulans.

Till?

Akuten här, ja. Men hon ska vidare till Lund sen. Eller Malmö. Vi vet inget än.

Har ni inte pratat med läkarna?

Vi vet inte om... Rösten tynar bort igen, innan den återvinner i styrka: Vi väntar på att dom ska ringa.

Kan *jag* ringa henne där?

Hon behöver ro. Vi har valt att vänta. Hon mår inte bra. Hon har inte mått bra på... Ja, det är länge sen, och hennes röst ebbar ut igen.

Menar du att hon har gjort så här förr? Säger jag i ett så neutralt tonläge jag förmår. Att hon försökt?

Ja, kommer det lågt.

Men där är hennes röst slut, och det finns inte mer att säga, inte nu, vi kommer inte längre, vi lägger på med ett intetsägande löfte om att fortsätta hålla kontakten.

Det är som att komma runt en kurva på ett berg och så tar vägen slut och det finns bara en avgrund framför.

Dagen efter, för kalendern är det enda handfasta jag har att hålla mig till nu, datum, tider, dagars namn, det är måndag och vi är inne i maj, betydelselösa uppgifter egentligen, och jag uteblir från föreläsningen för att göra nåt av min rastlöshet, så jag vandrar, gata efter gata, genom stan, i regnet, det hör ju till en sån här scen, eller hur, den ensamme vandrarens vånda, grådaskigt väder, regnbyar, halsduk hårt virad upp mot hakan, framåtlutad gångstil – inte ens den här obeskrivliga smärtan kan jag låta gå fri från ironi, för hur ska jag annars kunna hantera den? – jag kickar stenar framför mig, hela detta förbannade liv har jag kickat stenar framför mig och nu ligger här ytterligare en, körsbärsträden blommar längs Sölvegatan, också det är ett hån, och tankarna rullar, samma tankar hela tiden, från fötterna och upp, till slut måste jag få stopp på dem, få ett svar, nåt slags svar, vilket svar som helst skulle fungera i den här stunden inbillar jag mig, så jag torkar regnet ur ansiktet och marscherar till stationen och tar tåget till Malmö.

Johan? Kommer *du*?

Nä, det är tomten. Vad tror du?

Men du är alldeles genomblöt.

Får jag inte komma in?

Jag ska strax lägga Nathalie.

Men Monika öppnar dörren och släpper in.

Hon är i badet. Vänta, ska jag ta en handduk till dej också. Det var ett tag sen.

Och det har Monika rätt i. Vi har inte sett mycket av varann den här våren. Hon har haft fullt upp på sin kant och var jag har hållit hus, ja, det är ingen hemlighet, och söndagsmiddagarna har jag av naturliga skäl allt oftare avstått från.

Nathalie ligger inte kvar så länge bland plastankor och tvålar när hon hör den enda favoritmorbror hon har. Hon är uppe ur karet och nere i hans knä på ingen tid alls.

Du ska borsta tänderna och lägga dej, säger Monika.

Inte nu.

Det dröjer en timme innan Nathalie somnar med gosedjuret hårt inklämt under armen. Det är jag som läser sagan för henne, Petter och hans fyra getter, som hon kan utantill och berättar före mig.

Tack, säger Monika när jag återvänder. Det var skönt att få avlastning åtminstone en kväll.

Du ser trött ut.

Jag har plugget och jobbet, och jag vill inte låta det gå ut över Nathalie, men det gör det ju. Jag kan inte vara i form hela tiden. Det var lättare när Helena ibland kom in och hjälpte.

Kan vi prata om nåt annat, tack.

Förlåt, säger hon. Om jag ser trött ut, vad är du då?

Syns det?

Ut med det nu. Vad kom du för?

Monika har aldrig varit mycket för kallprat, och det har blivit än mindre av den varan i takt med att hennes börda har ökat och hon fått knappare med tid. Så jag avlossar hela den långa historien med Pernille i ett enda långt osammanhängande flöde, från första repliken om jag som bonde till gårdagens plågsamma telefonsamtal.

Fattar du inte?

Vad är det jag ska fatta? Hon har försökt ta livet av sej. Hur ska man fatta nåt sånt? Det är ju obegripligt.

Du är nog en av dom mest korkade jag känner. Du har blivit dummare av att läsa i Lund, vet du det? Drack du nånsin ur hennes glas, bytte ni nån gång?

Varför skulle vi göra det?

Tror du ni hade samma? Hon hällde så klart nåt i sitt, det var därför hon gick undan.

Sprit? hör jag mig själv säga, och jag hör hur aningslöst det låter.

Hon är sjuk, Johan. Allvarligt sjuk.

Det är det jag säjer.

Jag menar på ett sätt som du inte kan göra nåt åt. Det kommer att dra ner dej också.

Men det är klart jag måste försöka hjälpa henne.

Det kan du inte, förstår du inte det? Detta har ingenting alls med dej att göra. Det hade inte kunnat gå annorlunda. Hon har så allvarliga problem som hon måste lösa innan hon kan gå in i en relation.

Hur kan du vara så kall? säger jag, som anstränger mig att hålla tillbaka gråten, medan tröttheten väller över mig efter att jag äntligen fått ur mig allt det jag burit på.

Monika reser sig. Jag gör te till oss. Är du hungrig?

Vad ska jag...?

Det finns inget du kan göra. Hon måste ha professionell hjälp. Och du måste dra dej undan, helt och hållet. Hör du det? Du får inte ha mer med henne att göra.

Monika går ut i köket. Och nåt följer med henne ut ur rummet – det som tryckt över mitt bröst. Det är, förstår jag i samma stund, detta jag kommit för. Få tröst. Få absolution. För den vetskap jag inte vågat släppa fram utan måste få höra från nån annan. Det finns bara en fråga kvar att ställa, när Monika återvänder:

Får jag sova här i natt?

DET KAN VARA REDAN nu på våren som Traktor en eftermiddag återvänder osedvanligt självlysande.

Men det kan också vara så att det är i början på höstterminen. För med facit i hand kan vi konstatera att jag dessa dagar inte längre är mästerlig på att hålla isär händelser och repliker, inte ens det jag påstår här i ett försök till kronologisk redogörelse är alltså tillförligt, utan efterhandskonstruktioner för att göra tiden hanterbar och begriplig för mig själv, fritt svävande som en liten tingeling som kastas runt av vårvindarna som jag är i min sköna okunskap.

Resan till Stockholm var klargörande för Traktor också, fast med ett annat resultat än för mig.

Vet ni vad jag ska göra?

Ingen har sämre pokerfejs än Traktor. Med blossande kinder och ögonen på väg ut ur sina hålor, ett leende som får tänderna att släppa från tandköttet – det är ett osannolikt undertryck den mannen bär omkring på.

KL och jag låtsas som ingenting, blänger ner i varsin tidningsdel och dricker Corona med limeklyfta nertryckt i flaskhalsen, ett vedervärdigt påfund, håller Traktor på halster, för han kommer att brisera i vilken sekund som helst, omvänd logik här alltså, vi kommer att få reda på mer genom att inte fråga, och det blir Anna, den blivande reportern som har skjutjärnsjournalistikens rätta avsaknad av finesser, som, när hon kommer tillbaka från affären, avlossar:

Har det hänt nåt?

Och Traktor retirerar: Nä.

Du ser så ut.

Gör jag?

Traktor öppnar kylskåpet. Hänger med armen på dörren och blickar in i kylen. Kanske för att svalka ansiktet och dämpa dess röda färgskala.

Ja, det gör det, säger Annika, som vänder sig om från diskbaljan. Vad är det, Gunnar?

Det är inget särskilt. Sen kan Traktor inte hålla sig längre. Jag ska flytta.

Va?

Hem till gården?

Nä. Vi ska flytta ihop, har vi bestämt.

Ska ni? Annika lägger ifrån sig borsten, sätter sig, lyfter upp Herodes i knät. Det var snabbt.

Ja, inte sant? strålar Traktor. Lisette har satt upp oss på kö.

På Delphi? säger KL och skrattar. Lycka till, du!

Inte bara där.

Tar han ett par danssteg också, mellan spis och kyl? Traktor? Skulle inte tro det. Men det är så jag vill minnas honom, ansiktet fullsmetat med lycka, oförställd livsglädje, oförblommerat närvarande.

Vi tar vad som helst. Bara vi får nåt tillsammans.

Annika tittar bort, säger med blicken kvar ut i cykelstället: Förhastar ni er inte nu?

Men lägenhetsmarknaden i Lund är trögrörlig. Traktor och Lisettes letande blir ett tröstlöst ringande, tittande, läsande, annonserande, månad efter månad.

Men vad som med all säkerhet sker nu, i slutet av vårterminen, är att Kristina tar studenten. För det blir trots allt en sommar i år också, ett slags sommar. Som inleds med att en luggsliten delegation kommer farande ner från Uddevalla, en man kort eftersom storebror Bernt denna sommar tjänstgör på en bank i Luxemburg med nåt så viktigt och livsavgörande att ingen nänts fråga vad, så det är enbart Leif och Lisbeth som stampar hallmattan för att kunna fortsätta in i morsans lägenhet utan att behöva ta av sig skorna. Aningen förbittrade över att dottern valt att förlägga firandet till Malmö och inte barndomshemmet.

Aldrig att jag återvänder till den hålan! har hon förklarat sitt beslut, och mer ska komma i den riktningen.

Leif med solglasögonen uppfösta i pannan, redan solbränd, tillbringar mesta tiden utomhus nu sen han hittat ett jobb, delbetalt med allmänna medel, han som jobbat nästan hela sitt liv har erbjudits att få "arbetsträna" i en bostadsrättsförening.

Vaktmästare? säger morsan. Är det du det?

Vad ska han göra? säger Lisbeth. Han kan inte sitta hemma hela dagarna. Och vi kan inte leva på en lön.

Jag trivs, det är huvudsaken, försäkrar Leif. Sin vana trogen är han världsmästare på vad han än företar sig, och har förmågan att tala om det också: tömma soptunnor, klippa gräsmattor och tukta rosenbuskar, liksom i att uppfostra gårdens alla ungar till goda samhällsmedborgare och framtida riksdagsmän.

Dom är härliga hela bunten, sammanfattar han dem, och jag vet inte om jag ska tro på honom eller om det är utslag av hans överlevnadsinstinkt att han faktiskt ger uttryck för att gilla nåt, hjärtligt stämd mot barn har han aldrig varit, mig veterligt.

Mig klämmer han till med:

Och du är singel nuförtiden, har jag förstått? Ja, Bernt har sällskap med en trevlig ung dam, ska du veta.

Leif är en man som av livet självt utrustats med mod i storsinta proportioner, befinner sig i ständig utveckling, transit, har gått från att ha mustasch till att inte ha mustasch och har nu anlagt ett gråsprängt jazzskägg.

Men sina korta ben har han behållit. Med dem knatar han runt i lägenheten och letar efter en förändring till det sämre att slå ner på, damm, en tavla som hänger snett, flock som han kan nypa upp från mattan och hålla ut framför sig med utsträckt arm fram till köksvasken, vad som helst som kan värma hans frostnupna själ.

Här var det jäklar i det städat, kommenterar han husesynen, inte ens inne på dotterns rum hittar han nåt av värde att anmärka på som skulle kunna ställa hans storasyster i dålig dager.

Det finns inget tillfälle då morsan anstränger sig så mycket som när bror och svägerska är på ingång, inget annat kan göra henne så nervös som deras granskande blickar och menande kommentarer, fast med årens gång är det en syssla som alltmer övergått från Lisbeth till Leif.

Lisbeth, blek och iförd en kaftanliknande klänning med batikinspirerat mönster, drar sig omedelbart ut i köket för att byta några ord med morsan om de senaste generalförändringarna på Hallbergs, där ledningen enligt bådas förmenande kör med full gas mot stupet.

Jag gör inget annat än fyller i rapporter, klagar Lisbeth. Dom kunde ha en apa som butikschef!

Vad tror du vi gör? kontrar morsan och börjar plocka fram mat ur kylen. Känner att vi får ta ansvar?

Man borde göra nåt, säger Lisbeth, som i ett nytt försök att sluta röka idisslar sockerfria tuggummin. Men mej lyssnar dom ändå inte på. Du borde säja nåt, Bodil.

Och få sparken?

Det blir en komprimerad studentfest, inte i närheten av vare sig Monikas eller min. Kristina har gjort klart att hon vill skippa såväl studentmössa som att nån ostämd jäkel stämmer upp i Studentsången, och framför allt vill hon inte se att nån av oss dyker upp på skolgården.

Morsan, som ges lite större svängrum än föräldrarna, har ändå gjort om ett av sina bravurnummer och med Monikas hjälp burit ut matbordet i vardagsrummet och förberett rostbiff med potatissallad, en sallad som hon pepprat extra mycket för att tilltala också svägerskans av åratal av rökning, alkohol och minttuggummi utmattade smaklökar.

Sist anländer Kristina. Har vägrat åka lastbilsflak hem, utan tillsammans med två klasskompisar hyrt en lång vit limousine, som ska transportera dem vidare under natten. Bär ingen studentmössa, men väl en studentstav.

Som tatuering på axeln.

Kort vit klänning under skinnjackan, så kort att Leif drar efter andan, Lisbeth gör ett dubbeltugg på gummit. Men ingen av dem säger nåt, så mycket har de lärt sig, medvetna om att de försett dottern med alltför stor mängd imperativ genom åren – och se vart det fört henne!

Du kommer att ångra dej, säger jag om tatueringen.

Snygg, säger Monika. Jag skulle också kunna tänka mej en, i nacken, vid hårfästet. Där den inte syns.

Vad ska du då ha den för?

En fjäril, tänkte jag. Vore fint.

Leif, kan du öppna?

Morsan räcker honom en flaska Freixenet som han vant vrider korken ur så att det smäller som ett pistolskott och häller upp.

Lisbeth tar sig mod, slutar för ett ögonblick att tugga, går fram till Kristina.

Grattis, min flicka!

Försöker få Kristina i famnen, men hon glider rutinerat undan, slänger med håret, fångar upp Nathalie i en stor kram i stället när hon kommer sättande i full fart för att få känna på tatueringen.

Gör det ont?

Inte nu. Men det sved när jag fick den gjord.

Jag vill också ha en!

Hämta en penna så ska jag rita en.

Leif vaggar på hälarna, nynnar två takter på Studentsången, ser sig om, möter Kristinas blick för att han ska återkallas till verkligheten och upphöra tvärt med såväl vaggandet som nynnandet, står blickstilla i två sekunder innan han laddar batterierna på nytt och ger sig ut på balkongen, ser ut över bostadsområdet och dricker ur sitt glas, och står drömmande och tänker på vem vet vad – nästa tid hos frisören, kravallerna som slagits ner på Himmelska Fridens Torg, den efterlängtade semestern som de fått ställa in eftersom han tvingas arbeta sommaren igenom – innan han återvänder in för påfyllning.

Vi har skålat för Kristina igen. Och hon, förvånansvärt blyg, eller om hon tittar ner i golvet för att slippa möta blicken från sina föräldrar, håret som en gardin, håller fram sitt glas, skålar, ett kroppsspråk som säger oss att hon vantrivs i stunden.

Varsågoda, säger morsan. Slå er ner. Det är fri placering.

Det uppstår en stunds förlägen tystnad. Men jag är tränad av många sexor med ogynnsamma bordsplaceringar och gör en hastig rockad för att Kristina ska slippa hamna mellan sina föräldrar. Det blir Monika som får sitta trångt, och Nathalie kryper upp på kortsidan, närmast Kristina, med ena klänningsärmen uppdragen så att hon ska kunna få en tuschblomma på den axeln också.

Lisbeth tar ut tuggummit, vet inte vad hon ska göra av det, trycker fast det under tallriken.

Vi är samlade. Vår släkt.

Och så mycket hade det inte funnits att rapportera från denna afton då Kristina ger sig av genast efter måltiden till den på vändplattan väntande limon och vännerna, och Leif och Lisbeth som modstulna vänder hemåt två timmar senare i sin gamla Volvo 740, om det inte vore för att morsan och Kristina har en överraskning.

Samtidigt som morsan skickar runt potatissalladen en tredje runda, berättar hon, ungefär som om hon avslöjade ett alldagligt recept, att nästa vecka ska de två checka in på flyget till Naxos för att bada, äta moussaka och ha sommarlov i två veckor. Vilket får igång Leif:

För vilka pengar då?

Mina pengar så klart, svarar Kristina. Av dej lär jag inte få några.

Nä, dom skulle du slarva bort på momangen.

Kristina får låna av mej, lugnar morsan honom. Hon får betala tillbaka sen, när hon jobbat i sommar. Konstigare är det inte. Jag tycker att hon är värd en resa när hon varit så duktig.

Leif och Lisbeth som utväxlar blickar. Leif:

Jo, det är klart. Men drick ingen jävla retsina, det säjer jag bara.

För det skulle inte du göra? svarar Kristina rappt.

Men nu börjar Lisbeth också få luft under vingarna.

Menar du jobbet på Åhléns? Har du tänkt fortsätta där?

Monika skjuter bak sin stol, inträngd mellan Leif och Lisbeth.

Kristina, rak i ryggen, har börjat härskna till: Vad är det för skillnad på att sälja tyg och sälja smycken? Jag ska vara där juli och augusti. Fast du tycker väl att jag ska plocka jordgubbar i stället?

Leif sätter ner glaset aningen för hårt. Kontrollerar att det höll, innan han: Här i Malmö?

Leif, nu lugnar vi ner oss, säger Lisbeth. Hon har ätit klart, så hon kan ta tillbaka tuggummit från tallrikens undersida, tugga vidare. Det blir nog bra. Hoppas ni får trevligt.

Finns det mer bubbel? säger han.

Ja, ta du och drick lite till, säger Kristina. Det löser säkert alla problem.

Blicken från Leif, hunsad, vill säga nåt, vet att han inte bör, och låter bli. Drar med handen över skägget.

Kristina? försöker Lisbeth. Låt oss inte bråka.

Och du försvarar honom som vanligt! Finns det nåt jag har gjort som pappa inte har synpunkter på? Vad jag än gör så är det fel.

Leif skjuter stillsamt bort glaset. Ja, jag ska ju köra sen, säger han.

Och morsan, snabbt överslätande:

Det är marängsviss till efterrätt. Precis som Kristina önskat.

Morsan har aldrig flugit förr. Hon har varit utomlands två gånger, dagstripper till Danmark oräknat, varav den ena i modern historieskrivning. Det var tillsammans med Leif och Lisbeth, då de körde i ett svep ner till Rivieran och hem igen i nästa andetag. Nu är det riktig charterresa som hägrar, med taxfree och skamlöst dyra halvdagarsutflykter för att de stackars brådmogna reseledarna som knäar på svältlön ska kunna dra in hyfsade extrainkomster på att låta resenärerna ”uppleva det riktiga Grekland”, men det är tveksamt om Bodil och Kristina kommer att lägga pengar på att åka till nån inlandsby för att shoppa billiga lädervaror, örtlikör som smakar apa, handmålad keramik eller plaståsnor som serverar cigaretter ur rumpan när man rycker dem i svansen eller följa med till nån mysig strand för att grilla och bli på lyran, nej, vad de ska göra *tillsammans* på ön förblir ett mysterium.

Denna sommar finns det inte nåt fotbolls-VM att fördriva tiden med på gasföretaget, och inte nån underhållande KU-utfrågning. Mitt i sommaren åker Refaat El-Sayed i fängelse, veckan därpå är det Christer Petterssons tur, och förbluffande nog leder det senare till att privatspanarnas alla tokerier flyter upp till ytan ännu en gång, när vi tror att Palmemordets upplösning slutligen ska läggas till handlingarna.

Jag gör en runda i verkstan, nickar igenkännande till gubbarna, får frågande blickar i retur. Slänger käft med Thomas några gånger innan han sticker iväg på mc-semester, har kostat på sig en ny båge som han lastar med tält och sovsäckar och fru, lämpar av barnen hos farmor på Borgmästargården och försvinner mot Italien.

Efter två veckor lämnas jag ensam att sköta ruljansen på personal. Jag sitter vid skärmen och kodar uppgifterna från stämpelkorten och betalar ut snålt tilltagna fjortondagarslöner och minns hur mycket morsan hatade de där styva papplapparna på den tiden då hon gick på passet klockan sex på morronen på Strumpan, och nu har jag plötsligt blivit förstekontrollör inom samma förhatliga, förtryckande kontrollsystem – fy fan! Jag håller på att förvandlas till Ramlösan på ledningens bord! – och i samma ögonblick som den tunga insikten dunkar ner i mig beslutar jag att genomföra en egen revolution, ett uppror i det tysta, och låter följaktligen bli att göra avdrag för ledigheter, sjukfrånvaro och förseningar och övertid räknar jag genomgående upp till heltimmar, för arbetarna, vill säga, tjänstemännen klappar mitt hjärta inte lika ömt för.

–

När Greklandsresenärerna återvänder från charterpaketet är det inte två veckor senare utan tre. Jag tar söndagståget in för att få höra om deras resa. Morsan är glädjestrålande och brunare i hyn än nånsin förr.

Vi kunde bara betala för en vecka extra. Annars hade vi stannat hela sommaren.

Var det så lyckat?

Inte Naxos. Där var det tradigt. Nä du, vi har båtluffat.

Kristinas långa hår har blekts av solen och hon fjällar över näsan, är lika uppåt och än mer solbränd.

Helt otroligt. Vi ville aldrig att det skulle ta slut.

Men vad gjorde ni då? vill jag veta, som alltid haft svårt att begripa mig på charmen med olika former av luffning.

Det man ska göra där, svarar Kristina. Badade, åt moussaka och hade sommarlov.

Du anar inte hur många öar vi varit på, säger morsan. Hur många var det, Kristina?

Sju. Förutom Naxos.

Sju öar, eller åtta. Kan du tänka dej?

Det kan jag inte, inte helt och hållet. Tyst åser jag hur det sprakar om de två väninnorna. Morsan har äntligen fått göra den resa som aldrig blev av med vare sig dottern eller sonen, Kristina har fått den moder hon aldrig haft. Fattas bara annat än att de har fler nyheter att meddela, de är ju fortfarande morsan och Kristina, om än mytiskt bruna.

Kristina ska bo kvar.

Jo, jag vet, säger jag.

Inte här hos mej. Utan i stan. Efter sommaren ska vi leta lägenhet.

”Vi”? Vad ska du göra?

Se om jag kan få nåt bättre jobb först, svarar Kristina obekymrat. Eller börja plugga. Som du och Monika. Jag får se.

Till vadå? Till hösten är det för sent att söka nåt.

Är det?

Vad tror du? Det är inte drop-in på universitet.

Johan, du behöver inte låta så överlägsen.

Jag har faktiskt betyg till att läsa juridik, säger Kristina och kastar med håret igen som i en reklamfilm för Bregott.

Har du?

Ja, eller till ekonomlinjen i varje fall.

Här skulle vi kunna göra ett avbrott för att upplysa Kristina och den godtrogna allmänheten om att ekonomlinjen kan vem som helst klara av som är rimligt läskunnig, har ett huvud att bära mössa på och förmågan att hålla sig vaken två timmar i sträck, det sista på grund av att den bedövande tråkigheten förmodligen är den största utmaningen. Men låt oss inte fästa oss vid såna detaljer i Kristinas framtidsplaner, morsans blick är inte nådig, hon ogillar hur jag ansätter hennes extradotter, och kanske är det därför hon säger:

Nu har jag ett förslag. Vi gör ett uppehåll med söndagsmiddagarna under resten av sommaren. Kristina och jag har så mycket annat att tänka på.

Annika och Herodes är de sista att överge nationskorridoren. De far till Yngsjö där hon fått sommartjänst på ett församlingshem.

Klarar du dej nu då? säger hon innan hon reser.

Jadå, svarar jag sturskt. Det ska bli skönt med tid för mej själv.

Ring annars. Om det skulle vara nåt.

Det blir en ensam sommar i den instängda staden, och det som med Helena kunde vara vackert och lockande när vi hade stan för oss själva förra året är nu svårmodigt, sentimentalt, gator som är gråplågade av torkan.

I brist på annat sällskap får jag hålla tillgodo med några ohemult trista kursare som jag råkar möta på Gräddhyllan där de skrålande häller i sig öl. Jag följer med dem några gånger till Österlen där en ung greveson arrangerar brännbollsturneringar med efterföljande fest på Öja, ett av släktens övergivna slott som telningen fått att roa sig med. Återser en del andra kursare där, de som har det så förspänt hemifrån att de kan tillbringa sommaren i föräldrarnas vitkalkade sommarhus i nån strandort mellan Näset och Kivik. Ett befäl från lumpen dyker också upp, utspökad som Indiana Jones med piska och hatt och väska i rem över magen där han gömmer en kvarting hembränt, och med honom står jag och drar billiga skämt om tjejerna som ser ut som hämtade från streetan, med glittrig ögonskugga och urringningar djupa nog att hälla is i och använda som kylhinkar, tills befälets kompis upplyser oss om att de flickorna alla har efternamn som börjar på af och von och det vi hånat som smaklöst troligtvis kommer från butiker på kontinenten. Jag har tappat greppet.

Av nyfikenhet rör jag mig i närheten av Smålands några gånger, med förhoppningen om att få en skymt av Pernille, utan att hon för den skull ska få syn på mig och fastän Monika i skarpa ordalag förbjudit mig att ens tänka tanken att återuppta kontakten. Jag vill kunna försäkra mig om att hon mår bra, att hon är på benen igen och helst hade jag också velat höra henne förlåta mig för att jag inte fanns där för henne när hon verkligen behövde nån. Men jag ser henne aldrig mer.

Det får bli turer till Ribersborg i stället. Tillsammans med Monika och Nathalie kvällar efter jobbet. Vi går ner till stranden och Monika har med sig doggybaggar med mat från restaurangen eller baguetter som vi äter på en dyn och ser ut över sanden som färgas rosa av den nedåtgående solen. Vi har kommit varann närmare sen jag bröt ihop hos henne, blir varandras bästa vänner under de här sommarmånaderna, om det inte vore så förtvivlat svårt att riva de sista murarna av rivaliserande syskonskap mellan oss. Jag badar i timmar med Nathalie, försöker lära henne simma, men både hon och jag tycker det är roligare med lek. Vi skrattar och dyker, och får med oss Monika också ut i vattnet. Och jodå, Monika är inte mer ansvarsfylld morsa än att hon vet hur man är barnslig och kan skratta åt dumheterna.

Ändå den ständiga känslan av förlust som häftar vid allt jag företar mig. Allting försiggår nån annanstans. I nån annans liv.

Ett slags sommar.

DET FINNS FÖR ÖVRIGT ett efterspel till de tre förtrollade veckorna i den grekiska arkipelagen som ger sig till känna ungefär samtidigt med att brännan bleknat för de två resenärerna, och Monika börjar ta upp morsan som eget ämne när hon och jag träffas själva. För Kristina fick trots allt uppleva det riktiga Grekland.

Har du märkt nåt på morsan? Hon är så där hängig igen, säger Monika som själv inte är på nåt vidare bra humör i den här stunden.

Stig har åter börjat höra av sig. Nu har han varit och hämtat Nathalie och de skulle ha varit tillbaka för två timmar sen. Från vardagsrummet kommer John Mellencamps The Lonesome Jubilee på låg volym. Monika kastar oroliga blickar på väggklockan, är ganska sliten, ser man när dagsljuset faller in över henne från sidan.

Till skillnad från oss andra har Monika stått på hela sommaren, utan nån ledighet att tala om, och fortsätter med oförminskad styrka in i hösten också. Enstaka utflykter till stranden i Falsterbo och en dagsvistelse på Tosselilla har det blivit, men så mycket mer räcker inte sommaren till för henne och Nathalie. Men som vanligt med Monika så säger hon aldrig nåt, beklagar sig inte, förutom möjligtvis efteråt, på en direkt fråga, då hon kan råka undslippa sig nåt i stil med, Ja, det var ju jobbigt den där sommaren. (Vilket är förklaringen till att hon pratar så mycket om morsans tillstånd – för det är lika mycket sitt eget hon syftar på, för att hon är på väg att gå under, fast det begriper jag inte förrän långt senare.) Medan jag, lillebror, alltid börjat med att klaga *innan* plågan sätter in, som alltid blir lindrigare än jag förutspått.

Men det här var sista sommaren, slår hon fast. Till nästa år ska jag ha AT-tjänst.

Jag inser ju att jag måste finnas till nånstans i den ekvation som hon försöker lösa, om inte annat så för att jag står i skuld till henne från i våras.

Jag kan ta Nathalie nån gång, säger jag, om det skulle behövas.

Kan du? säger hon, med en förvåning som inte är spelad. Nä, du har sista terminen och ska tänka på annat. Först är det frågan om hon kommer tillbaka nån gång alls.

Han har kanske tagit med henne på bio. Har det hänt nån gång tidigare att han inte kommit tillbaka med henne?

Inte än.

Vad oroar du då dej för?

Ja, ja. Men nu var det morsan jag pratade om. Jag är rädd att hon är riktigt nere. Allvarligt.

Överdriver du inte nu?

Hör du inte hur deprimerad hon låter? säger Monika, familjens psykolog, som slevar i sig nya kunskaper ur sin dyra medicinarlitteratur kapitel för kapitel, vilket också är skälet till att det inte går att avfärda hennes infall helt.

Hon hade en lysande sommar.

Då ja. Men nu.

Du är bara sur för att hon inte passar Nathalie så mycket som du önskar.

Hon passar visst, på kvällarna. Det är därför jag ser det.

För Monika har börjat jobba alltmer kväll också, fallit till föga för Micks tjat – och för att hålla undan för de yngre tjejer som han ideligen för på tal när Monika tvekar. Monika behöver pengarna, och hon vet att hittills har varenda arbetsgivare hon haft månat om henne, hotat men skjutit med lösplugg, för de vet lika väl som hon att hon är en trogen arbetare i vingården. Mick har tre kassor i omlopp, en för mat, en för dryck och en kontantkassa som aldrig passerar genom statsapparatens fördelningssystem och som förvaras i ett brunt kuvert omsluten med gummisnodd i hans byxficka, och det är ur det kuvertet hennes kvällslöningar räknas upp.

Men *du* skattar väl på det? säger jag.

Skojar du?

Ja.

Det är ett okej jobb, om det inte vore för Janko som är efter mej och Madde hela tiden.

Ska jag slå honom på käften?

Men Monika kan inte landa två skämt i rad.

Kan du det? Han är rätt stor.

Ska vi hålla oss till Bodil, eller? Det är ett nytt läge för henne att vara ensam, det är inte så konstigt att det påverkar henne.

Kristina har nämligen flyttat ut under augusti, fått tag på en etta på nedre botten på Östra Kristinelundsvägen genom en arbetskamrat till morsan, inte så långt ifrån Monika, och morsan har låtit henne få med sig min gamla säng och det nötta skrivbordet med märken efter racerdekaler och Karlssons Klister i skivan, "för du kommer inte att vilja ha dom igen".

Det är inte bara det, säger Monika. Både du och jag har flyttat därifrån utan att hon gått ner sej för det.

Minns du inte hur Bodil var efter att du flyttat till din första lägenhet på Vårgatan? Hon var hos dej varenda dag, tills du förbjöd henne komma.

Men det vill inte Monika höra talas om.

Kan du sluta kalla henne Bodil?

Hon heter det. Ska du fortsätta säga morsan hela livet?

Ja, så länge hon är det! Men sen lugnar Monika sig: Det är klimakteriet, säger hon sakligt. Det slår på humöret också.

Vad hetsar du upp dej för då? Det kommer att gå över. Det gör henne inte till självmordskandidat.

I kombination med jobbet. Hon borde sluta där. Jag har föreslagit henne att söka nytt. Det har blivit bättre varenda gång hittills hon gjort det. Men hon lyssnar inte.

Konstigt. Kvinnor i klimakterieåldern är ju högvilt på arbetsmarknaden. Särskilt nu.

Jag menar allvar. Det är inget att skämta om. Monika reser sig, är framme vid fönstret. Kommer dom inte snart ringer jag polisen.

Jag tar ner en bok från stapeln av kurslitteratur som står på kanten av bordet, bläddrar i den på måfå, men behöver inte många uppslag för att inse att detta är på en annan nivå än där jag rör mig.

När jag tänker efter så har morsan varit på det sluttande planet en längre tid, vi har gjort utryckningar förr, och kanske kan det denna gång förklaras med klimakterium och otillfredsställelse med arbetet, men det finns andra brickor i det här spelet också, glädjehändelser som fått henne att släppa loss, som när Kristina flyttade in och hon fick en ny familjemedlem att skänka sina omsorger, Helena som presumtiv svärdotter en gång i tiden, och så Nathalie som hon fortfarande blir översvallande mormor åt när hon får henne inom synhåll – men Monika, The Brain, är äldst, har så klart rätt, morsan är på fallrepet. Två utflugna barn, tre med Kristina, ett jobb som gått i stå, ett nytt läge utan klara skäl att stiga upp om mornarna.

Monika vid fönstret, lutad så hon kan se ut mot gatan. Vad ska vi göra?

Ja, vi får väl be henne dra igång söndagsmiddagarna igen, säger jag.

Det är indiansommar och jag har unnat mig en ny höstrock – den gubbstinkande mockajackan har jag skurit sönder och kastat, kanariescarfsen också. Jag har gjort mig till och köpt med två tiopack tulpaner från en handlare på Fersens väg som en del i strategin för att lyfta morsan. Men det är inte en glad moder som öppnar. Hon ser samlad ut, backar in i den smala hallen för att bereda plats. I bakgrunden hörs ekon av Monika och Nathalies skratt.

Jag sparkar av mig skorna, hänger av rocken på galge – för gör inte jag det kommer morsan att gå ut i hallen efteråt och hänga upp den – och överräcker blommorna som redan slokar betänkligt. Det är sällan jag har med mig nåt, så det gäller att göra affär av det.

Fina, va? Jag trycker i med en försvarlig dos hurtfriskhet. Tjusigt med en bukett med många olika färger som kan lysa upp i höstmörkret.

Tack, säger morsan, tar emot kvasten, stirrar på mig – vem tror jag att jag är? Poet? Solochvårare? Farbror i rock?

Hur är det? fortsätter jag i samma friska ton, för att föregripa Monikas oro som satt det här helgspektaklet på fötter.

Jag har nåt att berätta. Kom in.

Vad är det? Det låter allvarligt.

Ja, det kan man säga, svarar hon dramatiskt. Kristina kommer inte i dag. Hon har fått resa till Uddevalla över helgen.

Uddevalla?

Hon ger oss tid att avancera in i vardagsrummet innan hon fortsätter:

Hon är gravid.

Va? Men jag behöver inte tänka, kan klippa till på volley: I Grekland?

Morsan nickar bekräftande. Så måste det vara.

Ska hon vara där länge?

Nä, hon ska jobba i morron.

Kristina har hunnit med mycket sen i somras. Sommarjobbet på Åhléns har växlats upp till en heltidstjänst, då hon står och mäter gardinlängder och säljer kuddar. Den tatuerade studentstaven har fått sällskap av ytterligare en, lagd i kors, och kompletterats med en elakt grinande dödskalle. Det är med den Jolly Rogern på axeln som hon tvingats resa för överläggningar.

Jag sätter mig i soffan. Bitar måste läggas på plats.

Det är en graviditet som Leif och Lisbeth håller morsan ansvarig för, så till den grad att dottern kallats hem, för "konsultation", som en ambassadör vid en diplomatisk kris, med hot om kännbara repressalier om hon inte åtlydde. Morsan har dessutom haft en ursinnig bror i luren, gormande, inte bara en eller två gånger utan tre, den sista alldeles nyss, medan förhöret fortsatte med oförminskad intensitet i Uddevalla, och till slut fick morsan nog och lämnade över luren till Monika som precis kommit innanför dörren och höll på att hjälpa Nathalie av med jackan. Monika som fick en grovkornig lägesrapport innan hon greppade luren och försiktigt frågade vad som gjorde honom så upprörd att han var tvungen att skrika.

Det borde väl du om nån fatta!

Nä, hur menar du?

Djupt andetag, innan Leif slog upp en ny front: Jag vill inte veta av nån efterbliven grek!

Du menar som Platon, Sokrates eller Archimedes?

Ja, och allt vad dom heter! Ingen jäkla druvtrampare!

Nä, för vad skulle du kunna prata med dom om?

Ett samtal som Monika själv redogör för när hon kommer ut från hennes och mitt gamla rum, som alltså också är Kristinas gamla rum, ett rum som numera står tomt, så tomt att det ekar där när Nathalie tjoar och ropar.

Vad ska du göra med det? säger Monika. Att du inte flyttar till en mindre lägenhet.

Jag vill bo här! utbrister Nathalie högt, så högt att det blir rundgång i rummet. Jag! Vill! Bo! Här! Får jag det, mormor?

Flytta? säger morsan förskräckt.

Vad ska du bo så här stort för? Det hade varit bättre för dej med nåt enklare.

Tycker du det här är stort? Ska vi byta? kontrar morsan, som aldrig uppskattar när dottern växlar till att bli hennes morsa. Du brukar tala om att skaffa nåt större.

Aldrig i livet!

För har man en gång bott i ett miljonprogramsområde som detta så räcker det. Det är ingen erfarenhet man måste göra två gånger eller nödvändigtvis föra vidare till nästa generation.

Jag tänker måla rummet och sätta in ett skrivbord, säger morsan beslutsamt. Och skaffa en ny säng till dej, Nathalie. Så kan du sova över i eget rum.

Jag! Vill! Flytta! Hit!

Vad ska du med skrivbord till? säger jag.

För under alla år har det ynka pappersarbete som morsan behövt ägna sig åt inte varit av större omfattning än att köksbordet dugt. Deklarationer, skatteberäkningar, den årliga summeringen av kvitton för kooperationens återbäring, ansökningshandlingar och skrivmaskinsknatter när hon gick på kontorsskola – allt har försiggått där utan att vare sig bordet eller morsan tagit skada. Men jag kan så klart inte tänka utanför boxen.

När jag jobbar hemma, förstår du väl. Och så ska jag sätta in en bokhylla och skaffa en bekväm läsfåtölj.

Rena myshörnan, säger jag, men tycker att vi kommit ifrån kärnämnet ett tag nu, så jag frågar: När fick hon veta?

Hon har misstänkt det ett tag. Morsan sätter sig intill mig i soffan, lättad över att slippa fler påpekanden om rummets framtid – som om det följande skulle vara lättare. Helt säkert för en vecka sen.

Men var ni inte tillsammans i Grekland?

Inte *hela* tiden. Jag var inte hennes vakt, om det är vad du menar. Ibland var vi för oss själva. lbland gick hon och la sig tidigare och jag satt kvar. Några gånger hände det att jag gick upp först.

Vet hon vem pappan är?

Det får jag verkligen hoppas. Vad tror du om henne? Men jag har inte frågat.

Vore det konstigt?

Det har vi inte med att göra. Eller tycker du det?

Vadå? Nathalie drar Monika i handen för en förklaring när de sätter sig i fåtöljen tillsammans.

Jag berättar sen.

Mamma? Vadå?

Hur ska jag...? Rösten sviktar för morsan. Leif anklagar mej, att det är mitt fel. Men hon är myndig. Hon tittar vädjande efter stöd från Monika. Det kom fram pojkar till henne hela tiden. Hon är ju söt. Men hon brydde sej inte.

Tydligen gjorde hon det, inflikar jag, lite väl mycket.

Johan!

Ja, vad? Vi kan inte prata om henne som en ängel. Det är därför hon bott här.

Är det din definition av ängel? säger Monika barskt. Vad är du själv då?

Men jag har ingen lust att diskutera förhållanden och sexualitet inför morsan, så jag vänder mig bort och låter frågan falla.

Mamma, svara! Vadå?

Could we talk about it later? Monika tittar menande mot Nathalie, frågar i stillsamt konverserande ton: Vad händer nu?

Morsan reser sig, tar ett par steg mot köket. Vad vet jag? Med munnen formar hon fram ett ord, men andas samtidigt, det råkar viskas fram.

Och Monika är med i matchen igen, all in: Men vadå, vill hon det?

Mamma! upprepar Nathalie ängsligt, alltmer frustrerad över att inte få kontakt, att det är nåt stort som hon håller på att missa har hon förstått, känslig för stämningar som hon är. Vad betyder det? Allt bort?

Det är därför hon är i Uddevalla, svarar morsan. För att diskutera det. Även om jag inte tror det är mycket att diskutera.

Men vill *hon* det?

Mamma!

Nathalie. Monika lutar sig över henne. Låt oss vuxna prata nu så ska jag berätta sen. Och till oss: Ska jag ringa Leif och prata med honom igen?

Men vad betyder det, mamma?

Monika suckar, ger efter, förklarar:

Kristina har en bebis i magen. Men hon ska inte föda den.

Ska den bo i hennes mage?

Nä, hon ska inte ha barnet.

Då kan vi ta det, mamma. Nathalie kryper upp i hennes famn. Visst kan vi? Jag vill ha en lillasyster. Men så ändrar hon uppsyn, blir allvarligare igen. Men om det är en pojke?

Det är inget riktigt barn, förstår du. Det är svårt att förklara. Kristina får gå till en doktor. Hon har ett frö i magen som ska bli ett barn, och det fröet tar doktorn bort.

Ett frö som till en blomma?

Nästan så, ja. Men det blir ingen blomma.

Men jag vill ha en lillasyster!

Jag vet, hjärtat, jag vet. Men jag tror Kristina vill vänta med att skaffa barn.

Morsan som har varit ute en sväng i köket kommer in i rummet igen.

Potatisen är strax klar.

Men det tar Monika ingen notis om.

Vill hon det, vänta? Vad tycker hon själv?

Ja, vad tror du har fått henne att resa till Uddevalla?

Det låter inte klokt, säger jag.

Nä, säger morsan matt, det är mycket som inte låter klokt när man blir gravid.

Ja, du tycker förstås att hon gör rätt, hugger Monika.

Det har jag väl aldrig...?

Har inte du?

Men morsan vill inte påminnas om hur hon insisterade på abort den gången Monika väntade Nathalie för att hon inte skulle förstöra sitt liv – ett argument hon fått kört i halsen åtskilliga gånger, så hon har bråttom att ta sig ut på säkrare terräng.

Jag vill slippa diskutera... Jag tycker hon själv ska fatta beslutet. Morsan tar ett par trevande steg mot köket igen. Nu tror jag det är klart.

Men så stannar hon till utanför Monikas och mitt gemensamma gamla rum, mitt gamla rum, Kristinas gamla rum, det nu nästan tomma rum som Monika menar är en del av förklaringen till att morsan dippat. Gör ytterligare en undanmanöver från samtalsämnet.

Vad tycker ni jag ska ha för färg? Vitt är väl bäst, om man vill ändra sen.

Ser ut att försjunka i grubblerier.

Nä, jag ska kanske lugna mej och fundera igenom vad jag ska ha rummet till.

KRISTINA ÅTERVÄNDER HEM FRÅN den diplomatiska konsultationen, går på skiftet på tygavdelningen på måndagen. Hon uteblir från ytterligare en handfull söndagsmiddagar innan hon återigen sitter ner vid bordet, sitter rak som en planka med ryggen, drottninglik, håret stramt tillbakadraget, en piska på ryggen, solglasögon som diadem, linne fastän vi har förflyttat oss en bra bit in på hösten.

Hur har ni haft det på sistone?

Le kan hon fortfarande, med sitt sneda rockleende.

Det var morsan som var med henne på sjukhuset, det var morsan som körde hem henne till Östra Kristinelundsvägen efteråt, det var morsan som satt hos henne den kvällen och pratade och det var morsan som ringde morronen efter och frågade hur hon mådde. Morsan har fått ett ärende med sin tillvaro, om man ska försöka se nåt positivt i den här historien.

Men det är också morsan som bett oss, nej, förmanat oss, att inte nämna oemotståndlig grekisk charm, värmens inverkan på lättsinnet och lusten, oönskade graviditeter, föräldrapåverkan och ja, det är en hel katalog av ämnen som är tabu dessa dagar.

Vi är en skadskjuten samling runt bordet, som håller seans i den märkliga stämning som uppstått. I frånvaro av väsentligheter att avhandla famlar vi efter sidoskott som vädret i tre olika tempus, recept på fisksoppor och inredning, föranlett av att morsan börjat prenumerera på Sköna Hem för att "finna inspiration" till vad hon ska göra med det rum som i familjevokabulären avancerat till ett etablerat substantiv: "Bodils arbetsrum".

Nathalie är belagd med heltäckande munkavle och sitter därför trumpet tyst med fötterna demonstrativt dinglande och sparkande under bordet.

Tills Kristina bryter dödläget. Lägger ifrån sig besticken.

Kan ni inte lägga av? Ni måste inte svassa runt mej. Jag smittar inte.

Vill du prata om det? säger morsan.

Nä. Men vi kan inte låtsas som att inget hänt heller.

Men kanske inte nu? säger Monika vädjande.

För min del får ni prata om vad ni vill, säger Kristina. Bara ni inte sitter knäpptysta.

Med enda resultat att det blir tyst runt bordet igen, av en ny anledning.

Men Monika bestämmer sig för att få det besvärliga ämnet ur världen och bjuder hem Kristina till dem en kväll så att hon själv får bestämma vad hon vill berätta och hur och Nathalie ställa sina frågor. Morsan får så klart sina besvarade med omedelbar verkan under de dagar då hon är brorsdottern behjälplig dygnet runt. Medan jag som vanligt är sist på bollen och inte får veta så mycket mer än den inflationsrensade version jag bistods med från första början.

EN NY TJEJ FLYTTAR in på korridoren den här hösten. Anna har fått anställning som Arbetets lokalreporter i Eslöv – eller skrev hon Arlöv på vykortet hon skickar? – och skaffat en lägenhet på Monbijougatan i Malmö, bara ett par kvarter från tidningshuset. Ingen av oss är bildad nog att tolka kortets framsida, en kinesisk bonde som piskar fram oxen i knähögt vatten nedanför Empire State Building och texten, i flammande rödgult: Som du skördar får du så. Plantera din framtid nu.

Vilket på det hela taget inte gör nånting begripligare.

Anna hann aldrig sätta några djupare spår i vare sig vår bild av henne eller i den här historien, och Jenny kommer att gå samma öde till mötes eftersom det är så kort tid vi har på oss att lära känna henne.

Men vad vi vet är att Jenny läser språk och har en världsvan air över hela sin uppenbarelse.

Bara språk? Det är KL:s första reaktion efter att ha besiktigat henne, de tajta, håliga jeansen, t-shirten med ett tryck på spanska, den randiga sjalen som hon bär virad varv på varv, ute som inne.

Ja.

Hur gör du då?

Spanska, och franska och italienska på halvfart.

Tre språk?

Hon stannar upp, drar handen över sitt korta svarta hår, möter hans blick. Stenfast. Han svajar.

Vad blir du på det?

Blir? *Blir*? Jag *är*. Vad ska du själv bli, vuxen?

Hon lämnar honom med det visitkortet. Tveksamt om det är ett svar, men mer tänker hon inte tillföra samtalet, och KL får finna sig i att hans i grunden ogenomtänkta fråga förvandlas till nåt större. Ingen av oss andra har heller nåt att tillägga, förutom Sofia som får ur sig:

Franskan, ja. Den borde man ta tag i.

Hon skickas ju trots allt på ”språkferier” utanför Nice den ena sommaren efter den andra av sina föräldrar, som i sin välvilja vill förse henne med djupgående klassiska kunskaper att möta framtiden med. Att hon årligen återvänder solbränd och härjad men utan andra franska tempus än presens i språkpaletten tycks inte bekymra dem.

Fler förändringar är också på inmarsch, av mer betydande karaktär. Nästa gång vi ser Jennys späda kropp och Jean Seebergtrimmade hår i köket är dan efter, då hon fridfullt står och gräddar pannkakor. Ett projekt av det slag som vi annars genomför i full skala, så att alla kan äta tillsammans. Men Jenny gräddar muntert den ena efter den andra, lägger dem efter hand på ett fat i ugnen för värmehållning så hon ska kunna äta dem alla på en gång utan att riskera några ljumma.

Annika står intill och diskar upp efter lunchen, klockan kan inte vara mycket mer än eftermiddag, kastar då och då en blick över axeln mot spisen. Begriper allt mindre av mysteriet ju längre det fortgår.

Det är då KL jäktar förbi, nickar ett hej ut i tomma luften och sätter utan vidare tre tomma kaffekoppar och ett knippe assietter på diskbänken, nickar ett hejdå också, fast riktar pannrörelsen denna gång åt mitt och Traktors håll där vi sitter och spelar vändåtta, han i väntan på Lisette som är försenad, jag i väntan på att nåt ska hända som ska föra den här terminen till dess slut så att studentlivet äntligen ska vara över för min del.

KL är halvvägs ute ur köket när Jenny höjer stekspaden.

Vart ska du?

Hur så? Ut. Han försöker sig på ett leende, men det röjer en plötslig osäkerhet. Ska du med?

Och muggarna?

Ja?

Tänker du låta dom stå där?

Nä, jag... KL kastar en vädjande blick mot Annika, men hon är med på noterna, har vänt sig bort, avbrutit sig i diskhon, anar att en revolution är på gång, säger ingenting, lägger ifrån sig diskborsten.

Och ska *du* bara stå där? Vad tror du detta är, kindergarten?

KL svajar en andra gång, ena benet är på väg ut i lördagsshoppingen, det andra vill stanna och ta ansvar, konflikten skär igenom honom, avläsbar i den villande blicken, och under denna nanosekund upprättar han en kalkyl över priset för respektive val. En blick mot Traktor och mig. Vi är upptagna med korten. Och det går upp för KL att det inte bara är den nyanlända han har att tampas med här, det är korridoren.

Stegar fram till diskbänken.

Får jag borsten då.

Nu står revolutionen i full blom. Annika räcker honom den inte, hon går undan, han får själv sträcka sig, sätta igång att göra rent sitt porslin, kraftfulla rörelser, armbågarna tätt intill kroppen, står hukad med jackan på och skvätter lödder över det vita kaklet, och Annika slår sig ner intill Traktor.

Jenny är en nykomling vars persona vi inte känner igen, hon går utanför nationens ramar, går rätt mycket utanför ramarna för hela det lundensiska livet så som vi känner det, och tar omedelbart plats som särling, eftersom det är den enda roll vi kan tilldela henne i vår andefattiga uppsättning. Är lite som Pernille, kan jag se efteråt, när Pernille mådde som bäst, vill säga, men med en idrottsstjärnas självbild. Rapp i käften, bestämd, men också varmhjärtad, några år yngre än vi, hela hennes uppenbarelse säger att hon upplevt saker som vi inte har en aning om, och att hon är medveten om vilken skillnad det gör.

Vad har du gjort innan? frågar jag henne, när hon ätit sina pannkakor och *hon* står och diskar upp efter sig.

Rest.

Det kommer inte mer, så efter en stund kommer min följdfråga: I?

Sydamerika. Senast vandrade jag Inkaleden.

Själv?

Det behöver hon inte svara på. Självklarheter ägnar hon ingen möda. Beredd på att jag kan åka på samma käftsmäll som KL går jag vidare med frågor som renderar tydligare, konkreta svar.

Tog det lång tid?

Det beror på hur man räknar.

Hur räknar du?

Jag bodde i en liten by ett par månader. Jag blev inbjuden av en familj att stanna hos dom.

Var du inte rädd?

För?

Tja, vad ska jag svara, i min fullkomliga naivitet om världens tillstånd och den allt hårdare dag vi har att vakna till var morron har jag framför mig sett artiklar och program om försvunna vandrare, mördade, tvångsnedknarkade, våldtagna, längs vandringsleden som är ökänd för hur få som överlever eller undgår brutala rövare.

Jenny drar ut proppen ur vasken, torkar händerna på handduken och kör ner dem i bakfickorna på de urtvättade jeansen. Ett brett regnbågsfärgat bälte av flätade snören. Vänder sig mot mig.

Vad skulle dom göra mej? Jag hade inget med mej att ta. Har du fler frågor?

Inte nu.

Bien. Då måste jag skynda mej.

Hon rycker åt sig jackan, en amerikansk arméjacka med peacemärken där gradbeteckningar en gång suttit.

Men en sista fråga hinner jag få ur mig:

Jag ska laga pasta med musslor i kväll. Vill du äta med oss?

Medan hon trär på sig jackan, i steget: Jag vet inte om jag kommer hem i kväll. Men tack ändå.

Och hon försvinner ut.

Även om vi aldrig lär känna Jenny så mycket bättre än såhär så finns det i alla fall en som alltid kommer att tänka på henne med tacksamhet. För vad Annika ser när hon tittar ut genom fönstret är inte Jenny försvinna iväg ut genom porten, utan hur tre års ensamharvande i kollektivets tjänst äntligen är över.

DE NÄRMASTE VECKORNA KAN KL därför inte närma sig köket utan att få höra:

Kan du ta min kopp också?

Käften på dej.

Eller, fredag eftermiddag, röst som sportkommentator:

Här kommer diskmaskinen. I riktning mot baljan.

Varianterna hämtas snart allt längre utifrån periferin:

Hörde att du fått en roll i Lödder när det görs nya avsnitt.

Men trettiåttonde gången brister det för honom.

Ny parfym, KL? Yes citron, va?

Lägg av nu! Vad har hon med det att göra? Ser ut som en jädrans blatte också.

Tystnaden i köket. KL säger inget mer, står kvar, händerna utmed sidorna. Hämtar precis som vi andra andan. Tills han säger:

Pannkakor. Ska vi laga pannkakor i kväll? Alla.

Annika gör sig beredd att resa sig, för det har liksom övrigt köksarbete hört till hennes domän att blanda smeten, men det är en inövad reflex som hon vinner kontroll över, nånting får henne att sitta kvar – ett stärkt självförtroende. I stället säger hon:

Det låter gott.

Ingen annan säger nåt, jo, Traktor nickar instämmande, för ingen kan äta pannkakor i sådana mängder som han.

Ja, tack.

KL inser det alltmer hopplösa i den situation han försatt sig. Men han har inte råd att förlora ansiktet en gång till, inte nu, så han vänder om, ställer sig att knäcka ägg och mäta upp mjölk och mjöl.

Och medan KL står och vispar smet kan vi passa på att fråga Traktor hur det går med de entusiastiska flyttplanerna från i våras, för nu är jag tämligen övertygad om att det verkligen var i våras de kom på tal första gången.

Så där, svarar han. Lisette ringer varenda dag.

Man kan förundras över att han, pratglad och utåtriktad, överlåtit helt och hållet åt sin i våra ögon stumma flickvän att försöka blidka hyresvärdarna, men minsta spår av kritik i vårt sätt att föra det på tal får honom att slå bakut. De har till Traktors lycka under sommarmånaderna provat på att vara sambo i en tvåa på Linero som de hyrde i andra hand och hade hoppats på att få överta kontraktet till, men ägaren gjorde en panikartad reträtt, för tiderna har blivit sämre, ekonomin börjat hacka, Kjell-Olof Feldt ser alltmer betryckt ut för var gång han får mikrofonen uppkörd i ansiktet i Rapport, och det får han vareviga kväll nu, har mycket att förklara och försvara, ingen annan är lika mycket i teve under det här årtiondet som Feldt, knappt programledarna, ingen kan heller se lika beklämd ut när han skjuter upp de tunga glasögonen på näsan, varefter följer arkivbilder på hur han planerar skattereformer eller promenerar med hunden, en motionsform som han snart kommer att få rikligare tillfällen att utöva, för när decenniet är slut är också han det och ersätts av Allan Larsson på posten att rädda landets ekonomi, som för övrigt strax ändå ska köras sönder fullständigt, till under bananrepubliksnivå, när Feldt inte längre är synlig i rutan och borgarna och Anne Wibble tagit över rodret.

Traktor och Lisette har fått börja om i sitt sökande, och vad vi kan se har entusiasmen falnat en aning. Traktor har mycket omkring sig, sista terminen, och Lisette ser vi till alltmer sällan, fast de gånger hon kommer till korridoren har de inte längre nåt emot att sitta med oss andra i stället för att genast skynda in på rummet.

Det kan också ha att göra med att Traktor till slut ändrade sig, reste hem till gården, och resolut bjöd med sig Lisette för att stoiskt hävda sitt oberoende inför fadern, en av de första helgerna på hösten, då det agrara arbetet stod på som bäst, och det kanske inte var det framgångsrika besök Traktor hade hoppats på. Av Traktors bristfälliga redovisning kan vi åtminstone sluta oss till att pappan och flickvännen inte direkt funnit varann och att ett samtal förts vidare på tu man hand mellan far och son.

Eller kan det vara så att förälskelsen övergått i kärlek? Vanlig, banal kärlek, som inte måste vara mindre värdefull, bara annorlunda.

Det har den inte alls! protesterar Traktor när Annika för det på tal.

Men Gunnar. Det är naturligt att det blir så, det blir nåt *annat* av de ursprungliga känslorna. Så är det för *alla*.

Experten har talat. Men vem vill lyssna på sånt? Inte Traktor i alla fall.

Så fan heller! Jag är fortfarande skitförälskad!

Med de svordomarna kliver Traktor av scenen, ut från köket i marschtakt, är på väg ut men det regnar och är råkallt ute och enbart hans oförställda ilska räcker inte som värmekälla, så han vänder om, försvinner in på rummet, smäller så klart i dörren, det hör till stundens dramaturgi.

Men nu har KL, med förklädet om magen, vill inte riskera spilla pannkakssmet på lammullströjan, fått fart på järnet och börjat grädda, och dofterna som sprider sig är förföriska och låter sig inte hindras av stängda dörrar.

Alltså har vi Traktor i köket igen inom två minuter.

Vad är det för fel på att bara vara kär då?

Det kan finnas ytterligare en annan anledning till att de inte lyckats hitta nån lägenhet. Traktors velighet. Han kommer allt oftare in till mig, knackar på dörren, står och hänger i dörrhålet, glor på Hedlund och "vill bara snacka", snackar själv om tiden efter examen, jobben, framtidsplanerna, har skickat ansökningshandlingar till Tetra Pak, Gambro, Ericsson, Asea och de andra industriföretagen som byggt nationens välstånd under ständigt kverulerande om vilket kamikazeuppdrag det är att driva företag i Sverige, men som suger upp hela årskullar av tekniker i sitt omättliga behov av kompetent arbetskraft, han hänger på näringslivsdagar och presenterar sig för presumtiva arbetsgivare, vill helst utomlands, avslöjar han, få arbete i Tyskland eller nånstans i Asien, dit svenska företag börjat prova att förlägga sin produktion, och inget fel i de drömmarna, dem har vi alla nån gång i livet, att ta oss bort från det vi har här för att kunna börja på nytt nån annanstans, på samma vis som vi från och till vill bli nån annan, återuppfinna oss i ett annat skick, om än inte i buddhistisk mening, för tanken på reinkarnation finns det inte plats för under de år man stressar med att få allting överstökat så att man kan krypa ner i graven utan alltför mycket ånger över saker man missat eller inte hunnit med i detta liv (lära sig flytande franska, springa maraton i tre olika världsdelar, arbeta ideellt i en biståndsorganisation så att världen är en aning hoppfullare när man lämnar den än när man kom, prata med sina barn som jämlika vuxna så att de ska slippa dras med själsliga sår och trauman att plantera vidare i nästa generation, dansa på en Nobelfest, äga en Porsche med efternamnet på registreringsplåten eller bestiga Fuji i gryningen), och Traktor som är en A-student kallas till intervjuer, fast de benämns "personliga möten", erbjuds tjänst på stående fot, men vidhåller att han ska vara klar med studierna innan han går vidare.

Över huvud taget ger Traktor alltmer intryck av att inte våga ta steget ut ur sin trygga tillvaro, flytta samman, tacka ja till arbete. Nånting trycker honom.

Är det Lisette? skjuter jag försiktigt in i ordflödet, denna gång under en redogörelse för besöket hos personaldirektören på Ericsson som demonstrerat personalbehovet med att de anställer allt från tekniker (handen högt i luften) till humanister (handen ner mot mattan).

Vad är det med henne?

Han tittar upp från pannkakorna. Det är för övrigt de godaste pannkakor vi ätit under våra år tillsammans. Varför har inte KL ställt sig vid spisen förr? Varför har inte vi ställt honom där förr?

Vill hon utomlands?

Han tvekar. Jag vet inte. Jag tror det. Ä, jag vet faktiskt inte. Hon måste läsa klart... Hon kan komma sen.

Sofia sitter också med ett nervöst drag i mungipan. Att bli klar innebär för hennes del att tvingas till arbete, en interimistisk lösning, får vi förmoda, i väntan på giftasbud, och det är inte det slags vardag hon förväntat sig efter studierna.

Men läs enstaka kurser, föreslår Annika, så vinner du tid.

Aldrig. Jag är trött på det här harvandet. Inte ett slabb till, säjer jag.

Det är det enda jag kommer sakna, kommer det från förklädet vid spisen.

Vi ska titta på lägenheter i morron, säger Sofia. En mäklare som pappa känner.

Får du en lägenhet? säger Traktor uppgivet. Bara så där?

Nä, inte hur som helst. Utan för att jag klarat examen.

Men det har du inte, inte än.

Nä, men pappa säjer man ska slå till när man hittar nåt.

Ja, den här hösten vilar uppbrottsstämningen tung över korridoren, sista natten med gänget-anda flera månader i sträck, konstigt nog, för samtidigt längtar alla vidare, studentlivet är en för trång kostym, och vi letar var och en på sitt håll efter ett mer passande plagg.

Annika ska förstås bli kvar ännu en termin och får börja skapa sig en ny korridorsamvaro med Jenny och dem som ska överta våra rum. Slumpen har gjort att vi andra står i begrepp att mucka samtidigt, och skiljas åt, och exempelvis KL kommer jag inte att ha mer kontakt med efter det att jag tar mitt pick och pack och återlämnar rumsnyckeln till ett grinigt ansikte på expeditionen i februari nästa år och övertar Monikas gamla lägenhet sen hon äntligen hittat en trea på nedre botten i en fastighet på Limhamnsvägen, det enda jag därefter får höra om KL är att han tilldelats tingsplacering nånstans uppåt Sundsvallstrakten eller om det är ännu längre norrut, men så en förmiddag ungefär fem år senare får jag syn på honom i Malmö, i bakvattnet till Henning Sjöström som under stort ståhej gör en spelning i tingsrätten, nationell uppmärksamhet, ett våldsdåd som givit upphov till braskande rubriker, Sjöström i kamelhårsulster och med den resoluta blicken riktad rakt in i den evighet där han redan hör hemma, KL bakom, hunsad, hukande, de tunna snörskorna redan förstörda och genomblöta av snömodden på Västergatan, kragen uppvikt, hälsar inte, har allt fokus på att hantera de två stora pilotväskor fyllda med rättegångshandlingar som pallats upp på en ranglig, hopfällbar pirra och provisoriskt hålls på plats med några repstumpar, hälsar alltså inte, flåsar i hälarna på husse, och jag står på andra sidan trottoaren och ser den omaka duon, matadoren och banderiljären, paradera förbi och kan inte tro att det är samma person som dansade på bordet till It's raining men, som ledde allsång i en buss på väg till Stockholm, som försatte studentskors hjärtan i brand, eller att det verkligen är han som morronen efter att han stått och gräddat pannkakor den där hösten kliver ut ur Sofias rum med bara en handduk om midjan och henne i släptåg med lika lite på sig för att skyla kroppen och hennes hår är rufsigt på ett sätt som det bara kan bli av en enda nattlig aktivitet, två urlakade kroppar som väcker allmän munterhet i korridoren, särskilt som Sofias mamma just då står i köket och tippar av rester från gårdagskvällens middagsbjudning i vårt kylskåp medan hon väntar på att hon och dottern ska bege sig till det avtalade mötet med mäklaren, en av de få gånger jag tror Sofia verkligen är nöjd med att pappan väntar ute i Jaggan, men låt oss gå vidare i stället för att förlora oss i detaljer om hur det gick till när de hamnade i samma säng eller efterspelet som mamman med sitt av förfäran vanställda ansikte bjöd upp till, för KL:s fortsatta karriär har inte enbart inneburit pirratrillande, utan också en ansenlig mängd spektakulära mål som gjort honom till ett välbekant namn i Stockholmskretsar, ”kändisadvokat”, om det inte vore för att benämningen har nåt unket över sig sen just Sjöström försåg sig med det prefixet – men han kliver alltså ut ur Sofias rum efter en natt med inte alltför mycket sömn.

Och kanske är skälet att lägga ut en dimridå, att ge oss nåt nytt att prata om, för efter den morronen är tråkningarna om diskningen borta och i stället slänger vi käft med honom om hans kapacitet som förförare.

MEN ÄN FÖRMÅR VI OSS till en gemensam samling när nöden kräver.

Jenny är aldrig tillräckligt närvarande för att saknas när hon inte är där, vi reagerar mer på de gånger då hon syns till eller slår sig ner i köket med oss och dricker en kopp te, pratar, och det går inte att ta miste på att Annika tycker det är bekymmersamt hur hon ska kunna bygga nåt nytt på det svaga fundament de gemensamt utgör. Jenny har ett kontinentalt drag över sitt väsen, manifesterat i de stora sjalarna och ponchon hon sveper om sig när det blir kallare, på det hela taget kringgärdad av stora lager mystik. Det kan inte enbart ha med hennes språkkunskaper och omåttliga resvana att göra. Hon äter de flesta måltider på kaféer, oftast syns hon med en café au lait. Men ingen frågar. Det är när den alltmer frånvarande Jenny blivit vardag som vi märker av en annan frånvaro.

Till slut ser vi ingen annan lösning än att vi måste fråga Traktor vad som hänt.

Ingenting.

Inte? Var är Lisette då? säger Sofia, som är mer rakt på sak än jag, och Annika ligger på rulle:

Gunnar, kan du inte berätta vad som hänt? Det känns bättre då.

För vem?

Traktor tittar upp i taket. Tvekan i blicken.

Han räddas av KL som tar korridoren i besittning:

Har ni hört? Sätt på teven!

Vi samlas framför den gamla sprakande burken. En upphetsad reporter på plats i Österrike, intill ungerska gränsen, varifrån östtyskar strömmar, nåja "strömmar" är nog mer en tolkning i det exalterade ögonblicket och "anländer" en korrektare beskrivning. De första skalven i våras. Gränserna brister. Klipp till Röda torget. Klipp till Washington. Den fria världen representeras av stofiler som Thatcher och Reagan som gemensamt använt det gångna decenniet till att vrida tillbaka klockan, medan öst toppar laget med Honecker och Gorbatjov, reformpolitik. Obegripliga samband. Ingvar Carlsson uttalar sig, allvarlig, samlad, svårt läge, kalla kriget över eller inte, tveksamt.

Fattar ni! utbrister KL. Det håller på att rämna.

Det kan inte vara sant, säger jag. Hur är det möjligt?

Dream on, kommer det bakifrån oss. Det är Jenny som står där, på väg ut. Gubbhatt på huvudet.

Klart det faller, säger KL, bergfast i sin övertygelse. Nu börjar det.

Har du varit där? Har du själv sett vad du talar om?

För det har Jenny, som inte har för avsikt att säga mer eller avslöja nåt om sina erfarenheter från bakom järnridån. Hon lämnar oss med en uppgiven min.

Annika ser efter henne. Vänder sig till Traktor.

Du svarade aldrig.

Sch! Jag lyssnar.

Några veckor senare är vi samlade i samma formation igen. Ser nattens händelser: Östtyskar som omtumlade passerar gränsposteringen till Västberlin. Anleten fulla av förväntan och förvåning skymtar framför kameran, mänskor som inte vet åt vilket håll de ska ta vägen, förvillade i ingenmanslandet, knuffar och glädje, ohejdbar gråt, och därefter nyktras sändningen till med räckan av obligatoriska statsöverhuvud som i försiktiga ordalag talar om den nya tid som är här, en kavalkad som inleds med att Ingvar Carlsson talar om det allvarliga läget, hela Carlsson är ett allvar, det är han alltid, men nu är han allvarligare än en gråsten på en kyrkogård. Medan reportern på plats nere i Berlin, när han får ordet i nästa utsändning, ser *sin* chans till en plats i historieskrivningen, får dåndimpen och frihjular i en politisk-poetisk utsaga om hur frihetslängtan sprängde portarna vid Checkpoint Charlie och Östtysklands folk som en mäktig flod översvämmar muren, det finns ingen hejd på bildspråket.

Var är Jenny? KL ser sig om. Ute och reser, va? Nu ska jag dit!

Ska du?

Jag vill ha sett Östberlin, och du med, Traktor.

Vi blir sittande framför teven sändning efter sändning, detta årtionde då folket samlats framför den ena katastrofsändningen efter den andra, Falklandskriget, hungersnöden i Etiopien som leder till Live Aid, ryska ubåtar, Tjernobyl, Palmemordet och alla dess efterspel, och hade vi kunnat ana att nästa årtionde skulle bli ännu mörkare och blodigare hade vi kanske än bättre förstått uppskatta att detta rings ut i durtoner med att halva Europa befrias från sina bojor.

Redan andra dagen talas det om muren som populär helgutflykt. Detta är en vecka då KL, omvänd i sin tro, förmått mig och Traktor att stå för all verksamhet i köket, för att ”betala igen”, har ändå fått sig en tankeställare av Jenny och en mer framstående amatörpsykolog skulle väl hävda att han i henne ser sig själv, i motsatsen. KL har tagit på sig uppgiften att bunkra med öl, jag ska laga pasta med musslor (bredden på menyn krymper i takt med att de återstående dagarna blir färre) och Traktor svabbar golvet.

Det är dags att packa, Traktor.

Nu? Klockan är…

Inte i kväll, heller. KL funderar. Kommer fram till att även han kan behöva förbereda sig bättre än att trava iväg till stationen i det han står och går i. Vi får skaffa biljetter i morron.

Dan efter rycker han upp min dörr. Har för vana att inte knacka. Låser man inte får man skylla sig själv, är hans doktrin. Jag sitter böjd över böckerna.

Du ska också med, eller hur?

Jag vrider mig i stolen.

Ja, inte i dag, fortsätter han. Det får bli nästa helg.

Jag vet inte.

Men kom igen. Du sa likadant före Stockholm också. Har du ångrat det, kanske?

Jag har tentan.

Fan, Kraft, vad är det du har bakom örat? Han lutar sig fram. Det är ju mossa! När var du utanför stadsgränsen senast?

I söndags.

Hos din mamma, det räknas inte.

Jag har tänkt resa upp till Stockholm före jul. Jag har inte råd till både och.

Till tjejen där? Detta händer nu, Kraft! Tentan har du *alltid*. Den blir du inte av med.

Nä, det är just det. Och låt bli mina öron! Vad ska ni göra?

Vad är det för fråga? Har du inte sett? Vara med om nåt!

Från sitt rum hörs Traktor ropa:

Ska han med?

Och KL svarar, högre:

Bockstensmannen stannar hemma!

De två äventyrarna ger sig av med lätt packning och tungt sinne, Carlssonallvarliga, vet ju inte vad de ger sig in på, till ett Berlin som tycks mörkt och grått och hotfullt trist, kol- och kåldoftande, och i samma stund erfar jag återigen vinddraget när man står på perrongen och ser historien vissla förbi, som vanligt alltför avvaktande och tveksam till att kasta mig ut, ge mig hän, och det är också skälet till att det ska dröja tjugo år innan jag kommer till Berlin, när det åter är en stabil centraleuropeisk stad med undermålig shopping men ett hyfsat krogliv, med en vettlöst dyr U2-biljett i innerfickan och i sällskap med fem kollegor och vänner, grabbgänget ute på vift, pojkar på nytt men med brackiga vanor när det gäller krav på hotellservice och vinlistor, och nu är vi så gamla att det inte bekommer oss att vi gillar gubbrocken, till skillnad från för tio år sen då jag plötsligt blev medveten om att tiderna förändrats och att det faktiskt fanns andra band och andra musikstilar som var mer i tiden, men detta är min musik, mina rötter, tolkningar av mitt liv, rock med lårdaskande gura och en sång som hämtar kraft från bronkiterna och får micken att rygga bakåt, varför skämmas, i en tid då melodifestivalen har kommit i retur med full kraft och får folket att tro att den är angelägen och ungarna upptäcker Abba tack vare att Mamma Mia! släpps på dvd och kan dansa till det utan att ha skamkänslor för att de inte laddat stereon med progg, detta är ju motsidans musik, det var i alla fall vad vi fick oss ipräntade, så nu reser vi till Berlin i kavaj, jeans och utanpåskjorta, leisure style, alla lika skalliga och med tjockskalmade retroglasögon av svart bakelit vilket sammantaget får oss att påminna om ett halvdussin klonade coneheads, sitter två och två på rad på U-Bahn, som ett litet paket ägg med locket av, och innanför grindarna till Olympiastadion förenas vi med tusenden av samma sort, influgna från hela Europa, män med lika obefintligt hårfäste som fantasi vad gäller den egna identiteten, men när konserten sparkar igång är vi med från start och blir befriande nog medvetna om att vi ändå tillhör den yngre halvan av publiken, fast det kan också ha att göra med att vi hamnat på en av de dyrare vipsektionerna, där vi orytmiskt och generande stelt dansar intill ett italienskt företagsgäng i röda sponsorkepsar, det ser ut att vara en logga för en pensionärsförening i pannan, och får vara med om en fullkomligt lysande scenshow, längre än så här går det inte att ta rocken, med ett band som bjuder på en mix av megalomani, Allsång på Skansen och överraskande intim publikkontakt, och man kan vara lycklig i en sån här stund, begrunda det faktum att man faktiskt inte missade *den här* historiska händelsen, och dessutom hinner man se Berlin, murresterna, Stasimuseet, äta wienerschnitzel på Café Einstein varefter man, på väg ut till taxin som hovmästaren ringt efter, förbluffad stannar till inför de Pretty Woman-dressade hororna som patrullerar gatan utanför, de finns alltså på riktigt, och strax innan flyget går blir det tid över för en tur för att leta presenter till ungarna i Hackesche Höfe där varenda mänska pratar skandinaviska, först när man slagit sig ner ombord på planet får man tid att reflektera över de två dygn man varit med om, och kommer fram till att detta trots allt är ett bättre sätt att uppleva stan, som hel och på uppgång, inte delad och fattig som den där novemberhelgen då de två världsresenärerna KL och Traktor återvänder och det står klart för oss varför de gav sig iväg med så lätt bagage.

De kommer släpande på väskor som tvingar dem att luta sig som om de utsatts för stark sidovind, vänster arm dubbelt så lång som den högra och i slutet av den ett fast knogvitnande grepp om varsin väska, Traktors blåa sportbag, KL:s diplomatsvarta kabinväska, båda tyngda av sten och betong.

Traktor lägger upp sina troféer, stora som kaninlortar, till beskådan på köksbordet. De har inte hunnit ta av sig jackorna. Orakade är de också, har alltså tagit intryck av östlivet.

Ska du ha en? säger KL. Femti spänn.

För en bit betong?

För en bit *historia*! Han vänder sig till Traktor: Bockstensmannen har fortfarande inte fattat.

Hur kan jag veta att dom verkligen är från muren? invänder Sofia, som har haft svårt att hitta en vettig distans till KL sen hennes mamma plötsligt stod i köket den där morronen.

Genom att lita på mej.

Jaha du, det är väl inget argument.

Ska du ha eller inte?

I så fall köper jag av Traktor.

Annika släpper ner Herodes på golvet. Jag vill ha en, säger hon. Den kan jag bygga en predikan kring.

För Annika håller på att skriva en predikan, och ingenting plågar henne lika mycket. Har inga problem med den kristna moralen, men att fånga den i kristen retorik är svårare.

Du ska få en av mej, säger KL givmilt, för att ge igen på Sofia, tror vi först – men så här på sluttampen träder KL fram och visar andra kvaliteter än enbart den glade gamängens, som vi tagit honom för, vete sjutton om han inte sitter och blir känslosam, får i alla fall Annika att rentav bli tårögd, vilket föranleder ett vackrare efterord än vad som var tänkt.

Jag kan inte ta betalt av dej, Annika, efter allt vad du gjort för oss under dom här åren. Slår ut med handen, en menande gest om köket. Jag förstod det när jag såg hur dom hade det i sin fattigdom.

Då tänkte du på mej?

Jag tänkte på att man ska hjälpa varann, det var vad jag tänkte. Och särskilt dej, som varit så snäll mot oss. Du har betytt nåt för oss. Det ska du veta.

Nu börjar jag gråta.

Det är för jäkligt när man tänker efter. Att du inte protesterat.

Det gör inget, Christian.

Du får faktiskt välja precis hur många du vill ha. Här är till hur många predikningar som helst.

Tack.

Ta vad du vill ha, säger KL – kvittar för alla år av markservice och städning med flagor av betong symboliserande ett totalitärt system!

Medan de varit borta har vi hört utrikesminister Sten Andersson tala om ett enat Tyskland som en fara, ”ett chauvinistiskt land” som skulle dominera Europa – kan det verkligen stämma, vill vi veta av dem som inhämtat primärkunskaper, att andras frihet skulle vara ett hinder för oss?

Dom såg ut som gamlingarna hemma i byn när jag var liten, säger Traktor när vi vill veta mer om deras fältstudier på östra sidan. Nerslitna. Som nittiåriga gubbar fast dom var i vår ålder.

Han skakar på huvudet.

Ren jävla fattigdom, fyller KL i.

Kanske bättre att dom fått behålla betongen att sälja själva då, föreslår jag.

Du, där är så det räcker och blir över, snärtar KL tillbaka. Det är inte mer betong dom behöver. Det är bidrag. Och till Annika: Det kan du tala om i din predikan, vad vi har sett. Fast ingen kommer att tro dej.

Redogörelser för resan kommer att vara ett fast inslag i vartenda samtal de deltar i på korridoren fram till jullovet. KL som gärna placerar sig mitt i köket och håller monolog, förr eller senare måste Jenny dyka upp, så att han kan få delge henne sin mer aktuella bild av läget och klämma till henne för tron på kommunismens stabilitet.

KL är inte dummare än att han inser att murresterna har ett bästföredatum och avyttrar därför på kort tid sitt lager, vilket inbringar en förmögenhet, pengar som snart har runnit igenom hans personliga transfereringssystem och förvandlats till flera lådor med David Adam Bertil, en ny förstärkare och påkostade julklappar till släkten.

Traktor har inte samma merkantila ådra. Han delar ut ett par dussin bitar ur sitt innehav till kursare och på institutionen. Resten får han för sig att ta med sig för att förevisa när han reser hem till fädernesgården över första advent, ett besök han tror ska göra det lättare för honom att slippa ifrån det förhatliga julfirandet. Men han återvänder redan dan efter.

Var dom inte glada att se dej?

Vad tyckte dom om muren? säger KL.

Ä, pappa sa att sten har dom så det räcker i åkern.

Traktor har krympt. Står hukande. Väskan dock lätt, stenarna har han kastat ut över Västgötaslätten.

KL lägger en hand på hans axel, stödjande. Ger honom en lätt kram. Föreslår:

Du kanske ska ta och ringa Lisette. Känns säkert bättre om du pratar med henne.

Traktor försvinner in på sitt rum med den tomma väskan i näven.

Kanske det. Jo, jag ska nog göra det.

ANNIKA FÅR IHOP EN predikan utan stenarna, inte över Berlinmuren, folklig resning och gudstrons betydelse för en totalitär stats sammanbrott, och inte heller utifrån temat månglarna i templet, som annars ligger nära till hands.

Hon seglar fram i korridoren, klänningen som en spinnaker i frisk bris, Herodes som springer slalom mellan hennes ben under tyget, är på väg mot oss där vi sitter uppradade som tre konfirmander i KL:s säng för att lyssna in oss på hans nya förstärkare, en Harman Kardon med "mjukare ljud", som demonstreras med Live Rust uppvriden till åttan. Oklart vad "mjukt" innebär i det här sammanhanget, ett adjektiv som inte hör hemma i samma mening som Neil Young och den här plattan.

Kan du sänka? ropar hon. Vänder sig därefter till Traktor:

Nu är jag klar. Jag skrev den om dej, Gunnar.

Om mej?

KL sänker två steg till.

Vad finns det att säja om mej?

Tänkte att du kanske ville läsa det?

Helst inte.

Han får medhåll av KL: Den kan inte vara lång.

Annika håller fram ett knippe papper.

Inte ditt namn, så klart. Jag skrev om att gå sin egen väg. Att våga stå för den man är och det man vill göra av sitt liv.

Och det skulle vara jag? säger Traktor klentroget.

Ja.

Jaha du.

Traktor saknar helt den glädje i uttrycket som Annika uppenbarligen förespeglat sig. Han släcker lyset, får en allvarligare uppsyn. Det är inte så han ser sig själv, kan vi förstå, snarare låter hennes beskrivning som en karikatyr av den person han önskar att han vore. Annika sänker pappren, håller undan dem.

KL får ett av sina infall: Att du inte skriver om Herodes i stället.

En hund?

Den riktige Herodes. Vem vill höra om en hund? Och ta med stenarna.

Herodes, hunden, tittar ut från under klänningen, som då fartvinden mojnat dalat närmare Annikas kropp, när han hör sitt namn, i väntan på förlig vind igen. Svansen som en antenn upp i luften. Annika oförstående, har sitt eget vis att låta tystnaden tala. Kommer att bli effektfullt under predikan.

Ser du inte kopplingen? säger KL.

Inte direkt.

Men indirekt? Det är vad alla bra tal går ut på, att få ihop två saker som inte ser ut att höra ihop.

Det är inget middagstal jag ska hålla.

Men KL är bergsäker: Ingen skillnad. Det är samma sak. Tal avslutas med skål, predikan med amen. Ska du ha hjälp?

Ge er nu, avbryter Traktor. Har ni inget viktigare för er? Jag vill inte vara i nån predikan, eller nåt tal.

Han skjuter upp från sängen, tränger sig förbi Annika i dörrhålet, undviker snudda vid pappren, är borta.

Vad är det med honom? säger Annika.

Du borde kanske ha frågat honom innan du skrev, föreslår jag.

Men Annika menar inte bara den här gången, och som vi sett har hon ju rätt, Traktor är inte Neil Young, Traktor är mjuk och förutsägbar, och allt mindre sig själv.

KL skruvar upp det ”mjuka” ljudet igen. Så högt att vi inte kan diskutera Traktors tillstånd mer. Och att spekulera vidare hade ändå varit bortkastat. Några dagar före jul får vi en förklaring.

Vi har bestämt oss för att i grandios stil fira av med en jullunch utöver det vanliga på Petri Pumpa. När jag återvänder efter helgen hos Birgitta i Stockholm är planerna ändrade. Traktor har hoppat av och KL avbokat bordet och i stället bestämmer vi oss för att vara studentikost lättsinniga en sista gång och väljer att bege oss till en servering i rakt motsatta änden av skalan, Finn Inn, uppklädda som inför ett styrelsemöte. Vi har ägnat år av möda åt att komma upp med en vansinnigare idé än att smuggla in en skotte på korridoren, detta är vårt sista försök att toppa det – men hur motbjudande stället än är så är det inte i närheten av Annikas tilltag.

Det är begravningsstämning dessa dagar, eller om det är en inverterad glädje över att närma oss slutet som vi inte kan hantera. Inget kan i alla fall i det läget passa bättre än ett stycke sönderkokt torsk med potatis och äggsås av skolmatskaraktär, uppslabbat på tallriken, en "otydlighet i presentationen" som omdömet från en matrecensent skulle ha lytt. Men detta är inget för recensenter, detta är masochism för två studenter som njuter av lättöl och en trist matsal, där personalen tycks tro sig servera nåt som kunde gälla som huvudrätt vid en kunglig taffel.

Vi pratar tingsplacering. Entusiasten KL vet sig hamna på nån av de stora tingsrätterna, antagligen Stockholm, kanske Malmö. Båda är så klart fullständigt uteslutna med tanke på hans studieresultat, men varför ska jag frånta honom den förhoppningen? Själv är jag tacksam om jag får en placering över huvud taget, och inte för långt ut på vischan.

Men så tittar han upp, förbi mig, avstannar käkarnas malande av den torra fisken, och jag känner hur nån som kommer att stanna till vid vårt bord närmar sig bakifrån.

Vad ni är finklädda.

Överraskningen – hon kan ju tala, för egen maskin och utan att behöva tilltalas först! Varför har hon aldrig visat prov på det förr?

Det var ett tag sen, säger KL.

Ja, säger Lisette. Hur är det med er?

Hon har, årstiden till trots, fått färg på kinderna sen vi såg henne senast – och när var det, egentligen? – hon trycker ner hakan i sin grovstickade sjal och tittar på oss med öm blick och är, faktiskt, i just den här stunden riktigt söt.

Vi firar att vi bara har några veckor kvar, svarar jag. Och du?

Det är väl okej, svarar hon, nästan viskande. Hur är det med Gunnar?

KL har lagt händerna på bordet.

Ja du, hur är det med honom? Vet inte du det? Han verkar alldeles under isen. Hur är det med er två egentligen?

Lisette trycker hakan längre ner i yllet, så långt att bara nästippen sticker fram. Talar genom maskorna.

Vet ni inte?

Vi vet ingenting, säger jag. Vad är det vi ska veta?

Har han inte sagt nåt? Ingenting? Jag trodde att ni skulle veta nåt som... för jag förstår inte.

Vad skulle han ha sagt? Jag gör en gest att flytta undan rocken från stolen intill mig. Vill du slå dej ner?

Hon skakar avvärjande på huvudet. Tar ett steg på stället.

Är det slut? säger KL, som är mer på bettet. Har han?

Hon nickar. Han ville inte längre. Det är allt han har sagt.

När, börjar KL, för en gångs skull taktfull. När hände det? Jag menar när sa...

Tolfte september.

Men du har varit hos oss sen dess, säger jag. Har du inte?

För att hämta grejor. Och försökt prata med honom.

Vill du att vi tar ett snack med Traktor?

Måste ni kalla honom så? Han gillar inte det.

Medan jag har räknat på datumen: Det var efter den helgen du var med honom hemma på gården, eller hur?

Hon nickar. Suger in luft mellan läpparna, ett ljud som bildar ett ord där inne i yllet: Jo. Hon tittar ut över lokalen. Jag ska träffa en kursare. Lyfter en hand och vinkar skyggt mot nån vid ett bord längre bort. Kan ni hälsa honom?

Vi lovar, vi säger god jul, Lisette, vi ångrar att vi inte gett henne en bättre chans, pratat med henne, hon är ju en prima mänska.

Fan också, säger KL. Jävla Traktor.

Men det här är ett så erbarmligt tradigt sätt att sätta punkt för vårt gemensamma harvande med studierna, så vi beslutar oss för att göra ännu en grej med studentikos knorr, ett riktigt julbord, ett heldagsarrangemang på korridoren, som de här veckorna är som ett doftminne av sjuttitalets julstämningar, det luktar raggsocka, klementiner och levande ljus, billig stearin som rinner som snor nerför ljusstakarna med manschetter i form av lingonris som Sofia placerat överallt i ett försök att göra detta till ett avslut av Ivy League-karaktär: apelsiner med nejlikor i rader, mistel över dörren, sockar i rad på köksväggen, osv.

Vår nya kontinentala vän Jenny ratar glögg och överraskar oss med tysk punsch, har ändå ett generöst hjärta innanför ponchon och sjalarna, kryddar den varma vindrycken med tilltagna doser kanel och kryddnejlika, och hon sitter med hela dan, umgås, pratar och skrattar, berättar om sina resor och är på det hela taget bra mycket mer sympatisk än vi föreställt oss.

Det är dan före julafton, då vi ska skiljas för att resa var och en på sitt håll, uppesittarkväll alltså, med julklappar till varann för första gången. Make no mistake. Vi har inte köpt varsitt paket med tiokronorsskräp att lotta ut, vi har alla lagt oss vinn om att inhandla riktiga julklappar, med en tanke bakom, eller det är åtminstone vad jag trott tills jag klämmer på paketet från KL och känner att han slagit in en David Adam Bertil som minne av honom.

I morron ska jag ta tåget till Malmö, vi ska fira hos Monika, där jag också ska sova över, och morsan har varit salig över att hon äntligen fått göra det hon länge drömt om, bjöd ner Leif och Lisbeth, nu när deras dotter beslutat sig för att fira med oss – men var så klart medveten om att de skulle tacka nej, det finns en månta på vilka prestigeförluster de är beredda att göra.

Morsan talar om det som en festsammankomst, vilket det så klart är för henne, det vet man ju själv hur glad man är nuförtiden varenda gång man får ungarna att samlas runt bordet och sitta kvar längre än tiden det tar för dem att rensa faten. Och hon kan inte låta bli att ringa och fråga:

Har du hört nåt från Helena? Firar hon i Kalmar?

Hur ska jag veta det?

Nä, jag tänkte... När det är jul.

Släpp det, Bodil.

Ja ja, jag har i alla fall skickat ett julkort till Marion och Bertil. Från oss alla.

Vi får hoppas tomten kommer där i år också, säger jag, för vi kan trots allt fortfarande skratta åt eländet.

Men hur skulle jag ha haft tid att tänka på Helena, jag som haft ett helvete under det här året att få henne ur tankarna – för att inte tala om de problem jag nu har med att griljera skinka, trilla köttbullar och steka prinskorv.

Ur KL:s anläggning strömmar det ”mjuk” julmusik med the Rat Pack. Musiken flätar sig med stekoset och dofterna från en ny laddning punsch, som är nåt helt annat än sötsliskig glögg som genast ger en huvudvärk, och med parfym och after shave – och vi kan sätta oss till bords.

Men så är det återigen detta med Traktor och var han håller hus. Solskenspojken som annars alltid är först ut i köket, lutad över karotterna, han som första läsåret tycktes ha kedjat fast sig i bänkskivan, väntande på nån att börja diskutera med, rabbla och föreläsa för – nu måste det trugas och tjatas på honom.

Nu orkar jag inte längre, klagar Annika. Jag har bönat och bett så det räcker.

Det här håller inte. KL reser sig. Han har ju sillen!

Knackar hårt på Traktors dörr. Kom nu, din dönick!

Dörren öppnas, men Traktors aktiviteter rör inte julbordet. Han lyssnar på radio.

Vad är det med dej? Nu äter vi!

KL drar honom i ärmen, det är den vita datingskjortan, som inte längre är så vit, ganska solkig, skrynklig och tyget så slitet att det brister.

Du förstör den!

Du får en ny av mej. Men håll inte på att larva dej. Kom nu.

Traktor trampar trumpen ut från rummet, armarna hänger utmed sidorna. Han ställer fram sillburkarna på bordet.

Vi träffade förresten Lisette häromdan, säger KL, apropå ingenting alls.

Traktor slår ner blicken. Säger inget. Han sjunker ner. KL har börjat slå upp snapsar till oss. Traktor klipper sin utan en blinkning. Får en ny. Sveper den också när han ändå har glaset i handen. Och kvällen är igång.

Jenny lägger för sig av senapssillen, säger nedlåtande: Det var många år sen man åt så här svenskt.

Men just nu är det henne vi oroar oss minst för. För här sitter en vän på gränsen till den totala genomklappningen. KL lägger en hand på Traktors axel, kramar den lätt.

Vår sista jul tillsammans. Nu ska vi inte deppa. Ska vi ta en sång?

Det var länge sen det var så skönt att få stämma upp i Var nöjd med allt som livet ger. Högre och klarare än nånsin sjunger vi, kanske med ett ”mjukare” ljud, vem vet, och avslutar med: Skål och god jul, tamejfan!

Ändå dröjer det innan den rätta avslappnade stämningen infinner sig. Det krävs ytterligare i glasen, ytterligare sång, sillburkarna gör nya varv runt bordet och därefter är det dags för nya tallrikar, och när vi provianterat småvarmt vid spisen har Traktor fått syre och börjat komma ikapp, med en energi som emanerar från spritens rättframma kraft, och han är självlysande som radium igen.

Det är nästan synd att behöva skiljas från er, säger han, i sitt esse, har både sprit och publik, bränsle för hans motorer.

KL är iväg och får upp ljudet på en ny knippe julsånger, Mahalia Jacksons Silent night, holy night avlöser Springsteens frustande Santa Claus is coming to town, och det blir Elvis. Natten blir sen, kramarna många, snapsarna ännu fler, och Jenny införlivar sig oreserverat i kamratskapet, sätter plötsligt igång att böla för att hon kommer att sakna oss så mycket, och det sista jag minns därefter är hur hon och Annika dansar jenka till Liten tomte tittar ut, framförd av Sofia, fram och tillbaka i korridoren, medan Traktor sitter uppstagad mot väggen och slår takten med två tomma David Adam Bertil.

Morronen därpå är ärligt talat inte av en sån kaliber att man med glatt humör skuttar ur sängen för att åka och fira med släkten, fullastad med klappar och svetten drypande i ett försök att ge sken av att vara pigg och full av förväntan. Det är en morron då man vill ligga länge i sängen, med isblåsa mot pannan, vänta ut dygnet så att en ny, mer alert morron kan göra entré. Men det som bjuds är ett uppvaknande av att det bultar hårt på dörren. Ett ihållande, ihärdigt bultande.

Stick! Jag sover!

Johan, du måste komma!

Far åt helvete, Sofia!

Kraft, nu kommer du! Upp med dej!

Och man masar sig alltså upp. Öppnar dörren, nåt rasar i golvet, av handstilen att döma på etiketten tydligen en julklapp från Helena, hur den kan ha hamnat där i natt. Den får ligga. Just nu saknar den betydelse. Och jag mår för dåligt för att böja mig.

Resten av nattens hjältar står redan samlade i dörrhålet till Traktor. Alla är på benen, i olika stadier av stadighet. Här behövs inte många sekunders betänketid för att förstå att allt inte står rätt till. Jenny med en hand för munnen. Sofia hejdlöst gråtande. Annika har Herodes i famnen, kinden mot hans päls. Bakom dem står KL tonlöst mässande.

Jävla helvete, jävla helvete, jävla helvete…

Jag förstår vad det är frågan om innan jag kommit fram. Ändå tittar jag, och kan inte längre förstå.

Vi måste skära ner honom, säger Jenny.

Från kroken i taket hänger Traktor.

II

DEN DISTINKTA, LÄTT IGENKÄNNBARA knackningen, två slag med knogarna, har George lagt sig till med sen jag började sitta med stängd dörr för att få arbetsro. Han har därefter tränat in samma schvung som Kramer när han öppnar dörren och stiger in i en och samma välkoreograferade rörelse. Jag har spelat Seinfeld i slow-motion och min bästa gissning är att tricket består i att ta två steg i tät följd med högerfoten medan vänster släpar efter. Bakom Georges dubbelsteg ligger massiva träningsinsatser, liksom i allt annat han tar sig för, och detta är min andra avancerade gissning: det är en tid som hans klienter debiteras, för ingenting i hans värld är gratis.

Knackningen avbryter mig mitt i det jag varit försjunken i en god stund, slow starter som jag är om mornarna: att betrakta utsikten från mitt fönster, ut över Stortorget och förbi kanalen och det gamla börshuset, ut mot det hamnområde som högskolan utgör en stor del av och som ser ut att växa i en takt om en ny byggnad per natt. Det är bara en bit av det nybyggda biblioteket och några andra huskroppar med lika släta, blanka och intetsägande fasader som jag skymtar, men det är ändå en hoppfull syn om man betänker att stan var nere på knäna, konkursmässig, vid den tiden då jag flyttade tillbaka, då stan ur ett lundaperspektiv inte såg ut att skilja sig nämnvärt från en förfallen rysk by där männen har sin utkomst som vakter på ett Gulag i närheten, eller en klunga hyddor i Mali vars väggar fodrats med kodynga. Det jag ser är bråkdelen av en förklaring till att Lund därefter blev omkört i ytterfilen och numera är den stad som har flest arbetare i stället för en expanderande tjänstesektor, p g a att den här stan har dompterats av en samling män som med en blandning av galopperande storhetsvansinne och merkantilt bondförnuft injicerat i venerna, med andra ord traditionella nasare med tankebanor av astronomiska dimensioner, har omskapat stan, och skulle de få för sig att besöka Lund vore det för att läggas in på S:t Lars, det är aldrig de sansade sinnena som bär på de mest storvulna planerna, fråga Nero, eller varför inte t ex männen bakom Turning Torso. En förändring som skett utan uppehåll under de senaste tio åren och lämnat de styrande i Lund med Svarte Petter på hand i form av en stelnad industri- och högskolestruktur som de måste klura ut hur de ska kunna vända utvecklingen för, i långa loppet håller det inte att hänga centralorten i rockskörten, förr eller senare tappar man greppet, och om de skulle få för sig att fråga mig om råd skulle jag ärligen svara dem att de kan inte få bort Sam Ask från gatorna fort nog och lägga honom till den eviga vila han förtjänar efter lång och trogen tjänst i mytbyggandet, amen, och i stället skaffa fram några mer vitala ansikten för dagens unga att identifiera sig med.

Men den här gången tar George inget dubbelsteg. Han tar ett vanligt behärskat advokatsteg.

Har du en minut?

Visst, det här är ren dekoration, svarar jag, menar högarna på skrivbordet.

Han fäller sin långa kropp på andra sidan bordet, i välskuren mörkblå kostym och bruna brogues. Ser ut om alla vi andra på byrån. Ger ett oklanderligt och fräscht intryck, om det inte vore för hans matta blick. I handen en mapp.

Jag vill höra din åsikt om det här.

Vad är det?

Men han sitter kvar med mappen i ett fast grepp, trycker dess kant mot låren.

Är det stuprörsfabrikanten igen? Nya villkor?

George skakar på huvudet.

Få se. Ge mej det.

Men han sitter orörlig, stel, vrider sig så att han kan se ut, och jag tittar också, som en reflexrörelse, mot hamninloppet, där det när vi träffades första gången och jag tog plats i den här stolen ännu gick flygbåtar, en svindlande tanke i dag när man knappt minns hur de farkosterna såg ut och än mindre hur vi kunde stå ut med det under så många år.

Sabine vill skiljas, säger han, sakligt, blicken kvar ut genom fönstret.

Och sen är han med mig igen, räcker över mappen, den har gjort spår i byxtyget, en linje över båda låren som luckras upp och försvinner som den vita strimman efter ett flygplan på himlen.

Kan du titta på detta? Franchisingen för Glassmannen.

På grund av sekreteraren som jobbade här?

Nä, för sjutton. Det är vi förbi.

Utan för?

Fråga henne.

Han släpper mappen innan den når min hand, faller ner över tangentbordet.

Har hon sagt det, att ni ska? frågar jag, och jag gör det för att vinna tid, buffra, det här beskedet är jag inte mottaglig för på uppstuds, George och Sabine, vad är det som händer? George, min bästa vän på byrån, närmaste kollega och den jag tillbringar mest tid med efter arbetet också, på middag hos varann med familjerna ett par gånger om året, resan till konserten i Berlin, påskutflykter till vårt hus utanför S:t Olof med tillhörande övernattning, alla sena kvällar på jobbet som vi avslutat med att utväxla förtroenden om familjesituationen även om det mest rört lättsaker som skola och svårigheten att få ihop vardagens alla göranden och låtanden, och så detta – aldrig en antydan om tillståndet på hemmaplan, inte en ledtråd, och frågan som jag inte vill ställa men som halkar ur mig:

Har hon träffat nån annan?

Hur ska jag veta det? fräser han tillbaka.

Oj, George. Jag vet inte vad jag ska –

Nä, inte fan tror du jag var beredd heller. Lördag kväll, av alla tider.

Och Paula och William?

Dom är informerade. Tog det bättre än jag, verkar det som. Men sånt här... Det tar tid innan man tar in det. Nu har vi avbokat allt. Tennisen. Middag hos Sabines syster till helgen. Hur det blir med skidresan vet jag inte. Men dom tog det bra, tror jag.

Han lyfter upp mappen från bordet, fingrar rätt ett av bladen som hamnat snett, sträcker den över bordet igen och den här gången tar jag emot innan han släpper.

Jag ville bara säja det. Om nåt verkar... annorlunda.

Jag vippar bak i stolen. Fastän jag vet hur dagens schema ser ut kastar jag ett öga på kalendern som råkar ligga uppe på skärmen.

Tidig lunch? Jag kan komma loss fram till halv ett.

Jag ska träffa en klient. George drar en hand över sitt skalliga huvud, nickar mot mappen. Kan du titta på det? Jag behöver höra dina reflektioner.

Han reser sig och går mot dörren.

Jag ville som sagt bara berätta det. Så att du hört det från mej först. Han rycker upp dörren med full kraft. Nu vet du.

Ja, nu vet jag, svarar jag, eller om det är som jag tänker det. För vad är det jag vet, egentligen? Och vad bör jag säga till honom, nåt trösterikt, hoppfullt, att jag finns här för honom, nån replik hämtad från fiktionens värld, men det blir:

Vi får ta lunchen en annan dag.

Men så innan han stänger lutar han sig in, lägre: Låt det stanna mellan oss, tills vidare.

Jag vrider mig mot fönstret igen. Först är det nåt man läser om, hör talas om, ser Kramer mot Kramer sent en natt i sängen på nån av de otaliga vodkanalerna på laptopen och skrattar med smärtan i bröstet åt Dustin Hoffmans oförmåga att laga frukost åt sonen; skilsmässa är ett substantiv, ett teoretiskt scenario bland många om parsamhetens möjliga utfall, därför att ingen i vår närhet, i vår bekantskapskrets eller i det Audighetto där vi bor har skilt sig, förhållandena verkar stabila som urberg att slutförvara äktenskapslöftena i, att gjuta grund till hus och framtid på, det är inte ens ett tema värt att dryfta i umgänget, för vi har inget bränsle att slänga på brasan – tills det plötsligt sker i skred, nyheter rasar in från alla håll och kanter, föräldrar till Hannes och Agnes kompisar dyker upp med en ny ”livspartner”, som de väljer att kalla dem, villan på andra sidan Rudbecksgatan är satt till försäljning, George och Sabine, skilsmässor i skov, hela kolonier av pingviner som kastar sig nerför isbranterna i skummande hav, och jag blir sittande med Georges mapp om förslag till Glassmannens franchiseavtal i handen (en del av arbetet som är varken lustfyllt eller särskilt utmanande att ta sig an, men för varje ny butik som ska slå upp dörrarna och få världen att häpna över frusen grädde behövs nytt avtal, och det drar hinkvis med pengar till byrån och ger oss alla återbäring i lönekuvertet vid årets slut), fastnar i tankar på hur det skulle vara om jag fick ett samtal om att ”vi måste prata”, följt av uppmaningar om att inte dröja kvar på jobbet men gärna köpa med thai hem för vi kommer inte att orka laga – går det att förbereda sig på ett sånt samtal, troligtvis inte, av samma skäl som man sällan är redo att möta sin skapare, man blånekar sannolikheten in i det sista – och hur ställer man om sitt väsen i ljuset från kökslampan, utan barnens närvaro, vilken smärta föregår det faktum att man välter överbord hela sitt vuxna gemensamma liv (och vilken smärta har föregått beslutet att det är tvunget, för den som bestämt sig och fått nog?), vilka sanningar väljer man inför barnen, löftena om tiden som ska regleras utifrån deras behov, och så känslan av hur en oskriven framtid i ett slag växlas in mot ett tillstånd då allt redan tycks gjort, redan levat, och man måste uppfinna sig en ny framtid (förmodligen är det en del av förklaringen till varför det blivit som det blivit – man har stagnerat och förmår bara se samma framtid som man såg i går), och bara tanken på att behöva gå igenom det George gör nu ger mig andnöd, flimmersyn som om luften över Öresund vibrerar som i Sahara, apropå den ökenvandring vi talar om här, men så når mig en trösterik tanke, att vara tacksam för den tid jag har, därför att mitt liv hade sett så annorlunda ut om inte Domstolsverket fått ett återbud och beslutat erbjuda mig att sitta ting i Hässleholm, vid en tid då jag givit upp tankarna på att få en placering och börjat förbereda för andra utvägar att hitta ett arbete.

Jag reser upp med gryningståget, ovan vid tidig revelj efter ett halvår då jag kunnat ta dan som den kommer och ännu bedövad av hur snabbt det gått sen jag fick beskedet till dess jag förväntas inställa mig, och tas emot av förstenotarien, Sten, en dryg stockholmare med syntetslips, bomullsslacks till den marinblå kavajen och mittbena, som blir den som visar runt mig första dagen.

Sten har svada, "skämtar", får till ett rim på cool och domstol som han uppenbarligen har dragit förr med gott resultat, och har den egenheten – eller egenskapen – att han inleder varenda mening i första person singularis, medan vi går runt i korridorerna och han gör klart att han i princip styr allt från ordergivning till sekreterarna över kopieringsservice till kontakter med högre instanser inom domstolsväsendet, innan vi skrider in till lagmannen.

Förstärkning? Ja, det kan vi behöva, Sten. Vad heter du då, min pojke?

Johan Kraft.

Jaha, det ska vi se om du har nån.

Lagmannen överraskar med breda hängslen och bakåtslickat hår som gör honom mer lik Gordon Gekko, utan tillgångar och utan unga kvinnor, än högsta hönset i huset. Morronkaffet i kopp vid sin sida. Han lutar sig bak i en stol med vippfunktion som gör att han oavsett besökarens längd tycks betrakta denne ovanifrån, och det är i just den stunden då jag lutar mig fram och handhälsar som jag bestämmer mig för att skaffa en exakt likadan så snart jag är med eget kontor, ett så raffinerat maktmedel.

Vi vandrar vidare genom korridorerna, hejar till ett par av rådmännen, och Sten:

Jag föreslår att du hälsar på dom sen. Dom måste förbereda sina mål nu.

Men sekreterarna och de andra notarierna låter han mig växla några ord med.

Hur många är ni här? säger jag.

Men han är inte mottaglig för frågor i pluralis, så frågan förblir obesvarad.

Hans vaggande gång intill mig, sida vid sida, axel mot axel, fängelsevakten med fången längs death row. Fram till rummet längst ner i sista korridoren.

Jag tycker att vi avslutar här, där du ska sitta. Jag har ordnat så att du första tiden delar rum med en annan notarie. Det är ett förtjänstfullt sätt att komma in i rutinerna och lära känna kollegorna. Jag började själv så.

Det låter bra, säger jag, som efter den långa arbetslösheten inte har nåt emot vilka arbetsvillkor som helst, en städskrubb skulle gå bra, ett rökrum, en vitmarkerad rektangel i parkeringsgaraget, i utbyte mot lön och tingsmeritering.

Han knackar i dörramen, kliver in, trumpetar:

Jag har med mej vår färskaste kollega.

Och min blivande rumspartner vänder sig om, avstannar i svängen på stolen, bromsar rörelsen instinktivt med fötterna i golvet, hennes axellånga bruna hår, det lätt fräkniga ansiktet.

Räkna på sannolikheten för att du ska bada i loskan du spottade i havet vid Haväng, nästa gång du semestrar på Koh Samui. Dina chanser att skrapa hem en miljon på den trisslott du fick dig tilldelad i kassan på Coop i stället för den du skulle ha, därför att en vrång gumma trängde sig. Den statistiskt säkerställda chansen för att en meteor ska slå ner mindre än en meter framför din bil på motorvägen men du kunna kliva ur oskadd.

Känner ni varann? säger Sten.

På sätt och vis, svarar hon.

Jag tror det, säger jag.

Jag lämnar er här då, säger Sten, så får du hjälp att sätta dig in i tjänsten.

Och när vi är ensamma i rummet säger Helena:

Ja, här sitter jag och pratar min förbannade småländska, så jag gör.

Jag hörde att du fått placering i Göteborg.

Jag lyckades byta. Mamma blev dålig och jag ville ha närmre till att kunna åka hem.

Allvarligt?

Ja, ett tag.

Vadå?

Inte nu längre. Det är tänkt att du ska sitta där. Hon pekar på skrivbordet mitt emot hennes.

Ska jag kontakta Notarienämnden? Sätta upp mej igen.

Hon dröjer ett par sekunder med att svara: Nä, det känns inte rätt mot dej. Vi måste kunna lösa det här.

Ja, annars kan vi alltid fråga Sten.

Sten är som han är, säger hon. Men ett bra stöd. Vad har du gjort med håret?

Det är kamomillte.

Skulle du bleka det? Hon börjar skratta. Du ser inte klok ut. Det är gult.

Tack, jag vet. Jag droppar min nyköpta portfölj vid skrivbordet. Finns det nåt ställe vi kan luncha på?

Tycker du det är rätt att börja med att bjuda ut mej?

Så att vi kan prata. Jag tror vi behöver det. Eller på tåget hem i kväll, om det känns bättre.

Jag bor här.

Hässleholm?

Ska du pendla från Lund, har du tänkt dej?

Nä, Malmö. Jag har tagit över Monikas lägenhet.

Vet du hur mycket övertid det här innebär?

Ska vi ta och sätta igång då istället? Om du inte tänker äta nån lunch.

Det får bli lunch, säger hon. Om du inte hinner lämna mej en tredje gång innan dess.

Detta är inte rätt tillfälle att käbbla om vad som verkligen tilldrar sig första gången jag ”lämnar” Helena den första morronen då jag vaknar upp på hennes rum, och till viss del har hon kanske rätt, för det är en händelse som jag inte redogjort fullständigt ärligt för, och hade det inte varit för att vi träffas här och nu hade jag inte tänkt dra upp den till skärskådan heller, för skälet till att jag undanhållit den är enkel: Jag fegar ur. Jag tackar för mig efter att anständig tid i vaket tillstånd förflutit, tar mina grejor, smiter skamset ut med tre kollektiva blickar från köket fastnaglade i ryggen, avger ett löfte om att ringa senare på kvällen och förseglar det med en kyss, och jag kliver därefter ut genom porten med ett annat löfte, till mig själv, om att undvika de här kvarteren den närmaste tiden.

Det finns enskilda dagar i Lund då hösten är ovanligt klar, skimrande, med en lågt stående sol som blänker och gnistrar i fönstren och kastar solkatter framför ens fötter så att det blänker om kullerstenen, drömlika höstdagar rentav, som gör mig vimmelkantig, är ju egentligen ingen höstmänska alls eftersom det är en årstid som jag förknippar med förmultning, förmörkning, kyla och nederbörd, helt enkelt fel ände av hur livet ska te sig, och det är en av dessa dagar, då stans armé av tanter vågar knäppa upp en knapp i sina kappor och släppa in en gnutta sol till sitt bröst och det yngre gardet friskt kränger av sig jackan, kavlar upp ärmarna och skaffar sig säsongens första förkylning, det är då jag omtöcknad och bländad och utan att se mig för tar ett plötsligt steg åt sidan på Lilla Fiskaregatan och krockar med cyklisten som trots att det är gågata kommer energiskt trampande. En eldsflamma slår upp i min sida. Och hon far i gatan, med cykeln över sig, eller snarare inkrånglad i den, en rostig gammal damvariant med namnet utformat i kedjeskyddet, och jag måste hjälpa henne att ta sig loss, kroppsdel för kroppsdel, medan jag själv krummar och stönar.

Det är först när vi står med varsin hand på det snedslagna styret som jag känner igen henne.

Du ringde aldrig.

Slog du dej?

Du borde åtminstone kunna säja förlåt.

Jag? Du får inte cykla –

Jag menar inte för detta!

Det har varit... Men alla ursäkter känns konstruerade, så för att få ihop en hel mening säger jag: Ska jag räta upp styret? Tar tag i det med båda händerna, benen på ömse sidor om hjulet. Det smärtar i höften när jag vrider. Jag kände inte igen dej först.

Tack för det. Jag måste ha gjort intryck. Hon flinar åt mig, häller med huvudet så att det bruna håret penslar överarmen ner till armbågen.

En gummiklubba misshandlar min höftkula från insidan. Jag måste sätta mig om jag inte ska ramla ihop, så jag föreslår:

Ska vi ta en fika?

Tror inte det.

Får jag bjuda dej på middag då? I kväll.

Det har du längtat efter, va?

Jag har fått rostfläckar på byxorna. Det var vad jag trodde, det kommer inget gott ut av det här mötet.

Du är ihop med Jessica, är du inte?

Jessica? Vilken Jessica?

Hon rycker på axlarna, och så flinar hon igen, eller är det som hon ler åt mig? Kastar med håret så att det gör en svävande tur ut över den skånska slätten där traktorerna kör i skift och betorna skördas för fullt, innan det landar över ryggen.

Tror du inte jag undrat vart du tog vägen? Varför du inte hörde av dej.

Okej då. Det var dumt.

Är det allt?

Vad säjer du själv? Middag, i morron? En kopp kaffe?

Och jag ska kunna lita på att du dyker upp?

Nä. Men jag tror det.

Nä, tack, det får vara. Fick du styret i ryggen?

Höften. Det är därför jag haltar.

Jaha. Du ser mer ut som en gubbe med ryggproblem.

Hon tar ett par försiktiga steg med cykeln, beredd att hoppa upp igen, väjer för en dam med en tax i koppel, trycker in styret mot magen, säger:

Vad tror du om en bio?

Men det är svårare att övertyga Helena om mina förtjänster denna andra gång.

Hur bor du? säger jag, för att få igång ett samtal på neutral mark.

I en tvåa på andra sidan järnvägen. En liten tvåa. Hon ser allvarligt på mig. Hur ska jag nånsin kunna lita på nåt du säjer igen? Hur? Du har inte ens kunnat säja förlåt. Hur ska vi kunna jobba ihop?

Vi drar över på lunchen, det är ingen bra inledning för mig, och när vi flåsande återvänder uppför kullen till tingsrätten, fulla av frågor och tveksamheter inför varann, tvivel, saker vi kommer på i efterhand att vi vill säga men inte kan göra under en rask promenad, men som vi kommer att behöva fortsätta prata om, möts vi av förstenotarie Sten som fattat posto med armbandsuret framhållet som en stins och med en förmaning på läpparna om att Helena bör raska på, för målet hon ska sitta notarie på inväntar hennes ankomst.

Jag står kvar innanför dörren, ser efter henne där hon klackar iväg över foajén i sin snäva pennkjol, med en annan hållning, stramare, myndigare, mer beslutsför än tjejen jag kände med mysbyxor på söndagskvällarna och fötterna uppdragna under sig i en av de gamla filtklädda chesterfieldsofforna, men ändå precis samma person. Och hela tiden min tanke: Gör jag rätt nu, är det den här vägen jag vill vandra igen?

Och om det är nåt jag velat berätta för George när han försvinner iväg mot mötet med sin klient så är det just den här historien, den är inte trösterik, innehåller ingen given sanning eller livsvisdom av religiös karaktär, och den är inte vad han behöver för den sorg han bär på, men den har i alla fall lärt mig nånting om hur svårt det är att veta att man gör det rätta och att det som tycks fel i dag är rätt i morron. Eller tvärtom.

LE BAISER DE L'HOTEL DE VILLE har fått följa med i flytten norröver men förärats en mindre framträdande placering i hallen, inklämd mellan hatthyllan och toaletten, i en tvåa som verkligen är liten, på andra våningen i det mest beklämmande hyreshus jag tror mig ha sett och som osökt får mig att tänka på Traktors och KL:s livfulla betraktelser över hur livet måste ha tett sig på andra sidan järnridån, bilder påspädda av den autentiska kåldoften i trappan, rätter lagade av en åldrad kvinna som tittar ut genom en smal springa i den öppna dörren på bottenvåningen varenda gång nån passerar och alltid tycks ha långkok puttrande på spisen.

Ja, den är verkligen liten, instämmer jag om lägenheten, första gången jag visas runt där.

Jag ska inte bo här för evigt.

Men du har fått det trivsamt.

Helena måste ha lagt ner åtskillig tid på de här fyrti kvadratmeterna, inspirerad av de inredningsmagasin som ligger i en formgiven driva på soffbordet, tänkta att utgöra förstärkning av självkänslan och tron att hon är på rätt väg, även om hennes version av hem har mer gemensamt med en förstorad dockskåpsvärld än takåslägenheter i Stockholm, färgstarka lanthem i Provence eller ett penthouse på Manhattan med varuhiss rakt upp i vardagsrummet, hela den estetiska värld som målas upp med käcka färger och ska ge intresset för boendemiljön ett absurt uppsving baserat på otillräcklighetskänslor, från vita linjen över cocooning till den öppna planlösningens helvete, en vansinnig idé som genomförd i full skala gör att alla ljud blandas i en enda stor mixer körd på högvarv så att ingen uppfattar nånting, fråga den som försökt läsa läxor med mer än ett barn åt gången i en sån konstruktion, som ger koncentrationssvårigheter och en längtan tillbaka till hem med ”tydliga rumsfunktioner”, som arkitektkåren kallar det på sitt fikonspråk för att förvilla oss. Helenas två rum är en rosa dröm med högar av torkade rosor till höger och vänster, i torrlagda vaser och i drivor på hyllorna, till och med badrumsskåpet tjänar som viloplats för ett par generösa knippen, och en röst inom mig turnerar frågan om vem hon kan ha fått alla dessa en gång röda rosor av, men jag har förstånd nog att hålla tyst, det kommer förhoppningsvis en tid för det också. Stora vita och rosa sittmöbler att krypa upp i, bland kuddar och mjuka prydnadsfigurer.

Motvilligt tvingas jag erkänna att hon tack vare sin känsla för färger och kombinationer skapat ett *hem*, till skillnad från mig, som på grund av lika delar tanklöshet och bristande ekonomiska resurser möblerat lägenheten på Kilian Zollsgatan med precis allt det som jag velat komma bort ifrån, fynd i morsans källare som jag får ”låna” och begagnat från Myrorna som jag släpat ut på balkongen för att slipa ner med ett gammalt kassettband med Toto på båda sidorna som slipkloss att vira sandpappret kring och målat om, ett hopplöst företag eftersom jag inte var medveten om att nypåstruken färg utgör en oemotståndlig lockelse för jordens alla flygande kryp och insekter, och att de fastnar, vilket gör att bord och hyllor fått en lika grovkornig yta som det sandpapper med vilket de slipats mjuka.

Kaffe eller te?

Samma som du.

Då blir det te. Svartvinbär eller citron?

Samma som du blir bra.

Då blir det svartvinbär.

Fast min utsikt över Öresund – om man är djärv och lutar sig långt ut över räcket – slår hennes med hästlängder: innergård med sopkärl, piskställning och en skylt om förbud att rasta hunden.

Har du kontakt med dom andra? ropar jag in mot köket. Ann-Charlotte?

Hon är på Handelskammaren i London. Och KL?

Inte en aning. Men du har hört om Traktor?

Nä, vadå?

Och jag får en anledning att briljera med en historia som fångar henne, om hur Jenny skar ner Traktor från kroken med förskäraren som Annika hämtat från köket medan KL och jag höll honom och tog emot när han föll ner. Det kändes som en timme innan ambulansen var på plats och då var poliserna redan igång på korridoren, och Annika hade sjunkit ihop i sängen på sitt rum, dörren uppslagen, ena handen för ansiktet, Herodes som tröst i famnen, grät ner i hans päls. Det blev ändå hon som åtog sig att ringa till föräldrarna å våra vägnar sen polisen meddelat dem dödsbudet, och KL och jag samlade oss för att för första gången traska ut till Delphi för att tungskallade och ordlösa berätta för Lisette.

Torsdan efter trettonhelgen for vi i hyrbil upp till landsortskyrkan i Västergötland för att närvara vid begravningen. Inte mycket sas mellan oss under resan. Vi var redan splittrade, bodde ännu på korridoren men var inte där, närvarande, på väg nån annanstans i tankarna, och kanske var detta också anledningen till att vi snart kom att förlora kontakten med varann, för ingen av oss visste hur vi skulle hantera händelsen, vad vi kunde ha gjort för att finnas till för Traktor.

En enkel trären kista, en liten släkt samlad i den kala men vackra kyrkan, några gamla kamrater till Traktor. Och så fadern som tog oss i hand utan att säga ett ord, utstrålade förakt och förtvivlan, grå i ansiktet, en feodal uppsyn utkarvad i de hårda dragen som var på väg att skrumpna av väder och vind, torra ögon, och modern som såg ut att vara klippt ur en instruktiv husmorsfilm från fyrtitalet men för dan utan hurtfriskheten i sina tunga rörelser. Allt tillräckligt för att vi skulle förstå vad det var Traktor måste slå sig lös från men aldrig kunde.

För när Helena och jag ska börja prata med varann måste det först gå via andra, föräldrar, vänner, bekanta, därefter skvaller om kollegor på tingsrätten, innan vi kan landa i oss själva, ett ämne jag värjer mig mot i det längsta, medan Helena inte tycks ha lika svårt för det, hon har alltid haft en annan moralisk ryggrad, och inte lika mycket som jag att försvara, för att inte säga förklara – vi måste hitta ett nytt läge att tala utifrån.

Jag vet, säger Monika när jag berättar för henne att Helena och jag träffats igen. För de två har behållit kontakten, och hade jag lyssnat lite bättre och oftare på min storasyster hade jag förmodligen i ett tidigt skede fått vetskap om att Helena fått förflyttning från Göteborg.

Bra för dej, säger Monika, du behöver nån som tar hand om dej och är lik morsan.

Vi jobbar ihop, det är allt.

Så säger hon också, säger Monika. Visste du att dom flesta förhållanden börjar på arbetsplatsen? Eller på diskotek.

Säjer du det? Ja, var skulle det annars vara, på Ica?

Det händer säkert också, svarar hon som inte är på sin vakt.

Då får du försöka i grönsaksdisken, för dansa har du väl slutat med.

När Helena hällt upp teet och vi klarat av våra familjer och de kursare vars framfart vi har en aning om, stramar hon upp ansiktsdragen, frågar:

Har du nån kontakt med...

Pernille.

Har du?

Nä. Och jag säger det som måste sägas: Hon betydde inget för mig.

Hon måste ha betytt tillräckligt mycket för att du skulle göra slut på allt vi hade ihop!

Helena, säger jag prövande, jag vet inte vad jag ska säga. Kan vi inte låta det vara?

Som om det aldrig hänt?

Det råkade hända bara.

Det är sånt som händer? Som snö på vintern?

Det är länge sen.

Ja, oj vad tiden går. Det är också sånt som händer. Sa du inte så förra gången också?

Det kan du inte räkna! Hur skulle jag kunna veta att du ens var intresserad? Vem tror du jag är?

Hon biter sig i läppen, blåser över teet. Doften av artificiell svartvinbär, framtagen inom nån kemikoncern i ett hörn av jorden där svarta vinbär inte hör till floran, en smak som förorsakar magknip.

Jag borde naturligtvis överrumpla henne genom att ställa motfrågor, eller ett påstående om drivorna med rosor som måste komma nånstans ifrån, handfasta vittnesbörder om att hon inte varit utan amorösa eskapader, en hel del också av mängderna att döma, men vad skulle det tjäna till, det skulle inte leda oss eller det här samtalet framåt, och med andra ord måste jag vända frågan mot mig själv i stället: Har jag med det att göra?

Vilket man inte måste vara omåttligt begåvad för att besvara.

Vi har sjunkit ner i hennes schintzklädda soffa, en jacuzzi utan bubblor, under en tavla med delfiner hoppande i månljus och den upplysande texten: MIDNIGHT DOLPHINS, så mycket tydligare kan inte meningslöshet illustreras. Gardinkappa lång som Öland över fönstret och prydnadsföremål av glas på fönsterkarmen, överraskningar droppar som sagt in slag i slag.

Och skälet till att jag uppehåller mig vid heminredningar är att det i dem göms en inte oförsvarlig mängd terapi, enligt samma outgrundliga princip som säger att vi alltid mer har diskuterat hur vi känner inför att ersätta våra Myranstolar och PH-lampan med nåt mer tidsenligt än om att lyfta de livsavgörande och därmed svårhanterligare frågorna om hur vi känner inför varann och oss själva. Vi fyller inte huset i första hand med stolar för att ha nånstans att sitta utan för att slippa sitta i dem och prata ut.

Förstår du hur det kändes för mej?

Nä, säger jag, för hur skulle jag kunna förstå det, och varför ljuga om det, förställa mig? Men jag tror det.

Du har ingen aning om hur jag mådde.

Det behöver jag inte svara på och det är heller ingen fråga, det är ett krasst konstaterande av det slag som ger henne rätt att påstå vad som helst fortsättningsvis, låta mig ta emot, utan att jag är tänkt att föra nån talan medan hon kommer att redogöra för mig hur hon har mått, vilket är precis vad vi ägnar de kommande timmarna åt att gå igenom, ingående, om precis hur hon mådde och vad hon tänkte och vad de tre vännerna på Winstrupsgatan gjorde och sa för att stötta och lyfta henne, långa anklagande haranger från hennes sida och från mig ja och nej och korta frågor för att visa att jag är med och att hon ska gå vidare, så att vi får det här överstökat, och jag kan få min förlåtelse, för det är den jag är ute efter, jag är inte mer hjärtlös än att jag också mått dåligt, av hur jag betedde mig och för att jag aldrig gjorde slag i saken av mina tankar på att kontakta henne och reda ut det som har hamnat i knät på oss nu i stället.

Och nu vill du att vi ska försöka igen? säger hon.

Vi måste kunna umgås. Det sa du själv.

Arbeta tillsammans, sa jag.

Det här är ett samtal som vi fortsätter föra de kommande veckorna, den bästa strategin för att få oss on speaking terms igen, för det finns ju många sämre, medan det tack och lov blir allt enklare att arbeta tillsammans i det trånga rummet och hon ser till att få in mig i rutinerna, och eftersom arbetsbelastningen dagtid sällan möjliggör nån privat konversation blir det ofta så att jag promenerar henne hem, ibland följer med upp och dricker mer svartvinbärste med ytterligare förstoppningar och fler långa anklagande ”samtal” som följd, men det är det värt, och alltmer börjar ett nytt mönster utkristallisera sig.

Det är inte enkelt. Det är det aldrig. Det skulle inte föresväva mig att påstå att det skulle vara självklart att träffa Helena igen eller inte göra ont – för det är det inte, och det gör det – utan vi för långa samtal som sakta utvecklas och under vilka våra känslor för varann går från ett tuggande i friläge till ett dragläge med låg utväxling som mödosamt väcker attraktionen till liv igen, det sker inom kända matriser och med vedertagen vokabulär, men att försöka förstå det genom att grotta ner sig i detaljer skulle varken vara lönsammare eller mindre komplicerat än att försöka säga nånting hållbart om vad som flög i mig den där juldan för ett och ett halvt år sen, och när alla frågor är ställda, om än inte besvarade, när alla stenar är lyfta och vi kunnat börja glädjas åt vissa minnen som väckts till liv, t ex Lisas golfspelande kavaljer, Ann-Charlottes befängda vinnarinstinkt och den erbarmliga ugnen och låga diskbänken, innan vi äntligen kan skratta åt det som handlar om oss, skräcken när fågeln kraschade in i rutan, hur slumpmässigt vi träffades första gången, när det är avklarat är det min tur att fråga:

Vill du försöka igen?

Vad säjer att jag ska kunna lita på dej nån mer gång?

Ingenting. Men jag vill.

Räcker det?

Hur ska jag kunna veta det? Jag vill att du ska kunna lita på mej. Och att du ska vilja.

Jag önskar också att jag ska kunna.

Helena lutar sig fram i soffan, fingrarna mjukt om min nacke, det kittlar, och hon kysser mig på kinden.

Och jag tror att jag vill.

Jag vrider upp klockan, ser att jag har bråttom. Det går ett tåg om… Jag måste rusa. Men jag kanske kan sova här?

Och hon:

Nä, det kan du inte alls. Så lätt ska du inte ha det.

Jag vill verkligen försöka igen, Helena.

Då kan du ta tåget hem i kväll och fundera hur du ska göra det bättre den här gången. Och så kan du väl beställa en klipptid? Du ser inte klok ut med gult hår.

Det är först en dryg vecka senare som frågan om övernattning återigen blir aktuell. Skarpt läge. Helena har följt med mig hem över helgen.

Hon står vid det gardinlösa fönstret i vardagsrummet, åt ena hållet kan hon se Monikas hus och åt andra det Kristina bor i. Nu är vi alla samlade här i Slottsstaden, vilket morsan kan ha sina åsikter om, är ju inte hennes del av stan, för fin och för mycket bourgeoisie, med pälsklädda damer med käpp och knähund som har namn där bokstaven i ingår och herrar i hatt som slirar på kopplingen och tutar ihållande när de kör upp sin Mercedes Adenauer i originalskick ur källargaraget, att flytta benprotesen till bromsen skulle ta dem gott och väl en halv minut, om de ens skulle reflektera över möjligheten.

Helena betraktar med sarkastisk min Dinky Toys-bilarna som står uppradade på fönsterbrädet, mina första bilar, alla i nyskick.

Är du inte för ung för att gå i barndom?

Jag kommer upp bakom henne, lägger armarna om hennes midja, kysser henne i nacken, halsen.

Ska jag bädda åt dej på soffan?

Det är naturligtvis en idiotisk fråga, soffan är en omklädd sak från Myrorna, daterad tidigt 1900-tal, hård som ett vindskydd i skogen och med en lutning på den smala sitsen inåt ryggstödet som skulle göra sovandet till en förövning till att ligga i bivack vid Base Camp II till Mount Everest.

Men den får Helena att le, och att vända sig om och kyssa mig.

Morgonen därpå påminner om våra första tillsammans, de som var lika delar förälskelse och blyghet, osäkerhet inför vad den andre tänker och vill göra. Jag serverar Helena frukost på sängen, och jag misstänker att hon legat vaken ganska länge utan att stiga upp därför att hon vet att jag tycker om att sova längre.

Hon drar mig till sig, vi kysser varann, jag kryper ner under täcket igen.

Vet du vad? säger hon glatt.

Vadå?

Jag är glad att det blev så här. Ändå. Att vi pratade.

Jag med, säger jag.

Kaffet kallnar. Morgonen blir förmiddag. Frukosten blir lunch. Det är söndag.

Följer du med till Bodil? säger jag när vi till slut stiger upp för att klä oss. Hon skulle tycka om att träffa dej igen. Och gissa om hon skulle bli överraskad.

Helena sitter på sängkanten, lutar sig fram mot sin väska och tar fram nya underkläder.

Du får inte bli arg, säger hon. Men det är en sak.

Säj.

Hon tar på sig trosorna.

Om vi ska försöka igen. Jag vill slippa söndagsmiddagarna.

Hon ler när hon säger det, svårt att veta om hon menar det eller skämtar vidare.

Jag trodde du gillade dom, säger jag osäkert.

Men hon menar tydligen allvar.

Det var det värsta jag visste. Jag vill inte förstöra fler söndagar på att sitta där.

Bodil gillar dej. Monika och Nathalie också.

Jag gillar dom också, men jag orkar inte med middagarna mer än vad Kristina gör.

Har hon sagt nåt? För det är en nyhet för mig att Kristina skulle ha nåt emot att regelbundet dyka upp hemma hos morsan, med minst en halvtimmes försening så att all tid fram till efterrätten går åt till att få morsan på rätt köl igen och komma i stämning. Och har ni kontakt fortfarande?

Ni behandlar henne som en liten flicka. Men hon är smart. Vi pratade mycket med varann ett tag. Nu är det inte lika ofta.

När hon varit i Grekland? Du vet om det?

Jag försökte avråda henne. Men det var jag väl ensam om.

Nä, faktiskt inte. Monika också.

Och du?

Vad skulle jag säga?

Kan tänka mej det, ler hon.

Jag svarar inte.

I vilket fall vill jag inte mer. Samma mänskor vareviga söndag. Samma samtalsämnen. Hur trött Bodil är på sitt arbete och hur jobbiga Kristinas föräldrar är. Samma mat också, alltid.

Där har du fel. Förrförra söndan lagade hon thaigryta.

Men också jag kan skratta åt tokerierna, med den skillnaden att jag inte kan bryta mig loss, utan måste gå iväg till middan om ett par timmar. Fast jag tycker Helena kunde ha varit en aning mer resonlig när det gäller morsans skiftande menyer. Och att vi är de vi är kan jag inte ändra på, för vem kan det.

Jag ska prata med Bodil, säger jag.

Bra, säger hon, ger mig en slängkyss.

Du kan inte tänka dej varannan, eller en gång i månaden?

Helena slår på skoj efter mig med strumpan.

Vad är detta, har vi en förhandling? Det är inte förhandlingsbart.

Men om vi tar lördagar i stället?

Sluta skämta om det. Jag vill verkligen inte.

Men du log ju nästan.

Helena tar upp en kudde ur sängen, kastar den mot mig. Och jag kontrar: I så fall vill jag förhandla bort fler jular med Bertil i tomtemask, hela den charaden.

Alla har sitt sätt att fira, säger Helena, och återigen vet jag inte om hon är allvarlig eller skämtsam. Då får du vara tomte i stället.

Ja, i vår familj ska jag vara det. Men inte när vi har vuxna barn!

Vår familj? För första gången sen vi träffats på nytt skrattar Helena högt, ohämmat, rakt ut. Ja du, vår familj, vi får se hur det blir med det. Hon måste avbryta sig för att torka tårarna ur ögonvinklarna innan hon kan fortsätta: Vår familj – vi ska i alla fall inte ha schemalagda söndagsträffar.

Och jag måste låtsas förvånad: Vem säger det?

Jag.

Får jag höra det en gång till? Vem?

VILL HON INTE KOMMA?

Det är hon som inte kan konversera och bara steka pannbiff med lök när hon får höra talas om nyordningen.

Är nåt fel mellan er?

I så fall hade vi väl inte varit ihop igen.

Ja, jag förstår mej inte på er. Är det mej det är fel på?

Nä, så klart inte, hör jag mig själv säga.

Det var inte så här jag tänkt mig samtalet när jag cyklat hem till morsan direkt från tåget en sen fredagskväll för att meddela förändringarna och förutsättningen för dem utan att det skulle behöva bli rabalder av det, avsikten var att leverera ett stillsamt besked, mot en glädjande botten i form av att sonens singelexistens tycks vara på väg mot en upplösning. Det går inget vidare.

Helena har rest hem på sitt håll, för att bistå Marion som inte återhämtat sig helt efter den sjukdom som förblir en statshemlighet, och för att meddela förändringen på sitt sätt.

Ska jag ringa och bjuda in henne?

Nä, absolut inte. Helena behöver bara tid till annat. Hon har mycket att förbereda på helgerna.

Tyckte du sa att ni mest kopierar och ställer fram vatten.

På ordinarie arbetstid, ja.

Morsan sjunker samman ytterligare en grad, hon är för övrigt aningen kortare än i fjol, då jag tvingades konstatera att Monika hade rätt i att morsan inte var i form, vår aktiva stöttning i form av söndagsnärvaro har inte utgjort nåt annat än konstgjord andning, torrsim. Och hon ser ut att drunkna lik förbannat. Tröttare, mer benägen att hitta fel än ljuspunkter, talar om hur saker skulle ha kunnat gestalta sig om inte – konservativare, helt enkelt.

Vad hade du själv blivit av att sitta av åtta timmar om dan på en arbetsplats där du inte längre har nåt vettigt att göra?

Du har sagt det hur många gånger som helst. Men blir det bättre av att tjata om det?

Sämre kan det i alla fall ändå inte bli.

Få höra mer, då, säger jag. Sen måste jag sticka.

Man kan inte vässa en penna utan att det ska tillstyrkas av nån chef och efterkontrolleras.

Inte blir det bättre när den rest av Hallbergs som huserat i fastigheten på Citadellsvägen omplaceras till huvudkontoret på Lindeborg, med följden att ansvar läggs ännu ett snäpp upp i organisationen, medarbetarna passiviseras till enkla handläggare och blankettleverantörer.

Kanske är det också ett utslag av åldern, eller så har morsan fått tillbaka värken i axlarna – om den nånsin varit riktigt försvunnen – från alla år vid symaskinen och formningen, livslånga spår som industrin sätter i sitt främsta förbrukningsmaterial, kvinnan och mannen längst ner på golvet, av att sitta overksam framför sitt skrivbord och haft tid att känna efter hur hon mår, för hon har återupptagit stunden i soffan direkt efter jobbet från åren då vi var barn och oftast hittade henne i viloläge när vi kom hem från skolan, innan det blev dags för henne att ställa sig i köket och steka de där pannbiffarna.

Nu ligger hon igen, halvligger med fötterna i mattan, har egna metoder för allt hon företar sig, denna ska förespegla att hon inte vilar utan halvsitter, och vad skillnaden skulle vara tänker jag inte fråga henne. Sjunker ner så att axlar och nacke finner stöd mot ryggplymån. Har börjat gå till sjukgymnast en gång i veckan och får övningar att göra hemma framför teven, övningar som hon plikttroget utför varenda kväll medan hon stirrar sig blind på Claes Elfsberg i nyhetssändningarna.

Han säjer att det gör ont att bli gammal, kommenterar hon första besöket på kliniken. Jag är väl inte gammal!

Vilket Monika och jag får ringa omlott under en kväll för att intyga henne att hon inte är. Bara sliten. Patina, tror jag är ordet jag använder och som inte direkt har den avsedda effekten att stärka henne. Men att hon skulle vara förbrukad, vilket är vad morsan lägger in i ordet sliten, vill hon inte lyssna på, eftersom hennes mor, vår mormor, jobbade hårt in i det sista och aldrig klagade över nåt så banalt som värk eller monotona arbetsuppgifter.

Att mormor var kraftigt sinnesförvirrad under sina sista år och inte förmådde annan matlagning än att bre messmör på torra brödkanter hör också till argumenten morsan skjuter åt sidan.

Med andra ord börjar hon bli jobbig att handskas med, krävande och snar till strid om fel ord råkar yttras. Som att Helena kommer att ha svårt att komma loss.

Så mycket kan det väl inte finnas att göra vid en tingsrätt på landet?

Du anar inte.

Ja, hon har alltid varit ambitiös, Helena, inte som du.

Skulle jag vara lat?

Du har nöjt dej med att få tid över till annat också. Som att besöka din gamla mor.

Du får det att låta som om du var hundra år.

Jag är så tacksam över att du fortfarande kommer ibland.

Efter en lång förhandlingsrunda förstår ändå morsan, påstår hon, att Helena är strandsatt med sitt, och mitt löfte har fått bli att hon ska komma ibland, när tillfälle ges. Jag rullar problemet framför mig. Och när morsan begrundat hela det paket med besked som jag lämpar vid hennes dörr så kan hon ändå glädjas över att få tillbaka den högaktade svärdottern och slippa oroa sig vidare för vad det ska bli av yngsta avkomman, det senare ett tema hon allt oftare vädrade under det halvår då jag var arbetslös och tvingades inställa mig på Arbetsförmedlingen i Limhamn var fjortonde dag till ingen annan nytta än att jag fick upp ögonen för livets realiteter: drivor med män och kvinnor i arbetsför ålder som förgäves bläddrade i platstidningar efter tjänster med arbetsbeskrivningar där de skulle kunna komma ifråga – men aldrig gjorde det.

Tvärtemot våra farhågor har morsan inte uttömt förrådet av cirkuskonster. Hon gör det hon alltid varit bäst på, rycker upp sig själv och tar sikte på ett diffust futurum, tänker på efterordet eller vad det nu är som driver henne när ätteläggarna inte längre är främsta skälet att lägga på ett kol till och växla upp.

Alla stora händelser hör den obevekliga gryningen till, har vi lärt oss, också denna, så tidigt att jag borde ifrågasätta om hon själv stigit upp än. Själv står jag i dörren på väg till tåget.

Måste du ringa nu?

Jag vill att du ska få reda på det först. Jag orkar inte längre. I dag säjer jag upp mej.

Bra, svarar jag som har en viktig förhandling i rätten framför mig, vi får prata mer om det i kväll. Toppen.

Först när jag sitter på tåget hör jag vad hon sa. Det svar jag gav är ärligt talat inte det svar man vill ge i dagsläget, svensk industri håller på att rasa samman, och jag börjar förbereda mig för att ringa på kvällen och ha ett långt allvarligt samtal om att hon bör tänka över situationen en gång till.

Ungdomsfylla på torget som spårat ur, till stora delar förstärkt av droger jag inte har en aning om vilken funktion de har eller vad det är för finess med, och det har inte den prövade domaren heller av hennes min att döma, för att inte tala om nämndemännen som sitter uppradade som fåglar på telefontråd med gapande näbbar. En skärmytsling som lett till slagsmål och att den svarande flängt hem efter morakniven mitt i natten, naturligtvis kränkt efter att inte ha stått pall för grupptrycket och låtit sig förnedras med en smäll i ansiktet eller två, och i sitt drogade tillstånd och med en läpp som sprungit i blod sänkt protagonisten, den tjugoårige målsäganden som ombeds komma fram till skranket och förevisa sitt tre decimeter långa ärr över magen, format som en hockeyklubba, fastän skadorna finns utförligt dokumenterade i såväl text som bild i det detaljerade förundersökningsmaterialet. Förmiddagen är planerad för de tvås redogörelser för natten och vittnen som hörs och efter en timmes avbrott för lunch fortsätter vi med förhör av en läkare som är med på telefon från lasarettet i Kristianstad.

Den åldrade domaren har bestämt sig för att köra med sin stackars tingsnotarie som sitter med annat i tankarna och ännu inte är varm i kläderna. Skickar ut mig efter kallare vatten och kan inte låta bli att kommentera när jag inte ropar in vittnena fort nog i högtalarsystemet. Ger mig en åthutning när jag misslyckas med att trycka på mikrofonknappen för att kalla in sista vittnet därför att jag sitter förfärad av vad jag fått höra. Men tvärtemot hennes intentioner – för nånstans måste hon ta ut sin förtvivlan över att hon inte förstår sig på ungdomar och deras vanor, och då är jag närmast till hands – så retar den gamla haggan inte upp mig, jag har lärt mig de olika rådmännens egenheter och att några av dem kickar igång på att stressa underställda till misslyckanden, pennalism av ett slag jag känner igen från lumpen, där den var systematiserad, förfinad och belönades med gradbeteckningar, till skillnad från här där den varken gör till eller från i lönesättningen, utan tas som en rättmätig kompensation för att de statliga lönegraderna är opåverkbara.

Stannar du i kväll? undrar Helena när vi som hastigast stöter ihop vid kopiatorn efter förhandlingen. Vi kan laga nåt tillsammans.

Pasta med musslor och vitlök?

I kväll igen?

Du brukar gilla det.

Nä, men jag måste äta det när du gör det. Du stinker vitlök.

Det blir från hennes lägenhet jag ringer upp morsan sent på kvällen.

Du låter andfådd, säger hon, har du börjat jogga?

Sa du upp dej?

Ja, det är klart. Det sa jag ju. Eva och Sussi också. Har jag verkligen inte berättat nåt om detta innan?

I så fall hade jag mints det.

Vi lämnade in avskedsansökan samtidigt, alla tre.

Men *varför*? Även om du inte trivts –

Vi ska starta eget.

Företag?

Ja, vad annars?

Hon får det att låta lika naturligt som att köpa magnecyl på apoteket.

Hur har du tänkt dej det? Eller ni.

Var inte så orolig, Johan, säger hon muntert. Jag får berätta mer om det på söndag. Följer Helena med?

MEN DET BLIR EN helg som jag får tillbringa med att renskriva blanketter till domarnas framsidor, vid sidan av de tretton protokoll från den gångna veckan som ska ligga på rådmannens bord måndag morron, och Helena sitter på andra sidan rummet försjunken i sin hög med protokoll.

Det dröjer ytterligare tre veckor innan jag hittar en lucka i schemat och kan komma hem en fredagskväll, för morsan, som har som princip att ska hon göra nånting så ska hon göra det med besked, har ringt igen, befallt hem en styrka som kan ge henne handräckning och som kan lyda kommando, med andra ord blir det jag som får flytta ut de fåtaliga möblerna som är kvar i mitt och Monikas gamla rum, för nu väntar renovering. Samtidigt passar hon på att riva ner sjögrästapeterna i vardagsrummet och hallen för att i stället kunna smeta upp hela landskap med glasfiberväv att vitrolla. Medan vi för undan soffgruppen, krokar ner tavlor och rullar mattor och staplar pinalerna i mitten av rummet och täcker hela bohaget med plast berättar hon mer om deras företagstankar.

De ska köpa in smycken genom sina kontakter i Kina och Hongkong för att kränga dem vidare med hjälp av ett försäljarnät som Eva är på väg att bygga upp.

Representanter, säger morsan, inte säljare. Som arbetar helt på provision. Men bra provision, inget snålande. Det har jag sagt från början.

Som tupperwarepartyn?

Smyckepartyn tror jag vi ska kalla dom. Smyckepartaj? Nä, det låter inte seriöst.

Kontakterna med agenter och leverantörer är Sussis bord, medan morsan ska utgöra backoffice, sköta pappersarbete och ekonomi, ta hand om beställningar och faktureringar. Det är här vårt rum kommer in i bilden.

Vi ska ha det som kontor tills vi får luft under vingarna, säger morsan. Räcker det?

Hon syftar på plasten vi virat in möblerna i, morsan är omåttligt rädd för spill, taket ska nämligen också fräschas upp.

Är det här din idé? säger jag.

Är du tokig? Nä, dom fick övertala mej. Jag vet fortfarande inte om den är så bra.

Till målningen har hon städslat svart arbetskraft, herr Petrovic, farsa till min klasskompis Bogdan och tillsammans med sin hustru arbetskamrater till morsan på Strumpan tills de fick sparken i en av de första avhyvlingarna av personal företaget gjorde när den svenska tekoindustrin gick till botten med flaggan i topp och sen dess har de fått dagarna att gå genom att stämpla, lösa Melodikrysset och tveka inför om de ska bo kvar eller flytta tillbaka till Jugoslavien, i mer än tio år. Det är i egenskap av gammal jobbarkompis som han ofta ombeds komma när morsan behöver förstärkning, ren skär armstyrka eller som nu ett fackmannamässigt utfört arbete utan att för den skull ta fackmannamässigt betalt.

Det blir billigare att han gör det än att jag tar ledigt för att göra det själv, resonerar hon.

Och hon har fler argument ur samma arsenal:

Det är bra att kunna hjälpa till. Dom har inte haft det så kul sen Strumpan la ner.

Så där står han nu i rummet, i blåställ, med glasögonen på nästippen och gråsprängt hår, en grävling, och spackelspade i näven, beredd att skrida till verket.

Vet du vad Bogdan gör nuförtiden? säger han. Och jag förstår på frågan att Bogdan har haft sin del av lycka i livet, vid tidig ålder, för rösten är sprängfylld av stolthet.

Inte en aning. Länge sen jag såg honom.

Han har flyttat utomlands.
Spelar han i ett band?
Nä. Till Oslo.
Bogdans farsa suger på det, rättar till glasögonen, lyfter spackeln, sänker den igen. Är inte riktigt klar att sätta igång.
Vet du, han har skaffat jente och fått en dotter. Och du, bor du här i närheten?
Nä, jag bor i Slottsstaden.
Ojdå, säger han och visslar lågt. Ja, du är snäll som hjälper din mamma.
Varpå han signalerar att vårt informationsutbyte är över genom att vräka upp locket på spackelburken och sätta igång.
Veckan därpå är vi båda på plats igen för att spika upp tavlorna, rulla ut mattorna och släpa soffan på plats, på ny plats, morsan bestämmer sig samtidigt för att möblera om.
Bogdans farsa har ringt på dörren för att inspektera mästerverket, väggar så glansigt skimrande vita att solljuset som slår in genom fönstren sticker nålar i ögonen.
Först nu har informationen om Bogdan blivit hanterbar för mig. Bogdan som alltid vandrade omkring med en skivpåse från Domus i handen, klädd i secondhandrock och tunnsulade begagnade skor, fick fiollektioner av vår granne Havlicek till dess hårdrocken tog kommando över honom på full tid och han övergick till att härja med elgitarren och odla hår och samla på tjejer. Han skulle bli musiker, vassare än Yngwie Malmsteen, innerligare än Jimi Hendrix, inte bosätta sig vid en fjord.
Vad gör han i Norge?
Farsan, glasögonen kvar långt ut på näsan men utan blåställ:
Han jobbar. Som musiklärare.
I Oslo? Gillar han det?
Han har aldrig trivts bättre. Han är barnkär, vet du. Det är en lågstadieskola.
Bogdan, barnkär? Det är en smått osannolik tanke. Som Keith Richards nykter. Elvis med kniv och gaffel. Springsteen i shorts.

Men hur många tankar om ens gamla vänner är inte det?

Så han har gift sej med en norska, Bogdan?

Nä, vet du, en danska. Line. Hon är också lärare.

Morsan kommer in i rummet. Ställer sig mitt i med händerna i sidan. Ser sig kritiskt omkring.

Det är inte för vitt? Jag borde ha gjort det långt tidigare.

En standardreplik från hennes sida, sagt om det mesta som hon tar sig för, har lång startsträcka, men kommer hon väl upp i luften är det inget fel på flygförmågan.

Vi väntar med att spika upp tavlorna, tycker jag. Jag ska kanske möblera om mer. Jag måste känna efter.

"Bodils arbetsrum" ställs i ordning. Med nya möbler som vi hjälps åt att skruva ihop, och Eva och Sussi kommer också förbi och står och tjattrar upprymt i bakgrunden, hänger över foton av smycken och produktlistor och pratar upphetsat om marknadsstrategier och förmedlar skvaller från gamla arbetsplatsen som de alla tre gjort sista arbetsdan på nu, och efteråt bjuder morsan på fläskpannkaka i köket.

I det vita arbetsrummet härskar morsan. Drar upp riktlinjer som en frontgeneral, skapar dokument och rutiner på deras nyköpta dator som tuggar fram gulgröna siffror med en hastighet som kräver en stor portion tålamod för att man inte ska börja utföra matematiken för hand i stället, matar fram ändlösa strömmar av datapapper som faller till golvet, och leveranserna börjar anlända, kartonger som de staplar utmed väggarna och packar upp efter hand, morsan hittar självfallet ett system för det också, för att de enkelt ska kunna expediera, ingen kund ska behöva vänta mer än en vecka på sin order, för hinner hon – det är alltid en hon – tröttna blir det dubbelt så mycket arbete med att hantera returerna.

Telefonen börjar ringa, Sussi bokar in allt fler smyckepartyn, trojkan packar, skriver fakturor, kompletterar beställningarna och dricker kaffe för glatta livet.

Så var det detta med namnet. Brainstorming. De är alla tre mödrar, så även om Eva hårdnackat försöker argumentera för lustigheten Snick & Snack Snäckor AB, har morsan redan knäckt prisvinnaren, och hon ger sig inte.

Mother of Pearl. Pärlemorsan.

ÄVEN HELENA MÅSTE GE med sig och erkänna att charmen med småstadens begränsningar avtar logaritmiskt med tiden hon vistas där. Hon har fortfarande kontakt med advokatbyrån vid Stortorget i Malmö som regelbundet förser henne med arbetsuppgifter, som om hon inte hade nog att göra, och där hon utlovats en tjänst som biträdande jurist när hon fått sin tingsmeritering.

Det finns dagar då en notarie har en åttatimmars arbetsdag – lördagar och söndagar. Veckans övriga fem dagar stämplar vi inte ut förrän åtta, nio på kvällen och då finns det inte stor anledning för mig att ta tåget till Malmö. Jag stannar alltså i Hässleholm, och det är för övrigt ett av skälen, mig veterligt, till att Helena och jag får ihop det igen; jag måste ha nånstans att sova och hon erbjuder till att börja med soffan, och därifrån är steget inte långt till att jag sover i hennes säng, men innan dess sitter vi uppe hela kvällarna, halva nätterna, och pratar och hittar tillbaka till ett läge som påminner om vad vi en gång hade. Och jag kan kosta på mig ett förslag:

Kan vi inte bara sitta tysta?

Vadå, helt tysta?

Ja, bara vara tillsammans.

Utan att säja nåt? Vad ska vi göra då?

Samma som nu, fast utan att prata. Bara vara.

Är det tysta leken?

Ungefär, fast utan lek.

Får man röra sej? Gå omkring?

Har du aldrig varit tyst nån gång?

Vi sitter tysta. Jag försöker läsa tidningen, en flyktingförläggning strax utanför Tyringe har bränts ner, spannmålspriserna är på väg upp, Carlsson ser allvarlig ut på bild, en ny tevekanal ska startas, Helena glor ut i ingenting, sitter staty, ser på mig, ut i intet igen, det här går inte, efter mindre en tre minuter och halva artikeln lägger jag ifrån mig tidningen.

Okej då, vad vill du prata om.

Nädå, ingenting. Vi kan vara tysta. Jag måste bara öva.

Så det som först var tänkt som näste i Malmö utgör snart en sällan besökt tillflyktsort när arbetsbelastningen inte är överväldigande, och det är den alltid, underdimensionerad som den svenska rättsapparaten är, eller om man ska söka förklaringen i andra änden av kikaren och säga att vi har alldeles för mycket brottslighet för vårt lilla land.

Efter varje hemförlovning släpar jag med mig alltmer kläder och prylar till vårt basläger, och efter några månader vet jag inte vad *mitt hem* innebär, var det är nånstans, lägenheten som jag hyr eller den där jag bor. Fyra bedövande år i Lund, en åtråvärd utbildning som ska öppna dörrar, drömmen om storstan – och så hamnar jag i en kålstinkande bakgatetvåa och tillbringar dagarna med att följa ett slaviskt schema för när jag ska koka kaffe, diska koppar och ordna fikabröd åt sekreterarna, kopiera dokument och renskriva protokoll som ska lämnas in till rådmannen för granskning, för att sen skriva om dem när de kommer i retur med marginalerna fulla av rödpennade rättningar, anmärkningar, tillägg och ”formuleringsförslag”, allt författat med en raljant ton för att betona att dagens notarier inte är vatten värda, rena klåparna jämfört med hur det var ”på min tid”, knappt råmaterial till hyfsade vaktmästare. Mängden ändringar är i viss mån beroende på vilken rotel man för tillfället är lottad på, men aldrig att nån rådman återlämnar ett tingsprotokoll utan anmärkning eller med minsta antydan till välförtjänt beröm eller ett erkännande av att nån av oss gjort nåt annat under juristutbildningen än fört ett sodomitiskt leverne med Tintin som litterär höjd och rättsligt rättesnöre (vilket i sig inte är taget ur luften, slår det mig när jag t ex tänker på KL, som hade låtit klä in samtliga 24 album hos en bokbindare som han ivrigt läste gång på gång).

Värst är Señoren, en omfångsrik rådman i femtiårsåldern som satt i system att skrämma notarierna med en hotfull uppsyn och ständiga sarkastiska anmärkningar om inte vittnena kallas in fort nog, om vattnet i bringaren är en halv grad för varmt, om inte protokollen är justerade exakt efter hans mångordiga och därför obegripliga anvisningar. Señoren tilltalar oss alla med ett farbroderligt "junioren", obekymrad om sån världslig kunskap som våra individuella namn, vi är utbytbara enheter som passerar genom hans viste under en försvinnande kort period av evigheten. En karikatyr av en Hollywoodutspökad maffiaboss, med cigarr, feta läppar och tunga ögon som luggen faller ner över, har en lantegendom i höjd med Sösdala och fyra travhästar som springer in en förmögenhet åt honom på Jägers, men han framlever sitt liv bakom travar av dokument på skrivbordet och ett rensopat domarskrank i rätten, alltid med en genomsliten portfölj vid sin sida, ett musealt föremål från tiden då den första oxen klubbades i Norden och plattfotingarna lärde sig att garva skinn, fylld med smörgåsar och kolaklubbor som han sträcker ner en hand efter med jämna mellanrum och stoppar i sig medan cigarren lämnas att självdö för en stund i askkoppen – men rättskipningens vidsträckta domäner är ännu ett fridlyst område för att kunna utveckla sin individualitet och särart, här är "apart" ett kvalitetsomdöme, och ju mer sär du anses, desto större är tilltron till ditt omdöme, din erfarenhet och dina sakkunskaper, till skillnad från näringslivets förkvävande konformism, där varje tanke på att skilja sig från mängden är detsamma som att skriva under sin avskedsansökan, kort sagt är Señoren tveklöst tingsrättens främsta rådman, briljant i sina analyser, sina överrumplande frågor som kan få en rättssal att häpna och plötsligt se målet ur ett helt annat perspektiv, och när det gäller att ur minnet hämta upp historiska referenser lägger han alla andra rådmän jag träffat långt bakom sig. För att markera sin upphöjda suveränitet avslutar han varje tilltal till oss, fotfolket, på sin lokala rotvälska med:

Det var annat att vara notarie på min tid. Skillnaden mellan er och en påse nötter är att Skaparen försett er med ben så ni kan ge er av härifrån.

Varpå han kastar fram ett knippe protokoll som täcks av ett tjockt lager med illröda rättningar. (Med "för" och "inte" ersatt av "ty" och "ej".)

I retur i korrigerat skick, junioren. På mitt skrivbord måndag morron, tack.

Och man vet hur helgen kommer att arta sig.

Señoren är dessutom den enda som vågar trotsa regeln med två frukter per dag som vi kvitterar ut med signatur inne hos lagmannens sekreterare, som förvarar fruktlådan under bordet. Señoren stryker bak luggen, lutar sig med påtagliga besvär ner, rumpan bred som oxen som fick sätta livet till för portföljen, svettranden längs ryggraden väter genom skjorttyget, och plockar trots sekreterarens protester åt sig en klase bananer, vägrar att sätta en kråka på kvittenslistan också, frukt som han aldrig äter själv – håller en strikt diet på mackor och kolaklubbor – utan använder som uppmuntran och belöning, sticker åt den notarie som lyckats korrigera ett protokoll till belåtenhet en banan.

Mörkret kryper inpå utanför fönstret. Sekreterarna sätter huven på skrivmaskinen och går hem vid fem, oanfrätta av arbetsbelastning och solidaritet, det finns en dag i morron också, ett par timmar senare traskar lagmannen igenom korridoren med armarna ut från kroppen som vingarna på ett Herculesplan, "Houston, we're ready for take off", och först därefter törs den ena rådmannen efter den andra släcka bordslampan och nicka ett hejdå innan de beger sig hem till sitt i nån gård ute i skogen, sist vaggar Señoren iväg, medan vi, påläggskalvarna, juniorerna, ätit bananer så att vi står pall en timme eller två till.

Hemma – vad det nu innebär för mitt vidkommande, och för mitt och Helenas gemensamma – blir det inte tid och ork över för andra kvällsfinesser än en limpa från Pågens, goudaost och billig leverpastej till te och chokladmjölk, ett plagiat av Señorens kosthållning och samma meny som erbjuds vid den tidiga frukosten, ofta utan att varorna varit inne och vänt i kylskåpet emellan, mornar då i stort sett alla kvällens ritualer upprepar sig fast i omvänd ordning, notarierna är först på plats, har satt på kaffe och tömt diskmaskinen innan sekreterarna anländer, timmen senare vaggar Señoren in med sin smörgås- och klubbtyngda packning och därefter är det övriga rådmäns tur att nicka sitt kärva hej, allra sist är lagmannen på väg in för landning, visslande ledmotivet ur Gudfadern.

Ett par korta bensträckare genom ”centrum”, mer behövs inte för att man ska ha gjort Hässleholm, där huvudgatorna modest nog döpts till Första och Andra Avenyn, blygsamhet har aldrig varit en dygd på bonnlandet. Vi håller oss i lägenheten, zappar mellan bilderna från Operation Desert Shield på CNN och Madonna och Sinead O’Connor på MTV. Men med jämna intervaller beger sig notariekollektivet i samlad flock till nåt av vattenhålen, åtföljda av ett par lappsjuka rådmän som inte behöver lång stund på sig för att bli på örat och högljudda och rada upp shots och anekdoter från rätten. Barer som utgör huvudleverantörer av svaranden till vårt dagliga levebröd: misshandel, försök till dråp, våldtäkter och olika grader av hot och ofredande, eftersitser som spårar ur, bilstölder. Eller som Señoren uttrycker det:

Tack gode gud för spriten. Utan den hade vi alla varit arbetslösa.

Bilkaravanerna kör genom orten med honkande tutor, för även om vi bläddrat fram nittitalet i kalendern så är raggaren inte utdöd som fenomen och stilikon, utan framlever på landsbygden samma skyddade tillvaro som ardennerhästar, fjällkor och småbönder – och kör vilken bil som helst så länge det är en Volvo med ett avgassystem som får dem att låta som en armé på uppmarsch, lägger ner år av träget arbete på karosserna, så uppseendeväckande att gubbarna på bänkarna konfunderat kliar sig under kepsen.

Samma gubbar, sportjackefolket som alltid har en visdom att fälla inför världens skiftande beskaffenhet men konstant outgrundliga enfald, får anledning att göra en ny resa med fingerräfsan under huvudprydnaden till våren, med större engagemang, kunde man ha hoppats. Nynassarna har rest ner från centralfästet i Växjö för att visa kurage och samlad styrka, demonstrerar, delar ut flygblad, dricker billig burköl och skanderar slagord, tvåstaviga för att inte krångla till det i onödan, men är inte sämre än att de kan marschera i takt med nysmorda combat boots så de får gatulivet att avstanna, känner medvind nu, inget motstånd av den sort som de ofta får känna på annars bjuds i småorterna, där invånarna tycks fastna i dagdrömmerier om hur det borde vara och hur det en gång var, t ex på trettitalet, så att de slipper formulera några konstruktiva tankar och gå i dialog med dessa de första ryckningarna i nationens högerarm och de gutturala invektiven innan de ska översättas till "politiska" termer vävda av samma luddiga stoff som "tydliga rumsfunktioner" och föras in i riksdagen av en fjant i folkdräkt från Blekinge tjugo år senare, det är inte enbart landsbygden utan ett helt land som placerat aningslösheten där det civilkurage borde vara förankrat som bara en ensam kvinna beväpnad med handväska och historiska erfarenheter kan demonstrera. Snarare tycks det ligga en spänd förväntan i luften – vad är det för upptåg på gång i dag tro? – i klass med den som föregår den årliga marknaden, älgjakten eller idrottsföreningens sommarloppis som ska dra in pengar att skicka ungdomslaget på turnering i Helsingör.

Med förfäran åser Helena och jag paraden, eller vad man ska kalla det dussin brölande aphjärnor i bomberjackor och med svenska flaggan på fana, lika renrakade på båda sidor skallbenet drar de fram med sina groteska tankar och vanföreställningar, råttor som klipper med ögonen i ljuset när de vågar sig fram ur kloakerna. Vi vet att vi kommer att få möta detta igen, omvandlat till ordklasser parkerade i torftig rättssvenska: hets mot folkgrupp, misshandel, mordförsök.

Protokoll fullklottrade med ilsket röda korrigeringar.

MONIKA HAR PÅBÖRJAT SITT första halvår som AT-läkare, på vårdcentralen på Lundbergsgatan. Mick har avtackat henne med blommor och tal. Ett mycket litet tal:

Tack, Monika, för dom här åren. Du var bra på att hålla tiden.

Mick som dessutom utlovat en middag för två som särskild förmån, för att visa sin uppskattning.

När som helst är ni välkomna, och äta vad som helst, till självkostnadspris.

Av morsan och mig har hon fått ett par birkenstock i examenspresent som hon kan gå och dra benen efter sig i korridorerna med. Av Kristina får hon en skiva med The Creeps, som snurrar för jämnan i bakgrunden när man ringer henne, för det blir Nathalies favorit, dansar och sjunger om blåa tomater från frukost till läggning.

Är Nathalie hemma? Jag tyckte du sa att Stig skulle ta henne?

Han kom inte. Hans andra barn behövde skjuts till träningen.

Då får han väl ta henne en annan dag.

Nä du, det har han gjort för sista gången. Han kan aldrig hålla en tid. Antingen kommer han inte eller så kommer han inte tillbaka med henne. Jag vill aldrig se honom mer.

Men det som först verkar som ett lyckoskott, ett halvår på närmaste vårdcentral, utvecklas på ett vis som Monika inte tagit med i beräkningarna. Hela hennes hus på Limhamnsvägen är fyllt med äldre som nyttjar väntrummet som möteslokal när de sitter på tur att få komma in till en doktor och förskrivas nya läkemedel mot krämporna de dras med. De vet inte till sig av begeistring när de får syn på den unga ensamstående mamman som de känner igen från hörnet på nedre botten, i läkarrock och ännu utan den förhärdade attityd som gör att hon enkelt kan skaka av sig en nödlidande.

Ordet husläkare rycker allt närmare i deras medvetande, flera år innan de ska få ett brev i lådan om en ny sjukvårdsreform och till den grad att de uppfattar det som en omväg att uppsöka vårdcentralen när de ändå kan träffa Monika på hemmaplan och på för deras vidkommande fördelaktigare tider.

Monika tejpar upp en skylt intill INGEN REKLAM, TACK! med texten INGEN MOTTAGNING I HEMMET – V. V. VÄND ER TILL VÅRDCENTRALEN ELLER VID BEHOV AKUTEN – men ingen granne värd namnet är receptiv för den typen av tvetydiga besked, tolkar det som att hon inte öppnar upp sitt hem för *andra,* för att på så vis frigöra tid för grannar och nära bekantskaper, och rollatorerna parkeras i entrén, hostande, klagande, värkande damer och herrar med skiftande tid kvar i denna jämmerdal ringer på, möts av Nathalie i dörren, som får höra vilken söt flicka hon är innan doktor Kraft efterfrågas.

Ingen skulle få för sig att be en kassörska knappa in lite varor för skojs skull på fritiden. Eller förmå klarinettisten i symfoniorkestern att ”riva av ett stycke” för att muntra upp stämningen på begravningen. Men läkare hör till de yrkesgrupper, tillsammans med advokater, som tycks ge ett intryck av att stå i allmänhetens tjänst på 24-timmarsbasis, oftast känner den frågande ”en vän” som är i behov av ett gott råd, ett välmenande omdöme och tips på hur denne ”vän” ska kunna ta sig vidare i djungeln av mediciner och stadgar utan att det ska kosta henne ett vitten.

Monika kan inte köra iväg dem, påtalar till ingen nytta att vårdcentralen är aningen bättre utrustad för undersökningar än hennes hall, men de är trots allt grannar som vanligen nöjer sig med att prata bort en stund, och bemötandet förenat med vissa fördelar i tvättstugan, som annars är en trång sektor i ett hus med hundratalet hyresgäster.

Monika skaffar en klappstol till hallen att kunna vika ut och bereda patienten sittplats, t ex änkan Hafström, som en gång varit husets flitigaste bidrottning men som fått gadden utdragen och ersatt av en ihållande smärta i korsryggen som fått henne att lägga band på sig och börja medicinera tungt. Gör dagligen sin mödosamma pilgrimsvandring till Monikas dörr.

Monika trollar och får tid över, lyssnar och ger råd, upplyft av den känsla som genomfar den som lyckats nå ett sen länge utstakat mål, trots en räcka av hinder och motgångar på vägen. Skickar iväg änkan Hafström med en klapp på axeln och ett löfte om att det kommer att bli bättre med en ny smärtmedicin som hon kan få utskriven om hon bara tar sig till vårdcentralen.

Men det kan finnas andra skäl också till att Monika gett Stig på båten, enligt vad Kristina ringer och berättar för Helena vad hon sett när hon passerat Lundbergsgatan på hemväg från Kronprinsen med sitt dagliga inköp av ägg, keso och tonfisk i vatten och ett wienerbröd från bageriet inne på torget. Har ju ett öga för detaljer, även på hundra meters håll förstår hon vad som är i görningen när Monika stannar utanför entrén och liderligt kysser den man som hon kommit ut i sällskap med, och Kristina kan så klart inte knipa om det för Bodil heller när hon ringer på kvällen och frågar om Kristina kan rycka in och hjälpa till att sortera senaste sändningen med smycken.

Morsan är inte sen att ha synpunkter på sin dotter, under förespegling att hon tänker på *hennes* dotter. För det framkommer ganska snabbt att Monika inte låtit sig nöja med att bara kyssa den här mannen utan också släpat hem honom, i sådan utsträckning att han har ett namn där hemma. Christer.

Är det bra för Nathalie att du träffar en man som inte är hennes pappa?

Vad är det för fråga, från dej?

Hur har du tänkt presentera honom för Stig?

Han ska inte presenteras alls. Vi har ingen kontakt längre.

Inte? Sen när?

Sen han inte kunde hålla tiderna.

Men är det så klokt för Nathalies skull? Du vet vad jag tyckte om Stig, men ändå.

Jo tack, det har du aldrig varit otydlig med. Men det är mitt problem. Var det nåt mer?

Morsans suck, vet att hon kämpar i motvind, förvisso hennes favoritelement, men den här gången förgäves, ändå kan hon inte låta bli att vara morsa och hålla tyst.

Ska du inte se till att bli helt klar först, innan du träffar nån ny?

Finns det en tidsaxel du tycker man ska följa? Kan jag kalkera din? kontrar Monika som har börjat bli för smart för sitt eget bästa, kan lägga in en överväxel med ord och retorik som distanserar morsan, och drar sig inte för att göra det heller.

Jag har tagit min examen, hur mycket mer ska jag klara av innan jag får träffa en man jag tycker om?

Nä, förlåt. Det var dumt. Jag menar tills AT-tjänsten är över.

Det är *läkar*legitimation den leder till, inte en kärlekslegitimation.

Det kan inte vara så att du är extra känslig? försöker jag resonera med Monika. Jag har fått allt fler diplomatiska uppgifter att syssla med inom familjen i takt med att konflikterna mellan mor och dotter rasar allt öppnare.

Nä, det kan det inte! Hon har haft synpunkter på allt jag gör sen jag fick Nathalie.

Paus för att tänka efter.

Och innan också!

Vill morsan träffa Christer (och det finns inget hon högre önskar, när allt kommer omkring) får hon själv släpa sig iväg till Limhamnsvägen när han råkar vara där, snäser Monika när frågan kommer på tal. Nån söndagssittning är han inte redo för än. Och släpar iväg sig gör morsan också, driven av en sån iver att hon nästa lördag ringer på dörren i samma stund som de tre gnugg-ögda har slagit sig ner vid frukostbordet, ännu i pyjamas och nattlinne.

Monika öppnar, med klappstolen i hand, i förvissningen om att det är änkan Hafström som förrättar sitt ärende extra tidigt i dag.

Du?

Jag hade vägarna förbi.

Halv nio? Monika vet hur hon ska få morsan att svettas. Vart är du på väg så tidigt? Finns väl inget öppet nu.

Gör en konstpaus som blir längre än avsett eftersom ingen av dem kommer på mer att säga, släpper in henne.

Om du ändå är här, säger Monika.

Man kan här föreställa sig att de två nykära inte ägnat natten åt skönhetssömn där de sitter på ömse sidor bordet med rufsigt hår och i behov av dusch och med en morronpigg flicka mellan sig.

Mormor, ska vi spela memory?

Ja, det kan vi göra – för morsan är inte sen att ta emot en entrébiljett när hon ser en.

Drick din chokladmjölk först, säger Monika, innan du får gå från bordet. Och till Bodil: Vill du ha nåt?

Tja, varför inte. En kopp kaffe? Fast nu stör jag kanske.

Varpå hon lutar sig fram och hälsar på Christer.

Vi har inte träffats förr, vad jag kan minnas.

Det här besöket får jag mig återgivet in extenso därför att Monika frustrerad ringer mig genast efter att morsan gett sig av (vid lunchtid). Morsan fick en stol utdragen åt sig, av Christer, och kaffe och smörgås.

Han var hur trevlig som helst, rapporterar morsan som blivit så till sig efter mötet att hon innan hon ringer mig måste rusa in till bästa väninnan, grannen fru Havlicek, och skrodera om ämnet till svärson. Sen herr Havlicek dog i sviterna av lunginflammationen han ådrog sig under sitt nattliga patrullerande på SJ:s rangerbangård har morsan och fru Havlicek börjat sitta i varandras kök och vädra familjesituationen (morsan) och utsikterna att kunna resa tillbaka till Prag (fru Havlicek) för att återse det hus hon och maken hann fly ifrån innan gränserna stängdes 1968, en herrgårdsliknande byggnad, påstår morsan som visats kort från den tiden då makarna levde ett privilegierat liv med den tjeckoslovakiska societeten och han var en berömd musiker. Fru Havlicek är förtidspensionerad från städjobbet på det pensionärshem där hon hjälpte mig till ett första feriearbete, och har all tid i världen att lyssna på morsans redogörelser. Därför blir det inte av förrän efter lunch att morsan ringer mig, på tingsrätten, har egentligen ingen stor anledning att hasta med det heller, dels har jag vid det laget redan tagit del av rapporten om morronens tilldragelser från Monika, dels är jag fullt sysselsatt med mitt eget drama.

Men Monika var inte på humör, klagar hon.

Det kan inte vara för att du dök upp tidigt? föreslår jag.

Tror du? Nä, det sa hon inget om.

Att Monika inte sa nåt kan också bero på att hon inte fick nån chans. Så tidigt på morronen är Bodil desto mer talför.

Hon snackade hela tiden, klagar Monika. Det var skitjobbigt.

Det kan inte vara för att hon var nervös? föreslår jag.

Tror du? Nä, det verkade hon inte vara.

Vad gjorde ni då?

Åt frukost så klart. Vad gör ni själva på morronen när ni vaknat? Du behöver inte svara förresten, jag kan tänka mej. Ni har inte morronpigga barn. Jag trodde aldrig hon skulle gå. Hon stannade och lekte med Nathalie tills vi var klara.

Klara för vadå?

Göra nåt annat. Vi kunde inte sitta inne hela dan. Vi gick till lekplatsen i Slottsparken.

Och Bodil, var hon med då också?

Nä, hon skulle hem. Då hade hon ju träffat Christer.

Och morsan, när jag har henne i luren:

Nä, jag ville hem då. Jag hade ju träffat honom, Christer.

Och han var förstås hur trevlig som helst?

Mycket trevlig och belevad.

Belevad?

Säjer man inte så längre?

Så sa inte ens mormor.

Det är en jämförelse som får morsan att göra halt, backa ett steg, som sin mor vill hon inte bli, fast just när det gäller språkbruk är mormor inte en hållbar referenspunkt, hon som pratade en obegriplig dialekt, så lokal att Ohlsson med h i granngården hundra meter bort ibland hade svårt att förstå henne.

Belevad är så klart ett omdöme som väcker nyfikenhet. När Helena och jag kommer loss ur gruvan och släpps fria över en lördag beger vi oss direkt till Limhamnsvägen. Hör hur Nathalie rusar mot dörren, öppnar, kastar sig i min famn – nej, förbi mig och upp i Helenas famn. Jag får hålla till godo med Robert Redford. Dock inte i pyjamas, eftersom vi har haft vett nog att dyka upp först till middagen, strax efter fem, vilket vi lärt oss är en hävdvunnen middagstid för barnfamiljer, och faktiskt låtit oss bjudas in till sittningen.

Kan du läsa för mej? ber Nathalie Helena.

Strax.

Du kan läsa själv nu, gumman, kommer det från köket. För Monika som kämpade och slet på frihand med läxor och plugg utan stöd drillar dottern i läsning och matte, för att hon ska ha mer på fötter nu när hon satt sig i skolbänken.

Vi hälsar på Robert Redford, som påstår sig heta Christer och pratar svenska utan brytning. Han har en stor hand, hård som spillved, med förbluffande finlemmade fingrar, långa spindelben – oklart varför han slarvar bort dagarna på en simpel vårdcentral, med de känsliga händerna borde han kunna göra större nytta – och avsevärt mer pengar – som kirurg, inbillar jag mig, om han inte håller måttet som konsertpianist. Hans händer skulle kunna användas under anatomiundervisningen för att lära ut hur de olika benen ser ut och deras namn. Luggen sveper ner jäms med ögonbrynen utan att den riktigt täcker den färska sårskorpa han har vid tinningen och som får honom att se mer belevrad än belevad ut. Stora vita tänder, raka som på en skämtartikel från Buttericks.

Jag nös samtidigt som jag öppnade kylskåpet, förklarar han blessyren.

Vilken tur att ni är läkare.

Ja, jag får bra vård i hemmet.

Kan *du* läsa? Nathalie drar mig i ärmen.

Snart. Vänta lite, din tjatmoster.

Jag är inte moster. Det är du som är morbror.

Hur länge har ni...? säger jag.

Ett tag, svarar han svävande.

Jag har hört att det är på arbetsplatser och diskotek man träffas nuförtiden, säger jag.

Det kanske kan stämma.

Jag vill se den här mannen extravagant som Jay Gatsby, djärv som Sundance Kid och äventyrslysten som Denys Finch Hatton – men får omgående de förhoppningarna grusade av en mjäkighet som inte matchar hans yttre.

Men ni träffades på vårdcentralen?

Ja, det kan man säga.

Hur då?

Johan! kommer det från köket. Lägg av med tjugo frågor.

Monika kommer ut i hallen med träslev i näven och förmaning i uppsynen. Våra blickar möts och jag tror att vi samtidigt inser att vi vattnats ur till lågprisversioner av morsan där vi står stirrande på varann, en som ställer insinuanta frågor, den andra som försöker hålla familjelivet gående och värna privatsfären. Ingen av oss vill påtala det för den andre, men vi är båda lika medvetna om vår transformering, sammanbundna lika mycket av igenkännandets glädje (i den andre) som en känsla av rundgång (för en själv), egenskaper man i det längsta velat förneka, men de har bara blivit allt påtagligare sen vi flyttade hemifrån och började leva ett eget liv – det förnedrande i att upptäcka att så eget är inte detta egna liv, det är i stora delar redan bestämt och utstakat, här har vi det således igen, arv och miljö, börd och bröd, bara mixat i andra proportioner och med ett fåtal tillskott av andra beståndsdelar; vissa stiger ut ur föräldrahemmet utan att nånsin se sig om, raderar utan att tveka hela sitt liv fram till ett pågående nu, reser genom tillvaron utan att checka in nåt bagage, medan andra ständigt betalar övervikt för allt de släpar med sig, ser sig över axeln för att tolka och förstå var de kommer ifrån för att staka ut vart de är på väg.

Det är en tanke att ha med sig när man uppfostrar egna barn (även om jag misstänker att det inte kommer att göra ett skvatt skillnad; också när det gäller barnuppfostrandets vedermödor och misstag är man ett resultat av samma två storheter), att vad det än blir av dem och hur förhållandet till dem som vuxna blir, så har de ändå inte förflyttat sig längre än ett stenkast bort.

Monika, för att leda in på ett annat spår:

Kan inte Nathalie få läsa för nån av er? Maten är inte klar riktigt än.

Kom, Nathalie, säger Helena och tar henne i handen. Vad vill du läsa för nåt?

Vad blir det? säger jag.

Tacos.

Är det stark köttfärs?

Har du aldrig ätit det? ler Christer.

Jag har druckit mexöl, och det var inget vidare.

En gång i månaden äter jag det minst, säger han, sen ett par år. Men ni har väl hört talas om det innan?

Medan Nathalie sitter uppkrupen i Helenas knä och jag intill och lyssnar till henne bokstavera sig igenom en sedelärande Alfons om hur vansinnigt värdefullt det är att ha tråkigt ibland, vankar Christer fram och tillbaka mellan kök och matbord och bär med sina smidiga fingrar fram hela dukningen, allt utfört med en kroppshållning som berättar att han är hemma här utan att för den skull ännu vara en naturlig del av familjen, det är en man för mycket här sen jag kom, och *jag* hör hur ju hemma här oavsett vad han eller nån annan tycker. Bortsett från sin svårighet att lämna raka besked på frågan om hur det gick till när de träffades visar han sig vara precis så där gentlemannamässigt trevlig som morsan beskrivit honom. Belevad är när allt kommer omkring ett ord som på pricken fångar honom. Förekommande ett annat. Vilket inte är en anledning i sig att Monika ska ge sig in i ett förhållande med honom.

Vet du hur man äter det? säger Nathalie till mig när vi satt oss till bords.

Kan du visa?

Jag kan, säger Christer, och förevisar hur man tar ett av de varma, chipsartade skalen från under en handduk i brödkorgen, fyller det med köttfärs, avokadoröra, grönsaker, ost och en salsa som mest smakar stärkelse. Biter i det – och fyllningen hamnar i knät.

Jäklar!

Min favoriträtt! säger Nathalie och trycker i sig så att det sprutar ur mungiporna på henne.

En ny rätt håller på att införlivas i den svenska husmanskosten. När vi rensopat Europa på kulinariska intryck som pasta och paella är det dags att skicka ut erövringstrupper i nya väderstreck, Asien håller som bäst på att införlivas i de regionala traditionerna, så det är inte mer än rätt att Latinamerika också brandskattas och får släppa till av sina skatter, även om jag för stunden är tveksam till om det här slafsandet kan ha en framtid i den ofläckade svenska idyllen.

Jag lyder instruktionerna men får inte upp paketet till munnen fort nog. Innehållet går samma öde till mötes som Christers, Helena däremot äter den ena efter den andra utan att ens behöva slicka fingrarna rena. Efter en god stunds experimenterande då jag rekapitulerat Traktors alla köksföreläsningar om den eviga hållfasthetsläran upptäcker jag att tekniken är att hålla tacobåten stilla och lodrät för att därefter närma sig med huvudet sinnrikt vridet i en komplex vinkel, ta ett prövande bett, få kvitto på att konstruktionen håller, och då med två raska hugg sätta i sig resten. Det vinner inget skönhetspris.

Sämst går det för Christer, som fumlar och spiller, lutar skutan som vore det en mjukglass han ska lapa i sig liggande på en sommarbrygga.

Jäklar!

Kanske inte ett kirurgämne ändå.

SVAMP, PÅSTÅR HELENA, ÄR skälet till att vi ska ut och idka vildmarksliv vid Hovdala de få dagsljusa timmar vi får över, om inte skjutfältet är avstängt för förbandsövningar.

Sällan har jag varit så förtjust i pansartrupper som tränar truppförflyttningar, marscherar på led för att härda pojkarna till stridsdugliga ordertagare sina sista timmar i livet i händelse av krig, lagar mat över öppen eld som smakar sur rök och tycker livet är en fest när de får ersätta löspluggen med skarp ammunition och dundra loss i backarna. För att knata omkring bland tomtar och troll i sumpig skogsmark med gympaskor som är genomblöta innan man hunnit knäppa jackan för att hålla värmen, det inte sånt som får mig att ligga vaken av spänd förväntan natten före, och aldrig hittar vi nån svamp heller för den delen. Det är då Helena kläcker ur sig att det inte är för svampens skull vi är här, utan för naturupplevelsen, och jag säger att då kan vi åka hem.

Däremot hittar Señoren oanade mängder av soppar och kantareller och skivlingar på sina marker, svamp som han förväller och lagar efter konstens alla regler och tar med sig och frikostigt bjuder hela tingsrätten på.

Ett spanskt recept, säger han och håller fram en tallrik som osar av vitlök. Ta för dej, junioren.

För nånstans ifrån måste han ha fått sitt öknamn.

Under nån månads tid utfordras tingsnotarierna med svamp i stället för banan, vilket på det stora hela gör varken till eller från, effekterna på tarmfunktionen är desamma.

Men nu var det en helgledighet vi skulle ha upp till beskådan här, hade jag tänkt mig, för den är av ett muntrare slag. Helena har till vår förvåning av byrån hon extraknäcker vid fått en gratifikation, vilket inte är nåt annat än en omskrivning för att hon är underbetald, och det måste kompenseras innan hon anställs och blir medveten om branschens lönenivåer och kommer att börja föra sin talan retroaktivt.

En långhelg i Stockholm som hon dessvärre inte delar min entusiasm inför. Ett tillfälle att fira att hon snart bärgat sin tingsmeritering, tycker jag, hon går som förstenotarie nu sen Sten har antagits som fiskalaspirant vid en hovrätt i Svealand, och omedelbart efter årsskiftet ska hon börja som biträdande jurist vid byrån och flytta ner till min lägenhet som då blir vår. Medan jag blir kvar i Hässleholm i hennes, som då inte längre är hennes – så elak ironin kan vara, skoningslös i sitt val av vem den ska drabba – och att vi vartefter kommer att flytta samman är inget vi diskuterar, så underförstått är det.

Byrån har visat sig från sin nådigaste sida och bokat en liten svit till oss på Scandic vid Slussen.

Ja ja, suckar morsan när jag berättar om våra resplaner för henne. Jag hade ju hoppats komma och hälsa på er i Hässleholm till helgen. Men då får jag fara ensam till graven.

Det är nämligen ett nytt inslag i hennes aktiviteter, och ingen kan ge en så dåligt samvete för bristen på engagemang som morsan. Hon har börjat resa upp till kyrkogården i nordöstra Skåne för att kratta mormor och morfars grav och sätta blommor, far upp till minnesdagar, dödsdatum och allhelgona, och stanna till hos oss på hemvägen. Vill ha affärsjuridiska råd av Helena, för sonen anses inte tillförlitlig på den här arenan. Kineserna är slipade och inte de vänligt sinnade affärsmän de utgivit sig för att vara – klagar hon, vars företag köper in smycken och stenar till vrakpris från företag där arbetarna fyller lungorna med stendamm och dör på löpande band – fast det är inget morsan känner till vid den här tidpunkten, för då hade företaget sysslat med däckmontering, blomsterarrangemang eller klottersanering eller vad som helst som inte tar livet av redan hårt utsatta arbetare som slavar för bottenlöst usla villkor.

Mother of Pearls affärsverksamhet bygger på marginaltänkande, ”har man inte råd till stora förändringar unnar man gärna sig nåt litet” – en variant av morsans beprövade nästan-filosofi fast sedd ur säljarens perspektiv i stället för köparens, en teori som håller också i praktiken, om än med låg utväxling.

Ingenting i affärslivet är så enkelt som det tedde sig när Mother of Pearl var en skiss på papper. Leveranser uteblir, fastnar i tullen. Fakturor får gå till inkasso. Representanter hoppar av därför att de tjänar för lite och växlar till telefonförsäljning av produkter för intimhygien, blir med barn, får för sig att vidareutbilda sig till nagelskulptriser och kosmetologer eller flytta till orter där framtidsutsikterna ter sig ljusare.

Eva och Sussi vill att vi skaffar ett riktigt kontor, klagar morsan. Men jag tycker vi ska vänta tills vi har bättre råd. Jag har inget emot att vi är hos mej. Men det har dom.

Det är du som har hand om kassan, säger jag. Så då är det du som bestämmer.

Det är inte riktigt som vi tänkt oss, tvingas morsan erkänna.

Ni får ha is i magen, är Helenas handfastaste råd. Det är tungt i början för alla.

Är det så? Ja, säjer du det så.

Efter en inledande guppig färd har morsan och Helena hittat tillbaka till sina gamla beprövade roller – men nån söndagsmiddag är det fortfarande inte tal om för Helenas del, hon är ihärdig i sitt beslut.

Kan du inte komma nästa helg, vädjar morsan.

Tror inte det, Bodil, men tack ändå.

En spricka mellan dem som det är min uppgift, mellanmannen, the messenger boy, att släta över, lirka dem runt, tyst diplomati, ljuga vid behov och framföra budskap åt båda riktningar så att de känner sig nöjda var och en på sitt håll och kan leva vidare med tron på den andras välvilja.

Men det finns fler bitar i den här bilden än att morsan vill träffa oss och vårda gravarna – båda förehavanden hade gått att lösa med några telefonsamtal, till oss och till en blomsteraffär på orten.

Men hon går ett steg längre, kontaktar kyrkogårdsförvaltningen om vårdnadsansvaret efter att hon själv inte längre finns, har frågat mig och Monika om vem som är mest lämpad som kontaktperson (vi föreslår båda den andre, det blir ingen av oss, tack och lov), och innerst inne i dessa omsorger döljs så klart en ängslig undran: om vi kommer att visa samma omhändertagande om henne när hon är begravd. Tro mig, jag vet, för det är exakt samma fråga jag kan komma på mig med att fundera över att Agnes och Hannes ska ha en familjegrav att besöka – men kommer de att göra det? Det är Lloyd Cole i retur!

På tåget upp lutar sig Helena mot min axel:

Vet du vad jag vill?

Är du hungrig?

Samma som Monika.

Bli läkare? Du är ju snart klar.

Jag tänker på familj.

Va?

Ja?

Nu?

Inte här.

Nu är vi här igen.

Ja, nu är vi här igen. Men den här gången tänker jag inte låta dej försvinna för att vi pratar om det.

Nä, håll fast i mej.

Du lovade. Men du vill inte, säj som det är.

Vi måste åtminstone ha jobb först. Ha råd.

Måste du vara så praktisk? Du skjuter bara undan frågan. Jag är allvarlig.

Ser jag ut att skratta?

Jag säjer inte nu *nu*, utan nu *sen*. Men du kommer att skylla på nåt. Jag vet det.

Förlåt. Jag var inte beredd. Du har rätt. Vi får prata mer om det.

Ja, eller så kan vi prova att sitta tysta.

Säger hon och lutar sig åt andra hållet.

Det står skumpa och ett fruktfat på soffbordet, med förtryckta hälsningar från en av byråns delägare. Det här är nåt annat än slupen af Chapman, äntligen börjar vi komma i form och känna att utbildning ändå leder till avkastning. Har Thomas nånsin bott så här på sina mc-semestrar? Nej!

Genom de stora fönstren ser vi ut över Riddarfjärden, Stadshuset, stan som brer ut sig i oändlighet åt alla håll. Riktigt roligt blir det först när det mörknar – och det gör det bekymmersamt tidigt här uppe i Nordsverige, om det nu går att tala om att mörkna när det inte bjuds dagsljus, utan mest en konstant svärta avbrutet av ett grådaskigt sken några minuter kring kaffet efter lunchen. Vi släcker och klär av varann och älskar utan täcke i dubbelsängen med hela stan bokstavligen för våra fötter.

Evigheten senare häver jag mig upp på armbågarna, drar åt mig duntäcket, har börjat frysa när svetten torkar in, och ser ut över en oändlig orm av billyktor som ringlar sig fram nedanför oss.

Helena makar sig in under bolstret, tätt intill.

Vad tänker du på?

Vad tror du om att flytta hit?

Helena som inte rör sig. Provar att vara tyst.

Du kommer att gilla det, intygar jag.

Vill du det?

Ja, jag skulle vilja bo i en riktig storstad nån gång.

Det verkar stressigt.

Jag gillar pulsen. Och här finns jobb.

Jag har redan ett jobb.

Bättre jobb. Mer pengar.

Helena drar åt sig mer täcke, lägger sig på sidan, knökar in kudden under huvudet.

Pengar är inte allt.

Det måste inte vara för alltid.

Jag tror inte det är bra för barn att växa upp i storstäder.

Jag lutar mig över henne, kysser henne.

Jag kan visa dej att det går bra att göra barn i storstäder.

Nä, bara håll om mej.

Hon trevar efter min hand och drar den till sig, lägger den om sitt bröst, håller kvar den.

Helena har ändå varit bestämd kring vad hon vill uppleva under Stockholmsdygnen. Vi ser en utställning på Nationalmuseum som kan vara Carl Larsson, eller Anders Zorn. Av bara farten förvillar vi oss ut på Djurgården och för att inte återvända med oförrättat ärende beser vi en hopplöst dyster utställning till på Liljevalchs och fikar på Blå Porten – där vi får en flashback: stället är proppat med samma slags kulturuppfyllda tanter som befolkade Lund och drogs till de fåtaliga kulturarrangemangen i horder, men här med högre röster och snipigare drag runt mungipan, och vi skyndar oss därifrån.

Men sen kommer vi rätt igen och vandrar planlöst våning efter våning igenom hela NK, tröttas av mängderna av varor som besynnerligt nog inte har en uppiggande inverkan på köplusten.

Jag kan se hur Helena hela tiden insuper stan i två dimensioner, en där vi går tillsammans, pratar om husen längs Strandvägen och gatorna och mänskorna, kommenterar konsten, klämmer på prylar och kläder, och en där hon svävar en bit utanför sig själv och värderar: *Stockholm*? Vilket jag skulle vilja hävda inte alltid är det bästa sättet att närma sig en ny stad, eller en annan mänskas önskan heller för den delen.

Jag har ringt Birgitta och förvarnat om att vi är på ingång. Men ju närmre Stockholm vi kom, desto mer insåg jag att hon och Helena knappast är kompatibla, och om jag nån gång skulle bli ombedd att formulera nåt slags princip som jag försökt leva efter så lyder den: blanda inte olika världar, håll dem för guds skull åtskilda, det har aldrig kommit nåt bra ut av att låta dem som har olika bilder av dig träffas och jämföra. Så jag är tacksam när jag ringer upp Birgitta för att meddela att vi är redo för en afton på stan och hon frågar:

Vart hade ni tänkt er?

Helena vill till ett ställe som heter East.

East? Vad ska ni där att göra?

Äta, hade vi tänkt.

Du, jag tror att jag har en annan grej på gång också. Kan vi inte försöka ses nästa gång i stället?

Toppen.

Tanken på att dra på mig den där svarta tröjan som legat begravd längst ner i byrålådan sen mitt senaste Stockholmsbesök och gå på rockklubb med Helena är lika skrattretande som att dyka upp hemma i Birgittas kattkisstinkande skrubb i skjorta och blazer.

Hon kunde inte, säger jag till Helena.

Synd, jag hade velat träffa henne.

Hon är knepig, Birgitta. Ingen riktig ordning. Är du klar så sticker vi.

En timme senare sitter vi stela och försagda på det asiatiska haket och ser det ena välbekanta ansiktet efter det andra från veckotidningarna som morsan ger vidare till Helena (själv har hon fått dem av fru Havlicek) svepa in och vänskapligt knacka personalen på axeln för att genast anvisas till ett bord och få in förrätten innan vi ens fått vatten i glasen. Jag känner mig som en säck potatis som klätt upp mig i mina finaste gåbortkläder, det är ändå lördag, och maten ja, ingredienserna har märkliga namn som jag vågar slå vad en rätt tilltagen summa om att ingen på Konsum i Hässleholm hört talas om, eller kommer att göra under det närmsta decenniet heller, och det är nästan riktigt gott. Servitrisen är så inställsamt service-minded att det är först vid desserten som vi slappnar av och inser att hon inte är ute efter att lura oss.

Och därefter är vi tillbaka på hotellrummet, två kaniner som utsöndrar svett som luktar citrongräs och chili i ett rum med undandragna gardiner, och efter frukosten morronen därpå checkar vi ut, tar en taxi till Centralen, och vi har gjort Stockholm.

Tåget baxar ut från stationen, vi kommer ut över Centralbron, förbi Gamla stan och vi tittar ut över det mörka vattnet och Helena säger:

Flytta hit, du skojade, va?

ROBERT REDFORD HAR ALLA rätt enligt morsans bedömningsskala. Hon hittar inte en endaste anmärkning på honom. Christer, fem år äldre än Monika, färdig läkare med fast anställning, rakade kinder och inga barn från tidigare förhållanden, egenskaper som trots allt borde få oss att reagera – killen verkar vara ett oskrivet ark, kom sol, kom regn, Christer är lika obesvärat munter, med ett ärr över ena tinningen som enda yttre bevis på nåt slags avgörande livserfarenhet – är det inte nåt skumt med att ett sånt praktexemplar var utsläppt på grönbete?

Morsan, som varit nere på fälgarna på grund av svårigheterna att skapa stabilitet i verksamheten när representanterna ideligen drar vidare, andas nu friskt syre och har inte längre samma problem att komma loss som barnvakt, känner väl ett visst ansvar också, kan vi gissa, eftersom det aldrig blev nån säng till Nathalie i "Bodils arbetsrum". Ringer rentav själv och föreslår att de två ska "se till att komma ut och röra på sig", vilket i klartext innebär att de tar cyklarna till Privé för att köa sig in.

Privé, Monika? säger jag.

Vart ska vi annars gå? På styrdans?

Ja, ni har åldern för det.

Men det är ändå en kommentar som tar skruv, och efter lite övertalning och trugande får Monika med sig Christer till Slagthuset i stället, där Helena och jag stöter samman med dem de helger jag rest ner. En sak ska vi göra klart. Att gå ut med sin flickvän är inte ett äventyr av samma dignitet som när man gick ut med kompisarna och allt kunde hända – vilket det också gjorde. Men jag har tagit så många steg bort från mitt gamla umgänge att jag inte längre har nån som det är naturligt att ringa och föreslå en runda öl med, och för Helena är allt i stan jungfrulig mark. På tu man hand i natten är det inte lika mycket häng i baren, inga vilda idéer som sjösätts efter midnatt, som vandringar på taket på åttavåningshus för att bryta sig in hos nån som uppges ha vin kvar eller irrande taxifärder till nån fest nån tycker sig ha hört talas om och som aldrig existerar eller är så avslagen att man genast ångrar att man inte fortsatte hem i taxin och la sig att sova, sånt som för inte så värst länge sen utgjorde naturliga inslag i min helgtillvaro men i sanningens namn var en parentes mellan Pernille och Helena, fast till den goda sidan av saken hör att det inte heller leder till några ångestframkallande dagen efter-attacker som kan driva en in i religionen eller vansinnet.

Christer bjuder i gentlemannamässig stil upp Helena till två obligatoriska danser, när INXS och Prince dånar ut ur högtalarsystemet, kan svänga på både armar och ben och skaka på läkarrumpan på dansgolvet, som liksom allt annat i den här skumt upplysta lokalen är överdimensionerat i sin pråligheT (jag skulle vilja höra hur tacky Smulan tycker detta är!), innan han anför vår lilla styrka till baren där han fångar bartenderns blick och får in fantasifulla drinkar som vi stillsamt sippar på tills det är dags att ta sig hemåt.

Har varit ute.

Hans naturligt avslappnade sätt, hans alltid opåkallade uppmärksamhet börjar ändå irritera mig. Den familjära stämning han skapar omkring sig, trygghet, lugn, omsorger och eftertänksamhet, spela spel och svara i telefonen när det ringer, får jag allt svårare att hantera, och oavsett hur jag klär mig så känner jag mig fel i hans närhet, antingen för uppklädd och stel eller för slapp och ovårdad, och oavsett vad jag säger låter det antingen platt och ointressant skolpojksaktigt eller som högtravande besserwisseri. Det är omöjligt att skjuta prick i hans sällskap. Men inget av detta bekommer honom det minsta (eller Monika, vilket gläder mig), han ler och konverserar, han ägnar all sin uppmärksamhet åt Monika och Nathalie, och har tid över åt morsan, Helena, Kristina, och mig också. En stor varm famn. På nåt omärkligt vis får han alla att delta i vartenda samtal, som en mötesordförande. Lyckas fördela ordet proportionerligt utan att det märks. Obehagligt.

Kort sagt är han förbannat tråkig.

Säg som det är, Johan. Du är avundsjuk. Det är precis så här du alltid har velat vara, lättsam, magneten vid bordet, det strålande självförtroendet, lugnet, vara den som alla vänder sig till för att lyssna på.

Jo, men ändå.

Men så dyker han upp i oljerock, och jag känner mig genast bättre till mods igen.

Apropå det så har morsan på sin väg upp börjat klä sig allt bättre, ”måna om det yttre”, och om det beror på Christers ökande närvaro eller hennes nya vardag som egenföretagare ska vi låta vara osagt.

Du borde också klä dej lite mer... attraktivt, Monika.

Jag har alltid varit klädd så här, svarar Monika, i jeans och en trång tröja med texten VEM FAN VILL TURA PÅ EN BRO? över bröstet. (Tröjtryckare är marknadssamhällets kackerlackor, finns överallt, sprider sin dynga och är redo att förvandla minsta bacill till en epidemi – skulle landet kärnvapenbombas sönder och samman kan vi ge oss sjutton på att tryckarna har ett stånd i närmsta gathörn morronen därpå och för glatta livet kränger svarta t-shirts med brinnande gult tryck: HÄRLIGA TIDER, STRÅLANDE TIDER, med erbjudande om tre för priset av två.)

Ja, det är just det. Det var ett tag sen du tänkte på hur du ser ut. Titta på Kristina.

Men att morsan inte vill se Monika i så korta kjolar, så djupa urringningar och med så höga klackar som Kristina bekymmerslöst bär till vardags på Åhléns vet Monika också, så det är en anklagelse som inte får fäste.

Det är inte mina kläder Christer är ihop med. Hon vänder sig mot honom. Eller hur? Innan hon är tillbaka med morsan: Du har inte alltid brytt dej.

Nä, och se hur det gick, försöker hon skämta. Nu när du har patienter...

... så bär jag en läkarrock utanpå, ja. Kan vi lämna det nu?

Men det kan vi inte riktigt än.

Hur tillvaron än kränger och kantrar sig för Monika, i ena stunden ensamstående deltidsanställd servitris, i nästa läkare med fast sällskap, så vet man alltid var man har henne. I motsatt hörn. Hon har en osviklig känsla för hur vindarna blåser och i vilken riktning hon bör röra sig för att inte vara tillags och anpassad, den mest motsträviga vägen är hennes väg, den mest obekväma inställningen hennes ställning – eller om det är tiden som vrider sig och Monika som står där hon alltid har stått, på flanken, i snålblåsten, för det som en gång utgjorde tidens friska motståndsanda, som Barsebäcksmarscher – kärnkraften var ett ämne som var uppe till hård debatt på hemmaplan det året som utmynnade i att Monika, morsan och jag splittrades i varsin linje i folkomröstningen, men Monika ska komma att få sin senkomna återupprättelse för hur hon hånades för sina stolliga synpunkter när tsunamin väller in över Japan och reaktorerna smäller som säkringar i elskåpet när hushållsmaskinerna körs för högtryck, och de gamla ATOMKRAFT? NEJ TACK-märkena plockas fram ur gömmorna – och stoppa matchen-skanderande i Båstad, fiskarolle och Kånken, protester som har sin naturliga fortsättning i form av kärntruppernas hårdnackade, oresonliga bromotstånd, som finner utlopp också i mer påtagliga aktiviteter än bärande av en sladdrig tröja med vulgärt tryck.

Monika har med sin sedvanliga entusiasm för den här typen av obstinata uppslutningar börjat delta i möten och vandringar, står med de andra bakåtsträvarna och skriker sig hes i vårvindarna på Lernacken och Möllan, med Nathalie vid sin sida, och Christer också, fastän han inte verkar fästa samma tilltro till att deras tandagnisslan ska leda nånstans.

Jag förstår inte vad du är emot, säger Helena, med sin skärpa, har slipat bort de småländska efterslängarna på varenda mening nu, efter ett direktiv från närmsta chefen att ett vårdat språk var en förutsättning för framtida avancemang.

Diskussionen förs hemma hos oss, i det som alltså är min lägenhet men där Helena bor, dan efter en ”trevlig kväll” på Slagthuset, och morsan har som synes bestämt sig för ett gästspel med kort varsel.

Det kan jag tänka mej, svarar Monika sakligt, van att verka i motvind. Liksom morsan har hon starkast dragläge när hon står i uppförsbacke och slirar. För du har säkert inte övervägt miljöaspekterna.

Vilket hon har alldeles rätt i. För hon har glömt bort tiden. Det är nittital, först har vi haft en högkonjunktur med sodomitiskt leverne, nu en lågkonjunktur där alla krafter går åt till att hålla näsan över vattenytan fram till nästa löning, och Helena som är den av oss som allra mest har blickarna riktade framåt, i marschriktningen, arbetar dessutom numera heltid på en byrå där en av klienterna har ekonomiska intressen i att bygget blir av.

Du är inte objektiv, säger jag, medlaren, för att få till stånd en vapenvila mellan de två.

Klart jag är, tror du inte jag har en egen åsikt?

Exakt vad motståndet vänder sig mot kan Monika inte klargöra, i ena stunden är det torskens prekära situation i sundet som omhuldas, i nästa värdet av att få åka båt och dricka öl samtidigt, för att därefter svänga till att handla om den okontrollerbara trafikökningens miljöpåverkan, tjatter, tjatter, och därmed har förespråkarna fått in motståndet i precis rätt fålla, till att handla om *symbolen* bron, en kamp som inte går att förlora eftersom en bro är en hand utsträckt mot framtiden, mot kontinenten, dit ingen av oss kan ta sig fort nog, för de genomgripande resultaten av förbindelsen står klart långt senare, när bron utgör fondvägg för vartenda foto som tas längs kusten mellan Skanör och Glumslövs backar och motståndet är pulveriserat och upplöst i atomer, dvs när det monumentala omskapandet av en hel landsända tar vid och en armé av schaktmaskiner, dozers och byggkranar sätts i arbete, en oöverblickbar utbyggnad av motorvägar, ringleder, avfarter, citytunnel och handelsbyar som säljer sin skit direkt från pall, hela stadsdelar som vräks upp på åkermark över en veckända och bönderna tvångskommenderas från släktgården till hem där de kan sitta och dricka kaffe och spela bingo på den inglasade verandan med den tilltagande trafiken utanför som underhållning, en infrastruktur kavlas ut som ska göda bron med resenärer nu när den står där och bara utgör en blygsam bråkdel av den totala investeringen som förflyttar oss till en annan dimension, utan flygbåtar.

Christer visar sina sympatier för Monika i klädfrågan genom att luta sig fram och kyssa henne. Nathalie kryper upp i famnen på honom.

Pussar du mamma?

Vill du också ha en puss?

Nä! Tycker du om att pussa henne? Jag tycker om att pussa mamma.

Jag också.

Men inte när du gör det.

Då får jag passa på nu, säger Christer och lutar sig fram igen och smäller av en kyss på andra kinden, medan Nathalie skrattar och försöker hindra honom. Monika som rodnar.

Nathalie är snart färdig med ettan och har därmed blivit medveten om känslouttryck som kramar och kyssar och närhet, ett staket har börjat pålas upp inom henne, restriktioner kring vad som kan göras och inte göras tagit form i hennes sinnevärld, allt det som tidigare var fritt som ett stort vidsträckt fält av möjligheter och upptäckarlusta ska nu steg för steg spärras av och krympas till en smal stig av konventioner, sociala mönster och inrättningar att balansera sig fram på, hon är med andra ord på väg in i barnets tysta period, som inträder när all spontanitet och individuell uttrycksförmåga berövats av en likriktande skolgång därför att skolan är i behov av en homogen skock ungar att forma, rekonstruera från grunden till goda, icke ifrågasättande samhällsmedborgare, hanterliga, en period som varar fram till tonåren då de måste kämpa för att återta sin berövade individualitet, men fråntagna alla verktyg som skulle kunna skänka dem en hälsosam självbild – ett tomrum som fylls med acne, photoshoppade kroppsideal, anonyma chattar och en sexualdrift som går överstyr, vanföreställningar formade av såväl glamour- som förnedringsporr och mödrarnas besök på plastikkirurgicentrum, tänk er ett föräldramöte där två tredjedelar av mammorna sitter uppradade med identiska bröst rakt ut i luften – så angör de en lång sturm und drang-period som de inte kommer att få nån rätsida på förrän långt upp i åren (fråga mig, jag har varit där, det var ingen angenäm erfarenhet, och tvingas nu åse hur Agnes och Hannes slussas vidare in på samma stickspår), men det får dem åtminstone att börja prata igen, förpuppas ur sin tysta period som nya gestalter, personligheter man som förälder måste bekanta sig med på nytt.

Monika är på medicinen på MAS nu, och letar efter en kirurg som kan ta emot henne för nästa del av AT-tjänsten. Sitter och ringer runt mellan sjukhusen på fikarasterna.

Det ser ut att kunna bli i Landskrona, klargör hon läget, för att komma bort från kläddiskussionen, eller för att det kanske kvittar hur man kommer dressad om mornarna där. Om jag har tur.

Tur? invänder jag. Vad är det för tur med Landskrona? Hur länge går Nathalie om dagarna?

Jag kan vara flexibel med min arbetstid, säger Christer. Jag kan hämta ett par dar i veckan.

Ja, men…? Det är morsan, i specialgrenen ängslan. Väger dotterns väl och ve mot barnbarnets. Jag kan också hämta. Fast inte så tidigt, förstås.

Det är en annan sak, säger Monika, utväxlar blickar med Christer. Vi har tänkt flytta samman.

Redan? Det är morsan igen, i den andra grenen hon är vältränad, prata innan hon tänker. Och konflikten mellan mor och dotter är på igen.

Du klagar alltid på att jag inte gör saker, och inte gör dom fort nog! Nu gör vi nåt snabbt – och då är det fel på det.

Så farligt var det inte, säger Christer.

Men han är inte tillräckligt etablerad i familjen för att veta att det inte tjänar nåt till.

Så snabbt är det inte heller, säger Monika buttert och kliar sig på armen. Vi har varit ihop sen i höstas.

Jag har inte sagt nåt, backar morsan. Det bara slank ur mej.

Det är mycket som slinker ur dej. Tänk om det nån gång skulle vara beröm?

Christer lägger en hand på Monikas arm. Hon slutar klia sig. Morsan vänder sig till honom:

Då flyttar Monika och Nathalie till dej på Klostergatan?

Vi hade tänkt hitta nåt nytt, nåt eget alltså.

Vi ska börja från scratch, säger Monika krasst, har kvar irritationen i rösten. Kliar sig igen, trots att Christer håller kvar handen. Här i närheten, så att Nathalie inte behöver byta skola. Vi har förresten en överraskning till.

Du är med barn, säger jag.

Syns det redan? Hon kastar en frågande blick på Nathalie: Har du?

Hon skakar på huvudet, och jag säger:

Nä, men hur många överraskningar kan du ha?

Nathalie spricker upp. Får jag säja det nu, mamma? Jag ska ha en lillasyster. Hon ska heta Sara-Britt. Eller Elsa.

Grattis. Hur långt är det? säger Helena.

Tre månader, nästan, svarar Christer.

Monika river sig över låret.

Har du fått loppor, eller vad är det med dej? säger jag.

Känns så. Det kliar hela tiden.

Är du torr? säger morsan, tacksam över att få lämna stridsfältet de var en bra bit in på och i stället visa sin samaritiska ådra (tredje grenen, slår det mig). Har du provat att smörja dej med HTH?

Det syns inget. Det är under huden.

Troligtvis beror det på graviditeten, säger Christer på sitt betryggande läkarvis, lägger en hand på Monikas igen. Det är inte ovanligt med den typen av reaktioner.

Var det så när du väntade Nathalie också? undrar morsan.

Allt var perfekt när jag väntade Nathalie.

Var det?

Ögonkastet i retur från Monika, inte är det direkt fyllt av tacksamhet, får morsan att fortsätta i samma andetag:

Själv mådde jag prima när jag väntade både dej och Johan.

Tavegyl, kastar Christer ur sig. Du får prova med Tavegyl. Det brukar hjälpa.

Kan vi prata om nåt annat än min klåda? Är det ingen som tycker det är roligt att vi ska få barn?

Jo, visst, säger morsan, ser bekymrad ut. Men den tröjan kommer inte att passa när magen växer.

DET BLIR ÄNDÅ SÅ att Christer flyttar in hos Monika och Nathalie. Använder sommaren till att fylla upp lägenheten med möbler och en nyare teveapparat, vinglas och opersonliga småsaker (vackra läderklädda askar, ett foto av Marilyn Monroe när hon håller ner klänningen mot luftströmmen, ett annat av en tankfull Cary Grant med rutiga strumpor, några större snäckor, lackade, den typen av intetsägande ting, jämte en halvmeter facklitteratur och Hemingways samlade noveller i en engelsk pocketutgåva) som skapar en oöverskådlig plottrighet av prylar att råka välta omkull när man manövrerar sig runt i trean, tränger i sin halva av klädkammaren samman två meter ljusblåa skjortor och ett dussin tweedkavajer.

På motsvarande vis har Helena transformerat min/vår lägenhet ännu ett stycke för var gång jag kommer ner till Malmö. Bilarna parkeras om från fönsterbrädet i vardagsrummet till det i köket, och därifrån är det inte långt till en plats i skåpet, där jag en eftermiddag återser dem bakom dessertassietterna.

Varför står dom här?

Du kan ta fram dom när du är hemma, om du känner för det.

Jag bor också här!

Ja, men inte så ofta.

Vad är det för argument?

Jag är rädd om dom, svarar Helena. Dom är gamla och ömtåliga. Jag vill inte att det ska hända en olycka. Jag vet vad dom betyder för dej.

Vilket får ett slut på diskussionen.

När jag återvänder till det kåldoftande grytet i Hässleholm börjar jag därför se på Helenas saker med andra ögon, vårda dem mer omsorgsfullt. Blåser dammet av rosorna så att torra blad singlar ner till golvet, puffar upp kuddarna och viker pläden i perfekt fyrkant innan jag draperar soffans ena armstöd med den, har ut allt porslin och torkar hyllplanen. Kör en extrarunda med dammsugaren när jag ändå är i farten.

Halvvägs igenom AT-tjänsten på kirurgen, i Landskrona, sjukskrivs Monika, är i åttonde månaden och har monumental ryggvärk så att hon inte orkar mycket mer än förflytta sig från sängen och till soffan och tillbaka igen.

Helena och jag kallas hem till dem, för genomgång och instruktioner om vad vi ska tänka på ifall det blir vi, vilket de hoppas på, som måste luftlandsättas och ta hand om dotter och hem ifall de med omedelbar verkan måste omdirigera sig till kvinnokliniken.

Oljerocken hänger som en installation på en galge i hallen. Nedanför står en färdigpackad väska i beredskap.

Monika ska luta sig ner över den, kan inte luta sig, det hugger till i ryggen och magen är för stor, hon svettas och kliar sig randig. För Tavegyl är säkert behjälpligt, om man har besvär av det slag som medlet är avsett för, vill säga. Monika har befriats från klådan i omgångar, men varje gång kommer den tillbaka ihärdigare.

Den kommer att försvinna omedelbart efter förlossningen, säger hennes hoppfulla sambo, tar det extra ombytet ur händerna på Monika och böjer sig och packar ner det i väskan.

Monika kutar ryggen, händerna i svanken, blåser ut luft, rätar sig och lägger händerna runt magen, en rejäl rotunda.

Nu! Nu kom en spark igen!

Får jag känna? Helena lägger en hand mot.

Monika avskyr folk som ska fram och ”känna”, slår undan händerna för okända tanter som skyndar fram med nåt saligt i blicken vid frukttrågen i affären och patienter som blir klåfingriga och glömmer vem det är som ska klämma på vem. Men Helena får hålla kvar handen, den här gången.

Känner du?

Ja, han sparkar.

Eller hon. Nu!

Svägerskor.

Känn, Johan, säger Helena. Du måste känna. Man känner foten!

Här. Monika lyfter upp tröjan, tar min hand. Nu är det öppet hus för alla som vill fram och kladda, Nathalie är också där med sin lilla söta hand. Men inte känner jag nån fot, såvida de inte menar det som bultar och bankar svagt som stresshuvudvärk.

Jag drar bort handen. Ska vi ta och titta på det ni ville visa?

Bra idé, säger Christer. Allt är förberett. Kom, ska jag visa dej.

Kan inte ni sova här nu? säger Nathalie. Jag vill det.

I ditt rum?

Ja! Får dom det, mamma?

Jag lovar dej, säger jag, att om vi måste komma hit och passa dej så ska jag sova i ditt rum.

Ja!

På kvällen stryker Helena tvätt, mitt i vardagsrummet och med teven påslagen, de sista intervjuerna och rapporterna inför morrondagens riksdagsval, dämpad, tänker och suckar och avverkar med järnet en famnstor hög med kläder inför kommande vecka. Har i allt högre grad anammat den framgångsrika juristens framtoning, kritstrecksdräkter och blus är några grader norr om mysbyxor, ullsockor och sweatshirts, matchdräkten för Team Winstrupsgatan, och Helena vårdar plaggen med en beundransvärd möda, luftar och pressar, stryker och putsar.

Men det är tydligt nåt som inte stämmer i kväll, och jag har tidigt förstått vartåt samtalet ska barka efter att hon klämt på Monikas mage eftermiddagen igenom, så jag passar på att samla på mig ammunition som ska bita i motsatt riktning, få till stånd en rimligt balanserad diskussion, vankar omkring som en gäst som inte vet vart han ska ta vägen på främmande mark, låtsas leta andra grejor som hon kan ha stoppat undan – vilket hon har: de fåtaliga skjortorna är skjutna längre in på stången, kanske just för att de är så få, för att skapa utrymme åt hennes senaste inköp, och jeansen har åkt ner ytterligare ett hyllplan, samsas nu med filtar och kuddar. Förändringar som det går att leva med, skulle jag vilja säga.

Vilket tåg tar du i morron?

Jag tänkte inte åka förrän måndag morron. Jag jobbade undan allt i veckan.

Gjorde du? Helena vänder sig från tvätten.

Värst vad du blev glad. Tänkte vi kunde se valvakan tillsammans.

Jo. Visst.

Men?

Helena sätter ifrån sig strykjärnet.

Magnus hörde av sej. Han kommer förbi i morron kväll. Jag har glömt berätta det.

Varför det?

Han är min bror, Johan.

Jo, men i alla fall.

Han ska jobba här nere på måndag.

Skytteltrafiken mellan Hamburg och Stockholm blev det tvärstopp för när ekonomin rasade, Porsche var plötsligt inte mer säljbart än julgranskulor till midsommar. Men hur Magnus än faller så landar han på fötterna, och nu har han övergått till att sälja papper, "för papper kommer folk alltid att behöva", som han sorglöst uttrycker förändringen, har kvitterat ut en tjänstevolvo som rullar fyratusen mil om året genom distriktet Södra Sverige, från Gävle och ner, som han ska frälsa med hålat och ohålat, linjerat, rutat och blankt i en uppsjö av storlekar. Enligt rykten – hans egen utsago, får vi förmoda – har hans blotta närvaro på arenan tvingat skogsbolag och pappersverk att trappa upp från två- till treskift och dra in semestrarna.

Tanken är alltså att han ska bo här? Inte bara hälsa på?

Det var länge sen vi träffades. Har du nåt emot det?

Vad ska jag svara? Jag svarar det enda jag kan svara i det här läget, uppressad mot ringhörnan och med armarna på repet, sista ronden: Nädå, jag kan ta ett tåg i morron.

Säkert?

Inga problem. Har lite att göra där uppe också, ska du tro.

Då kan jag ringa Magnus och säja att det är grönt?

Grönt? De har alltså haft en överläggning, en strategi där de utvecklat en hemlig plan att sätta i verket, med koder och dolda betydelser?

Hälsa honom.

Men det är inte över än. Helena har en fråga till:

Hur dags tror du att du reser?

Står han utanför och väntar på det gröna ljuset? Ska Helena tända en lampa som tecken på att kusten är klar? Gömmer han sig i avvaktan på att släppas in, som en älskare? Spanar han på oss med kikare i detta nu? Jag har god lust att gå fram till fönstret och försöka få syn på honom. Det finns en större arkitektur kring det här besöket, fastlagd i beskrivningar som bara de här två intrigmakarna har tillgång till.

På morronen går vi över till Ribersborgsskolan, utför vår medborgerliga plikt och slickar igen tre kuvert, hälsar på valförrättaren och känner oss allmänt som föredömliga mänskor, pålitliga, utan banklån, inte en rad i polisregistret och ingen smuts under naglarna. Gifta oss ska vi säkert också göra vad det lider. Och jag måste ha drabbats av en släng av Helenas godtrogenhet, för det ska ta mig ytterligare några val innan jag förstår att det finns medborgare som röstar efter hur de själva ska få det bättre, medan jag uppfattat val som en möjlighet att lägga sin röst på den politik man tror ska göra att de som har det sämre ska kunna få det lika bra som en själv (helst bättre), en tanke som har sin grund i ord som solidaritet och omtanke och tron att vi har råd att avstå för nån annans välstånds skull – men självfallet lika passé på 2000-talet som videokassetter och tubsockor, sen högerns strategihjärnor förstått att ändrar de först språket är det en enkel sak att peka ut en ny riktning för värderingar, vardag, vår syn på varann.

Därefter tar jag tåget norrut, för att slippa riskera träffa hennes bror. Får en ensam afton med en ljummen capricciosa direkt ur kartongen framför teven, där det förkrossande resultatet vevas fram, krets för krets, och det står tidigt klart att vinnaren är mannen som gett missnöjet ett ansikte och förfinat den mörkblåa arrogansen med verbala cirkuskonster på Ringling Brothers-nivå, den ende som sitter kvar i tevesoffan sedan Westerberg visat ryggrad och rest sig när populisterna greven och betjänten anlänt, och fått med sig Svensson och Johansson också, men den kvarsittande missnöjesmannen lyckas ringa ihop en samling liknande fårskallar att bilda regering med och sätter agendan för den populistiska främlingsfrämlighet landet ska färgas av under kommande år, en försvarsminister som skjuter fram sin pigga haka och sparkar chauffören därför att han är färgad, ett litet russin till justitieminister som inte upprörs över att tusentals demonstranter vandrar Stockholmsgatorna fram under fladdrande nazifanor men däremot över att de av polisen hindras från att nå ända fram till Karl XII-statyn i Kungsan och en invandrarminister som anklagar kosovoalbaner för att vara stöldbenägna, brunskjortorna gör sin entré, och tillsammans med ett dussin likasinnade samvetslösa pirater rekryterade ur högerpolitikens elitstyrkor tar det inte lång stund att ränna landet i botten med gasen fastlåst, men allra mest överraskande är att vi ett drygt decennium senare aningslöst röstar fram samma bindgalna träbockar igen, denna gång anförda av en man som inte tycks behöva mer intellektuell stimulans än en genomsnittlig tolvåring i hjälpklass, lika mycket personlighet som en platteve och vars kulturella referens är en sextiårig sångare med solglasögon som peakade sina konstnärliga bedrifter med att få "fula gubbar" att rimma med "snubbar", en slug taktiker, med andra ord, som alltid har ställt ett annat ord bakom det han säger, ledare för den hjärtlösa skock ärthjärnor som vi släpper fram inte bara en utan två gånger som om vi inte kunde få nog av självbestraffning för våra synder, ner ordentligt med ansiktet i fekalierna, trots att vi fått svart på vitt vad förnedringen betyder, "skitår", ett substantiv som bara den som står med fötterna torra kan slänga ur sig som en ironisk kommentar, och komma undan med det, och den bestående insatsen av dessa kalla år består inte i ett rutavdrag så att de baltiska kvinnorna skiljs från sina hem för att ta hand om våra i stället och inte har ett dyft att göra med rot som skapades för att värna svensk ryggradsindustri, bygg, eller jobbskatteavdrag för att sätta fart på ekonomin för den privilegierade delen av befolkningen som har ett jobb att stiga upp till om morronen, utan att i skydd under ett paraply av billig retorik montera ner det som utgjort välfärdsstaten så att den aldrig ska kunna uppstå igen under sin folkliga förankring, folkhemmet, det enda gemensamma fundament vi haft att stå på under modern tid, förskonade från krig och yttre hot som vi har varit, men som nu trasats sönder, och vart det har lett oss kommer vi att se först vid nästa prövning, när vi är ute på stäppen igen, men hur det kan komma att arta sig kan vi som i likhet med alla andra som bor strandnära i stan och tar bilen ner till Falsterbo för att bada om somrarna få en försmak av redan nu när vi möts av den obotliga enfalden i form av en rejält tilltagen skylt: VÄLKOMNA TILL VELLINGE KOMMUN. HÄR ÄR FRIHETEN STÖRRE men där tillägget OCH SKATTEN LÄGRE åkte bort redan efter ett år (och där Hannes i ett utslag av civilkurage eller obstinat olydnad kastar ut glasspapper, tomma läskeflaskor och annat skräp som han tagit med sig enbart för att demonstrera vad den friheten kan användas till – för nån annan att plocka upp), en kommun som i det längsta höll hårdnackat motstånd mot att ta emot flyktingar men där tonåringarna som helgaktivitet trakasserar ett judiskt ungdomsläger, och även under denna runda vid makten utgörs svansen av ett dysfunktionellt främlingsfientligt parti som passar på att smita in i riksdagen när högern håller upp dörren, vi har under dessa tjugo år inte blivit klokare, inte rört oss längre från tiden då en självuppfylld adelsman och en medienarr är ledare för ett parti som jublar över dagarna då lejonen åt upp barnen i Afrika och sjunger In the jungle än till en då ett annat parti skrålar egenhändigt hopknåpade hyllningsvisor om när Palme gick på bio, från ett parti som lockar fram Lasermannen, "en ljuspunkt i tillvaron", till ett med en mänskosyn som är förenlig med den nya Lasermannen, ett samhällsklimat som gödslats med nyfattigdom och inställda möjligheter så att ännu en sjuk mänska möter världen med bössa i handen och metodiskt arbetar sig igenom det egna närområdet, där för övrigt kompisar till Agnes och Hannes bor, ungdomar som lär sig att rutinmässigt scanna varandras kroppar efter laserprickar och förbjuds utgång på kvällarna, vi erbjuder dem att bo hos oss tills de åter känner sig trygga, men det är inte oro detta handlar om, för den reduceras inte av att vi bäddar i gästrummet, vi har återigen en stämning, ett land, en stad där vi skäms för dem vi låtit oss bli, för den billiga retoriken går hem, och i fören på båten som lägger ut över det mörkblåa vattnet denna nittitalets första valnatt står en man med ett tvåstavigt namn, lätt att skandera.

Jag vill se dej på mitt rum om fem minuter, junioren, lyder Señorens hälsningsfras morronen därpå, då vi vaknat upp långt ute till havs. Han kränger nerför korridoren, förbi mitt rum, och jag ut ur det i samma sekund, lika bra att ha det överstökat, och jag vandrar korridoren ner i hans fotsteg, en ordlös walk and talk-scen under vilken jag fascineras av hans löjeväckande breda bak, två basketbollar som synkront studsar upp och ner innanför brunt tyg.

Han fäller i stolen, gräver ur portföljens djup upp en inplastad ostmacka och ett protokoll.

Det här får du inte igen.

Äntligen en replik som skänker lindring efter en natt då jag legat vaken och förbannat i lika delar den bruna tragedi valresultatet innebär och Helenas bror som tvingat ut mig ur det hem som ska vara mitt. Belöning, jag har befunnits godkänd, jag är på väg, först med mitt ettårsförordnande så att jag har fått börja döma enklare mål, och snart nog är det min tur att ta över som förstenotarie och vara den som med ett drygt tilltal i första person singularis introducerar nya blåbär till denna ålderstigna, patriarkala värld med klara strukturer för ordergivning och underkastelse, och förmodligen kommer jag att försvara rådmännens olikheter. Jag hittar inget bättre ord än:

Tack.

Du får skriva om från början, det är enklare. Det fanns inte plats i marginalen för alla ändringar. Hade du inte svenska i skolan?

Protokollet åker i papperskorgen, halva ostmackan i Señorens gap. Tuggande ger han mig den sedvanliga signalen till avsked:

Det var annat att vara notarie på min tid. Skillnaden mellan er och en påse nötter är att Skaparen försett er med ben så att ni kan gå härifrån.

Då blir det ingen banan den här gången?

Han tittar upp.

Jag vill ha det i retur innan jag går hem i kväll. Utan lustigheter.

Och jag återgår till mitt magra ordförråd:

Tack.

Det blir en sen kväll med eviga omskrivningar, eftersom jag fått hoppa in som notarie på en förhandling på eftermiddagen för en färsking som blivit akut sjuk, vad vi tror på grund av arbetsbelastningen. När jag kommer hem – ja, hem, det är lika bra att vänja sig – med en ny ljummen capricciosa i kartong med oreganon i en påse fastklämd mellan lock och sida, är klockan framåt halv tio. Jag hinner inte stänga dörren bakom mig förrän telefonen ringer.

Lång dag, älskling? Jag har försökt innan.

Har Magnus åkt?

Han for i morse.

Hur var det?

Trevligt att träffa honom igen. Du skulle ha gillat det också.

Tror jag det.

Han är faktiskt annorlunda nu.

Du låter trött. Blev det sent?

Nä, men jag sov dåligt på soffan.

Jag trodde vi sa att Magnus skulle ligga där.

Helena gör nåt som låter som svagt prassel i bakgrunden, innan hon svarar:

Jag vet. Men han skulle upp tidigt och köra långt på eftermiddan, så jag tyckte det var bäst så.

Magnus sov alltså i sängen?

Mer prassel. *En karamell? Läser hon tidningen samtidigt? Skärmen till en grön lampa som demonteras?*

Ja.

Jag hejdar mig, intalar mig att inte bli arg, inte brusa upp, inte säga nåt jag kommer att ångra och få kört i halsen senare. Frågar: Vart skulle han?

Helsingborg.

Jag står kvar vid telefonen efteråt under det att Helenas rapport landar i mig med full kraft. Helst hade jag velat rusa ut på innergården och hoppa sönder ekrarna på cykeln som ramlat i stället, sparka på nåt, stenar, vad som helst, men ålder och utbildning (återigen skolgångens fördärvliga inverkan!) har försett mig med ett tunt lager social fernissa, polityr, som avhåller mig från dylika hälsosamma improvisationer. Jag äter pizzan kall. Den mest odrägliga mänska jag träffat sov i min säng i natt medan jag låg i ett hav av kuddar och gosedjur under fång av torkade rosor i min tillkommandes urflyttade lägenhet, för att stiga upp till en avhyvling.

Känslan som nockar mig är den mest bekanta jag haft på länge.

DET TAR FEM SIGNALER innan jag slutar slå handflatan i klockradion och rycker åt mig luren i stället.

Nu väckte jag dej!

Morsan, sprudlande munter, fortsätter av bara farten innan jag hinner få plasten ordentligt till örat:

Då var det klart. Det gick snabbare den här gången.

Vad är klockan?

Men det blir jag själv som får se efter. 04:47.

Hör du mej? Det blev en pojke.

Monika?

Känner du nån annan som väntar barn?

Så här dags?

Ja, barn föds sällan på arbetstid. Men visst är det roligt för henne. För dom. Nu har Monika en av varje.

Morsan, oförskämt pigg och utan att ta hänsyn till sonens ogenomträngliga trötthet, kan i en enda utandning och med rak ordföljd och utan paus för mellanslag och skiljetecken rapportera att allt gått finemang, från värkar och vatten som gått tills att sonen var levererad och att såväl han som modern mår prima, och även fadern är i talbart, sinnesnärvarande skick. Först om några timmar, samtidigt som resten av mänskligheten stiger upp för att möta dagen, ska mor och son flyttas från förlossningsavdelningen till en sal fyra våningar upp för tillfrisknande och vila.

Men vänta, säger jag när hon tömt lungorna på den sista resten syre, hur vet du detta? Är *du* på sjukhuset?

Nä, jag är hemma med Nathalie, så klart. Jag kom i går kväll, innan dom for in.

Men det skulle Helena...

Jo, men jag pratade med Christer. Hon har så mycket att stå i.

Jag blinkar, rekonstruerar, försöker skapa kronologi av flödet.

Men hur vet du detta, om du är hos Nathalie?

Christer ringde.

Så här dags?

Nä, för en halvtimme sen. Men jag ville inte väcka dej för tidigt.

Det är jag tacksam för.

Till helgen reser jag ner, möter Helena utanför sjukhusgrindarna på Carl Gustafs väg. Vi kysser varann. Jag har längtat efter henne mer än nånsin sen morsan ringde och berättade nyheten.

Marken är täckt av stora kastanjelöv som klafsar sig samman. Solen blänker i regnpölarna. I en sal på fjärde våningen ligger Monika, min syster, läkaren, The Brain, för andra gången i livet och lyser ikapp med höstsolen som slår in genom fönstret. På långt avstånd slår vattenspelet i Pildammarna upp kaskader i skyn som ett blött fyrverkeri. Det ligger sju kvinnor till på salen med varsitt underverk i famnen.

Det är samma upplyfta stämning som förra gången vi samlades här, och ändå är allt så annorlunda. Då var det Stig som stod här med nyfödda Nathalie insvept i famnen, några timmar innan han skulle passa på att smita ur den här historien för gott genom att lägga ett kuvert med ett avskedsbrev och några futtiga sedlar till Monika på köksbordet.

Christer har, till skillnad från föregångaren som hade tre äldre barn på annan ort, inte nån rutin på handhavandet av nyfödda, men strålar han också. Med sina finlemmade händer klarar han hållandet fint. Ser förstås inte ut att ha sovit så bra den senaste tiden. Ser inte ut att ha sovit alls. Håret spretar, andedräkten ingen njutning, men det hindrar honom inte att le från öra till öra. Blottar de dubbla rader med sockerbitar som är hans tänder. Jag vet inte om jag ska älska eller hata karln för att han aldrig kan klappa igenom, men i den här stunden råder det ingen tvekan om hur mycket jag gillar honom. Han har fått min syrra att skratta igen, och se så lycklig hon är nu.

Nathalie är framme och klappar pojken på huvudet.

Får jag hålla igen?

Du vet, försiktigt.

Christer lägger ner lillebror i hennes utsträckta armar, håller hela tiden ena handen under hans huvud.

Nathalie, stolt: Titta så lite hår han har.

Ja, pojken är kalare än ett polerat Granny Smith.

Helena, som står tätt intill lirkar in ett lillfinger i pojkens hand. Strålar ikapp med fadern och modern.

Vad ska han heta?

Simon, hade vi tänkt, svarar Christer. Vi har röstat alla tre.

Bodil, med synbar lättnad: Det låter bra, ett fint namn. Har fortfarande inte kommit över att Monika valde att döpa dottern till Nathalie, även om flickebarnet nu fyllt ut namnet med hela sitt väsen och gjort det till sitt utan att det låter konstigt längre.

Nils Simon Kraft, säger Monika. Efter morfar.

För Nathalie heter Gerda också, efter mormor.

Morsan är nöjd, skänker säkerligen en tacksamhetens tanke till sina farföräldrar som döpte sin pojke till nåt så neutralt som Nils och inte nån av de andra utsvävningarna som kan ha varit i svang på den tiden. Nils Simon, ordning och namn som är tradition, släktarv, och inte stigmatiserande galenskaper, viktiga saker för morsan som gärna vill se att ett ädelt släktträd ska slå rot och resa sig mot himlen. Simon går att uttala på ett otal språk och röjer inte mycket om bakgrund och framtid – tryggt som allvädersstövlar.

Efter Nathalie är det Helenas tur att ta emot underverket, ännu under Christers vakande överseende, och det är i precis den här stunden då Helena får Simon i famnen som jag ser spelet förlorat, vidare diskussioner om vårt barnalstrande är meningslösa, flyt med bara, råder jag mig själv, för ett stabilare modersämne går inte att tänka sig, här har vi en kvinna som kommer att ta till sig moderskapet med full vind i seglen och båda fötterna stadigt förankrade på kommandobryggan, eller tänk er vilken sliten metafor ni vill, ni ser också det jag ser, Helena är urmoder i det ögonblicket de fyra och ett halvt kilona tynger hennes arm, ligger mot hennes barm, och hon snusar på hans huvud.

När kommer du hem? säger morsan till Monika. Det kostar att bo här, va?

Inte så farligt mycket, svarar Christer. Står tätt intill Helena, ena ögat på sonen.

I morron är det tänkt, säger Monika. Efter frukost, om allt går bra i natt.

Söndag, konstaterar morsan kvickt, är på hugget. Då ska ni slippa tänka på maten. Vi firar hemma hos mej, allihop.

Morsan, säger Monika. Kan vi inte skjuta på det? Vi vill gärna –

Men Christer avbryter henne. Vräker upp garnityret med sina fyrkantiga tänder, ler, säger:

Nä, men det låter väl bra? Så får du mer vila, Monika. Men vi stannar inte så länge.

Självklart, avgör morsan, innan det hinner bli vidare diskussion om övningen, för "länge" är ett töjbart begrepp, öppet för förhandling. Och ni?

Jag kan nog, säger jag.

Och Helena, som känner vartåt det barkar, gör en avledningsmanöver:

Kommer inte Kristina hit?

En lördag? säger Monika sarkastiskt.

Tror hon skulle träffa en kille, säger Bodil. Men jag ska ringa henne om i morron. Hon vill se Simon så klart.

Blickarna riktas återigen mot mig, och mot Helena, där hon står med Simon hårt i famnen, med kinden ned mot hans panna. Men hon vet också att det inte är för att se henne gosa med pojken som hon har ögonen på sig. Ändå är hon inte riktigt nåbar.

Det går väl bra, säger hon, frånvarande.

SLÄKTENS UTÖKNING ÄR EN nyhet som får fart på dess förgrening i Uddevalla. Släkten är viktigare än vad vi kunnat föreställa oss för Lisbeth, som gärna hade sett att den var stor (och adlig) med överdådiga sammankomster med historier och traditioner som löpte generationer tillbaka, men vi är en sorgligt liten släkt som får uppfinna våra historier och traditioner vartefter – vilket är en av många anledningar till hennes bistra humör och förbittring, för även om det är strålande sol i dag så nog sjutton kommer regnet i morron.

Här har det droppat ner en unge vars båda föräldrar är läkare, så Lisbeth, känslig för klass, markörer och titlar, får alltså bråttom att inspektera.

Monika, som vägrade Leif och Lisbeth att få se Nathalie när hon var nyfödd, med hänvisning till vilket helvete de två ställt till under hela hennes och min uppväxt, ett beslut där hon fick min uppbackning, har med åren blivit försonligare och har inte denna gång nåt emot en visit. Är stolt och vill visa upp båda sina nytillskott, Christer, som inte har introducerats tidigare, och Simon.

Därmed tar släkten ett nytt steg i sin modstulna vandring, bryter mot det som kanske var en tradition trots allt, att träffas hemma hos morsan. Hon får också pallra sig iväg till Limhamnsvägen, står med oss andra på den lilla kvadraten till balkong och åser den alltmer solblekta Volvon slira in på Nicoloviusgatan, Lisbeths glatt vinkande hand ut genom rutan, vitbågade solglasögon och käkar som bearbetar tuggummit med aggressiviteten hos en stenkross.

Men älskvärd är hon, Lisbeth, när hon får lyfta upp Simon i famnen, snusa.

Vilken vacker pojke! utbrister hon, har trots allt ett varmt klappande hjärta innanför tunikan.

Christer intill, varhelst Simon är står Christer bredvid, beredd, bodyguard, ständigt fem fingrar i närheten av sonens huvud.

Titta, Leif, visst är han bedårande, kuttrar Lisbeth. Minns du när våra var så här små. Vad härligt det var.

Han är den sötaste pojke som nånsin skådats! instämmer morsan, som är alldeles till sig, leder ju nu barnbarnsstatistiken med 2–0.

Leif, utan ambitionen att hålla i konstverket, lutar sig över, muttrar: Ja, snart föds det inte fler blonda och blåögda i det här landet, så man får passa på att titta.

Vad menar du? säger Christer.

Leif, rätar sig, möter blicken. Nä, ingenting. Det är väl bara sånt man säjer.

Christer kommenterar inte det, första gången de träffas, och vi kan inte begära av honom att han ska veta att öppna konflikter hör våra släktsammankomster till, eller att han ska vilja ge sig in i en.

Visst är det en fin bror du har, Nathalie, säger Lisbeth.

Jag ville ha en lillasyster, har jag sagt.

Lisbeth har svårt att släppa ifrån sig pojken, men till slut lyckas hans gudfar (jag, ditkommenderad, tillsammans med Helena, av Monika, ”ställa upp”, för tro inte att jag ger mig in i såna här drabbningar på frivillig basis) få honom ur hennes grepp för att få hålla ett slag, men får genast se sig besegrad av sin sambo, som har skaffat sig ett vanare handlag.

Transitmannen är inne i en experimentell fas. Helskägg. Det gör inget i positiv riktning för hans utseende. Å andra sidan har han all tid i världen att odla. Hade en kort tid av lycka, men har nu tagit av sig vaktmästarbyxorna av slitstarkt material för gott sen bostadsrättsföreningen räknat på insatser och utgifter och funnit att gräset trots Leifs ambitioner att klippa det greenkort ohämmat fortsätter att växa och att det kan räcka med riksdagsmannaämnen nu efter den begåvade generation han drivit upp.

Man kunde också misstänka att de gör sig ärende söderut för den egna dotterns skull, men henne har de inte samma ambitioner att besöka. Hon å sin sida håller sig medvetet borta från den här övningen. När vi tänker efter så tycks de inte ha haft nån som helst kontakt sen hon var hemkallad för "konsultationen" som ledde till abort.

Dom har det jobbigt, har morsan berättat, sen Leif blev arbetslös igen.

Vadå, bråkar dom? sa jag. Det menar du inte.

Herrejesses, sa hon, ett starkt uttryck i hennes vokabulär. Ja, jag är sannerligen glad att inte leva i ett sånt förhållande.

Kristina har tassat vid sidan om hela tiden, hållit sig i utkanten av vår familjehistoria – hör hon hit eller inte, det måste hon säkert också fråga sig, kommer och går som hon vill, bjuds in men frånvarar när resten av truppen är uppställd, men det finns inte längre skäl att ängslas för henne, hon har klarat av sin skolgång, lagt på hullet så att hon ser hälsosamt frisk ut, låren två utropstecken, och kan dansa till fyra varenda morron. Har vuxit ut till en stark och slagkraftig individ och lärt känna fler mänskor i stan än jag som tillbringat nästan hela livet här. Går hon in i en butik vilken som helst möts hon av igenkännande hej (och en påminnelse om att hon senast handlade på krita). Kepsen på svaj, höga stövlar med vikt kant och jeansen nerstoppade.

I stället för att bara uppehålla oss vid henne i tredje person borde vi prata mer med henne.

Men det är inte precis vad som står överst på Leifs och Lisbeths lista.

Ska ni inte ens träffa Kristina när ni är nere?

Jag tror inte det blir av, svarar Lisbeth. Vi behöver köra hemåt innan det blir för sent.

Men kan ni inte stanna över natten? En fråga som Christer kan kosta på sig, vet inte att Uddevallaborna aldrig gör sig omaket att packa ner tandborste och nattkläder i bagaget.

Leif som vrider upp armbandsuret, tjugo i tre, Leif som har all tid i världen på sin klocka, kan ägna dagarna åt att virka mattor av sitt navelludd, svarar: Vi har att göra där hemma också.

Det går bra för Kristina, säger morsan, ifall ni undrar.

Ska hon fortsätta att läsa och jobba samtidigt? säger Lisbeth.

Och det säger väl nåt om deras relation att hon frågar morsan om sånt. Kristina har gått ner till deltid på tygavdelningen för att läsa upp betygen på komvux – har ju ett självförtroende som inte ställer sig i vägen för ambitionerna.

Hon behöver pengarna.

Hon borde koncentrera sig på det ena, säger Leif.

Bara sälja tyg? föreslår Monika.

Läsa så klart, så hon kommer nånstans.

Du kan vara lugn, intygar morsan, hon har ju tagit sig hit ner.

Leif drar sig i det gråsprängda skägget som byggt på åldern med tio år, vet när han ska lägga ner vapnen. Vet också att flytten till Malmö varit lika omvälvande som nödvändig, och tanken på vad som hänt med Kristina om hon blivit kvar med honom i närheten skrämmer självfallet honom också.

Kristina är fortfarande tillräckligt ung för att vara bergfast övertygad om att allt är möjligt. Har förvisso övergett planerna på en juridisk karriär men det beror inte på egna tillkortakommanden, fick vi klart för oss förra helgen, då hon gjorde sitt studiebesök för att se den nyfödde.

Det verkar för tråkigt, kommenterade hon förskjutningen av framtidsplanerna. Ni ser inte ut att ha kul.

Det är inte riktigt det jobbet går ut på, försvarade jag oss. Ska vi bära clownnäsor i rätten?

Och Helena, överslätande: Så vad siktar du på i stället?

Läkare. Då gör man nåt värdefullt. Jag ska jobba för Läkare utan gränser.

Jaha du, där har dom minsann kul på jobbet dagarna i ända, sa jag. Rena skrattfesten.

Dom gör nåt *nyttigt*!

Till skillnad från oss? Vet du förresten vad som krävs?

Så himla svårt kan det inte vara. Hur många läkare har ni träffat som är genier?

Tack för det, sa Monika.

Kristina ser övertygande ut, kan dra upp överläppen med en stel min som gör henne trovärdig i vilket sammanhang som helst. Hon för hårgardinen åt sidan, med pekfingrarna upp över öronen. Ett ansikte som ska erövra världen tittar fram med stursk uppsyn. Ingen av oss nänns säga att hennes betyg inte håller en sån klass att de kommer att få intagningsnämnden på knä, eller ens är i de rätta ämnena – och det är tveksamt om det skulle få henne på andra tankar. Och vem vet, Läkare utan gränser är säkert bra som målbild för stunden, så som hon vacklar när hon talar om kommande år, en prunkande flora av skiftande infall har hon vädrat, av vilka vi kan lyfta upp några: köpa en hästgård och ägna sig åt lukrativ hästavel sen hon haft en tillfällig fling med en ridsportare, lifta ner till Palermo, finansiera uppehället genom att fotografera och skriva en bok om livet på den maffiaanfrätta ön, flytta till ett haschkollektiv i Köpenhamn, äta vegankost och börja växtfärga – Kristina har full styrsel på sin vardag så länge den är uppbunden av jobb och postgymnasiala studier men saknar all riktning när det gäller vart den kombinationen ska leda henne till. Till de mer realistiska planerna hörde att starta ett kafé tillsammans med en tjej som står i charkdisken i Tessins livs om helgerna.

Kafé? sa Helena när hon fick höra talas om de planerna.

Kaffe och subs, utvecklade Kristina tankegången. Enklare än att ha varm mat. Som kaféet som låg på Väster.

Ett hypat ställe som under en kort tid drevs av en överaktiv amerikanska och hennes mer sansade dalmas till man, serverade fyllda baguettebitar, subs, och ett himmelskt kaffe, på en hörna med så få sittplatser att det inte hade några ekonomiska förutsättningar att bli långlivat.

Ska ni öppna ett sånt?

Fast med grekiskt stuk.

Grekiskt kaffe och feta i mackorna?

Ungefär.

Christer har dragit sig undan från stridsscenen Leif var på väg att duka upp för, har lagt Simon att sova, återvänder. Ser inte ut att veta vart han ska ta vägen i detta släktdrama som han ofrivilligt knutits till. Att han skulle ha nån egen släkt har vi aldrig hört talas om, förutom ett onyanserat mummel om en far och en bror uppåt landet som han inte längre har kontakt med. Christer kommer i det skick som han står och går. Skänk det faktumet en stunds eftertanke.

Han är min svåger in spe. Vi måste hitta ytor där vi kan lägga an mot varann. Jag söker fortfarande.

Medan Lisbeth har dragit sig närmare morsan innan vi ska sätta oss till bords för en sen lunch, eller om det är tidig middag, har ett ärende. Har fått ett glas vin i handen också, och man kan väl uttrycka det som att hon och Leif växeldrar. Lisbeth har haft en sväng med rödvinet förr, när Kristina var i yngre tonåren och tillståndet i radhuset påminde om belägringen av Stalingrad, sen tog Leif över stafetten under sin förra arbetslöshetsperiod, och nu är det hon som håller ut glaset igen för påfyllning.

Jag har tänkt på en sak, öppnar hon med. Ert företag. Det har blivit större.

Det är inte som ABB.

Men kan bli. Det är kanske dags för er att gå vidare?

Det gör vi hela tiden, svarar morsan. För de börjar få lite bättre rättning i representantledet nu. Har övergett den ursprungliga planen med att städsla unga tjejer med hästsvans, höftknyck och ett vinnande leende som signalerar "tänk positivt" och som hämningslöst kör sin Ford Fiesta i nitti genom rusningstrafik, tjejer som kan driva upp stålarna ur vilken samling handväskor som helst men inte klarar av att stanna på ett jobb tillräckligt länge för att lära sig hantverket, så de har övergått till att skriva kontrakt med nyblivna mödrar i behov av en stabil sidoinkomst, kvinnor som är tacksamma över att komma hemifrån några timmar ett par kvällar i veckan och som kundstocken kan identifiera sig med – och affärerna har börjat vända uppåt.

Jag står inte ut i butiken längre, säger Lisbeth. Jag får allt mindre att göra. Förutom pappersarbete.

Det förstår jag, säger morsan, avvaktande.

Jag är inte äldre än att jag kan börja om. Jag har länge tänkt söka nåt annat.

Det låter klokt. Jag tycker du ska passa på.

Lisbeth ser sig runt. Var är den lilla raringen nu?

Leif? säger jag.

Simon, så klart.

Han sover, säger Monika. Så det är snällt om ni inte är så högljudda.

Lisbeth har samlat mod, vänder sig till morsan igen:

Vad tror du om att jag startar upp verksamheten för Mother of Pearl i Uddevalla? Jag kan ta med mej hela kundregistret från Hallbergs.

Morsan sätter sig. Hårddisken arbetar frenetiskt.

Jag känner flera tjejer som skulle vara utmärkta säljare. Några är Kristinas gamla klasskompisar.

Representanter kallar vi dom.

Representanter. Som kan sälja. Och du vet att jag är duktig på att...

På att?

Allt det andra. Att vara chef för dom. Som du.

Lyssna nu. Det är en win-win-situation, försäkrar Leif, med en självmedveten röst som vill berätta att han är den sista av en sort som inte längre tillverkas i det här landet, stadiga karlar med en hagelbössa i byxorna och inte rädda för att säga sin mening – vilket vi vore oändligt tacksamma över, om det ändå vore sant.

Vi är tre om det, svarar morsan. Som delar lika. Vi kan inte släppa in en fjärde hur som helst.

Nä, det förstår jag. Jag tänker mej som franchising. Jag gör det i ert namn.

Du vill ha förtjänsten men slippa satsa nåt själv?

Win-win, upprepar Leif.

Ja, exakt, klämmer Lisbeth ur sig innan hon förstår att hon gått i en fälla. Eller jag satsar ju mej själv. All min kunskap.

Hon låter hoppfull. Lite för hoppfull. Lite för säker på sin sak för att detta ska låta som ett spontant infall. Så morsan klipper till.

Tror inte det. Det låter inte alls som en bra idé.

Varför inte?

Morsan harklar sig. Vet du vad, jag tycker vi glömmer den här diskussionen. Man ska inte ha affärer ihop med släkt eller vänner.

Du vill inte?

Jag *kan* inte. Vi är tre.

Du kan väl prata med dom?

Nä, har jag sagt. Nu pratar vi inte mer om det här.

Det är då Lisbeth brister, skriker:

Jag orkar inte!

Sch!

Hon hugger morsan om armen. Morsan försöker ta sig loss, fångad i ett järngrepp.

Jag måste bort! Fattar du inte det?

Jo, men – Släpp.

Jag står inte ut! Har du nånsin tänkt på hur det är för mej?

Lisbeth, släpp mej, är du rar. Det gör ont.

Vad vet du om ont? Lisbeth slår sig över bröstet. *Här* gör det ont!

Hon sjunker samman, tömd på luft och motivation, det verkliga skälet till den här visiten har hållit henne uppe, nu orkar hon inte längre, faller ner på stolen bredvid sin skäggige man, som lägger en tröstande arm om henne, blänger surt upp mot sin syster innan han kramar Lisbeth, drar henne intill sig.

Ingen av oss andra säger nåt, oförberedda som vi är på utbrottet. Det blir tyst. Men så hörs ett skrik till.

Jaha, där vaknade Simon, säger Monika.

Christer är också på benen samtidigt – med skräckslagen min, välkommen till släkten! – och erbjuder sig: Vill du att jag ska ta honom?

Nä, jag går gärna ifrån en stund.

Förlåt, kommer det från Lisbeth med kvävd röst. Förlåt mej.

När de två resenärerna repat sig och fått i sig broccolisoppa och Christers hembakta bröd tackar de för sig, ska hinna en tur över till Dragör också och köpa vin och starksprit. Lisbeth skamsen och surmulen, "jag vet inte vad som flög i mej, Bodil, du får ursäkta, det var en dum idé som bara ploppade upp", Leif som från sin sida bordet jobbade ihärdigt men utan framgång för att skapa en ny god stämning med vitsar och berättelser från sin tid inom varvsindustrins toppskikt.

Morsan stannar kvar efteråt, hjälper till med disken, vilket det var år sen hon tilläts senast. Står med händerna i löddret och Christer bredvid sig med torkhandduken. Monika är i sovrummet för att få Simon att ta igen sömnen han berövades. Helena och jag sitter i vardagsrummet och spelar Svälta räv med Nathalie, kan höra morsan:

Varför? Varför skulle hon säja så? När det var på väg att bli riktigt trevligt.

Hon verkar inte må så bra, säger Christer trevande, håller sig klokt nog på neutral planhalva.

Hon har aldrig mått bra. Men det måste inte gå ut över oss.

Hon borde kanske tala med nån? Få hjälp.

Lisbeth? Be om hjälp och behöva erkänna att hon mår dåligt?

Suckar. Ljudet av vattnet som rinner ut när hon drar upp proppen.

Ja du, Christer. Jag tycker synd om dej att ha hamnat i den här jädrans släkten.

SIMON ÄR SKÄLET TILL att Helena kommer med på tre söndagsmiddagar – utspridda över ett år, för som hon uttrycker det:

Jag vill inte springa ner dörren hos Bodil.

Är mån om att behålla armlängds lucka nu när hon skaffat sig utrymmet, och strängt taget fanns det inget i Lisbeth och Leifs besök som fick henne att omvärdera min släkt.

Det är ingen risk, säger jag.

Bra, det leder bara till besvikelser om ni börjar räkna med mej igen.

Desto oftare har hon börjat gå hem till Monika och Christer om kvällarna, dricker te hos dem, läser med Nathalie, gullar med Simon, innan hon sent på kvällen ringer mig i min exiltillvaro i ödemarken och uppspelt rapporterar om en dag full med spännande arbete, möten, mänskor och samvaro, allt det som jag *inte* fyller min agenda med. Två år som notarie är en bestraffning som heter duga och de kommer att sätta spår i mig för resten av min gärning inom det juridiska fältet, men jag börjar också ana att det finns ett bakomliggande resonemang med den här tjänstgöringen, för det måste naturligtvis ha varit likadant för rådmännen under deras tid som malajer som kommenderats till denna kökstjänst, och den vanmakten de fylldes med då tar de ut på oss nu.

Helena går över så ofta till dem att morsan, när hon av en händelse (Nathalie, som regelbundet pumpas på fakta om vad som försiggår i hemmet) får höra talas om det, sätter sig vid telefonen i hallen och väcker sin son som precis har somnat, utmattad som han är av att ha suttit på två förhandlingar i rad som lagt gräsliga familjeförhållanden i öppen dager.

Varför kan hon umgås med alla andra i familjen utom mej?

Det är nära till dom, försvarar jag henne.

Så långt är det inte hit. Fem minuter längre.

Det är säkert tio. Men det hör inte hit. Hon är väl ensam på kvällarna, vad är det för fel på att hon går hem till Monika?

Nä, det är inget fel.

Vad är det då? Är du avundsjuk?

Det ligger inte för mej att vara avundsjuk.

Morsan känner sig naturligtvis sviken, sonens flickvän som inte vill veta av henne, och jag vet också hur det känns att svikas och att jag bör ställa mig på den sviknas sida – men i så fall är det Helena jag sviker, det finns många turneringar i det här spelet, så den tröst jag bör erbjuda morsan, en tröst som inte är av det medlidande slaget utan som pekar framåt, på alternativ, den kan jag inte ge. Jag klyvs. Det är därför jag säger:

Då kan jag få sova igen?

Ursäkta att jag väckte dej, men det här är faktiskt viktigt för mej.

Jag hasar mig upp i sängen. Rättar till kudden.

Det är ingen fara, är den enda lindring jag kan komma på.

Jag gillar faktiskt att dom har så bra kontakt, flickorna. Men nån gång vore det kul för mej också att vara med och få träffa Helena.

Jag ska prata med henne.

För guds skull, gör inte det!

Vad klagar du då till mej för? Om jag ändå inte ska göra nåt åt det?

Men nån måste jag få prata med om det.

Vad ska jag göra med den informationen?

Gör vad du vill. Jag vill minsann inte tränga mej på.

Så jag får lova att inte nämna nåt om samtalet för Helena, men jag är utrustad med ett samvete, och det värker, så mycket att jag ändå tar upp det med henne, mot löfte om att hon inte får låtsas om det när hon pratar med morsan. Men Helena är också försedd med ett samvete i rikliga proportioner, och som sagt, en moralisk kompass av starkare magnitud än min, skinn på näsan har hon också, van att ta en diskussion. Hon ringer upp morsan – och då blånekar morsan till att hon skulle ha pratat med mig om saken! Skyller i stället på att hon har för mycket att göra själv, förstår sig inte på skatter och deklarationer. Varvid Helena erbjuder sig att sitta ner med henne och bringa ordning i debet och kredit. Går hem till henne en kväll i veckan, läser rapporter, försäljningssiffror och gör upp statistik på alla ledder – och får på det hela taget ekonomin att se lite fördelaktigare ut.

Jag blir inte klok på saken, men på nåt vis har båda fått som de velat utan att det blivit som nån av dem tänkt sig. Antagligen är det vad Leif skulle kalla en win-win-situation.

Mitt problem är inte att Helena har en egen linje för släktsammankomster med en släkt som inte är hennes – jag har aldrig haft för avsikt att fördjupa mina kontakter med Kalmar, och inte de med mig heller, även om Marion ringer några gånger och med en röst som inte lika positivt kvittrande som förr frågar om jag inte tänker komma upp till dem, när jag ”ändå är så nära”. (Det tänker jag inte.) Mitt problem har varit att hålla ryggen fri från Señorens ständiga utfall om min bristande språkliga förmåga, som omvandlas till ”attitydproblem” när jag kallas in till lagmannen. Som förstenotarie är det på hans rotel jag ska tjänstgöra.

Jag har börjat se slutet, runt kröken väntar friheten. Jag letar jobb som biträde på nån byrå, och tiden i rätten har räckt för att jag ska förstå att jag inte är konstruerad för mål som innefattar misshandel, dråp, våldtäkter, missbruk av olika former och allmän misär som slår sönder familjer, trasar samman mänskor, miljöer som påminner mig om vad jag en gång rest mig för att börja gå ifrån... Vid sidan av att förtjänsterna är större som affärsjurist.

Jag skickar ansökningar, ringer, ber om ett möte. Får också komma på möten och presentera mig, möten där mina papper bläddras igenom, sommarjobbet på lönekontoret ifrågasätts, ”Kan det ha varit meriterande?” och frågor ställs om jag inte äger en hel kostym, eftersom jag dykt upp i byxor och blazer.

Lagmannen drar i hängslena, solkiga där tummarna brukar

hänga i sheriffstil när inte vingarna är utfällda för start eller landning, vippar i stolen och ser på mig från ovan. Frågar om varför jag har svårt att inordna mig i rättens kultur med att hörsamma rådmännens instruktioner.

Tänk på betyget, Johan. Dom är dina mentorer, säger han sävligt. Dom är här för dej, för att ge dej tillräckligt med kunskaper för att kunna stå på egna ben.

Det känns mer som om vi finns här för dom, svarar jag, och inser att det var en lös boll som jag borde ha låtit passera. Jag stänger käften, anstränger mig att le.

Han vippar längre bak i stolen, ser på mig från en högre höjd.

Den tid du har kvar här gör du klokt i att lyssna mer och prata mindre. Du kommer att förstå vår välvilja när du kommit längre på din bana. Har du för avsikt att söka dej till domaryrket?

Nä.

Det är klokt av dej. Jag tror inte du har en rekommendation i sikte.

Jag återvänder in på mitt rum. Packar samman för helgen. Innan jag släcker skiljer jag sju par.

En som däremot aldrig har mått bättre är Monika. Klådan försvann när hon fött Simon. Har ett halvårs AT-tjänst kvar innan hon kan kvittera ut sin legitimation, men det är inget som bekymrar henne när invanda rutiner dammas av under mammaledigheten. Hon gör samma promenader med barnvagnen med Simon som hon gjorde med Nathalie hela den här hösten och vintern och in på våren, med samma vagn också för den delen (den vagn som Monika en gång själv legat i, och jag med, ånyo framrotad ur källarförrådet). Har ett dagsschema som är identiskt med det för sin förra mammaledighet, det enda som skiljer är att hon börjar mornarna med att följa dottern till skolan och att blöjförpackningarna fått ett nytt utseende.

Både hon och Christer lider av akut sömnbrist, gnuggar ögonen varje morron, och av för lite tid för sig själva. Men det är av övergående natur, intalar hon sig (för hon vet ännu inte att när problemen upphör kommer Nathalie att vara på väg in i tonåren och gå ”ut” vareviga kväll – och tvinga Monika och Christer att ligga vakna av annat skäl). Simon har vänt på dygnet, vaknar på kvällen, har en hamsters dygnsrytm. Christer tar nätterna, vyssjar omkring i lägenheten med sonen i famn, kör vagnen fram och tillbaka i vardagsrummet i månens sken som slår in genom de stora fönstren åt gatan där han står och ser tidningsbudet komma, sjunger en stump och får Simon att somna – ungefär tills Christer lägger honom ner i sängen, då han slår upp ögonen igen, och ett illvrål, och Christer får vyssja vidare.

Christer som orkar stå upp på morronen ändå. Då Monika alltså lägger Simon i vagnen och går ut på första promenaden – och pojken kan sova.

Samtidigt kommer Christer och jag varann närmare.

Man skulle kunna tro att Helena med sitt arbete och Monika som tvåbarnsmor var fulla av allvar, men de blir i stället flickigare, och vad det säger om dem att de på Kristinas initiativ stänger in sig för en Rob Lowe-kväll för bara tjejer vet jag inte om jag vill få en inblick i. Det räcker fullt och gott med vetskapen om att det blir jag som får förbarma mig över Christer och Simon.

Men det som jag förutspådde skulle bli en lång, otröstlig kväll av vyssjande och daltande och bytande av blöjor kommer på skam. För Simon är inte en sämre gäst än att han vet när han ska somna – genast han kommer innanför dörren. Vilket ger Christer och mig hur mycket tid som helst.

Vill du ha en öl?

Christer kommer ut ur vårt sovrum, där han tryggat sonen från att ramla ur sängen genom att bygga murar av kuddar runt om.

Nä, det är en dag i morron också.

Ja, just därför. Det är en söndag i morron.

Christer skjuter fram armen så att klockan får skjuts ut från under manschetten.

Nu börjar sporten.

Ska jag slå på?

Ja, givetvis.

Vi hinner med halva vädret först, tjocka snötäcken över Norrland medan folk solar i Paris. Därefter har vi en tandblekt man med knallröd kavaj i rutan – signalen för att sportblocket påbörjats. Först en "analys" av världstennisen, utifrån perspektivet vem som kan hota Edberg, Boris Becker eller Andre Agassi, följt av ett "porträtt" av Pekka Lindmark som på gamla dar börjat vakta kassen i Mif, värvad för att ta hem Elitserien till Malmö, en stad där ishockey är ungefär lika hett som varpa till havs.

Inslagen ger mig domningar i benen. Men Christer är absorberad. Jag har ställt fram popcorn, han har tagit ur skålen, men han överraskades av vädrets abrupta slut och sitter nu med de smala fingrarna fastfrusna halvvägs till sitt öppna gap. Hans tittande är av en annan dimension än vad jag hittills upplevt, en så fullständig koncentration att jag undrar om han ändå inte borde ha blivit kärlkirurg.

Jag reser mig, tar ett par steg så att domningarna ska släppa, fortsätter ut till köket och hämtar en öl till mig själv, och en skål chips, jag tänker i alla fall ha det lite festligt.

Ska vi hitta på nåt? föreslår jag när Sportspegelns käcka melodislinga klingat ut.

Med Simon?

Jag menar inte gå ut. Spela kort?

Christer nickar mot teven. Jag ser gärna det här, om det går bra.

Islossning i Arktis?

Jag tror faktiskt det heter *på* Arktis.

Samma vilket.

Mm. Vad sa du?

I tio, femton minuter sitter jag bredvid honom och ser bilder av oändliga isvidder, isbjörnar som dyker ner i och frustande sticker upp huvudet ur vakar, valrossar och eskimåer inslagna i pälskläder, ser ut som julklappar barnen slår in på dagis men med skinn i stället för rött glansigt papper, och de pratar obegripligt som om de rullar runt kulor i munnen och sliter sönder segt kött med oxeltänderna, alltmedan Christer lägger upp fötterna över kanten på bordet, med avsiktlig precision så att bara vaderna ligger emot skivan och han inte i rent teknisk mening lagt fötterna *på* bordet, tror jag faktiskt det heter, han som ska bli min svåger, vilket han väl på sätt och vis redan är, om än inte i rent teknisk mening. Torrare än brasved, tristare än en öppnad lucka i adventskalendern.

Är det så här Monika har det var kväll? Med honom förankrad vid utsändningarna, oavsett vad som står i tablån stumt stirrande in i rutan från Café Norrköping med Ragnar Dahlberg till sista UR-reprisen av ett finskt program som teckentolkas, innan skärmen blir grå och nedsläckt med en liten ljuspunkt som blir kvar. Och, en ännu värre tanke, är det så här *våra* släktsammankomster kommer att arta sig i framtiden? Som Uddevalla, utan ljud.

Tror du dom håller på länge?

Inget svar.

Hallå, Christer! Blir dom sena?

Tjejerna? Dom hyrde två eller tre filmer och så skulle dom äta. Det kan dra ut, det kan det absolut.

Vi kanske skulle ha en Michelle Pfeiffer-kväll du och jag?

Han vrider sig mot mig, har en fråga på tungan, men vänder tillbaka mot skärmen innan han ställer den: Varför det?

Jag ska precis säga att det var ett skämt, när han hoppar till.

Kolla nu, isbjörnsungen där! Såg du?

Ropar han som inte har nåt emot en eskimåkväll.

I köket öppnar jag en ny öl, slår mig ner vid köksbordet och börjar läsa tidningen från ledaren till vädret, noggrant som en nyanställd tidsstudieman. Är inne på radannonserna och fantiserar vilt om hur det ser ut hemma hos dem som till försäljning bjuder ut kompletta årgångar av Hemmets Journal 1971–78, frimärken ur serierna ”Tropiska fiskar” och ”Sjörövarskepp” från Yemen, reservdelar till de flesta kända symaskinsmärken utom Singer, djurburar av varierande storlek och skick, lämpade för mindre gnagare, eller stora mängder obrukad husgeråd som ”slumpas bort till vrakpris", när det äntligen blir lite sprutt på Christer.

Simon vaknar med ett vrål. Men han hinner inte tömma lungorna på syre förrän hans far har skopat upp honom i famnen och står i köket, hojtande:

Välling! Jag måste ha välling!

Och Simon, vad vill han ha?

Men skämt är bortkastad möda.

Jag gräver fram en kastrull ur skåpet. Christer rycker den ur handen på mig, spolar upp vatten, måttar upp pulver, värmer och vispar och rör för kung och fosterland med pojken skrikande och saglande över axeln, känner med pekfingret, bränner naturligtvis sitt ömhudade slanka finger, häller upp på flaska som han därefter får hålla under rinnande kallt vatten, medan han står gungande med hela kroppen som mjukade han upp höftmuskulaturen på ett hurtigt gympapass för ledstela åldringar, vilket får Simon att sagla ännu mer, eller om det är en skvätt kräk han får ur sig. Christer skakar flaskan som stod han överst på prispallen i Monacos Grand Prix med en Moët i händerna – och trycker därefter in den i munnen på sonen. Sällan har tystnad varit så välkommen.

Ja, det var kvällens höjdpunkt.

Det är tveksamt om tjejkvällen nådde samma förnämliga artisteri, men Helena är i alla fall nöjd.

Nä, filmerna var inget vidare, sammanfattar hon, uppåt av vinet de drack till tacosen. Vi såg St. Elmo's fire och Younghood, men den tredje orkade vi inte.

Youngblood heter den.

Har du sett dom? Den var sämre. Men vi pratade en massa.

Om?

Allt. Barn. Monika pratar hela tiden om barn. Det är rätt tröttsamt. Gör inte Christer det?

Inte vad jag kan minnas, nä. Då var det inte så kul för dej och Kristina.

Hon sätter sig hos mig i soffan, nära. Lägger upp ena foten i mitt knä för att få massage, vilket hon får.

Kristina var ändå så inne i filmerna så henne kvittade det. Men det var en konstig sak. Har du sett nåt på Monika?

Inte mer än att hon ser väldigt harmonisk ut. Mer än vad jag sett henne nån gång förr.

Jag menar inte så.

Säj inte att dom ska ha en till, redan?

Nä, nästa gång är det vår tur.

Nu var det Monika det handlade om. Vad var det?

I ögonen. Det var Kristina som såg det. Har du inte sett det?

Vad?

Hennes vitor har gulnat. Som av nikotin. Svagt gult.

Hon röker ju inte.

Färgen. Det är den färgen. Blekgult.

Kan det inte ha varit ljuset från teven?

Helena tar ner foten, lägger upp den andra. Mina tummar börjar ömma.

Mina vitor var vita, säger hon. Kristinas också. Nathalie hade sett det innan, sa Monika, och hon själv också. Men trott att det var utslag av trötthet. Det konstiga är att Christer inte sagt nåt om det.

Om hon själv sett det, varför har hon inte reagerat? Hon är läkare.

Hon trodde inte det var nåt farligt. Hon ska kanske äta lite extra mineraler eller vitaminer. Hur var det för er tre, hade ni en kul killkväll?

En superkväll. Verkligen super.

Vad roligt för er, säger Helena och drar åt sig benet och reser sig. Jag borde också äta mer vitaminer. Jag är så trött på kvällarna. Jag tänker lägga mej nu. Men visst är det konstigt att inte Christer sett nåt på henne?

Varför det? Dom har väl inte visat det på teve.

PANG! VAD VAR DET? En meteor? En Concorde? Rymdfärjan Endeavour på väg ut i atmosfären? En fågel mot rutan?

Nej, det var Johan Kraft som blev gubbe.

För ung för att tas på allvar. För gammal för att tillhöra den ironiska generationen. George är hämtad ur samma prima årskull som jag och det är han som ska vara min handledare, "introduktör", förklarar han när han tar emot mig första dan på Advokatbyrån Wahlén & Luthén, som ligger två hus ifrån den Helena arbetar på. Klädd i välskräddad mörkblå kostym, en sidenslips som rinner nerför skjortan som en porlande fjällbäck och blankputsade brogues, det redan glesnande håret kammat med en skalpblottande sidbena, rak som Autobahn. En detaljernas man, och det finns nåt förbindligt farbroderligt över honom från första handslaget, nåt föregripande, på samma vis som en manhaftig sjuksköterska, och inte mig emot, jag har aldrig känt ett tvång att vara först på bollen.

Han visar runt, presenterar mig, en rätt kort presentation, det är ingen stor byrå, en handfull advokater, lika mycket administrativ personal, men en byrå med expansionsplaner, det är där jag kommer in, och George kom in före mig.

Förmiddagskaffe med de två som gett byrån dess namn, de heter Åke och Gunnar också, avslöjar de på samma effektfulla vis som fältmarskalker rullar ut kartor med anfallsplaner i stabsrummet inför en ivrig officerskår. De verkar till skillnad från de flesta andra av oss inte ha varit i min ålder, ser åtminstone inte ut att nånsin ha haft problem med att känna sig antingen för unga eller för gamla. Är till hela sitt väsen tidlösa. Förebilder, skulle de själva föreslå, och gör det också, serverar en föreläsning om sin egen duglighet i stället för kaka till kaffet.

Därefter sätts jag i arbete.

Som jag griper mig an med nybörjarens blåögda entusiasm och tro på att en bättre värld skapas av hårt arbete och tidiga mornar, dressar mig redan dagen efter i en nyinförskaffad blå kostym av samma snitt som Georges, oändligt tacksam över att ha lämnat bakom mig Señoren, lagmannen och alla de andra hemskheterna som ska återkomma i mina mardrömmar. Perioden i det nordskånska Gulag är, vid sidan av lumpen, den svartaste i mina annaler, som jag aldrig kommer att känna nån längtan efter att få återvända till i minnet, varken nu eller när jag blir gammal på riktigt och starrögd trevar tillbaka längs minnenas allé, en sista vandring bakåt hållplats för hållplats för ett återbesök i barndomens landskap, längs den långa tunnel som för oss tillbaka till där allting började för att vi därefter ska kunna lägga oss ner i väntan på evigheten.

Tvåan i Hässleholm är uppsagd, nycklarna lämnade till värden, som fick den uthyrd igen samma dag, medan vi körde hem ett lass möbler, efter att ha genomfört en slutstädning under vilken jag handfast lyckades förhandla ner antalet torkade rosor till inga alls – genom att kasta dem alla i sopkärlet på innergården, under uppsikt av kåltanten som skyggt gluttade fram bakom trådgardinen, och först därefter, och i utspädda doser, berättade jag för Helena om mitt tilltag, med en påtaglig tystnad i hyrlastbilen under färden tillbaka som kvitto på att hon inte delade min bedömning. Men det var ett lågt pris att betala. Tystnad har vi inte nåt överflöd av annars.

Dubbelsäng införskaffad, liksom nya vita soffor från David Design som släpas uppför trapporna av ett par rekorderliga karlar som ska ha ohemult mycket betalt för en halvtimmes frakt, och som vi betalar med glädje i vår frenetiska vilja att friskriva oss från Ikeakollektivet.

Vad är det för fel med det? kommenterar Monika, stark anhängare av den småländska kassamaskinen som inte kan frakta vinsterna ut ur landet fort nog för att undgå att en krona går till skatt i onödan, Monika gillar ju varenda *rörelse* som sker under förevändning att vara en folklig massaktivitet.

Vad säjs om stommar som brister? exemplifierar jag. Behöver du fler skäl? Monteringsanvisningar som inte stämmer. Vi behöver inte skruva alls.

Men Ikea är bara ett annat namn på den svenska folksjälen. Jag kan beskylla Monika för att vara den största idioten som haft skor på båda fötterna samtidigt utan att hon rör en min, men råkar jag yppa att det saknades en skruv i senaste leveransen så surar hon i två veckor.

Så det är bättre med sömmar som inte håller! kontrar hon, lika okontrollerat ilsken hon, och kör ner fingrarna i en spricka i ena plymån.

Ja, det är *det* vi betalar extra för! Vi behöver bara ringa ett samtal för att få en ny!

Och jag ringer. Får vänta sex veckor på en ny plymå (och under tiden stå ut med Monikas dagliga telefonsamtal: Har den kommit än? Nä, tänkte det. Syskonkärlek kan uttryckas på många olika sätt.). Då jag är välkommen att själv hämta den i butiken.

Vardagsrummets ljusgråa tapeter, smalrandiga som barntårar, slipar vi bort – det är Toto som kommer till heders som slipkloss igen, och i vår iver kan vi inte få upp den glänsande vita färgen fort nog, först två dar senare kommer vi på att vi borde ha spacklat igen spikhålen.

Efteråt står jag med nävarna i sidan och inspekterar bredbent verket – tänker på Bogdans farsa, och på Bogdan, som förr aldrig varit andra än morsans kollega och min klasskompis, juggar med lustig brytning, men det var det ingen som brydde sig om, och nu när vi läst de fasansfulla skildringarna av hur män tvingas ner i smörjgropar för att bita testiklarna av varann och sett bilder från lägren med utmärglade kroppar bakom taggtråd har det slagit mig att vi aldrig haft en aning om huruvida Bogdans familj är kroater, serber, montenegriner, bosnier eller nån kombo av alla de olika sidor som slåss i det krig som står på för fullt utan att vi fattar turerna i det, och jag undrar om de bryr sig om det, om det betyder nåt för dem, nu. Strömmen av kockumiter som vällde fram över stans cykelbanor ersattes av ivrigt pladdrande chilenare som hukade i vinden när de trampade hem till Holma och Kroksbäck från jobbet och nu kommer flyktingarna i vågor från kriget på Balkan, med den skillnaden att de inte har nåt bostadsområde att bege sig till, faktiskt inga bostäder alls, eller cyklar – vilket bara är logiskt, eftersom de inte har nåt jobb att bege sig från heller.

Ett av mina första ärenden, på så mycket egen hand som en biträdande kan anförtros, handlar om en arkitektfirma, Langhammer & Vrandell, som ska övergå från handelsbolag till AB och som förutom de juridiska turerna kring bolagsformen behöver assistans med att lösa problematiken med obetalda fakturor från några klienter som de värnar om att upprätthålla goda relationer med, i grunden enkla spörsmål som de borde kunnat få hjälp med av sin bank, men detta är sannerligen inte bankernas årstid, de står själva upp till armhålorna med skulder, indrivningar och konkurser, de enda som gör lysande affärer nu är näringslivets begravningsentreprenörer, kronofogden och konkursförvaltarna, som kan vara kräsna och *välja* vilka uppdrag de vill åta sig, men lika gärna tacka nej och åka på långsemester till Västindien, för pengarna ramlar in ändå, oduglingen Bildt gör jobbet åt dem genom att låta räntan sticka iväg till 500 procent i ett enda slag medan finansministern tar en kopp kaffe och en cigg och skriver ut bankgarantier och krispaket i en sån omfattning att hon får värk i handleden och måste uppsöka en naprapat, innan de två slår sig ner och i godan ro inväntar att allvaret Carlsson ska ringa och sträcka ut en räddande hand.

Där sitter vi mitt emot varann, två tjugonåntingåringar, rookies, representanter för varsin byrå med löjeväckande seriöst namn. Wahlén & Luthén vs Langhammer & Vrandell, och vi säger viktiga saker till varann om näringsidkande och räntor och obefintlig handelspolitik och drar några förklenande skämt om tossarna i Ny Demokrati som inte har förstånd att gå i den riktning skorna pekar, och vi gör det på fullaste allvar, som en ritual, ett spel, en försmak av vad våra respektive yrken ska innebära de närmsta fyrti åren, och i ett parallellspår till samtalet för jag en diskussion med mig själv om vad jag sysslar med, medan Langhammer utstrålar stabil medelklassprodukt med ett annat självförtroende och en annan (inte bättre) självinsikt, har aldrig behövt anstränga sig för det här tilltalet, den som har mest pengar när han lämnar bordet vinner, låt den som ramlar ligga, och jag tycker mig känna igen honom från det lundensiska nationslivet, visst ryckte han också till av igenkänning när vi tog varann i hand och hälsade, men nu är vi vuxna gubbar, har lämnat studietiden bakom oss och simmat ut över oceaner av betydelsefullheter, hoppar på huvudet ut i A-Ekonomiprosa, businesslingo, meningslösheter som ska göra kvällsturen till Statoil för att köpa mjölk till morronkaffet till ett projekt, storhandling på Ica Maxi till ett koncept, och vad vi lägger i kundvagnen avgörs av vilken vision vi utgår ifrån, vi blir vandrande, pladdrande affärsenheter, tänker och pratar innanför den minsta boxen, tränger ihop språket till en reduktion, kastrerar det på nyanser och betydelser och uttrycker våra känslor med färdiga fraser, bakeoffsamtal, luftpastejer, byter ord med varann som inte längre har innebörd, rökringar, puffar, lättsmält, lättpratat, bredbandsuppkopplar vårt språkcentra och överför infon i ettor och nollor, får en allt torftigare formuleringsförmåga samtidigt som vi förkastar den rikedom som trycker på underifrån med andra uttrycksformer, framtrollade i Rosengård, Hermodsdal, Nydala och Kroksbäck, stadsdelar med ett smidigare och nyfiknare förhållande till språk och där talet fortfarande är en formbar massa under utveckling, språket som markerar gräns för ens förmåga att tänka och drömma, förkortningar, omskrivningar, försvenskningar, anglicismer, svarabiska som skapar nya marker att utforska och pröva, till skillnad från i Audighettot där kreativa ordkonstruktioner bara kommer i dagen när skatter ska fördömas, politiker föraktas och den egna förmögenheten lyftas fram med undertexter och eufemismer, ett raljerande, tröttsamt tugg om barnens fritidsaktiviteter, tennislektionerna på söndagarna och semesterbestyr, och det är i upptakten till en sån ordduell som arkitekten och jag förvillar oss, skjuter med lösplugg, rättar till slipsknutarna, rycker hummande i kavajslaget så att tyget över axeln ska falla rätt – och fyller i ett nafs två hela debiterbara timmar.

En charad – det var hit jag skulle. Fisken i vattnet. Handen i handsken. Pitten i Stina.

Bravo, Johan, berömmer Åke Wahlén. Du lyckades både bygga vänskap och vara professionell. Det är sånt som gör att byrån växer.

Själv är jag inte lika full av superlativer. Är det så här det ska vara? Eller är det så här *jag* ska vara? (Status quo, papper i handen, osv.) Jag är tvungen att ta upp samtalet med George dan efter, när vi sitter på Casa Mias uteservering och väntar på att få betala. Det vi ätit ska gälla för italienskt men var inte märkvärdigare än vad jag själv kan slänga ihop en kväll hemma i köket där jag med bredspetsad tuschpenna skrivit JAG ÄR GUD. VEM ÄR DU? tvärs över kylskåpsdörren, till Helenas förfäran, trots att hon gillar Eva Dahlgren, nu när jag lyft kokkonsterna ett steg upp från att röra ner burkade musslor i crème fraîche, att lägga räkor i tomatsås, som de gjort här, är på det hela taget inte mycket svårare – men vad som helst som förflyttar oss från den svenska storkökstraditionen får duga, utsvultna som vi är på allt som inte smakar långkok, palt och potäter, och att sitta utomhus i solen gör det inte sämre.

Men George har ingen förståelse för vad jag menar med spel och tomma fraser, för honom är allt debiterbart, och det är inte under vapentvång klienterna söker sig till oss. Känslan av underläge redan när man sätter sig till bords, att behöva jobba sig in i matchen är inget han reflekterat över. Han har ingen lust att göra det nu heller.

Var är du ifrån? säger jag.

George med ena handen innanför kavajen, den andra uppsträckt i luften för att locka fram kyparen med notan.

Hörs inte det?

Jag menar var i stan?

Augustenborg.

Ett svar som får alla bitar att falla på plats, eller tvärtom, gör personen obegriplig, ett mysterium. För den som inte känner till Augustenborg så kan jag berätta två saker: 1) hoppa över detta stycke, och 2) om ni ändå vill veta så är det snarlikt Borgmästargården fast femton år äldre, uppfört medan solen ännu sken, med en stark tilltro till bilismens framtid, det goda i mänskan och arbetarens rätt till ett modernt leverne, och därmed nu ett par rejäla kliv ner i divisionerna, gärdsgårdsserien, här pratar vi riktiga benknäckarkvarter, fulare, skitigare, elakare, hyresrätter, genuina arbetarklasslängor, motorolja på trasselsudd i bakfickan och kvinnor som går skift på Pågens bageri, rakt igenom äkta vara. S-fäste och härd för sociologer att gräva djupt i.

Bor dina föräldrar kvar?

Han tittar på mig med sin utrönande blick, drar med handen genom hårstråna, men så får han syn på kyparen i ögonvrån, "kan vi få betala", och suger loss den sista biten räkskal som fastnat mellan tänderna. Det låter som när Spolpågarna rensar rören.

Du ska inte ha frågor. Du ska ha svar. Det är det vi tar betalt för. Eller är det nåt mer?

Nä.

Jag betalar i dag, så får du ta nästa gång.

Nej, George är inte lagd åt det tillbakablickande hållet för att söka förståelse, han hör till dem av oss stenkickare som enkelt kan hänga av sig bakgrund, historia, oket, barndomen, utan att stanna upp och vända sig om, han har otvunget och avklarnat blivit en annan lika enkelt som han knyter slipsen på morronen, medan vi andra snarare har en kätting om halsen med ett ankare som släpar längs bottnen och förhindrar att vi ska kunna flyta medströms för fri maskin, och jag blir lika perplex varje gång jag stöter på nån som så avundsvärt problemfritt kan radera ett tempus, som en egen konstart.

Apropå slips så har jag grunnat på en sak när det gäller George.

Du har en slips för varje veckodag, eller hur?

Hur vet du det?

Har jag fel?
Skriver du ner sånt eller memorerar?
Hade du inte samma förra tisdan?
Vad är du, en klädpolis?
Det var bara en fråga.
Ja, ännu en. Nåt mer?
Släpp det.
Det underlättar, om du vill veta. Sparar tid på morronen.
Knyter du dom innan?
Skulle det vara fel?
Vi vinkar till ett halvdussin mänskor som hastar förbi. Under sexti minuter är centrum förvandlat till en cirkusmanege för alla jurister inom kommungränsen, det vimlar av advokater och från tingsrätten runt hörnet väller det ut försvarare, åklagare och domare som på slaget 13 dränerar gatorna igen och lämnar dem öde, en sävlig småstads stillsamt dunkande hjärta med gatukontorsarbetare, skolkande gymnasister, latinamerikanska panflöjtsblåsare med bandad musik ur högtalare stora som sarkofager, och så en lokal specialitet, pladdrande damen som går sina trader fram och tillbaka längs gågatan och kastar förolämpningar och könsord efter varenda en som gör misstaget att möta hennes blick och fastna i en ordväxling som det kommer dem att ta resten av eftermiddagen att göra sig fri från.
Är du klar med dina frågor så att jag kan få ställa en? George reser sig, väntar på växeln. Rättar till kragen, slätar ut den porlande slipsen. Har du nån kväll ledig? Om du har lust att gå ut.
Skulle vara lördag i så fall.
Torsdag vore bättre.
Då har jag Friskis & Svettis med Helena.
Å herregud, nån som inte följer Rederiet. Lördag har vi barnsim och middag med Sabines föräldrar.
Kyparen kommer med växeln, två kronor, som George stoppar ner i plånboken.
Vad gör hon för nåt? säger jag och reser mig.

Fler frågor, igen? Ger du dej inte? Sabine är nåt på kulturförvaltningen.

Inom kommunen?

Den brukar sortera där, ja. Ska vi gå? Jag har ett ärende, om du har tid att följa med. Men nu är hon ledig förstås. Det är bara några veckor kvar tills vi får tvåan, om leveransbeskedet stämmer.

George har som daglig rutin att avsluta lunchen med den korta promenaden till Rivieran för att under ett par minuters tid stå och dumstirra med trånande blick på de schweiziska undren i fönstren till Bergströms ur, mästerprov på hur nåt så simpelt som indelningen av tidens obevekliga gång i sextiondedelar kan göras så raffinerat som möjligt av tillverkare som vet att ta skamlöst betalt. Arkitekten bar en sån komplicerad sak, med ren urtavla och två kronor.

Jag visste inte att ni hade barn, säger jag.

Du har väl inte frågat.

Så du ska du stanna hemma ett tag sen?

Vem tror du att du är, Eddie Murphy? Prova du att gå in till Åke eller Gunnar och säj att du känner för att vara pappaledig. Men se till att du har klart med nåt annat jobb först.

George skakar farbroderligt förtroendeingivande på huvudet, som efter att ha tillrättavisat ett barn som smygätit godis före middan. Har en naturlighet för att ge intryck av äldre herre, en avlägsen släkting man ännu inte tappat respekten för. Han skrattar till, stannar och glor på en Rolex.

Stanna hemma ett tag sen – ja, det skulle smaka. Vad skulle vi då leva av, hade du tänkt?

Hur är det, säger jag för att komma vidare, att ha barn?

Min brorsa har tre. Han brukar säja att det är som att driva ett litet företag. Och ja, precis så är det. Han rättar till kragen och slipsen igen, ser ner över magen, begrundar nåt. Hur många har du själv?

Det har inte varit aktuellt för oss än.

Slipsar så klart. Hur många?

MONIKAS ÖGONFÄRG GÅR INTE att skämta bort som ett utslag av hennes känslighet för Rob Lowe-filmernas undermåliga konstnärlighet och förslag om att hon ska bota det med en Ingmar Bergman-helg. Hennes vitor är gula. Och klådan har kommit tillbaka.

Ändå dröjer det innan hon eller Christer tar det på större allvar än att hon börjar konsumera stora mängder Tavegyl igen. De skyller det för ännu en tillfällighet, kostbaserat eftersom hon också klagar på muntorrhet, sömnbrist till följd av att de inte får sova om nätterna, ja, många olika förklaringsmodeller får se dagens ljus, för om det är nåt som doktorer verkligen kan excellera i så är det att ge varann, och sig själva, lättvindliga fikakonsultationer, de har nog med harhjärtade patienter på mottagningen och behöver inte en till när de äntligen får några minuter över med en kopp Zoégas eller kommer hem på kvällen, standardlösningen är en klapp på axeln och ett ”det är nog inget allvarligt, ska du se” följt av en anekdot om en låghalt patient som fick fel ben kortat därför att läkaren såg höger och vänster från sitt håll, inte den sövdes som låg på britsen och drömde om att gå därifrån med jämnlånga steg.

Men Helena ringer och kräver att Christer visar en gnutta mer engagemang, förmår honom att ta med Monika till vårdcentralen, där han gör några tester och tar blodprov. Får svar en vecka senare. Positivt.

Till vadå? vill jag veta när Monika berättar det.

Vi vet inte än. Men det kan vara nåt med levern, tror vi.

Är det allvarligt?

Jag har remitterat mej till ultraljud. Vi får se då. Och så ska vi ta fler blodprov. Men säj nu inget om det till morsan än. Hon blir bara uppjagad.

Tror du inte jag blir det?

Jo, jag med. Men vi får tåla det.

Vad det är för slags allvarlighet vi ska tåla kan jag förstå av Monikas eget handlande. Naturligtvis ringer hon själv upp morsan. Det är också en av alla de förändringar som sker mellan mor och dotter under de här åren då dottern får egna barn och en man vid sin sida, Monika som i mer än tretti år varit tillknäppt och hållit allt inom sig, lika hemligt som receptet på julmust, har börjat lätta på trycket och släppa ur sig alltmer inför morsan, det händer till och med att hon vill ha råd av henne och bara tillfället är det rätta kan hon börja berätta saker utan att en fråga ens ställts, och det är det tydligen nu, en fredagskväll två veckor senare när hon fått en tid till ultraljudet, så att morsan har alla möjligheter att ängslas över helgen. Vilket hon gör med besked, sover inte en blund, det gör hon aldrig när nåt är å färde, möter tidningsbudet vid dörren och är igång med dagen, en lördag då hon ringer runt till oss alla, som om ältandet skulle kunna vaska fram ett besked, ett lugnande utslag, men det enda samtalen förmår är att spä på hennes ängslan. Dessutom är hon ilsken på mig och vill veta varför hon inte invigts tidigare.

Men du har ju fått veta det!

Nu, ja. Men innan.

Monika ville inte oroa dej. Det var av omtänksamhet. Jag lovade henne.

Det är sånt man säjer, det ska du inte ta hänsyn till. Jag är er mor!

Vill du kan vi prata mer om det nu.

Nä, nu ska jag ringa Kristina. Fast hon har väl också fått reda på det för länge sen.

Tisdag kväll hör Christer av sig. Det är doktorn som ringer, inte Robert Redford, hörs redan när jag lyfter luren.

Det ser inte bra ut, Johan. Vi har fått beskedet från ultraljudet.

Är det levern, som ni trodde?

Precis som vi befarade. Alla symptom stämde, vi har bara inte sett det. Det kallas för PBC. Primär biliär cirros.

Jag gör ett tecken till Helena att sänka ljudet på teven. Nånting i min gest, i mitt ansiktsuttryck, kanske i mitt sätt att hålla andan, får henne att stänga av.

Ett slags skrumplever, kan man säga, fortsätter Christer, fast så klart inte alkoholrelaterad. Det är ingen vanlig sjukdom men kan förekomma hos medelålders kvinnor.

Jag är inte medelålders! hörs Monika ropa i bakgrunden. Det ska låta hurtigt och skojfriskt, men inte ens genom en teleledning kan hon lura sin bror. Han har haft hela livet på sig att lära sig tolka henne. I den här skalan har han fullständigt gehör.

Han kan se henne framför sig, uppkrupen i soffan, barnen lagda, ett glas vin som hon och Christer delat innan de beslutat att det är klokast att han ringer.

Hur allvarligt är det? får jag fram.

Allvarligt, svarar Christer, hastigt och lägre. Tänk dej en frispark på tjugo meter. Han gör en paus. Jag vill inte skönskriva det eller ljuga. Det är en kronisk sjukdom. Men det hoppfulla är att den är i första stadiet. Eller ja, slutet av första stadiet.

Hur ser jag ut när jag tar emot beskedet? Helena stirrar på mig. Och *hon* ser förfasad ut.

Och nu, säger jag, vad händer nu?

Vi behandlar det med interferon, som visat sej vara verkningsfullt. Ett slags protein.

Är det allt? Om det är kroniskt?

Christer som drar in luft genom näsan, jag kan höra hur näsvingarna dras samman. Men han är inte förkyld. Sen är han tillbaka med sin trygga doktorsröst.

Monika kommer att få fortsätta göra regelbundna ultraljudskontroller.

Monikas röst i bakgrunden, fortfarande en halv tonart för ljus: Som att vara konstant gravid!

Vi kommer att kontrollera och noggrant följa hur det utvecklas, säger Christer. Oroa dej inte i onödan.

Vad ska jag då vara? Lättad? Vad innebär det för henne? Blir hon sjukskriven?

Hon är ju ändå mammaledig, så det är inte nödvändigt.

Hon behöver väl vila? Hon klagar på att hon alltid är trött.

Jo, det är klart. Vi ska säja till Simon att han måste sova bättre.

Men Christer har inte kapaciteten att både leverera ett sjukdomsbesked och ett skämt. Han fortsätter därför raskt:

Jag ska ringa Bodil nu och berätta för henne.

En halvtimme senare, under vilken jag utan framgång axlat Christers roll som den lugnande när jag ska berätta vidare för Helena, ringer morsan. Kanske har Christer sagt nåt om sjukdomsförloppet och överlevnadsgraden, kanske har han inte sagt mycket alls. Morsan gråter. Är full av alla de frågor hon inte kom på när hon pratade med honom och därför ställer till mig i stället, gång på gång.

Det gör det inte begripligare för nån av oss.

MEN MORSAN HÄMTAR SIG, ser att Monika mår bättre av medicineringen, har lugnande samtal med Christer, och hon har själv fullt upp på sitt håll med Mother of Pearl. Har äntligen gett med sig om att de ska leta kontorslokal.

Men så ringer morsan en dag och meddelar att hon är redo för en förändring. Morsan har sagt mycket dumt genom åren, aldrig önskat sig nåt, för morsor önskar inget mer än fred på jorden, att skotten de tjuvnupit ska ta sig och snälla barn, morsor ser som sin uppgift att ge och finnas till, men nu har alltså vår morsa ett önskemål att deklarera:

Jag skulle vilja träffa en man.

Vad ska det vara bra för?

Det är ensamt. Jag vill ha nån att bry mej om, och som bryr sej om mej.

Du har ju oss.

Det är precis det jag inte har. Ni har knappt er själva, så mycket som du och Helena jobbar.

Och Monika.

Hon har väl aldrig tid, heller. Hon har fullt upp med ungarna och Christer. Och Nathalie har aldrig lust att komma till sin mormor längre.

Så därför ska du ha tag på en man?

Jag tänkte att om du och Monika hittat varsin att bli kär i, så ska väl jag också kunna göra det.

Det är då det går upp för mig vad som är felet. Morsan som rutschat utför i flera år nu, ner genom våningarna tills det tog stopp i källaren. Det har aldrig berott på en usel företagsledning på Hallbergs, eller att det tog ett par år för Mother of Pearl att lyfta, eller klimakteriet eller på depressioner av nåt slag – det har berott på oss, hela tiden!

Det var länge sen morsan kände sig behövd, för i hennes värld är behövd detsamma som att vara uppskattad. Jag försvann till Lund och träffade Helena, och därefter till Hässleholm och träffade Helena igen. Och Monika har haft lika fullt upp på sitt håll med utbildning och familjeanskaffning. Det är samma oförlåtliga misstag vi gör gång på gång, glömmer bort morsan, hon som aldrig skulle få för sig att glömma bort oss.

Då får du se till att träffa nån då, säger jag, för att avdramatisera samtalet.

Det ska jag också. På fredag.

Har du redan? Varför sa du inte det meddetsamma?

Jag svarade på en annons.

Vad heter han då?

Gösta. Så mycket mer vet jag inte om honom, inte mer än att han är förtidspensionerad grafiker. Men han lät trevlig.

Men vänta nu, du har alltså pratat med honom?

Ja, det är klart. Hur skulle vi annars kunna bestämma? Han ska bjuda mej på middag. Och så ska vi åka en tur i hans bil.

Jag kan förbanna all denna morsans uppgivenhet som drar ner mitt eget humör också, för om man tänker efter, och det gör man nu, det är trots allt sin egen morsa det handlar om, så henne tänker man alltid på, ett molande dåligt samvete som hon utgjort alltsen man tog sina första stapplande steg ut ur lekhagen och vidare i världen, hon var alltid downsliding under hela ens uppväxt och också därefter, med några få toppar då hon känt vind i ryggen och solen värma hennes kind, några karriärmässiga kliv och Monikas och mina framgångar som glatt henne i stunden, men resten av tiden har hon beklagat sig, letat brister, bitit ihop, härdat ut, fast för den som en gång i vredesmod slängt ur sig till sin förstagångsgravida dotter att det viktiga i livet inte är att bli lycklig utan att inte bli olycklig, för den bjuds det kanske inte så många tillfällen till dubbeltumme, spontana glädjescener och klackarna i taket, och jag skulle nu som fyrtisjuåring – för det är först nu jag förmår den här summeringen av en moders liv, för vilken överblick har jag egentligen haft, fullt upptagen som jag har varit med att blicka ut över min egen låga horisont – vilja sätta mig ner med henne, hon och jag, för att få veta vad det är som föranlett denna dystra sinnesstämning som normaltillstånd, eller åtminstone är det vad jag önskar fram till det ögonblick då det går upp för mig att jag målat denna familjeteckning i precis samma dystra nyanser och tonsatt den med mollackord – jag är min mors son.

Alltså går mitt nästa samtal till Kristina. Och det ska också sägas att det är Helena som övertalar mig att ringa, med ett enkelt argument: Kristina kan gott göra en insats när Bodil ställt upp så mycket för henne. För Helena gillar verkligen morsan skarpt, men att hon inte vill förstöra söndagarna med att tugga i sig kyckling som stått för länge i ugnen är en annan sak. Det är bara jag som varit för endimensionell för att se det.

Jag? kommer det som svar. Varför jag?

Varför *inte*?

Men hon har dej, och hon har Monika.

Har du precis vaknat?

Hur så?

Det låter så. Har du nån hos dej?

För jag har uppfattat ljud i bakgrunden av nåt som skulle kunna vara en skåpdörr som öppnas och stängs, en låg mansröst, en kastrull som ställs på spisen.

Vad heter han?

Ringer du för att kontrollera mej? Jag trodde du ville prata om Bodil.

Du kan väl bara gå dit nån gång. Hon behöver få vara lite omhändertagande.

Har du ringt Monika?

Hon har fullt upp med barnen, förstår du väl. Hon behöver inte ytterligare belastning.

Men det behöver jag?

Du vet hur viktig du är för Bodil. Låt henne få visa det.

Kristina krumbuktar och kränger sig. Vill inte ta ansvaret. Vill helst lägga på luren. Det här är för tidigt för henne. Klockan är strax ett och Helena signalerar till mig att äggen är stekta och lunchen klar.

Jag ska försöka hinna, säger Kristina. Men det är inte säkert det blir i dag.

Gå dit i veckan, säger jag och hör hur jag talar till henne som den lillasyster jag aldrig haft, den tredje i syskonskaran, och jag undrar om det skulle ha glatt Bodil att ha ännu en unge att oroa sig för när vi var små eller om det skulle ha varit spiken i kistan för henne. Det är payback time.

Är det din syn på det, som ett slags affärsuppgörelse? Var det nåt mer?

Ja, en sak till. Vad heter han?

Men då lägger hon på luren.

Sen hör jag inte mer, från vare sig morsan eller Kristina. Det blir jag själv som får ringa upp morsan veckan efter.

Hur var han?

Han var verkligen trevlig. Konstigt klädd men trevlig.

Så då ska ni träffas fler gånger?

Två sekunders tystnad.

Jaså, du pratar om Gösta. Nä, han var inget för mej. Han skulle bestämma allt. Jag tror inte han ringer nån mer gång.

Vem pratar du om då?

Brian. Kristinas nya pojkvän. *Han* var trevlig.

Anledningen till att morsan är som starkast i motlut är med andra ord att det är där hon oftast befinner sig.

Men så plötsligt ringer en man på hennes dörr, presenterar sig – han heter Åkerblom, bär pepitarutig keps med matchande halsduk året runt och bor mitt emot, hans namn har stått på dörren så länge att bokstäverna bleknat, de har bott grannar i mer än tjugo år och morsan har aldrig sett honom förr, en av områdets alla ensamma, dystra män som skyndar hem med färdiglagade frysvaror från Ica.

Han förklarar att han vill låna ett ägg. Morsan blir så till sig att hon räcker honom hela kartongen och vore ju inte Bodil om hon inte samtidigt bad honom komma in och hjälpa henne med att dra ut spisen, bakom vilken hon tappat ner skalkniven och en slickepott. Och en vänskap har inletts.

En man behövs på andra våningen nu, det är morsan och fru Havlicek överens om, en man som skamlöst kan utnyttjas för praktiskt bistånd. Fru Havlicek som varit på bussresa ner till Prag och återvänt med tomma tårkanaler och är fylld av berättelser. Deras hus har varit barnhem för föräldralösa, alltmer nergånget och misskött och nu osäkert vad som ska ske när ekonomin västanpassas och landet är på väg att delas i två. Hon har kunnat besöka sina föräldrars grav för första gången och har träffat sin syster, en kvinna vars existens aldrig nämnts tidigare. En yngre bror har hon också haft, kryper det fram, oppositionell, ägde en tryckpress, men han har varit försvunnen sedan samma år som Kennedy utropade sig till berlinare.

Åkerblom får hjälpa till att bära tunga matkassar, slänga gammal matjord när balkonglådorna ska planteras med nya pelargoner för att förvalta Havliceks centraleuropeiska traditioner, och han bjuds in att dricka kaffe med dem, en ynnest han avstår från, skyller på ett radioprogram som strax ska börja, och får därmed inte heller inviten fler gånger.

I stället får han kakor, som han tar med in till sig, knaprar i sig vid transistorn – eller det är vad morsan och fru Havlicek tror. Åkerblom får bära kartonger med smycken också, gå till posten med vadderade kuvert som ska sändas ut till kunder som gjort efterbeställningar, när han ändå ska ner på Ica och fylla på sitt lager av frysvaror. Men så blir morsan mer tveksam till de nyupprättade rutinerna när hon en dag ser rester, tydliga smulor, av sitt senaste kakbak på kanten till sopnedkastet. Hon gör halt med bakandet och går i åtskilliga veckor och frågar sig om det var just smulor eller om Åkerblom låtit hela kakfatet glida ner i bingen, och när den tanken nypt tag i henne får hon ägna många sömnlösa nätter åt att ligga och fundera på huruvida hon bör ta upp det med honom, vill gärna ha en motivering, men avråds av fru Havlicek när de byter veckotidningar i dörrhålet, fru Havlicek som under tiden har fortsatt att leverera tjeckiska specialiteter i skytteltrafik över svalen utan andra krav än att återfå faten, odiskade eller ej, har ju dagarna fulla av tid för köksliga bestyr, vilket morsan givetvis ser som en upptrappning och hon lägger i en högre växel, börjar köpa hem större mängder ägg, socker och mjöl (som Åkerblom får bära, helt gratis är inte utspisningen), tar fram mormors gamla vaxduksbok med handskrivna recept för att återerövra förlorad mark, det blir ett springande från dörr till dörr och grannfruarnas tidigare utbyte av recept skiftar över till ett hemlighetsmakeri.

Och deras granne, ja, vi kan nog sluta oss till att han önskar att han långt tidigare hade trätt fram ur sin självvalda anonymitet.

Åkerblom var namnet.

BRIAN HAR DANSKT PÅBRÅ men för den sakens skull ska hans namn inte uttalas Bri-an, utan med engelsk knyck, Brajan, vilket kan ha sin poäng, förstår man när man träffar honom.

Med knuttejacka, rutig skjorta, boots och tre dagars skäggstubb över ett bröderna Dalton-hakparti ser han ut som en upprustad Cowboy Jim, men det mest förbryllande med honom är hur han pratar, en dialekt som logopeder skulle kunna ägna helgkongresser åt, en bred skånska i basen och i övre tonarterna en hemmabygd "stockholmska", saknar ett mellanregister som skänker stadga. Låter som en radio som tappar frekvensen hela tiden och svajar mellan två stationer.

Egen företagare, har Kristina presenterat honom som för morsan, och det stämmer på sitt sätt. Han driver en förrättning på Väster där han säljer femtitalsmöbler, kläder och husgeråd från dödsbon som han köper upp. Jag har varit där ett par gånger, tillsammans med Pernille som kunde tillbringa timmar på såna ställen där jag bara stod ut ett par minuter – det är ett minne som drabbar mig först när jag känner hans lukt, identisk med lokalen.

Brian har ett handslag som är som att få ett trafikskadat smådjur i sin hand, och en min som säger att han inte har det ringaste intresse av att träffa Kristinas släkt – det är, vad mig beträffar, ömsesidigt, men vi råkar springa på dem på Systemet på Regementsgatan några fredagar i rad. Han säger inte mycket, står mest och blänger in i montern med vitviner, men har enligt Kristina obegränsade mängder med humor, som han sprider omkring sig i vänkretsen.

Kristina som gör sista terminen på komvux tillbringar nu all tid med Brian och hans entourage som alla är "helt tokiga och utflippade", ingen har ett jobb med fast arbetstid eller regelbunden lön, de är den fria ekonomins entreprenörer, fast inte i den mening som SAF talat sig varma i brallorna för, det här är ett gäng påhuggare, flyttkarlar, blivande poeter med ömt hjärta, filosofer av både praktisk och teoretisk natur men inte akademisk, fifflare som köper och säljer vad de kommer över och har kontoret på fickan, ett härjat gäng som tillbringar sin vakna tid med att dricka öl på Siesta, med avbrott för att gå och röka en joint nånstans där de kan få vara ifred.

På ett sinnrikt sätt har de alla nytta av varann, ett slutet system av tjänster, gentjänster och tredjehandstjänster, så frågan är hur de finansierar sin vegeterande livsföring, att kränga teakbord med gamla vattenmärken som går djupare i träet än vad en sickel kan avhjälpa och insvettade kostymer med grosshandlarmått, kan inte vara en affär som är på väg mot börsnotering.

Till allt det nya Kristina lär sig av dem hör också hur man kapar åt sig en skärva av det som så frikostigt delas ut till den behövande menigheten. Det framkommer nämligen att Brians butik är skriven på hans förtidspensionerade pappa, och för att förstå sammanhangen får hon följa med Brian till ett sorgfälligt kontor på Sankt Johannesgatan, där en ordknapp socialarbetare tittar igenom hans akt, ställer några frågor, det är samma frågor varenda månad, samma blygsamma svar, som utmynnar i en utbetalningsanmodan – men så dyker det upp en vikarie inför sommaren, som vill göra ett gott intryck genom att uppvisa föredömlig noggrannhet.

Har du inga tillgångar alls?

Inte det minsta, svarar skrotnicken, butiksinnehavaren.

Ingen bil?

Nä du.

Men det står här att du har en Citroën.

Jaså, den ja. Om du menar så.

Humor?

Men om Brian spetsat in sig på att få använda bidraget till en lång semester tillsammans med sin älskade så får han bita i gräset under de två sommarveckor då hon föredrar att roa sig med sin faster i stället.

Morsan och Kristina har hittat tillbaka till varann igen efter att jag kommenderade Kristina till undsättning. Så till den grad att Kristina föreslår att de ska resa på semester tillsammans igen, "det var ju så lyckat förra gången", häver hon ur sig, klarar sig tydligen bra utan ironi också.

Det kommer Leif att älska att få höra, säger jag när morsan annonserar planerna.

Ä, det är inte hans sak. Hon är myndig. Och för övrigt blir det inte Grekland igen.

Utan?

Ibiza. Kristina säger att det ska vara bra. Brian har varit där.

Det blir säkert toppen, det känns som ert ställe, morsan.

Ja, gör det inte? Jag vill gärna till Spanien. Och jag har ingen annan att resa med. Ni har ju så klart annat att tänka på, Monika och du.

Där föll bilan, anklagelsen som kommer hålla mig vaken i natt. Förr anklagade vi morsan för att inte vilja släppa taget om oss så att hon fick en natts orolig sömn, nu är det plötsligt vi som ska få höra att vi släppt kontakten lite väl mycket.

Sa hon verkligen så? fräser Monika, för jag kan naturligtvis inte undvika att vidarebefordra bredsidan, i ett försök att göra min sömn behagligare, Monika får ju ändå ingen ordentlig nattsömn, men inte hjälper det mig, jag ligger ändå och vrider mig på kudden, och stiger på morronen upp och ringer morsan, som svarar:

Jag hinner inte prata nu. Sussi och jag ska titta på en lokal på Skomakaregatan som kanske kan passa oss.

Jag tänkte om vi skulle hitta på nåt i sommar också. Vad säjer du?

Hur skulle jag hinna det? Får vi kontraktet kommer all tid att gå åt till att flytta in och komma i ordning till hösten.

En sak till hinner hon berätta innan hon lägger på. Att Kristina bjuder henne på resan, som tack för hur morsan ställt upp för henne. Och jag får en sömnlös natt till.

–

Och min och Helenas sommar?

Det är denna sommar vi försöker täta det sista av det som en gång sprack mellan oss. Ingen av oss får nån längre ledighet, så vi får använda kvällarna till att återskapa den bästa tid vi haft. Egentligen är sommaren den bästa tiden att arbeta, i alla fall om man vill få nåt gjort och samtidigt ha tid över för annat. Tempot skruvas ner, man kan arbeta sig igenom högarna som travat sig på skrivbordet, får tid över att växla annat än snabba replikdueller med kollegorna och kan ta sig fem minuter extra och bekanta sig med sekreterarna vid kaffebryggaren, flera av dem är ju riktigt trevliga.

Fotbolls-EM spelas i Sverige, engelska supportrar går bärsärk genom stan, inhopparna Danmark vinner turneringen – allt är vitt brus för oss denna sommar. Vi står några kvällar med den övriga boskapen i kättarna som slagits upp runt Lilla Torg och sippar öl och hackar tänder i de kalla vindarna som viner in genom gattet till Stortorget. Så stirrar vi på varann. Vad gör vi här? Som att plocka svamp utan att bli blöt om fötterna.

Vi är tillbaka på Ribban, ligger i en dyn vid de bortre bryggorna där vi får vara för oss själva, gör änglar i sanden och skrattar åt hur vansinnigt badlivet är när vi ser sälkolonin av brunbrända kroppar vid T-bryggan. Jag smeker Helena över ryggen, de små fjunen längs ryggraden och ut över höfterna ner mot låren har blekts, de böjer sig som sädesfält för vinden när jag blåser mjukt över dem. Små atoller av fräknar har framkallats över hennes axlar av solen. Vi är djärva och älskar i den varma kvällssanden innan vi springer ut i vattnet, stannar simultant i ett simtag och står med sundet upp till naveln och håller om varann.

Tror du nånsin vi får det bättre än nu?

Säj inte så, svarar jag.

I skymningen är vi tillbaka vid grillplatserna i dungarna på andra sidan handikappbadet, masterna från båtarna i marinan på andra sidan kullen sticker upp som nålar i en dyna. Några av de arabiska familjerna känner igen oss och låter oss grilla över deras falnande glöd och vi byter några fraser med varann. Efteråt ger vi oss av ner till stranden igen, sliter av oss kläderna och springer ut i vattnet och simmar ut och stannar där vi precis bottnar och Helena håller om mig och lägger benen om min rygg, kysser mig.

Helena är först upp, har klätt på sig när jag skakar vattnet ur håret, står kvar i vattenbrynet.

Jag fryser, säger hon.

Solen har nästan gått ner. Långt borta har ett gäng killar bänt loss brädor från en bänk som de försöker göra upp eld med. Vinden driver den brända lukten mot oss. Gäss fäller i vattenbrynet. De sista strimmorna sol är orangeröda i vattnet.

Men skynda dej, är du snäll. Jag vill hem.

Jag kommer, säger jag och börjar gå mot henne. Men så stannar jag. Står stilla och tittar på Helena.

Vad är det nu? huttrar hon.

Vill du gifta dej med mej?

Mitt i sommaren ringer George, från svärföräldrarnas hus i Torekov. Han låter som en man som är klädd i röda shorts, polotröja, en handduk över axlarna som han förstrött torkar håret med, barfota och bredbent, plankgolv, ska strax servera den dagliga fördrinken på verandan.

Vad säjer ni om att komma hit, stanna över helgen?

Bo hos er?

Ja, så klart. Det finns ett gästhus här. Tennisveckan är över så här är lugnt nu. Stockholmarna reser hem till helgen. Vad säjer du? Bad, bastu, sitta och snacka. Bara *inget* jobbsnack. Sabine är allergisk.

Tja, varför inte? Är det du och Sabine, eller kommer det fler?

Nä, bara vi och ungarna. Sabines föräldrar bor i stora huset, så det är lugnt.

Har ni bott tillsammans med dom hela sommaren? Rena kollektivet.

För George, nybliven tvåbarnsfar, har nämligen fått ledigt i sommar, helt hjärtlösa är inte Åke och Gunnar. De har för övrigt också hus i Torekov, båda två.

Kom igen, vad säjer du?

Vänta, säger jag och håller för luren och ropar: Det är George. Han undrar om vi vill komma upp till dem i helgen.

Det låter trevligt. Tacka ja.

Men dom har barnen och allt där.

Desto roligare!

Hennes föräldrar är också där. Det är deras hus.

Men dom bits väl inte?

Helena kommer ut ur köket. Våra blickar möts, och jag tror att vi ser exakt samma sak samtidigt, att ingen av oss vill bryta förtrollningen, låt oss ha denna sommar för oss själva, vi behöver den.

Jag höjer frågande ögonbrynen, hon nickar bekräftande, och jag säger in i luren: Hallå, George? Vi kan tyvärr inte, kom jag på. Men gärna en annan gång.

Den här sommaren slänger vi ut skivspelaren och skaffar om alla plattor på cd, och jag har köpt en ny, orimligt dyr stereo, så långt från nästan-filosofins plåga jag kan komma, jag vill aldrig mer behöva köpa begagnat eller billigt för att jag inte har råd till nåt annat, och på den stereon skruvar jag upp ljudet på Springsteens Human touch, en platta som står på repeat dessa dagar, ända tills Helena ber mig sätta på nåt annat och jag växlar till Lucky Town, och skruvar upp lite till.

Vi dukar på balkongen. Från taket på Tuppen skriar tärnor. Vi öppnar en flaska vin. Vi äter grillad kyckling i kvällssolen. Helena drar en filt över axlarna.

Vill du det, säger hon, gifta dej med mej?

Efter två veckor trampar våra Spanienresenärer fosterjord igen. Brian hämtar dem vid flygbussen med sin 2CV med sardinburkstaket tillbakarullat och skjutsar hem morsan. Hon bjuder inte upp dem. Och de har inte en tanke på att hjälpa henne till dörren, med en rivstart drar de iväg, Kristina med armarna om Brian, det långa, solblekta håret fladdrande i fartvinden.

Det var den värsta resa jag varit med om! klagar morsan, knappt hemkommen förrän hon burit ner tvätten i källaren, tiden bokade hon innan hon for, och hinner ringa runt mellan maskinerna. Hon gjorde inget annat än pratade om Brian!

Morsan är förtvivlad.

Hon skrev kort och brev till honom dagarna i ända! På rummet, när vi åt, till och med på toan! Jag skojar inte.

Gjorde hon *inget* annat? Var hon inte på nån klubb?

Hon är för gammal för Knatteklubben, förstår du väl.

Jag menar disko. Gick hon inte ut på kvällarna?

Hon ville inte dansa. Hon ville skriva brev. Och prata. Satt på rummet dagarna i ända.

Men du kunde väl gå till stranden själv. Du behövde inte hålla henne i handen.

Man måste åka båt till stränderna. Det var hopplöst. Och när vi gjorde det, blev Kristina än mer hemsjuk. Nä, nu vill jag bara få sitta för mig själv utan att höra ett ord om hur kär nån är. Hur har det varit här hemma?

Vi kan ta det en annan gång.

Men vänta, lägg inte på, jag har mer att berätta först.

Morsan fortgår med att under närmsta halvtimmen utförligt redogöra för varenda dag på Ibizatrippen, som inte verkar ha varit så oäven när allt kommer omkring – för den som är under tjugofem och vill klubba till sju på morronen och tillbringa dagarna med att grilla sönder huden på en strand fullpackad med blonderade beach boys och pinuppor.

Det lugnar i alla fall Leif att hon inte blev med barn.

Var inte så säker på det, säger morsan syrligt.

För Kristina har bubblat om sina och Brians gemensamma planer, och till dem hör att hon ska vänta med de kurser hon antagits till på universitetet till hösten och säga upp sig från Åhléns för att i stället hjälpa Brian i hans butik. Hon gillar ju inredning och ”kan det här med kläder” och är, ärligt talat, trött på att läsa. Det är en utveckling ingen kunnat förutse. Däremot har vi inte svårt att föreställa oss hur hela havet kommer att storma i Uddevalla. Men det blir inte ens en storm i ett vattenglas, knappt en svag bris som svalkar söderöver, när Leif informeras. Men han låter uppgivet meddela att så länge hon inte knarkar får hon göra vad sjutton hon vill med sitt liv, att hon skulle koncentrera sig på en sak i taget har han ju länge sagt.

Kristina tar plats i butiken, men där finns inte tillräckligt mycket för två att utföra, så Brian återupptar Yatzyn och ölandet på Siesta. Och man får ändå hålla honom god för att han lever sin begagnade livsstil fullt ut, för hans bilval handlar inte om pengar eller att den skulle vara synnerligen billig i drift utan att den passar hans mundering. Även om det dröjer länge innan det går upp för mig så finns det en estetik också i det prövade, det slitna och avlagda, det använda och sjabbiga, det finns en själ i det, så länge att det är först när Agnes blir gammal nog att ägna dagarna åt bloggarna med gatumode och dagens outfit, fyller garderoben med vintage, som varenda secondhandpalta uppdaterats till, och tillbringar helgerna med att se igenom boxarna med Sex and the city och Gossip girl – med Helena intill i soffan, under förevändning att hon vill ha koll på sexet, vara en ansvarstagande förälder, trots mina invändningar att det har hon ingenting för längre – och röjer igenom vinden på jakt efter roliga kläder från tiden innan vi fick henne, högljutt klagande på att Helena aldrig haft nån smak, medan vi försvarar oss med att den tiden inte hade nån stil. Vilket så klart är precis vad Brian inser redan då.

Men hon har börjat lukta unket, gammalt, säger morsan om Kristina till hösten. Har ni också märkt det? Sånt går inte att tvätta bort.

Det är den skarpaste invändning hon har mot Kristinas skifte, för även om hon också är resignerad så är hon förmodligen mest tacksam över att brorsbarnet trots allt kommit i hamn. Känner ju henne tillräckligt väl för att veta att hon inte kommer att stanna i den skäggstubbige vilda västern-mannens malkulefamn. Kristina är skapad för att segla vidare. Det är sånt som mödrar vet, inte alltid om sina egna barn som de ständigt oroas för och saknar distans till, men däremot om andras, släkten.

SERIESTRIPPARNA MED BLONDIE OCH Kalle & Hobbe upptar mer utrymme i tidningen än platsannonserna. Västerfallet ovanför Ribersborg står tomt. Stora våningar som smackats upp på stans bästa läge med vidsträckt sikt ut över kustlinjen och sundet upp till Ven men som väcker lika starkt begär som en tvåveckors tältsemester i Sarajevo med primuskök som extra utrustning. Vi kan stå på husens baksida och se rakt genom dem, Köpenhamn på andra sidan ett upprivet Öresund genom panoramafönster och glasväggar, och den stackars ensamma hyresgäst som tecknat sig för översta våningen i det helt öde området, därtill med en hyra som motsvarar årsomsättningen för en framgångsrik gren inom detaljhandeln, betecknas omgående som mentalt labil, otillräknelig. Blir känd.

Bostadsrätter tappar halva värdet över en natt och resten spolas bort till lunch dan därpå – och ändå står vi tvekande, villrådiga om det är värt slantarna, den struntsumma som återstår och som knappt täcker säljarens avgift till mäklaren och för slutstädningen. Bankerna upplåter sina marmorfoajéer, kamrerer och låneberäkningsmodeller åt den ena bomässan efter den andra, som Helena och jag tillbringar all ledig tid på den här hösten. Folkliga söndagsjippon med ballonger, fiskdamm för barnen och mäklare som de bistra tiderna till trots kan uppvisa en ohälsosam entusiasm och slughet – en yrkeskategori som aldrig känner av motvind, okänsliga för allt som inte frustar av obetvinglig framåtanda, en känslobefriad skara nasare som pratar, prutar, skrattar och lismar på ett vis som ställer beg bil-handlare (som Magnus, den kraken) i ett förklarande sken: *de* var aldrig the bad guys, inte i jämförelse med de här mörkermännen och kvinnorna som oförtrutet singlar ut visitkort och prospekt med svingar som kommer att ge dem tennisarmbåge.

Vi blir bekanta med en mäklare som börjar ringa hem till oss varenda gång han har ett ”attraktivt objekt” som han tror ska passa (det är samma fem han turnerar runt, men med sjunkande pris för varje samtal), ringer så ofta och så tidigt på helgerna att vi till slut får ge honom hålltider att passa. Hämtar oss med bil och kör runt oss till de olika adresserna. Nånstans måste han kapa åt sig sin bit av kakan, är förmodligen hårt skuldsatt han också, för från nacken och fram till luggen har han transplanterat hår för en förmögenhet, svålen ser ut som en nysatt bambuplantage, täta små ruggar av hår med fingerbreda mellanrum. Man tänker hela tiden titta inte, titta inte – med enda resultat att man står och fånglor honom i skalpen i stället för att uppmärksamma vad han har att säga om kvadratmeter och amorteringstider.

Vi går på visningar, tittar på våningar över hela stan, men så i slutet hänger allt på en väsentlig detalj. Jag skyller på lånebild och räntenivå, avbetalningar och kostsamma renoveringar, den osäkra ekonomin – kan det gå ännu sämre? (ja, det kan det, regeringen har en växel till att lägga i) – velar och förhalar besluten, ovillig att binda mig för lån i halvmiljonklassen och en ägande boendeform, som att få vingarna klippta som en parkfågel, köpplanerna ger upphov till många tokiga tankar och oreflekterade infall, som att min frihet krymper (som om den inte vore minimerad redan!), jag känner mig fångad, snärjd (som om jag inte vore det ändå!), och jag kan dra upp hur många skäl som helst inför mig själv, det ena mindre genomtänkt än det andra.

Du vill inte! anklagar Helena mig, vi har ju lärt känna varann rätt väl nu.

Jag tycker vi bor bra, kommer det ur försvarsvärnet jag grävt ner mig i. Det finns ingen anledning att förhasta sej.

Vi har letat i ett halvår!

Tycker du det är länge? Med tanke på investeringen.

Men så ställs det på sin spets när jag minst anar det. Ett argument jag har svårare att gå runt.

Jag vill ha ett rum till, säger Helena. Så att mamma och pappa kan bo hos oss när dom hälsar på.

Självklart måste dom kunna det, instämmer jag – för vad annat kan jag svara på ett sånt taskgrepp, Helena som går utanför banan, spelar med märkta kort. Jag är chanslös. Att köpa för nån annans skull.

Bertil ser ut som han alltid har gjort, lång och menlöst vänlig. Men Marion, herregud, hon har krympt samman, är lika sprudlande som förr, men det syns att det kostar på för henne att uppföra teatern, när de tar sig ner för att hälsa på över en helg. Bor på ett hotell på Norra Vallgatan och ska se Carmen på Storan ena kvällen, är ju ”operaälskare”. Men förändringen kan inte enbart ha med den mystiska sjukdomen att göra, utan i lika stor utsträckning härledas till sonens senaste bravader. Magnus har pressat upp sin tjänstekärra till 163 km/h på en 70-lappad sträcka, och det vore väl frid och fröjd om det inte varit för att han haft en polisbil med saftblandaren vispande på taket efter sig, och om han inte tagit kurvan före järnvägspassagen så snävt – hamnade på lasarettet med krossad höft, en bruten arm och sönderslagna revben, det enda som inte tycks stukat på honom är självförtroendet.

Bertil tar oss i sin famn, båda två på en gång, han har armar som räcker för en storfamilj med mostrar och gammelfarfar och ett tjog ungar av blandat upphov, vill höra allt om hur vi har det, fastän Helena ringer och förser Marion med detaljerade redogörelser på minut-för-minut-basis om våra förehavanden minst fyra gånger i veckan. Och hon, Marion, behöver genast sätta sig och besiktiga våra förlovningsringar.

Berätta! Blir det ett vinterbröllop?

Vi tänkte vänta till sommaren, svarar dottern som håller fram ringfingret. Det är mer vår årstid.

Så bra, då har vi gott om tid att planera allt.

Ja, här ska jädrar i det planeras, säger jag i ett försök att matcha hennes kvittrande.

Nu gäller det att skärpa sig och visa upp alla de svärsonskvaliteter som jag är begåvad med, och som de kan tänkas förvänta sig, det är ändå deras förstfödda jag ska leda fram till altaret. Jag har lagt ett dagspass på att förbereda middagen och hämtat upp mormors gamla finporslin ur matförrådet för att visa på ”långa traditioner”.

Jag dukar, bjuder till bords, under det att Helena ivrigt berättar om det radhus i Friluftsstaden som vi tittat på tre gånger. Under de fem månader det varit ute till försäljning har priset fallit med tjugo procent, och det finns prutmån kvar, för kvinnan som bor där vill kunna köpa ett likadant hus två längor bort men med en uteplats med morronsol. Jag har aldrig sett mig som husägare, gör det inte nu heller, det är mest som en rolig tankekonstruktion för mig, ungefär som att åka på ett halvårs meditationsläger i Indien och lära mig lägga upp fötterna bakom nacken och dra in magen så att ryggraden sticker ut på framsidan eller lära mig prata med myror, men för Helena är det fullaste allvar sen hon återupptagit kontakten med Lisa, som flyttat tillbaka till Lund, till ett radhus från sjuttitalet på Nilstorp (med sedvanlig lundensisk rädsla för att blotta det bondska arvet uttalat med långt i), varifrån hon pendlar till revisionsfirman i Malmö, för hon ”skulle hellre dö än flytta dit”.

Det är ett återseende med bismak.

Hon har blivit så strikt. Pratar bara jobb, klagade Helena efter att vi besökt dem och hon och Lisa dragit sig undan och lämnat planen fri för mig och mannen, produktchef på Gambro, att lära känna varann vid grillen på altanen, föra samma meningslösa form av konversation som med arkitekten Langhammer, fast då kunde jag åtminstone debitera för den.

Men kanske har du också blivit förändrad, ville jag svara men höll inne med det, och jag också för den delen. Men sånt är alltid svårast att se hos sig själv, lättare hos den som klättrat längre, och är bra på att tala om det.

Helena behåller ändå kontakten med Lisa, på samma självklara sätt som hon lär känna nya väninnor utanför jobbet som hon umgås med genom åren, går ut och tar ett glas med, teater, ser en film, föreningsliv, gymbekanta, drar igång en bokcirkel där de läser brett, både Kerstin Ekman och deckare, hinner ha ett liv utanför arbetet och hemmet där hon kan lufta nya tankar och intryck, gör en helgresa med bokcirkeln till London för att gå i bokhandlar och besöka gastropubar, nästa år blir det till Paris, och hemma får hon det mesta att gå ihop också, till skillnad från mig, som förutom den där U2-konserten inte har nåt annat umgänge än en och annan eftersits med George på Brogatan och nu vid närmare femti börjat känna att nåt saknas, vänskap, och jag tänker på tomhetskänslan som kommer att uppstå den dan då barnen är utflugna eller – gud förbjude – om jag inte längre har Helena vid min sida, jag har trots allt sett tillräckligt många ensamma män genom åren för att förstå vad det handlar om, och nån Åkerblom vill jag inte bli.

Behöver ni låna? säger Bertil, som gillar det han får höra om huset i Friluftsstaden, två hanterliga våningsplan och en källare som kan inredas till allrum. Gillar ju allt dottern häver ur sig i det ämnet, för i hans värld är hus rejälare än våning, att bygga på inför framtiden.

Ja, det är klart, säger jag. Rätt mycket. Men mäklaren har en ingång på banken.

Jag tänkte att vi kan skjuta till lite, säger han. Som vi kan betrakta som ett "lån".

Nä, det ska ni absolut inte. Det går inte.

För att "låna" av dem skulle vara detsamma som att de äger en del av huset, och då handlar det inte om att vi har ett gästrum de kan disponera de två helger om året de hälsar på, utan om att det blir "Marion och Bertils rum", för dem att ta i besittning hur ofta och närhelst de vill!

Men jag jobbar utifrån ett underläge, inbillar jag mig, smeten till gäddquenellerna var inte tillräckligt fast, den flöt ut i formen, så det som kom ut från ugnen liknade mer en alldaglig fiskgratäng, utan vare sig fisk eller gratäng. Tack och lov har jag förberett ett säkrare kort till efterrätten, vaniljglass med varma hallon och blåbär, en rätt som vilken idiot som helst kan få att smaka himmelskt.

Vi har lagt undan pengar länge, säger Bertil, öronmärkta för ett sånt här tillfälle.

Ja, det är vänligt, säger jag. Men det kan vi inte ta emot.

Helena vill invända mot min invändning. Har det på tungan, en replik om det danska matbordet av teak och stolarna som jag aldrig hade samma problem att ta emot, när morsan köpte dem i Brians ”antikaffär” sen det krupit fram att Kristina står där på provision. Ett spel med många komponenter, att överraska oss med ett bord vi inte ville ha, för att Kristina ska tjäna till hyran, för hon skulle aldrig acceptera pengar i handen av morsan, och de summor Helena och jag fått bisträcka Kristina med har hon aldrig nämnt nåt om att betala tillbaka.

Men så får Helena nåt annat i blicken, växlar spår, en manöver runt det problem vi gjort halt inför. Och i samma stund, klart som en blixt i natten, kan jag läsa det i hennes kropps rörelser, hennes andning, det som jag borde ha kunnat se långt tidigare, från och med nu kommer hon aldrig att kunna överraska mig igen, och jag skulle kunna ljuda det hon nu säger, fullständigt synkat:

Jag har en annan sak att berätta, säger hon. En surprise. Håll i er. Kan du vänta lite med att äta, pappa?

Bertil stannar skedens väg mot munnen, sänker den. Torkar sig med servetten med andra handen. Linneservetterna kommer också från mormor, och jag ber tyst om att Bertil inte ska sätta blåbärsfläckar på sin nu.

Vi ska ha barn.

Nähä! Bertil tappar skeden i tallriken, med kraft och precision, en flisa av porslinet slås av. Har stått emot hundra år av slitage i släktens ägo men klarar inte av ett kort besked om livets gång.

George tar ett steg in i rummet. Han stänger dörren bakom sig, har en långsam, allvarlig min när han sätter sig mitt emot mig, en vanans rörelse som innefattar att han lägger ena benet över det andra.

Jag kom så fort jag kunde, säger han.

För jag har i kodad form meddelat honom nyheten som fick Marion att skratta med tårar i ögonen och Bertil att applådera, mig att tappa fattningen, under en kort vandring genom korridoren.

Är du säker?

Jag nickar och önskar att jag också kunde förmedla en så myndig persona emellanåt. Hans röst fyller rummet med mening, utan ansträngning, enkelt som andetag.

Men vill du?

Helena vill. Hon har inte pratat om nåt annat dom senaste åren.

Tänk över det.

Du har ju *två*.

Varför tror du jag ger dej rådet?

Han skiftar ställning, lägger över det andra benet, hans karakteristiska stil när nåt måste diskuteras ingående, ventileras, problem angripas från oväntade håll.

Hur säjer hon det?

Du har träffat henne. Du vet hur entusiastisk hon kan vara. Vad sa Sabine?

Nä fan, det var samma sak. Men jag ville ju också, från avspark och ända in i kaklet. Det var så lite man visste då. Jag var yngre än du.

Men vi var inte klara med Marion och Bertils besök än. Det finns ett efterspel till det, när de kört hem dan efter och beskedet sjunkit in så att vi kan börja prata om graviditeten som en realitet, inte som en överraskning och nyårsraketer mot skyn.

Varför berättade du inte det innan, för mej? vill jag så klart veta. Varför skulle dom få veta det först?

Samtidigt.

Gör det inte till en diskussion om teknikaliteter.

Jag ville så klart berätta när dom var här. Men du är ju glad, säjer du. Vad förändrar det?

Jag vill ha ditt förtroende när sånt händer, känna att du litar på mej, drar jag till med, och trampar vidare. Vi har inte pratat om detta är rätt tidpunkt. Så mycket som du jobbar.

Jag har fyllt tretti. Jag vill inte vänta tills jag blir så gammal att folk tar mej för mormor till våra barn.

Är du förresten helt säker?

Jag har gjort två prov som båda visar positivt.

Du har alltså gjort ett prov. Och i stället för att då berätta nåt för mej har du gjort ett till?

Jag ville inte säja nåt ifall det inte stämde. Det förstår du väl. För att inte göra dej besviken.

Då måste vi flytta, säger jag.

Det är vad jag sagt hela tiden. Men nu lugnar vi ner oss först. Vi gör inte nånting förrän barnet är fött.

Inget alls?

Nä. Jo, jag ska beställa tid på mödravårdscentralen och höra vad som händer härnäst. Just nu ska vi inte tänka på nåt annat. Förutom att du ska tänka på att laga middan i kväll. Men inte fler queneller, är du snäll.

Okej.

Vart ska du nu?

Jag tänkte ringa Bodil och berätta, och Monika, säger jag, på väg till telefonen. Bodil kommer att bli själaglad.

Nä, inte nu, Johan. I kväll kan vi väl fira? Bara du och jag. Vänta tills vi vet mer.

Men du berättade ju?

För att dom råkade vara här, ja. Vad tänker du laga?

Jag tänkte testa en ny grej. Spaghetti med räkor i tomatsås.

Skaldjur? När jag är gravid?

HÄR HADE JAG EGENTLIGEN önskat få avsluta denna familjeteckning i samma muntra anda som Marion och Bertil kör hem efter operahelgen i, med att berätta att vi köper radhuset på Friluftsstaden med hjälp av Bertils pengar och ser fram emot att bli en familj om tre, att Mother of Pearl går strålande sen de flyttade kontoret till Skomakaregatan och började anställa vassare representanter och en ekonomiansvarig som kan hantera kassaflödena och att den vackra hösten med hög, klar luft lagom till första advent övergår i en lång härlig vinter med mycket snö att bli barn på nytt i och som ger frisk färg på kinderna, gnistrande ögon och tid över för skridskoåkning på Pildammarna innan våren kommer så tidigt att man kan gå i skjortärmarna i början av mars, livet känns oemotståndligt lätt och hoppfullt och sommarkättjan vibrerar som feber i kroppen redan från påsk och framåt, och att Helena och jag har ett storslaget midsommarbröllop.

Men så blir det inte. För som vanligt är det alltid en sak till som dyker upp och knackar på dörren precis när man ska stänga butiken för den här gången, och det hör naturligtvis till den bottenlösa smärta som föregår allt detta att jag inte får avsluta på hemmaplan, utan i stan där det alltid regnar, Göteborg alltså.

De som gifter sig, brådskande, är Monika och Christer, vid en kort borgerlig ceremoni på Rådhuset, med Simon som står i mitten och håller Nathalie i ena handen och i Monikas prickiga klänning med den andra. Efteråt äter vi lunch på Kockska innan vi skiljs åt.

För i början av våren, när det ännu är vintrig kyla och snöfläckar på marken, ringer Christer med ett nytt dystert besked.

Monika har levercancer, meddelar han kort. Det upptäcktes vid rutinkontrollen med ultraljud.

Men hon behandlas ju, säger jag.

Interferonet har inte kunnat hindra utvecklingen. Ingen av oss som följt det har kunnat förutspå att det kunde gå så här snabbt.

Christer pratar vidare, klargör, lugnt och samlat, fast jag vet att han minst av allt är samlad, och inte jag heller, för jag hör inte vad han säger, hans röst är en viskning på Yttre Hebriderna som försvinner i vindarna över Nordsjön.

Vad händer nu då? hör jag mig själv fråga, tröstlöst ropa ut över havet. Får hon strålning?

Nä, det är absolut inte aktuellt här. Och inte kemoterapi heller, då kan levern skadas än mer. Det finns tyvärr bara en lösning, och det är transplantation.

Men...

Ja. Det finns ett men. Det måste finnas en lever som kan transplanteras.

Annars?

Ja, annars. Så är det dessvärre. Men vi får hoppas på det bästa.

Det han redogör för under flera kommande telefonsamtal är en lång historia om undersökningar, specialister som tillkallas och värderar prover. Sahlgrenska är det enda sjukhus som utför levertransplantationer, och beskedet som Monika har att hålla sig till är att hon ska ha en väska packad och stanna hemma och invänta ett samtal som säger att de "fått in" en lever. Då är det bråttom.

Vad är prognoserna sen? frågar jag, fastän jag inte är säker på att jag vill veta.

Nu tar vi en sak i taget, säger Christer. Låt oss först hoppas på att det blir en transplantation, och sen att den går bra.

Monika står stadigt i centrum av all uppståndelse, medan vi andra turas om att i omgångar bryta ihop i tårar. Ja, inte Christer, han är både läkare och man, så han reagerar med att gå in i arbetet mer än nånsin, tar all övertid han kan komma åt och ställer upp om helgerna på jourcentralen på Rolfsgatan, "extrapengarna kan komma att behövas", i stället för att närvara där *han* verkligen behövs, i hemmet – där morsan får ta över hans plats, med besked.

För morsan beslutar sig för att sälja sin del i Mother of Pearl i samma stund som Christer ringer första gången om Monikas sjukdom, när företaget äntligen börjar gå bra och vinsterna levereras in i ett litet men jämnt flöde. Hon behåller en deltidstjänst, ska syssla med den enklaste administrationen, men troligtvis sätter hon inte sin fot på kontoret en enda gång efter att hon bestämt sig att enkom finnas till hands för dottern.

Det enda som stämmer är att det till slut blir några fina vårdagar, med stråk av värme i luften. En av de dagarna går jag tidigare från byrån. Jag vill få träffa Monika själv, utan Helena, utan Christer och barnen och utan morsan, som bara är veklagan de här dagarna och har förlorat all kraft att samla sig.

Vi träffas vid Turbinen. Monika har med sig Simon i sittvagn. Vi promenerar genom Öresundsparken, ut mot Kallbadhusets servering. Långt borta på en av de vita träbryggorna ses en man bada, hörs frusta, går ner fotsteg för fotsteg för trappan, alltid är det nån som ska vara först. Vi sitter ute i solen och dricker kaffe och äter kanelbullar. Simon sover i vagnen. Vi pratar om Helena, som är i åttonde men har beslutat att arbeta trekvartstid in i det sista.

Hon har alltid varit så ambitiös, säger Monika, inte som du.

Vadå? Jag har väl visst.

Hon vägrar lyssna. Hon kommer att ångra sej sen om arbetet alltid kommer först. Du också.

Vad är det för fel med att gilla sitt jobb? Helena kommer att vara hemma sen.

Vad tror du det blir?

En flicka. Alla i vår släkt får en tjej först.

Så ni har redan börjat prata om att skaffa en till?

Det var inte vad jag menade.

Men det var vad du sa.

Lägg av nu, The Brain.

Ett halvleende sprider sig över hennes matta ansikte.

Jag tyckte allting var som bäst när jag fått Nathalie, säger hon, men nu känns det ännu bättre.

Trots...?

Ja, trots. Jag försöker inte tänka på det. Jag vill njuta av vad vi har.

Orkar du gå en bit till?

Vi kan gå tillbaka.

Det luktar av rutten tång i vinden. Joggare svettar förbi. Längs vattenbrynet springer hundar lösa med tungan hängande ut och ägaren vankande långt efter med kopplet över nacken.

Simon vaknar, kommer upp ur vagnen och tultar före, är inte stadig på benen än. Monika har haft med sig gammalt bröd som han får mata änderna i dammen med. Det kunde ha varit idyll. Men Monika ser trött ut, och det är inte den sortens trötthet som går att vila bort.

Vi sätter oss där, säger jag och nickar mot en bänk i solen. Jag har ingen brådska. Har du?

Hon skakar på huvudet. Morsan är hemma med Nathalie.

Hur känner du dej?

Ett halvleende igen. Vet du vad jag tänkt på? Jag kommer inte att kunna ha bikini sen.

Du har ändå aldrig gillat att bada.

Nä, det är därför det är så dumt. Det kan kvitta.

Monika vrider sig mot mig, har solen i ögonen, kniper med dem, men det hindrar inte tårarna.

Du är så fin, Johan, säger hon och skakar på låtsas i kavajslaget, känner på tyget mellan tumme och pek. Du som alltid var så noga med dina kläder när vi var små. Kommer du ihåg hur ledsen du var för varenda gräsfläck?

Nu får du sluta lipa. Det kommer att gå bra.

Monika snörvlar, släpper kragen.

Ja, det kommer att gå bra, upprepar hon, drar med handens baksida över ögonen. Men lova hjälpa Christer om nåt händer.

Du vet att vi alla kommer att ställa upp. Självklart, säger jag som själv får bita samman käkarna för att inte bryta ihop så som jag gjort där hemma på kvällarna när jag legat med huvudet i Helenas knä och hon tröstat mig. Det är jag som måste vara stark nu.

Det är barnen jag är orolig för. Vad det kommer att bli av dom. Vad dom kommer att...

Monika börjar gråta igen, jag lägger en arm om hennes axlar, hon samlar sig.

Och att Stig inte får ta Nathalie ifrån oss.

Det kommer inte att bli så. Du kommer bli frisk igen.

Jag menar *om*.

Tror du han har en chans mot mej? Jag är jurist, syrran. Jag skulle mala ner honom.

Monika skrattar till genom tårarna, det är härligt att se sin syster skratta, och jag önskar att hon hade skrattat mycket oftare. Att vi haft stunder ihop då vi kunnat skratta som nu.

Tänk vad det blev av oss, säger hon, en advokat och en läkare.

Morsan kan vara stolt.

Hon är aldrig nöjd.

Hon är alltid nöjd, det vet du också. Hon vet bara inte hur hon ska säja det.

Jo, jag vet.

För vi har sparkat på alla stenar i vår väg, Monika och jag. Och nu sitter vi här på en bänk och drar med skospetsarna i gruset och är förlägna och vet inte vad mer vi ska säga varann. Simon springer över gräset och kastar brödkanterna efter fåglarna som flyr iväg, han ramlar, reser sig i samma rörelse, springer vidare och skrattar förtjust, ett gurglande glatt skratt som får oss också att skratta åt hans härligt bekymmerslösa glädje, vi skrattar länge, och så fort skrattet är på upphällningen får det fart på nytt. Om aldrig det här ögonblicket ville ta slut.

Monika tar min hand. Ser ut över dammen.

Johan?

Ja?

Nä, det var inget. Bara håll om mej.

–

Men så kommer det ett samtal från Sahlgrenska, naturligtvis i gryningen. Christer packar in Monika och barnen i morsans Golf, och hon hinner också komma med innan de sätter fart.

Brian och Kristina hämtar mig i hans 2CV. Vi får oss en stillsam och fin färd upp längs kusten, om man bortser från det skrikande ljudet från motorn som går på högvarv och gör det omöjligt för oss att höra varann eller föra nåt samtal. Det ger mig tid att tänka på framtiden. Alltför mycket tid. Vid Hallandsåsen gungar vi alla tre kraftfullt och i takt fram och tillbaka för att knuffa bilen uppför åsen inifrån, och på andra sidan blir det åka av, frihjul, och vi hinner byta några ord om hur var och en av oss mår och vårt behov av att stanna för kaffe och toalettbesök medan motorn får en välbehövlig vila.

Vi möter de andra i rummet för anhöriga. Monika är redan inne på operation. Morsan läser en bok för Simon. Nathalie sitter och gungar med fötterna. Christer är uppe och travar.

Vet ni nåt?

Christer skakar på huvudet, med kvävd röst:

Hon har varit där en timme, så förmodligen är hon precis sövd.

Emellanåt kommer det ut en sjuksköterska vars gummisulade tofflor gnirkar mot golvet, nån gång en man som kan vara läkare, allt är oklart, de kan inte säga så mycket, och det de säger är fyllt av obestämdhet, operationen pågår, hittills ser allt normalt ut, inga komplikationer, men det är för tidigt att veta nåt. Christer ställer frågor, har växlat upp till läkarprosa. Vi hör termer vi inte förstår. Men Christer är lugn och samlad. Aldrig har jag tyckt så mycket om honom som nu, uppskattat hans närvaro och den trygghet han utstrålar, när vi andra sitter med en förtvivlan som vi inte ens har förmåga att uttrycka utan låter implodera inom oss, tysta och tvära, med en spelad munterhet för barnens skull. Låt Christer få se hur mycket sport och naturprogram han vill, låt honom vara den tråkigaste som burit en tweedkavaj – han är ändå pålen i marken som får vår lilla familj att stå stadigt. Monika kunde inte ha fått en bättre man.

Kristina borstar Nathalies hår, gör flätor och kringlor och benor. Brian har varit nere och letat fram en boll i cittran som han och Simon kastar fram och tillbaka till varann, studsar mot de vita väggarna, sparkar med stolsbenen som mål.

Men så kan morsan inte hålla emot längre. Har varit nere på sista reserverna under lång tid och bryter nu samman mitt i ett andetag. Sjunker ner i gråt, morsan behöver stöd, allt det stöd som hon alltid gett oss andra, funnits till hands, ställt upp, tagit det ena passet efter det andra, och jag håller om henne, hon gråter hejdlöst, skakar i hela kroppen, hopsjunken, krum rygg, och Nathalie kommer fram till henne med servetter som hon hämtat på toaletten, håller ut dem framför henne i en evighet, rak arm, ser på henne med allvarlig, skärrad min, morsan som inte har en muskel i kroppen som fungerar.

Vi går ifrån och äter i omgångar, fast det blir mest kaffe. Den enda som stannar på sin post hela tiden är Christer, orubblig, sammanbiten med ett ansikte mejslat i granit och allt fåordigare.

Sent på eftermiddan kommer en ny sjuksköterska ut, med lika gummignirkande tofflor, och säger att läkarlaget har en "blodstillningspaus", för att se om en del mindre blödningar kan avstanna av sig självt, och för att ta en kort rast.

Men är operationen klar? säger morsan med matt röst, på väg in i en ny gråtattack.

Det är för tidigt att säja.

Men vad tror ni?

Christer tar morsan om axlarna.

Vi får vänta, Bodil.

Han nickar mot sjuksköterskan: har läget under kontroll, förstår vad hon har sagt.

Simon somnar på soffan, får Christers kavaj som täcke över sig. Nathalie vilar med huvudet i Kristinas knä. Kristina ser ut som en liten spröd flicka med tom blick, som när hon flyttade ner till morsan. Jag har morsan i famnen igen, försöker trösta fastän det inte finns nån tröst att ge.

Brian känner sin otillräcklighet. Hans uppgift som chaufför är ju avklarad, i väntan på att återupptas.

Jag går ut och tar en rök, säger han med jämna mellanrum, och jag vill inte fråga vad det är han suger i sig, för hade jag haft nåt lugnande inom räckhåll hade jag också satsat alla kort på det.

Men så återvänder sköterskan, med ett annat ansiktsuttryck.

Johan Kraft?

Ja?

Din fru ringde.

Jag vill invända att vi inte är gifta, men reser mig upp.

Värkarna har satt in, sa hon. Vattnet har gått.

Men det är ett par veckor kvar, säger jag.

Hon sa att hon vill att du kommer hem.

Du måste åka till henne, snörvlar morsan, meddetsamma.

Jag hinner aldrig.

Jodå. Så snabbt går det inte första gången.

Jag rycker åt mig jackan. I samma stund återvänder Brian från ett av sina rökpass, med vild blick. Det kan inte hjälpas.

Du måste skjutsa mej!

Vart?

Jag måste hem snabbt.

Köra till Malmö?

Jag besinnar mig, svarar: Nä, till Centralen. Och till Kristina: Kan du ringa Helena och säja att jag är på väg?

Jag gör det, säger morsan. Jag vill prata med henne. Så får jag nåt annat att tänka på.

Jag ger dem en hastig kram och Brian och jag rusar till bilen.

Ilfärden till Centralen ger inte min andning en chans att återgå till normal. Brian, med uppspärrade ögon, kryssar krängande fram mellan körbanor och spårvagnar, tar kurvorna på två hjul, känns det som, och bromsar in så att det skriker om däcken och luktar bränt gummi, blir svarta märken i asfalten.

Inne på stationen blickar jag upp på tavlan över avgångar. Det går strax ett tåg till Malmö. Men så får jag syn på en annan, tidigare avgång, till Stockholm, och där jag står, med armarna utmed sidorna och plånboken redo i ena handen, får jag vara med om en version av det man sägs uppleva precis före sin död, men i stället för att se mitt levda liv flimra förbi är det mitt framtida som komprimeras i en kvick glimt, med drivor av farhågor och tvivel som extramaterial på slutet, tillsammans med den bittra insikten att om jag inte griper chansen nu kommer jag aldrig att göra det.

Jag tar en nummerlapp och ställer mig en bit ifrån de andra framför biljettdisken och väntar på min tur.